L'ENVOL

ISBN : 2-907625-35-7

La gravure illustrant la couverture
est une œuvre originale de Carmelo de la Pinta
12, rue Job Philippe
29123 Pont Aven

L'ENVOL

ODETTE PACTAT-DIDIER

4e édition

A Martine
pour un envol
silencieux, mais
en tout amour

Odette

18.06.96

CE ROMAN FAIT PARTIE DE LA TÉTRALOGIE

LE SOUFFLE DE L'AURORE

L'ENVOL

CONCERTO POUR UN ARC-EN-CIEL

NOTRE DAME DU VITRAIL

SUIVIE DE

NOUS SERONS PÊCHEURS D'ÉTOILES
Éditions Rousseau

SOUS LE CYGNE DE COMPOSTELLE
Éditions François de Villac

Odette PACTAT-DIDIER a été couronnée
de plusieurs Prix Littéraires dont :

Prix Jean-Luc Defait 1987

Prix du Syndicat des Journalistes et Écrivains 1987

Médaille d'or 1991 de l'Académie internationale de Lutèce.

À vous tous
qui m'avez secourue dans la peine
et qui partagez mes joies :
Levons les yeux…
et élevons ensemble nos âmes vers la Rose du Vitrail
qui nous parlera toujours d'Amour et d'Éternité.

Paris, le 14 novembre 1988

Dit en forme de prologue

Envol...
En Vol...
Merveilleuse musique des moments incertains
Merveilleuse musique des mots éclatants comme des étendards brandis.
Éclat de Lumière au ciel tant espéré
Éclat de nuages courant au ciel de vent
Éclat de voix
Éclat de Voie

Envol...
Étrange mot qui entend le départ
et déjà dit tout le voyage...
Déjà l'on est en plein ciel tandis que l'on ne croit parler que de l'essor !
L'oiseau ne décolle pas du nid
il est déjà en vol qu'il n'a pas encore battu de l'aile.

Envol...
Où l'oiseau devient air
où l'AIR est devenu oiseau
« A » s'étire à tire d'aile pour attaquer le vent
File le « I », et son point devient œil contemplant le Soleil
Et se fourche le « R » pour diriger l'envol vers l'infini du ciel.

En vol...
Pour nager dans le ciel comme on vole dans l'eau,
Eau de l'initiation
Eau de la consécration
Eau de la Reconnaissance
de la TERRE
du FEU
de l'AIR
pour notre ENVOL.

le 16 octobre 1982
Alain Bocher

PREMIÈRE PARTIE

LUMIÈRE DE L'OCCIDENT

TAN TAN TAN ô Soleil
Honneur à toi, rouge feu.

Chanson celte

JOURNAL

16 juillet 1976

Quelle impulsion m'a poussé, hier, à acheter ce cahier d'écolier ? Je ne sais, mais me voilà, en ce beau matin d'été, en train de caresser du regard la feuille blanche qui s'offre à moi comme une invite pressante. Serais-je devenu subitement fou, ou bien voudrais-je imiter les jeunes filles du temps passé qui éprouvaient le besoin de confier leurs petits secrets à un carnet interdit ? Peut-être d'ailleurs les jouvencelles actuelles ont-elles gardé cette habitude, je n'en connais point pour le leur demander.

Il se pourrait que cette lubie soit sans lendemain : on verra bien. Je vais me laisser guider sans me poser trop de questions. Depuis deux ans, j'ai appris que tout a une raison d'être, il ne sert à rien de lutter contre les décisions d'En-Haut. Je me demande si le fait d'écrire ce cahier, de m'imposer cette discipline, ne m'aidera pas à une certaine concentration qui me fait défaut. Si, pour apprendre à mieux m'introspecter, je dois en passer par là, eh bien, allons-y. Mais je ne me connais pas un talent d'écrivain et je me demande bien ce que je vais pouvoir me dire à moi-même.

Au fait, oui, qui suis-je ? Qui est Pascal Noblat ? D'où vient cet homme de quarante ans penché sur un cahier d'écolier ? Que fait-il sur la terre ? Où va-t-il ? À quoi sert son existence ?

Il y a deux ans, je n'aurais pas su répondre à la plupart de ces questions. Maintenant, je sais l'essentiel, mais je pressens que pour approfondir mes connaissances, il me faudra des années de recherches opiniâtres.

Je suis Pascal Noblat ; certes, aux yeux des autres c'est mon identité terrestre dans cette incarnation. Comment me voient-ils de l'extérieur ? Sûrement pas comme je suis, ou plutôt ne voient-ils de moi qu'une des facettes de ma personnalité, ce qui rend la communication difficile, sinon impossible.

Pour certains, je suis et resterai marqué par mon renoncement à la prêtrise ; ils me méprisent d'être un curé défroqué, et même s'ils m'excusent, aucun ne peut savoir quel chemin de croix j'ai gravi avant de prendre cette décision qui remettait en cause toute une vie vouée au service des âmes. S'ils pouvaient lire en moi, ceux-là, ils seraient surpris de constater que je ne me suis pas détourné de Dieu, bien au contraire. Je me suis délivré d'un sacerdoce aussi étouffant qu'un carcan pour redevenir libre de

Le chercher avec les moyens qu'Il acceptera de mettre à ma disposition. Et je commence à croire que cette voie ne sera pas toujours sans embûches.

Pour d'autres, je suis l'héritier d'une immense fortune, donc un partenaire à ménager, à flatter, un homme dont il faut tirer le maximum puisqu'il est censé appartenir à la race des exploiteurs. Que ce soient les métayers qui travaillent sur mes terres, les ouvriers de la conserverie ou les employés de bureau, dactylos, comptables, avoués qui m'aident à gérer cette affaire, je devine que tous ces gens ont autant besoin de moi que j'ai besoin d'eux, il devrait donc y avoir une possibilité d'entente, un terrain où nos intérêts coïncident.

Peut-être suis-je un grand utopiste à ce propos, mais depuis six mois que j'essaie de m'initier à tout ceci, j'ai eu bien trop de connaissances générales à acquérir pour me soucier des détails. Chaque chose en son temps. Mon grand-père avait su s'entourer de collaborateurs honnêtes et efficaces, les rouages de l'immense machine semblent bien huilés, cela me laisse le temps de m'adapter à ma nouvelle condition de patron.

Pour le prêtre qui confessait les filles-mères et les drogués de Caen il y a si peu de temps encore, ce n'est pas si facile, n'est-ce pas ?

Le patron, c'est l'homme-façade, celui qui doit dominer ses passions, rester lucide en toutes circonstances, en imposer aux autres s'il ne veut pas être dévoré par ses adversaires. Mais il existe aussi un autre aspect de moi-même que je découvre avec stupeur depuis que Fleur a pénétré dans ma vie par effraction. Elle vient d'avoir huit mois et déjà elle règne sur mon cœur et illumine ma triste vie de célibataire. Les gens qui ne connaissent pas notre histoire se hasardent à me dire pour me faire plaisir : « *Comme elle vous ressemble !* » Fleur n'est pas mon enfant par le sang, elle m'a été confiée par sa mère que j'ai si peu connue mais tendrement aimée, l'espace d'un été, le temps d'un rêve, plutôt. Je dois fermer les yeux pour retrouver le doux visage de cette amie que la mort nous a ravie. Marie-Dolorès, qui étais-tu ? Petite fée que Dieu a mise sur mon chemin pour que soit payée enfin une lointaine dette karmique contractée dans une autre existence, sur les bords du Nil, puis à Rome ! Je parviens à penser à toi sans que mon cœur ne se serre trop ; tu revis dans ta fille, je t'aime à travers elle ; je sais que tu poursuis ailleurs une évolution commencée sur la terre dans les épreuves, cela m'empêche de pleurer ton absence ou de t'appeler en vain pour ne pas troubler ton cheminement.

Je me plais à t'imaginer, si vivante dans ton corps spirituel de lumière, guidée par ces entités qui sont chargées d'aider les désincarnés à s'adapter à leurs nouvelles conditions de vie. Depuis huit mois que tu nous as quittés, as-tu beaucoup souffert, penses-tu encore à nous qui continuons à creuser notre sillon, vaille que vaille ?

J'aimerais tant te savoir délivrée de tout désir, puisque c'est lui qui nous retient prisonniers et nous enchaîne au cycle sans fin des renaissances et des morts terrestres.

Il est encore trop tôt pour savoir quel esprit s'est incarné dans la petite Fleur que tu nous as laissée, à Mme Lagantat et à moi-même. J'essaierai de toutes mes forces d'en faire une femme épanouie, mais j'aurai soixante ans quand elle en aura vingt, je suis presque un vieux papa et la petite mâtine sait déjà en profiter. Je continue à lui donner ses repas de midi, à assister à sa toilette du matin, ce sont les seuls moments que j'ai réussi à distraire d'un emploi du temps fort chargé, mais je ne puis me résoudre à sacrifier mon enfant à mes obligations vénales ; l'or de son sourire vaut à mes yeux tous les trésors du monde. Si un père ne peut consacrer au moins une heure par jour à ses enfants, il se prive d'une des joies les plus vraies de l'existence, sans compter qu'il se ferme leur cœur à jamais et devient peu à peu un étranger à leurs yeux. S'il veut les reconquérir un jour, il risque d'avoir définitivement perdu le contact, car les petits enfants ont ceci de commun avec les animaux : ils ne vendent pas leur affection, ils la donnent. Plus tard, ils seront capables de feindre et ils deviendront opportunistes, mais pas dans la petite enfance.

Quand j'entre dans la nursery, le visage mobile de Fleur rayonne de joie, ses petites mains se tendent vers moi, ses yeux pétillent, elle trépigne et mon cœur fond de tendresse. Je cueille jour après jour les roses sans cesse renouvelées de cet amour si pur, sans vouloir penser que demain elles se faneront peut-être ; ma petite Fleur si confiante aujourd'hui se détachera de moi, aimera d'autres êtres et me quittera pour vivre sa vie...

Mais c'est encore loin ! Pour l'instant, je suis heureux qu'elle dépende entièrement de moi, je l'aime, elle m'aime, cela me suffit. Ainsi l'affection la plus vraie est-elle teintée d'égoïsme, j'en ai conscience et j'en souffrirai un jour, sûrement. Mais n'est-ce pas le lot de tous les parents du monde ? Je ne fais pas exception à la règle.

Depuis une quinzaine de jours, une question revient, lancinante, à mon esprit. La guérison quasi miraculeuse de la cheville que j'ai massée quelques instants seulement, était-elle fortuite, ou en étais-je « responsable » ? Sur le coup, je n'ai pas hésité : c'était bien une réponse du Maître à ce désir ancien que j'ai toujours eu de soigner avec mes mains. Mais, la première émotion passée, le doute s'est infiltré en moi. Aucune parole de mon Maître ne m'a jamais laissé entendre que j'avais mérité une pareille faveur ! Je suis débordé de travail, de soucis, de responsabilités diverses. Où trouverais-je le temps de m'occuper des autres et de leurs problèmes ? À vrai dire, pour être sincère, je reconnais la fausseté de mon raisonnement. Si le Maître me choisissait pour une telle mission, je préférerais renoncer à mes autres activités ; ma vie s'organiserait d'elle-même de telle façon que je puisse répondre « *Présent* », et me consacrer à cette nouvelle forme de sacerdoce. Le plus simple est de patienter, la réponse viendra au moment où je m'y attendrai le moins.

Avant la fin juillet je dois, avec Mme Lagantat, faire un tri de ce que nous avons rapporté d'Auvergne. Tout est empilé dans la chambre réservée à Gaël et à Yan qui arrivent le 1er août avec ma cousine Isabelle, leur mère. La maison va s'animer et je vais profiter des congés annuels pour me détendre en leur compagnie. Je l'ai bien mérité après ces six mois de travail acharné !

Quelques jours plus tard Pascal pénétra dans la chambre mansardée où les objets personnels de Marie-Dolorès et de Pierre attendaient dans deux malles et plusieurs cartons, que l'on prît soin d'eux.

Pascal poussa le volet qui résista un peu et un flot de lumière pénétra dans la pièce poussiéreuse. Le Soleil accrocha le bord biseauté d'un vieux miroir oublié sur la commode pansue et un minuscule arc-en-ciel s'irisa contre la tapisserie défraîchie :

« Il faudrait refaire un certain nombre de ces pièces, se dit Pascal. Je les ai toujours connues dans cet état ! »

Les souvenirs affluèrent, qu'il laissa prendre forme. Cette chambre et celles d'à côté étaient à une époque lointaine réservées au personnel nombreux travaillant au manoir : femmes de chambre, cuisinière, jardinier, du moins c'est ainsi qu'on le lui avait raconté. Devenu veuf, son grand-père avait licencié la plupart des domestiques et l'étage supérieur avait été abandonné aux araignées et aux souris. Mais Isabelle, Pascal et la horde des cousins intermittents avaient transformé ces pièces en quartier général. Que de jours de pluie s'étaient passés à conspirer, à inventer des histoires de brigands, à se faire peur ! L'eau intarissable ruisselait sur le toit en pente et gargouillait dans les chéneaux tout proches. Si des amourettes sans lendemain s'y étaient ébauchées, l'étage avait aussi résonné de leurs disputes, de leurs courses effrénées dans les couloirs sonores que leur imagination peuplait d'Indiens emplumés et de loup-garous inquiétants. Comme leur jeunesse avait été gaie, bruyante, bagarreuse et pourtant saine, respectueuse de ses propres lois ! Tous les enfants du monde ont le sens du mystère profondément enfoui dans l'inconscient ; lequel n'a jamais désiré appartenir à une fraternité secrète ? L'on y joue très sérieusement à échanger des serments d'amitié et de fidélité éternels que la première absence balaiera.

« Croix de bois, croix de fer, si je mens j'vais en enfer… ». Merveilleuse loyauté des enfants entre eux face aux adultes, admirable complicité de ces petits d'hommes qui préservent par leurs jeux la miraculeuse fraîcheur de l'enfance toujours trop tôt fanée. Pascal ne sait plus ce que sont devenus la plupart de ses cousins et cousines que rejoignaient des camarades de rencontre tout fiers d'être invités « au manoir », la plus belle maison du pays, où on leur servait de plantureux goûters…

Pascal soupire et peu à peu l'écho des rires passés s'éteint. La jeunesse s'en est allée pour toujours, mais dans quelques années Fleur à son tour invitera des amis et les couloirs vibreront à nouveau de leurs rires frais. Une maison sans enfants semble se renfermer sur de tristes pensées et s'assombrir au fil du temps.

Fleur est l'espoir de lendemains enchantés…

Devant lui reposent les vestiges de deux vies : Pierre et Marie-Dolorès, qu'un accident de voiture a fauchés la nuit où est née leur enfant, il y a juste huit mois. Ouvrir ces malles représente un effort pour Pascal, il lui semble qu'il va violer l'intimité de ce couple, il ne sait d'ailleurs pas très bien ce qu'il va faire de tous ces souvenirs qui appartiennent à Fleur. La première malle contient des lettres soigneusement répertoriées. Chaque paquet représente une année. Il y a là des lettres anciennes que Marie-Dolorès a reçues au cours de son adolescence, probablement quelques messages d'amour ou des lettres de sa maman. Ces paquets-là sont minces et Pascal se souvient des confidences de son amie : sa solitude, sa tristesse dans une ville hostile où il fallait survivre puisque sa mère et elle ne parvenaient pas à y être heureuses.

Lire ce courrier serait une indiscrétion impardonnable, mais Pascal songe à la brièveté d'une existence, au peu d'importance de tous nos désirs, de toutes nos passions puisqu'il n'en reste un jour que quelques feuilles jaunies.

À côté des lettres s'empilent des cahiers d'écoliers appartenant à Pierre et à sa femme. Pascal en feuillette quelques-uns. Est-il possible qu'ils aient totalement disparu, ces deux enfants dont l'écriture s'affirme au cours des ans, ces deux enfants qui ne se connaissaient pas encore et pourtant déjà unis par le destin ? La malle contient encore des objets hétéroclites : agendas, fleurs séchées, canifs, photos d'amateurs écornées, albums, herbiers inachevés, agates, opalines, boucles d'oreilles dépareillées, menus bijoux et colifichets qui ont plu l'espace d'une saison, trésors dérisoires abandonnés dans un fond de tiroir, épaves muettes d'une vie éteinte.

Avec un soupir Pascal rabat le couvercle de la malle et ouvre un carton au hasard. Il est rempli de ces livres qu'affectionnait Marie-Dolorès et où elle a cherché pendant des mois d'immobilité forcée des rudiments de connaissance. Un à un il sort les ouvrages et lit les titres : « *Le Bouddhisme ésotérique », « Le secret de la Fleur d'or », « Mystérieuse Ile de Pâques », « L'hindouisme et nous », « La puissance du Serpent », « Les Védas », « La Baghavad-Gita », « La pharmacie du Bon Dieu », « Ces mains qui guérissent ».* Intéressé, il s'assoit sur le parquet et se met à feuilleter ce dernier sur la couverture duquel sont représentées deux fortes mains d'homme.

Sur la page de garde il lit : « *Pour que ma petite fille ne s'ennuie pas trop en ces jours de pluie, je lui offre ce témoignage d'amitié* », signé : M. Mercuret. Pascal ferme un instant les yeux, stupéfait de constater avec quelle précision il revoit le visage du vieil homme, ses yeux perçants sous les sourcils poivre et sel, ses paroles étranges et cet air énigmatique qui l'avaient à l'époque si fortement agacé puis impressionné.

Comment oublier le regard que Marie-Dolorès posait sur ce petit homme jugé par lui insignifiant, un regard de confiance totale, de lumineuse affection qui avait suscité dans son âme une telle jalousie ! Ce sentiment désagréable s'était un peu estompé quand la jeune femme avait précisé qu'il s'agissait de son guide, l'être chargé par Dieu de l'aider à se hisser de quelques degrés dans la vie spirituelle.

Machinalement Pascal tourne les pages et un feuillet plié en quatre tombe à terre. Il reconnaît l'écriture de son amie. Il s'agit visiblement d'un brouillon de poème et il est adressé à son Maître. Il déchiffre avec peine les vers raturés d'un crayon à bille rageur : l'inspiration a dû être rétive ce jour-là. A-t-elle mené son entreprise à bien et cette ébauche est-elle parvenue au destinataire sous une forme plus élaborée ? Pascal n'en sait rien mais ces lignes laborieuses l'émeuvent, il imagine la jeune femme en train de les écrire, en se mordant les lèvres d'énervement et en rejetant en arrière d'un coup de tête machinal ses lourds cheveux noirs qui retombent en rideau sur son fin visage.

À mon Maître bien-aimé

Depuis que le Seigneur m'a remise en tes mains,
J'ai appris cher gourou que sous les apparences
L'homme est bien supérieur à son destin humain,
Et s'il veut trouver Dieu, il a toutes ses chances.

Tu m'as fait rechercher les fautes qui encombrent
Mon âme et l'empêchent de s'unir au Tout universel.
Avec effroi j'ai dû plonger au cœur des ombres
Qui, égarant l'Esprit, lui cachent le Réel.

J'ai mal, ô mon Seigneur, mon âme est déchirée,
Mes désirs, mes passions me séparent de Toi.
Viendra-t-il donc le jour ardemment désiré
Où, dépouillée de tout, je m'offrirai à Toi ?

Que de fois, cher gourou, j'ai pleuré dans tes bras.
Que de fois tu berças l'enfant désespérée
Qui, en toute confiance reposait son cœur las
Auprès de cet amour toujours renouvelé.

Chère, chère amie disparue qui tentait d'exprimer l'inexprimable à travers des mots et des rimes !

Pascal continue son exploration. Il remarque que plusieurs livres appartiennent à M. Mercuret. Personne, après la mort brutale de Marie-Dolorès n'a songé à faire un tri et à les restituer. Il se doit de le faire maintenant. Juste à ce moment Mme Lagantat frappe à la porte, un peu essoufflée d'avoir monté trop vite toutes ces marches.

— Excusez-moi de vous déranger, monsieur, mais votre fondé de pouvoir vous attend.

— J'arrive. Au fait, savez-vous où habite M. Mercuret ? demande-t-il aussitôt. La femme réfléchit.

— Je ne connais pas son adresse personnelle, mais je sais que toutes les semaines il va chez des particuliers pour soigner des malades.

— Vous souvenez-vous d'un nom, d'une adresse ?

— Cela va me revenir car j'y suis allée une fois pour me faire remettre un poignet foulé. Dès que j'aurai trouvé je vous le dirai.

— Je lui écrirai pour savoir ce que je dois faire de ses livres, il ne sait peut-être pas qu'ils sont ici.

— Je ne pense pas que cela ait beaucoup d'importance pour lui, mais vous avez raison, il vaut mieux le mettre au courant, par simple politesse.

La lettre partit quelques jours plus tard. À tout hasard Pascal y avait joint, sans trop y croire, quelques mots d'invitation pour le cas où cet homme si occupé pourrait se libérer quelques jours.

Quelle ne fut pas sa surprise lorsque la réponse lui parvint, brève mais précise : « *Beaucoup de mes malades partant ce mois-ci, il m'est possible de me rendre à votre aimable invitation aux environs du 15 août. Je serai très heureux de connaître la petite Fleur et de vous remercier pour tout ce que vous avez fait pour elle.* »

« *Merci, mon Dieu,* dit Pascal. *Sa clairvoyance m'aidera à faire le point et peut-être répondra-t-il à la question que je me pose au sujet de ma mission éventuelle de guérisseur.* »

Dès le 1er août, arrivèrent Isabelle et ses deux fils. Pour la première fois depuis longtemps Pascal avait l'impression d'avoir recréé un foyer où il faisait bon vivre. Le beau temps s'était installé : cette année 1976 resterait d'ailleurs célèbre pour sa sécheresse exceptionnelle. Même en

Normandie, les prés avaient perdu leur traditionnelle viridité et les bêtes souffraient de tondre un gazon trop semblable à un tapis brosse. Par contre, sur les plages régnait la joie ; les estivants, ravis d'une pareille aubaine, ne laissaient perdre aucun rayon de ce soleil presqu'exotique.

Fleur, dont les neuf mois ne craignaient rien, se laissait plonger toute nue dans les vagues amicales de la Manche paisible. À ses yeux la mer devait ressembler à une gigantesque baignoire. Sa surprise fut de trouver à l'eau un goût très différent de celui de son bain habituel et ses grimaces écœurées ravirent tout le monde.

Gaël et Yan avaient trouvé des camarades et après un bain prolongé ils jouaient tous ensemble au volley-ball ou à saute-mouton, si bien que Pascal et Isabelle se retrouvaient seuls sous le grand parasol pourpre dont le reflet rosissait leurs visages. Cet été-là, Isabelle semblait un peu lasse. Elle disait que les garçons en grandissant lui causaient du tourment, mais Pascal devinait en sa cousine une tristesse latente, un désarroi qu'il ne s'expliquait pas.

Un jour qu'elle restait plongée dans un profond mutisme, le corps offert au soleil mais le visage caché dans ses bras repliés, il lui demanda doucement :

— Isabelle, que se passe-t-il ?

La jeune femme se redressa sur un coude et plongea son regard dans le sien, un peu égarée.

— Que veux-tu dire, Pascal ?

— Tu es si différente de l'Isabelle que j'ai toujours connue ! Toi qui étais la joie de vivre personnifiée, je ne te reconnais plus.

Elle détourna son visage avant de répondre.

— Je t'ai dit que les études de mes fils…

Mais il l'interrompit :

— C'est un prétexte commode pour cacher l'essentiel. Remarque, je ne cherche pas à provoquer tes confidences, tu peux te taire si tu veux, mais je sens que tu n'es pas heureuse, c'est comme si…, comme si tu avais perdu ta joie de vivre.

— Je suis ravie d'avoir un cousin aussi perspicace !

Mais son ironie tombait à plat, sans conviction.

— Isabelle, avant d'être ton cousin je suis d'abord ton ami, ne l'oublie pas et si cela peut te faire du bien de te confier…

Elle se redressa, nettement agressive.

— De me confesser, tu veux dire ? Décidément, avec cette habitude de fouiller dans les âmes et les consciences, tu es resté aussi curé qu'avant !

Avant qu'il ait pu répliquer elle s'était enfuie vers l'eau où elle plongea dans un grand éclaboussement.

Cette fois Pascal se sentait vraiment alarmé. Isabelle cherchant une querelle, Isabelle repoussant son amitié ?

Mais qui l'avait donc changée ainsi, quel événement avait bouleversé cette femme charmante, quelle fêlure entamait le cristal de cette âme adorable faite pour la joie et la lumière ? Il lui pardonnait son injustice, il la sentait sur la défensive, malheureuse et peut-être en danger.

Comment aider un cœur qui se dérobe ? Il décida de ne plus rien tenter pour l'instant. Peut-être viendrait-elle d'elle-même à lui si la pression intérieure se faisait plus forte, irrésistible. Il fallait patienter et prier pour elle...

Plusieurs jours passèrent ainsi. Pascal regardait Isabelle à la dérobée et celle-ci, consciente de ce regard, se forçait à rire et à plaisanter, mais le cœur n'y était pas, le sourire n'éclairait pas les yeux bleus, n'y allumait plus aucune étoile. Tout pourtant semblait idyllique dans le tableau familial qu'ils formaient aux heures des repas.

Pascal présidait, flanqué de Gaël à droite, de Yan à gauche, Isabelle en face de lui s'occupant de Fleur qui ne cessait de babiller, de rire aux éclats, heureuse d'amuser la galerie par ses facéties de diablotin.

Mme Lagantat, soulagée de se sentir un peu relayée dans son rôle éprouvant de mère-poule, se laissait aller à la gaieté générale et semblait trouver la détente des repas particulièrement agréable. Au loin la mer brillait d'un éclat métallique, les oiseaux se taisaient, le soleil redoutable en son zénith régnait sur un monde silencieux.

Au manoir la canicule ne parvenait pas à tarir la verve des enfants et leurs voix résonnaient sous les grands arbres où était dressée la table.

Pascal goûtait particulièrement ces jours de détente. Il se sentait vidé, harassé, cheval de trait qui a porté trop longtemps un lourd fardeau. Le sien n'était que responsabilités et soucis de gestion. Bien sûr, sa fortune lui assurait une vie matérielle totalement dépourvue de craintes, mais parfois il lui arrivait de regretter les années où il vivait chichement de la maigre obole octroyée aux prêtres du diocèse. La musique lui manquait, l'orgue surtout, mais il n'avait plus le temps de s'y consacrer.

Peu avant le 15 août, la chaleur augmenta encore. L'eau commençant à manquer un peu partout, on remit en service le puits abandonné qui permit de maintenir en vie les légumes du jardin. Depuis longtemps le jardinier n'arrosait plus les pelouses qui viraient au jaune brunâtre.

Après le repas, les enfants énervés s'enfonçaient dans le parc. Ils n'avaient jamais envie d'aller se coucher et Fleur elle-même éprouvait quelques difficultés à s'endormir ; ce soir-là elle se laissa emmener sans opposer de résistance.

Quand Isabelle revint vers Pascal, elle se laissa choir dans le rocking-chair qu'il avait tiré près du sien mais elle ne parla pas. La nuit n'en finissait pas de tomber, le ciel restait lumineux et de la terre ne montait aucune fraîcheur. Tous les êtres vivants, animaux, plantes et même minéraux semblaient attendre un message mystérieux qui leur annoncerait la venue d'une ondée. Le firmament s'obscurcit enfin, par degrés, les étoiles s'éveillèrent et seul subsista au couchant une large bande orangée.

De la terrasse parvenait, par bouffées, l'odeur de viande grillée que dégageaient les cendres encore chaudes du barbecue. Une légère fumée bleuâtre s'étirait dans l'air calme, seule manifestation de vie, les pierres de la façade renvoyaient la chaleur qu'elles avaient emmagasinée pendant le jour, ce qui rendait l'atmosphère encore plus étouffante, presque irrespirable.

— Si nous allions nous promener dans le parc ? suggéra Pascal qui sentait une moiteur traîtresse envahir son dos.

— Je veux bien.

Ils s'éloignèrent de la maison et s'engagèrent dans la belle allée qui menait au portail principal. Le mouvement de la marche les soulagea de la touffeur ambiante. Isabelle gardait les yeux fixés sur le gravier. Sa robe blanche la transformait en fantôme vaporeux et Pascal se rappela l'émoi de ses dix-huit ans, cet amour si violent et si vite fané qui les avait jetés l'un vers l'autre l'espace d'un été... Y pensait-elle encore, cette femme qu'il s'était laissé arracher par la menace, cette amie à qui il avait préféré Dieu ?

Il n'avait pas épousé Isabelle et Dieu s'était dérobé à son tour. Depuis, il n'avait jamais connu les joies simples de la vie : prendre une femme dans ses bras, la bercer, lui murmurer des mots sans suite, simplement parce qu'il est bon d'aimer et d'être deux.

Quarante ans ! Pour la première fois il prenait conscience que les plus belles années de sa vie d'homme étaient derrière lui, irrémédiablement figées dans des situations, des expériences qui l'avaient sans doute enrichi mais en lui laissant une étrange sensation d'insatisfaction, comme s'il lui restait encore à s'accomplir en tant qu'être humain.

Alors, quarante ans pour rien ? Pourquoi soudain remettait-il sa vie en question ? Bien sûr il avait eu la vocation religieuse, pendant des années il s'était consacré aux hommes et à Dieu. Puis il avait perdu le contact divin et avait changé de cap par honnêteté. D'où lui venait alors ce soir cette sourde angoisse. N'était-il pas maître de son destin, libéré de tout lien ? Non, Dieu s'était tu, toutes les certitudes avaient fui, mais l'Ami de toujours restait présent en lui, dans une région encore inexplorée de son esprit ; seulement il ne savait plus comment renouer le dialogue. Et la vie passait...

— Isabelle...

— Oui ?

— Est-il possible de vivre sans certitude ?

Sa voix résonna sous les arbres et sa compagne s'immobilisa à ses côtés, comme pétrifiée.

— Pourquoi me demandes-tu cela ?

— Parce que je ne sais plus où je vais, j'ai l'impression de perdre mon identité, ou plutôt de ne plus savoir qui je suis, ou même si j'existe vraiment.

Il se tut. Isabelle respirait vite, comme un être qui vient d'être frappé par surprise.

— Toi aussi Pascal, toi que je croyais si fort, si équilibré ? Ah ! mon Dieu, que de souffrances à endurer ! Comme je me sens abandonnée aussi !

— Mais toi, tu as une famille ! des enfants !

Il la sentit se raidir dans l'ombre. Sa voix se fit rauque, douloureuse.

— Des enfants ? Une famille ? Mon pauvre Pascal, mes enfants ne m'appartiennent pas, ils ont une vie propre, en dehors de moi ; certes ils sont nés de ma chair, se sont nourris de ma substance, c'est tout. Maintenant qu'ils sont grands je les sens s'éloigner de tout ce qui a été leur enfance, ils le font avec la cruelle joie instinctive des oiseaux qui vont quitter à jamais le nid ; ils ont tellement envie d'essayer leurs jeunes ailes, mais pour une mère c'est la fin, tu comprends, la fin d'un monde, le vide, le sentiment de l'inutilité, l'abîme de la solitude, de la vieillesse proche... le néant entrevu.

Pascal, interdit, écoutait jaillir cette plainte, flot trop longtemps contenu qui trouvait enfin une vanne par où il s'écoulait en vagues tumultueuses. Il comprit que plus rien n'arrêterait Isabelle. Elle avait atteint ce point de non retour au-delà duquel il n'existe plus de pudeur, plus de frein, où le cœur saignant a besoin d'étaler son intime détresse sinon il en meurt.

Il hasarda cependant :

— Il te reste ton mari !

Un sanglot se brisa dans sa gorge.

— Mon mari ? Parlons-en, de mon mari. C'est un homme dont toute femme rêverait, je n'ai rien à lui reprocher, il a toutes les qualités : sérieux, travailleur, plein d'attention pour moi et d'amour pour les enfants...

Sa voix fléchit et elle acheva dans un murmure :

— Je ne l'aime plus...

Ainsi, Isabelle aussi était parvenue à l'heure des bilans que l'on dresse, jalons posés sur le parcours de la vie, étapes bienfaisantes ou douloureuses qui permettent de faire le point, de jeter un regard à la fois sur le passé et l'avenir avant de repartir, si on le peut.

— Quel déchirement, Pascal, de constater un échec conjugal aussi total, aussi irrémédiable, à l'heure où l'on a le plus besoin de se retrouver, sinon face à l'amant des premières années, du moins auprès du compagnon avec qui on pensait parcourir le dernier bout de route commune.

— Comment est-ce arrivé ? Es-tu sûre de ne pas traverser une crise ?

— Ce serait trop beau d'y croire. Pendant des années j'ai vécu d'illusions, j'ai joué les autruches et ça marchait parce que la vie m'entraînait dans un tourbillon délicieux. Il y avait les enfants d'abord, la situation de Jean-Louis à affirmer, les réceptions à préparer, la maison à construire. Tous les bonheurs à la fois ont rempli mes mains avides de les cueillir, je les ai crus éternels, m'appartenant de droit divin, comme un dû que le destin me donnait sans réserve. Oui, pendant vingt ans ma coupe a été pleine à déborder et je trouvais cela normal.

Et puis, l'an dernier quelque chose en moi a craqué. C'est venu petit à petit. D'abord les enfants ont changé de lycée et ils ont déjeuné à la cantine, c'était mieux pour eux. Je me suis retrouvée seule dans la grande maison silencieuse ; oh ! ces repas solitaires dans la salle à manger que les rires des garçons n'animaient plus ! Bien sûr, il y avait le va-et-vient des domestiques mais on m'a appris que chacun doit rester à sa place. Je les entendais rire à l'office et j'avais presque envie d'aller m'asseoir à leur table, ce qui était idiot, naturellement. Quel soulagement, le soir, de voir revenir les enfants ! Je guettais leur arrivée derrière les rideaux sans le leur dire car leur fierté de jeunes mâles en aurait souffert. Puis c'était le retour de Jean-Louis et le repas du soir qui nous réunissait tous. Jamais je n'avais autant apprécié les petites anecdotes, les récits pleins d'humour qui me faisaient partager la vie de mes enfants. Jean-Louis parlait peu, lui, on aurait dit que ces rires, ces histoires l'agaçaient. C'est à cette époque que j'ai commencé à me détacher de lui, je crois. Quand nous étions seuls, nous ne trouvions rien à nous dire. Si j'essayais de me rapprocher de lui, il devenait évasif comme s'il désirait dresser un mur de silence entre nous. Ses affaires l'absorbaient de plus en plus, il devait s'absenter souvent, même à l'étranger et, quand il rentrait, au lieu de me raconter ce qu'il avait vu ou fait, il se déclarait fatigué et demandait qu'on le laisse tranquille. J'ai cru qu'il avait une liaison mais il semble bien que non car depuis le début de l'année il est revenu à moi, plus amoureux que jamais.

Je ne peux plus répondre à son amour, la marionnette est brisée, je me sens froide, indifférente entre ses bras ; il est très malheureux, je m'en veux de lui causer du chagrin mais le cœur n'y est plus. Nous souffrons chacun de notre côté, nous ressemblons à deux naufragés accrochés à une planche pourrie qui vogue à la dérive. Il me restait un petit espoir : ces vacances et la séparation qu'elles nous imposent. Depuis deux semaines je m'interroge sur notre vie conjugale, sur ses chances de survie, seule l'angoisse répond à mes questions.

— Que vas-tu faire ?

— Essayer de tenir, pour les enfants, jusqu'à leur départ et puis...

— Pourquoi ne parles-tu pas à Jean-Louis de tes problèmes ?

— J'ai essayé, mais il a trop d'orgeuil pour admettre qu'on puisse ne plus l'aimer. Il me coupe la parole dès que j'aborde la question, parle de dépression nerveuse et me propose une cure de sommeil dans une maison de repos ! Voilà où nous en sommes et si cela continue je vais vraiment devenir neurasthénique.

— Vous sortez beaucoup pourtant ? Cela devrait te distraire ?

— Pendant des années j'ai fréquenté des cocktails, des garden-parties, des ventes de charité et assisté à divers galas. L'éclat factice de ces réjouissances me comblait, j'étais toujours celle qu'on admirait, vers qui convergeaient regards et hommages. Maintenant je réalise mon erreur. Cela ne m'a rien apporté. Les hommes et les femmes sont faux, ils portent des masques de gaieté et d'amitié ; dessous, en réalité ils sont grimaçants, dévorés par la jalousie, l'envie, la mesquinerie. À part René Dujasmin qui s'est révélé un véritable ami mais que nous voyons peu, je crois que tous les autres sont des hypocrites, des lâches...

— Quelle sévérité, Isabelle, pour ces gens que tu as fréquentés si assidûment !

— Tu dois me trouver injuste, Pascal, je le suis sans doute parce que je suis déçue. Les visages mentent, les corps mentent, je n'en puis plus de faire semblant, maintenant que j'ai appris la vérité sur la plupart d'entre eux et comme je ne sais ce que cachent les autres, je les rejette tous en bloc.

— Que s'est-il passé ?

— Ce serait trop long à expliquer. Sache que j'ai percé certaines personnes à jour et j'ai pu éviter ainsi quelques catastrophes, mais j'en suis sortie écœurée à jamais. Elles sont trop riches, vois-tu, trop égoïstes et n'ont aucun respect pour les autres...

— Pourquoi cette découverte t'affecte-t-elle ainsi ?

— Parce que tout m'abandonne à la fois : mes enfants, mes illusions sur l'amour et sur l'amitié, ma vie bascule, je ne sais plus à quoi me raccrocher... et j'en meurs.

Un sanglot lui échappa et elle se laissa aller contre un arbre proche. Pascal ne savait comment lui venir en aide. Il s'approcha de cette forme prostrée et prit la main abandonnée qu'il serra dans la sienne.

Ils ne prononcèrent plus un mot sur le chemin du retour, leur silence était peuplé de douloureuses pensées que ni l'un ni l'autre n'avait le courage de chasser. Pascal espérait que cette confession rendrait à Isabelle une partie de sa sérénité et lui-même une fois de plus se désolait de son impuissance à soulager un être humain en dépit du flot d'affection qui gonflait son cœur.

M. Mercuret arrivait le surlendemain ; parviendrait-il à les aider grâce à son infinie sagesse ? Comme Pascal espérait soudain sa présence ! Cet homme lui semblait seul capable de comprendre leurs tourments et de leur donner des directives spirituelles.

JOURNAL

16 août 1976

M. Mercuret est ici et depuis son arrivée l'atmosphère est différente. J'ai éprouvé un réel plaisir à le revoir, inchangé, éternel en quelque sorte ; il n'a pas pris une ride, de ses yeux émane la même douceur un peu détachée. Pourtant chez cet homme sobre de gestes et de paroles, dépourvu d'émotions, j'ai senti vibrer une tendresse cachée quand il a vu Fleur. Je suis sûr que ses yeux se sont embués quand il l'a prise dans ses bras et l'enfant a eu vers lui le geste spontané qu'elle réserve à ses seuls intimes : elle a passé sa menotte sur le vieux visage, dans un geste de reconnaissance et de confiance totale. Ces deux-là semblent faire depuis une merveilleuse paire d'amis.

Un peu plus tard, alors que nous causions dans le jardin, il m'a parlé de Marie-Dolorès et sa voix s'est altérée en évoquant leurs longues conversations à Combolivier.

— Vous l'aimiez beaucoup, n'est-ce pas ? ai-je eu l'audace de lui demander.

Il a posé sur moi ce curieux regard qui va si loin au fond des âmes.

— Je l'aimais, a-t-il dit simplement.

Ce fut tout, mais quelle révélation !... J'en ai eu la chair de poule. Ainsi cet homme si proche de la divinité, si détaché des passions terrestres a connu l'amour ! Comme ce sentiment a dû être beau, total, empreint d'esprit de sacrifice, bien différent de ce qu'éprouvent les êtres humains pour ceux qu'ils disent aimer. Je me suis levé et je suis allé chercher le brouillon du poème inachevé : « *À mon Maître bien aimé...* »

Il ne l'avait jamais lu auparavant, cela s'est vu au soudain tremblement de ses mains, à la pâleur de ses joues.

« *Que de fois, cher gourou, j'ai pleuré dans tes bras.* »

Peut-être n'aurais-je pas dû lui montrer ce papier, il a ranimé en lui de cruels et tendres souvenirs.

— Vous l'avez lu, n'est-ce pas ? a-t-il demandé.

— Oui, monsieur. Je l'ai trouvé entre les pages d'un livre qui vous appartient, je ne savais pas ce que c'était, sinon...

— Cela n'a pas d'importance. À vous qui l'aimiez beaucoup aussi je peux dire que cette femme fragile, si vulnérable mais si passionnée et entière m'a beaucoup apporté. Avant de la rencontrer j'éprouvais une certaine réserve vis-à-vis des femmes ; j'en côtoie beaucoup, mon travail le veut ainsi et j'ai appris à les connaître, sans les juger d'ailleurs. Oh, remarquez, les hommes ne sont pas meilleurs, ils sont même plus orgueilleux, plus accrochés à leurs défauts, mais je suis un homme et malgré tout je les comprends mieux.

Mes incarnations précédentes expliquent bien cette attitude : j'ai été moine plusieurs fois et mes rapports avec l'autre sexe ont dû être très superficiels, seulement ceux qui lient un enfant à sa mère pendant les premières années de sa vie.

Nous avons ri et il a repris :

— Mais elle ! Quand je l'ai vue pour la première fois elle se trouvait dans un tel état physique et moral ! Un petit chien qui va se noyer ! Je l'ai sauvée du désespoir et j'ai essayé de lui redonner la joie de vivre. Un être humain qui revient à la vie et recommence à sourire, c'est un spectacle inoubliable. Il y avait en elle tant de tendresse, de sensibilité, mais aussi de violence, de douloureuse révolte que, à mon insu, j'ai été fasciné par sa complexité. Au cours de la même soirée elle pouvait se montrer douce et soumise, rester immobile à m'écouter, ses yeux sombres chargés d'une curiosité dévorante fixés sur les miens ; si une de mes paroles la plongeait dans la perplexité elle m'interrompait et exigeait des explications immédiates, complètes et définitives. Ou bien une révélation inattendue frappait son âme avec force et une détresse sans nom lui arrachait des larmes. Alors elle se jetait dans mes bras comme une petite fille qui recherche un asile, une protection et elle sanglotait longtemps ainsi ; je caressais doucement ses cheveux sans parler. Enfin, apaisée, elle me souriait à travers ses larmes. Mais elle pouvait aussi se révolter contre mon enseignement ; alors elle se dressait face à moi comme un jeune fauve, griffes en avant, n'hésitant pas à me contredire, à me traiter avec une violence venue du fond des âges, du temps où ses instincts parlaient plus fort que sa raison. Comme je ne manifestais aucune colère, sa révolte venait se briser contre mon indifférence apparente et, réalisant toute la sottise de son attitude, elle me demandait humblement pardon, embrassait mes mains avec humilité en versant d'autres pleurs.

Parfois aussi, quand elle se montrait d'humeur gaie, nous riions comme deux enfants complices. Elle avait tellement besoin de gaieté, d'espoir, tellement besoin d'être rassurée, aimée, choyée ! Son mari qui l'adorait ne savait pas toujours lui exprimer ses sentiments, alors elle se rattrapait sur moi, d'une certaine façon. Mon rôle de guide, notre différence d'âge aussi l'autorisaient à se montrer à moi sous son vrai jour ; elle savait que j'étais un ami inaliénable, que je reviendrais toujours vers elle, quoi qu'elle puisse dire ou faire.

Face à un homme plus jeune elle se serait retenue, elle aurait voulu sauver la face. Avec moi elle savait que c'était inutile.

Je dois vous avouer que cette expérience a été unique dans ma vie. J'ai souvent dû faire appel à toute ma patience, à tout mon détachement afin de ne pas répondre à sa violence par la violence, à sa tendresse par trop de tendresse car aucune femme avant elle ne s'était ainsi abandonnée à ma volonté, aucune femme ne s'était permise de venir se nicher dans mes bras ; il faut croire que cette femme-enfant avait su trouver le défaut de ma cuirasse !

En sa présence j'ai bien souvent réalisé ce qu'une sincère amitié féminine peut apporter à un homme qui a été, comme moi, sevré dès l'enfance de tendresse, ma mère m'ayant abandonné à la naissance. Avant de rencontrer Marie-Dolorès je ne savais pas à quel point cela m'avait manqué, je me croyais au-dessus de ces sentiments et c'est peut-être mon mépris inconscient qui a incité Dieu à me donner une leçon d'humilité ! Elle a illuminé l'automne de ma vie par sa grâce et sa beauté et elle m'a rendu plus compréhensif, plus proche des passions humaines que je ne l'étais jusqu'alors.

Veuillez m'excuser d'avoir parlé aussi longuement, ce n'est pas dans mes habitudes, vous êtes le seul qui l'ayez connue assez pour me comprendre... Ce poème posthume a réveillé de bien doux souvenirs et de bien amers...

Nous n'avons plus rien dit. J'ai respecté sa méditation. Peut-être à ce moment-là la voyait-il comme elle est maintenant, âme désincarnée, puisqu'il a ce pouvoir...

Cet aveu m'a rapproché de lui. Quelle âme il faut avoir pour pouvoir, simplement, avouer une faiblesse, quelle grandeur cela suppose ! Tant de saints ont subi des tentations, l'Eglise nous le dit. Jésus lui-même dut affronter Satan, c'est-à-dire sa propre vérité intérieure et je suis sûr qu'il a soutenu contre elle un âpre combat avant de pouvoir dire avec conviction : « *Vade Retro Satanas* » et d'être ainsi libéré à jamais de ce qui retient l'être humain à ses chaînes d'esclave. De quelle nature fut son combat ? Dut-il renoncer à un besoin de puissance informulé jusqu'alors ?

Sa nature divine lui donnait la possibilité de régner sur la terre parce qu'il connaissait les lois qui donnent le pouvoir infini. Peut-être a-t-il entendu l'appel irrésistible de l'ambition, effroyable tentation à laquelle il a résisté. Si ce combat a réellement eu lieu, il restera un secret entre Dieu et lui. Il a été le plus fort, il a enchaîné ses passions, ou plutôt il les a consumées au feu de sa Foi, de son Amour, de sa Connaissance et a offert ce sacrifice au Maître divin. C'est ce jour-là qu'il est entré dans l'éternité.

Et moi ? Je me pose la question ce soir dans le silence de mon bureau. Aucune passion ne m'a jamais vraiment effleuré. J'aime la musique, j'aime Fleur, j'aime la vie, mais sans cette intensité ravageuse que certains semblent connaître, qui détruit tout dans leur existence comme après un raz de marée. Me sera-t-il donné de connaître cet affrontement, ou mon karma m'en dispensera-t-il ? Il faudra que je pose la question à M. Mercuret. Si Dieu le permet, il me répondra.

C'était l'heure délicieuse qui suit le repas du soir. Gaël et Yan ne songeaient pas à quitter la table bien que le dessert ait disparu depuis longtemps dans leurs jeunes estomacs avides. Depuis l'arrivée de M. Mercuret ils étaient sous le charme de cet homme étrange, si doux et si savant à la fois, qui semblait mieux connaître leurs secrets besoins que leur propre mère. Que de questions ils lui avaient posées depuis deux jours ! Ils étaient intarissables, leur soif de connaissance semblait n'avoir aucune limite. Fleur elle-même ne voulait jamais le quitter. Auprès de lui elle restait étonnamment calme. Son petit visage prenait un air réfléchi inhabituel et tout à fait comique, comme si elle essayait de résoudre une énigme trop difficile pour elle.

M. Mercuret disait qu'en sa présence les enfants les plus turbulents se calmaient parce qu'ils subissaient l'influence apaisante de son aura. Même Isabelle avait retrouvé le sourire. Avec joie Pascal remarquait la décrispation des lèvres, la douceur revenue dans le clair regard, en même temps que l'espoir, car elle, la sceptique, avait accepté de se confier à cet homme dont Pascal lui avait vanté les mérites quelques mois auparavant. Que s'étaient-ils dit ? Pascale pensa que l'entretien avait dû être dramatique, la veille, car Isabelle en était sortie les yeux rouges et elle s'était retirée dans sa chambre sans un mot d'explication. Mais ce soir elle souriait, comme délivrée d'un fardeau et cela suffisait à la tendresse inquiète de Pascal.

Isabelle et les enfants se retirèrent vers dix heures, au moment où un peu de fraîcheur commençait enfin à descendre des ramures immobiles. Pascal en fut heureux, il avait lui aussi bien des questions à poser et de leurs réponses dépendait l'orientation de sa vie future.

— Monsieur, vous savez que je suis allé en Inde où j'ai rencontré mon guide : une femme qui vous ressemble tellement sur le plan spirituel ! Elle a confirmé tout ce que vous m'aviez dit à Combolivier et même elle a complété votre enseignement. Avant de la quitter elle m'a promis que je la reverrai ici-bas. Mais comment serait-ce possible ? Elle ne peut pas se déplacer, je suis moi-même retenu ici par mes affaires et dans sa dernière lettre mon correspondant de l'ashram me dit que Ma s'affaiblit de jour en jour, il pense qu'elle ne va pas tarder à quitter son enveloppe terrestre.

— C'est exact, votre guide s'éteindra vers la fin de l'année. C'est elle qui m'a demandé de venir.

— Mais comment...

— Il existe une communauté spirituelle dont vous ne pouvez soupçonner l'existence, mon enfant. Croyez-vous que les êtres parvenus à un certain stade de spiritualité ont besoin de s'envoyer des télégrammes ou de se téléphoner ? Votre guide est venue me voir dans son corps astral il y a un mois environ. Elle m'a dit que vous auriez bientôt besoin de mon aide. J'ai reçu votre lettre quelques jours plus tard et je suis venu aussitôt, obéissant à cet appel impérieux.

Pourquoi vous étonnez-vous que l'enseignement reçu ressemble au mien ? La Vérité est Une, comme l'est Dieu, même si elle se manifeste sous différentes formes. C'est cette erreur grossière qui a longtemps laissé croire aux Occidentaux que leurs frères Orientaux sont polythéistes, tant ils semblent adorer de divinités différentes. Sous ces apparences se cache l'Unité, le Noumène opposé aux phénomènes. Dieu joue avec nous et se présente tour à tour à notre esprit sous l'aspect terrifiant, destructeur, de Vischnou, ou sous l'aspect tendre et maternel de la Vierge, telle que les Chrétiens la voient et l'aiment, car ils ont parfois besoin d'être secoués de leur torpeur ; parfois aussi la tendresse leur est nécessaire, elle les console des cruautés et des angoisses de l'existence.

— Je comprends cela, dit Pascal. Ne trouve-t-on pas la Trinité dans toutes les religions ou presque ?

— Cela correspond à la Vérité. Mais remarquez cependant que l'aspect féminin de la Trinité a été totalement occulté dans les religions d'origine judéo-chrétienne. La Femme en tant que Mère a été remplacée par le Saint-Esprit !

— Pourquoi ?

— Parce que cette religion refuse à la femme la place qu'elle doit occuper sur le plan spirituel, ce qui a eu pour effet de l'écarter de la société, d'en faire un objet impur, une esclave ; cette attitude contre-nature n'existe pas dans les religions orientales où la femme est honorée.

— Pourtant un courant contraire s'est manifesté au cours des siècles. Comment expliquez-vous ce lent revirement ?

— La Vérité finit toujours par triompher et sortir du puits, quel que soit le soin que l'on prenne à la noyer.

En Occident, ce sont les Druides qui ont donné l'exemple. Chez eux la femme atteint le haut grade de Druidesse si elle le mérite car le Père éternel n'a fait aucune discrimination entre les sexes. En Orient, l'homme représente l'aspect Yang de la nature, symbolisé par le soleil, l'or, la chaleur, la force centripète ; la femme représente l'aspect absolument complémentaire sans lequel aucune vie n'est possible, c'est-à-dire le Yin, la lune, l'argent, l'humidité, la passivité et la force centrifuge.

C'est donc aux Druides et à leur influence que nous devons un lent revirement de la situation. Quand le Christianisme a envahi la Gaule, ils ont dû se cacher pour éviter les persécutions dont ils étaient l'objet de la part des nouveaux fanatiques, toutes les religions ayant les siens, hélas !

Comme les Druides détenaient la Connaissance, peut-être héritée des Atlantes, spécialement en astronomie, ils eurent la sagesse de ne pas lutter ouvertement contre le nouveau culte. Cette prudence évita leur extermination. Élève d'Étienne Harding, Saint-Bernard de Clairvaux, le célèbre bâtisseur de monastères, ami de Saint-Malachie, contribua largement à cette absorption pacifique et intelligente d'une religion par une autre. Ces initiés connaissaient les secrets relatifs aux constructions, c'est-à-dire les propriétés des formes géométriques, donc des nombres, et les lois de la pesanteur qui permirent aux maîtres d'œuvre d'édifier les merveilleuses cathédrales gothiques* avec leurs hautes voûtes en forme de nef renversée et leurs piliers aériens. Inutile de vous dire que ces secrets furent bien gardés et transmis jusqu'à ceux qui plus tard

---

**. L'art gothique est la déformation orthographique du mot argotique. La cathédrale est une œuvre d'argot (cabale parlée, langage hermétique compris des seuls initiés).*

prirent le nom de Francs-Maçons et les fiers Compagnons qui en sont les actuels dépositaires.

— D'après vous les cathédrales n'ont pas été de simples bâtiments destinés à la prière ?

— Oh non ! D'ailleurs réfléchissez à l'argent qu'il a fallu investir dans ces monuments ! Quelle ville, si riche soit-elle aurait pu se les offrir ? L'explication est ailleurs ; les Templiers détenaient à l'époque la puissance spirituelle et temporelle du monde occidental en particulier, ce sont eux qui ont financé les cathédrales, cela ne fait aujourd'hui aucun doute.

— À quoi servaient-elles ?

— Elles étaient un résumé des connaissances ésotériques qui ne devaient pas être perdues. Pour le profane, ce sont des lieux de réunion, de prière, de culte, mais pour celui qui sait lire « entre les pierres », si je puis m'exprimer ainsi, quel livre merveilleux elles représentent ! Rien n'était laissé au hasard, toute dimension a son importance : la hauteur des voûtes, la distance entre les piliers, l'orientation du chœur, tout, vous dis-je, contribue à faire de ces lieux un véritable sanctuaire, un endroit unique où l'homme peut élever son âme vers Dieu parce que tout parle d'élévation, de transfiguration, d'alchimie mentale et spirituelle.

Les Initiés savent que chaque cathédrale représente un degré de l'initiation. Le Grand Œuvre que chacun doit réaliser en soi est symbolisé entre autre par le nombre de portails et la couleur des verrières. On parle beaucoup de Chartres. La couleur bleue de ses vitraux fait d'elle la première étape, correspondant en alchimie à l'Œuvre au Noir. Puis, matière et esprit passent par l'Œuvre au Blanc*, à Tours, où les vitraux sont multicolores. L'Œuvre au Rouge est le couronnement, la finalité. Savez-vous où est le véritable centre de cette ultime initiation ? À Bourges, mon ami, dont les vitraux sont… rouges et qui possède (fait unique) sept omphalos représentant les 7 chakras ! Bourges, patrie de l'alchimiste et trésorier Jacques Cœur véritable omphalos de notre pays ! Est-ce encore un hasard ? Voilà pourquoi certaines de ces cathédrales devenaient des hauts lieux de pèlerinages où autrefois la ferveur populaire se manifestait d'instinct, à une époque, il est vrai, où la foi régnait encore, vive et ardente, dans chaque homme et chaque femme.

— Faut-il donc parcourir le long chemin qui sépare ces trois cathédrales pour devenir un initié ?

— Cela peut être utile, mais certaines cathédrales contiennent en elles le chemin initiatique complet. J'aimerais vous faire visiter la cathé-

---

*. *Œuvre au blanc : le mélange de toutes les couleurs donne le blanc.*

Monuments druidiques de Carnac

… **Un dolmen**, en Celte se dit *taol-men*, c'est la pierre-table,
la racine *ta* signifiant la main ouverte,
celle que l'on pose à plat sur la table,
qui donne des *ta*loches,
offre un *ta*lisman,
ou se referme sur ses *ta*bous…

drale de Guingamp, par exemple. Vous comprendriez vite : les vitraux Nord sont bleus, la rosace Sud est multicolore, les vitraux ouest sont rouges, représentant ainsi les trois étapes du Grand Œuvre.

— Et à l'Est, que se passe-t-il ?

M. Mercuret prit un air grave et recueilli.

— Quand l'Initié a parcouru victorieusement les trois étapes de l'initiation, il est en mesure de fabriquer l'Or, son âme elle-même est d'une pureté totale, elle rayonne comme un ostensoire, car elle a subi la transmutation suprême de l'humain au divin. Où sont donc orientés tous les autels ?

— À l'Orient !

— Ce mot ne contient-il la syllabe sacrée du métal précieux, l'or riant ! Quand le prêtre consacre l'hostie il l'élève au-dessus de sa tête, vers le soleil levant qui se déverse des vitraux (souvent au nombre de trois.) Il est lui-même alors recouvert de la chasuble d'or. Tout concorde, vous le voyez. Comprenez-vous maintenant ce qui se cache derrière les rites ? Le malheur est que les gestes sacramentels ont perdu leur signification originelle, il reste la lettre, l'esprit a disparu.

— Nous avons, il me semble, perdu de vue le problème initial : la femme.

— Je crois, au contraire, que nous sommes au cœur du problème. D'aucuns ont comparé la mandorle (l'ovale) contenue dans l'ogive du portail ou sculptée au milieu du tympan, à un sexe. Je ne suis pas loin de penser qu'ils ont raison car je rapproche ceci du Mythe de la Caverne, entrée étroite qui mène à la matrice. L'allée couverte de Gavrinis en est un exemple typique. De plus, chaque cathédrale est bâtie autour ou au-dessus d'un dolmen, mais peu de gens le savent. Il fallait apparemment faire disparaître les traces d'un culte antique pour faire place au Christianisme triomphant. Mais les Druides veillaient. Ils voulaient garder intactes les connaissances héritées de leurs ancêtres. La cathédrale est un dolmen amélioré...

M. Mercuret jouit de la stupéfaction de Pascal, puis reprit :

— Réfléchissez. Un dolmen, en Celte se dit *taol-men*, c'est la pierre-table, la racine *ta* signifiant la main ouverte, celle que l'on pose à plat sur la table, qui donne des *ta*loches, offre un *ta*lisman, ou se referme sur ses *ta*bous.

Toute table dolménique est une lourde pierre posée sur des menhirs (ou pierres levées). La ressemblance avec une cathédrale me semble évidente : la voûte cintrée ou en ogive posée sur ses piliers, permettant l'amplification des ondes telluriques, leur retombée sur les pèlerins. En réalité, la cathédrale est une sorte d'instrument de régénération humaine par des moyens naturels. Celle de Chartres possédait en outre un puits aux eaux miraculeuses que l'on venait boire de très loin. Elles avaient tout simplement pris naissance dans des courants telluriques bénéfiques qui les avaient dynamisées, chargées d'un magnétisme très efficace pour guérir certaines maladies. Or, toutes ces grandes cathédrales s'appellent des Notre-Dame. Est-ce encore un hasard ? Non. Sous l'influence des Druides et celle des Templiers (n'oubliez pas qu'ils détenaient eux aussi des secrets jalousement gardés) et probablement aux environs de l'an 1000, on décida d'honorer la Vierge Marie, ce dont personne ne s'était soucié jusqu'alors.

— C'est vrai !

— Ainsi, en donnant au peuple un modèle idéalisé, celui de la Mère, de la Femme qui a engendré un Dieu, les mentalités allaient lentement évoluer. L'image de la femme fut ainsi revalorisée. Considérez la prolifération de toutes les Vierges Noires, dont une des plus célèbres est celle du Puy. La mère de Dieu est devenue la mère de l'humanité toute entière. La femme a ainsi repris la place d'honneur qui lui est due, bien qu'il y ait encore des résistances de la part des hommes.

— N'allons-nous pas vers un matriarcat qui réduirait à son tour les hommes en esclavage ?

— C'est possible, mais alors ce ne serait pas du matriarcat. Dans ce système tel que le comprenaient les Celtes, chaque individu garde son identité et sa liberté, le respect des autres. Nous sommes loin de la ruche ou de la termitière dans lesquelles l'ensemble est au service d'une seule, affectée à la reproduction. Mais tant que les êtres humains n'auront pas acquis la même sagesse, je doute que nos sociétés humaines trouvent un équilibre durable et hommes et femmes continueront longtemps à s'entre-déchirer au nom d'une supériorité illusoire.

— Il est très tard, monsieur, je vous prie de m'excuser d'avoir ainsi abusé de votre temps. Vous devez avoir sommeil.

— Ne soyez pas confus. Je suis venu pour vous aider, les instants nous sont comptés. Qu'importent quelques heures de sommeil de plus ou de moins ? N'est-ce pas, de plus, le meilleur moment de la journée ? Il fait frais, enfin…

— Permettez-moi de vous poser une dernière question.

— Je vous en prie.

— Auriez-vous le pouvoir de faire cesser cette sécheresse, si vous le vouliez ?

— À vous qui êtes sur la Voie, je répondrai avec franchise : oui, j'ai ce pouvoir, mais je n'en use pas.

— Pourquoi ? Cela supprimerait bien des souffrances. N'êtes-vous pas ici pour aider les hommes ?

— Vous semblez oublier que les calamités nous sont envoyées pour nous permettre de réfléchir. Les esprits hautement évolués qui manipulent les fluides atmosphériques savent ce qu'ils font, on ne peut mettre en doute leur discernement. De quel droit viendrais-je contrecarrer des plans établis dans le but de faire progresser les hommes ? Vous savez qu'ils ne comprennent qu'un seul langage : celui de la souffrance. Laissez-les se gorger de bonne chère, se saouler de vins fins, laissez-les se remplir les poches de beaux billets et faire l'amour sur des lits voluptueux. Auront-ils encore des oreilles prêtes à entendre parler d'Amour, de Tendresse, de Renoncement ? Vous savez bien que non. Dieu se sert de l'aiguillon des douleurs pour les faire avancer dans le sillon où ils se vautrent avec tant de délices. Cette sécheresse oblige l'homme à regarder vers le ciel, à tendre les mains, à prier. Il en est de même pour chaque épidémie, séisme ou autre manifestation naturelle. Si j'intervenais, j'annulerais les bienfaits que les pécheurs doivent normalement tirer de leurs ennuis.

— Vu sous cet aspect-là, je comprends, mais pourquoi alors parvenez-vous à guérir des gens en leur imposant les mains ? Leurs maladies ne sont-elles pas nécessaires à leur évolution ?

— Vous avez tout à fait raison. Si vous le voulez bien, demain je vous parlerai des péchés capitaux.

Ils se lèverent en même temps et se dirigèrent vers la maison. Pascal n'avait pas sommeil, son mental s'agitait sous la pression des questions, aussi décida-t-il d'essayer de se calmer en faisant, seul dans sa chambre, quelques exercices de concentration.

En se réveillant, le lendemain, après une nuit calme et reposante, il vit que le temps restait inchangé. Dans le ciel pâle le soleil flamboyait, pareil à un de ces disques d'or qui ornaient les temples Incas selon les légendes parvenues jusqu'à nous. Ne dit-on pas que l'or Inca n'avait pas les mêmes propriétés que le nôtre, étant d'un poids spécifique différent ? Encore un secret perdu !

Pascal descendit dans la nursery où Fleur, endormie, reposait dans son petit lit. Elle avait repoussée son drap pendant la nuit et sur son front moite bouclaient quelques mèches brunes. Pascal se pencha vers elle et posa un léger baiser sur la menotte ouverte puis il resta un moment songeur devant le petit corps potelé. La porte s'ouvrit derrière lui, M. Mercuret entra. Ils échangèrent un sourire complice et regardèrent ensemble la fillette, l'un avec tendresse, l'autre avec intérêt. Puis, sans se concerter, ils sortirent et se dirigèrent vers la salle à manger où les attendait un copieux petit déjeuner.

M. Mercuret ne but qu'une tasse de thé sans sucre, comme à son ordinaire, mais Pascal fit honneur aux tartines beurrées et au café odorant. Il se sentait « bien dans sa peau » ce matin-là et la présence de son hôte l'emplissait d'une joie douce, d'un sentiment de sécurité extraordinaire.

— Monsieur, que pensez-vous de ma petite Fleur ?

— C'est une belle enfant, elle se développe tout à fait normalement.

— Sur ce plan-là je n'ai pas de soucis, Mme Lagantat veille sur sa nourriture avec un soin jaloux. Pourra-t-elle bientôt lui donner à manger de la viande ?

— Le plus tard possible. L'organisme des jeunes enfants n'est pas préparé à digérer les viandes ; en leur en donnant trop tôt on les expose à de graves ennuis futurs : rhino-pharyngites en cascade, troubles de la digestion, insuffisances hépatiques et rénales, entre autres.

— Vous avez bien fait de me mettre en garde. Peut-être d'ailleurs gagnerait-elle à s'habituer dès maintenant à un régime végétarien.

— C'est sûr. Un tel régime l'aiderait beaucoup sur le plan spirituel, car, je ne vous le cache pas, elle a un bon karma de gourmandise à purger et pour peu que vous les encouragiez, ses penchants naturels auront tendance à s'amplifier au cours des années. Votre rôle sera de l'aider à se corriger de ce défaut ; en commençant dès le berceau, ce sera relativement aisé.

— Voyez-vous d'autres dangers à éviter ?

— Oui, elle est la réincarnation d'un personnage qui a joué un certain rôle dans l'histoire de notre pays. Cet homme avait une grande foi, beaucoup de connaissances, mais aussi un orgueil qui neutralisait d'évidentes qualités spirituelles et le rendait totalement invivable. Son existence n'a été qu'une succession d'orages, de déchirements et s'est terminée dans une solitude angoissante.

— Je ne vois pas comment un homme qui a la foi peut être ainsi perturbé ?

— Cela dépend ce que vous mettez sous le vocable de foi. Si vous pensez foi = croyance en Dieu, alors la plupart des gens possèdent cette clé qui ouvre une des portes du ciel. Mais la véritable Foi, c'est bien autre chose, vous pouvez me croire. C'est d'abord s'abandonner totalement entre les mains de Dieu, croire contre toutes les apparences qu'Il veut notre bien avant tout, accepter sans révolte les décisions qu'Il prend pour nous, même si elles nous paraissent injustes et surtout douloureuses.

— Je comprends cela.

— Bien. Mais comprenez-vous aussi que l'Homme, quand il crie bien fort : « *J'ai la foi* », peut dans le même temps prouver par ses pensées et ses actes, le contraire de ce qu'il proclame ? On peut croire en Dieu et ne pas avoir la foi, ne pas en avoir plus que la valeur d'un grain de sénevé, de cette foi qui soulève les montagnes, permet de ressusciter les morts et peut changer la face du monde.

— Là, j'avoue ne pas bien saisir...

— Parce que vous n'avez pas compris qu'à chaque minute de sa vie l'Homme se dresse contre Celui qu'il prétend adorer ! Sa soumission n'est qu'apparente, il accepte facilement de faire la volonté de Dieu si celle-ci coïncide avec ses propres désirs... Sinon, il se révolte, il crie sa haine, il revendique ses droits, il expose ses besoins, il exige d'être entendu, écouté, compris, lui qui reste sourd à tout le reste, surtout aux souffrances des autres.

— Vous voulez parler de l'égoïsme ?

— De l'égoïsme qui est un des sept masques sous lequel se cache l'orgueil...

— L'orgueil ? Mais cela n'a rien à voir ; je sais ce que c'est que l'orgueil...

— Ah ! dit M. Mercuret en souriant. Puis-je vous poser une question ?

— Je vous en prie.

— Êtes-vous orgueilleux ?

Pascal ne prit pas le temps de réfléchir.

— Je ne suis pas de ceux qui se croient supérieurs aux autres, j'ai même tendance à me sous-estimer, je vous assure. Ma timidité...

— Est une forme d'orgueil, mon enfant... Une des pires, parce qu'elle donne bonne conscience à celui qui en est affligé : « *Je suis timide* ». Point, à la ligne. « *Je reste dans ma coquille. Si on me fait une remarque, je rougis, je perds pied... ou bien, je n'ose m'avancer dans une salle pleine de monde. Pensez donc, je suis si timide ! On va me remarquer, me critiquer peut-être !* » C'est la conscience que vous avez de vous-même, de votre moi, des réactions possibles dans l'entourage dès votre arrivée, qui créent ce complexe.

Êtes-vous si important ? Réfléchissez, pourquoi l'attention de vos pairs serait-elle fixée sur votre petite personne insignifiante ? Et si quelqu'un ricane sur votre passage, pourquoi le prendre pour vous, sans même chercher la vraie cause de cette manifestation insolite ?

— J'en conviens. Pourtant...

— Pourtant vous ne vous êtes pas rendu compte que vous étiez manœuvré par votre orgueil qui s'abrite ainsi derrière de bonnes raisons... Et vous allez, clamant partout : « *Moi je suis timide, je ne peux pas faire ceci ou cela, on va se moquer de moi* »... alors que vous passeriez totalement inaperçu !

— Vous avez parlé de sept masques. Quels sont les autres ?

— En premier lieu, la peur et le doute.

— La peur ? Le doute ?

— Si vous avez la foi, la vraie, toute peur, sous quelque forme que ce soit, doit être dissoute à jamais. Et croyez-moi, Pascal, juguler la peur est déjà tout un programme, car elle s'inflitre partout. Elle se penche sur votre berceau et ne vous quitte même pas après la mort car la peur est la fidèle compagne de l'homme qui ne s'est pas totalement donné à Dieu. Celui qui dit du bout de lèvres : « Le Seigneur est mon Berger », mais qui fuit épouvanté devant la mort, la souffrance, la maladie, la solitude, par cela même fait retomber sur lui la trappe du piège où il subit le choc en retour de ses terreurs.

« Il vous sera donné selon votre foi », dit-on.

Si chaque homme pouvait méditer cette parole quelques minutes par jour, se pénétrer de son sens profond, il deviendrait grand comme son père céleste, car la foi, dépouillée des oripeaux de carnaval dont on la recouvre, est seule capable de lui donner les ailes qui lui manquent pour atteindre la paix parfaite et définitive.

— Le doute est grand, cependant, vous ne pouvez nier, monsieur, que l'homme est obligé de douter souvent s'il veut arriver à la Vérité ? Si moi-même je n'avais pas un jour douté de ma vocation, seriez-vous ici en ce moment ?

— Le doute est nécessaire au débutant, au chercheur, à l'apprenti, au novice et ceci dans tous les domaines touchant à l'intellect et à l'esprit, sinon il n'y aurait que foi aveugle, donc sans discernement et au premier obstacle le doute reparaîtrait plus violent, plus destructeur… Cependant, un jour arrive où le débutant s'est affermi, il prend confiance en lui, il sait que ses maîtres lui ont enseigné la Vérité, il l'a vérifié maintes fois, il a établi des recoupements, son esprit lui envoie un message clair, le doute n'a plus sa raison d'être. Pourtant, soyez-en sûr, le disciple orgueilleux trouvera toujours une raison de douter, c'est plus fort que lui, cette tare le suivra partout, déformera les vérités les plus évidentes et le jettera dans des abîmes de douleur et d'angoisse car telle est la punition de ceux qui ont peur et de ceux qui doutent. Les autres, ceux qui ont surmonté ces deux écueils, apparaissent rayonnants d'une sérénité inaltérable. Ils se sont enfin établis en Dieu qui est le centre de tout, au lieu d'errer perpétuellement sur la circonférence et d'être ballottés comme des bouchons sur l'océan du doute et de la peur.

— J'ai besoin de méditer sur ce que vous venez de dire ; si c'est vrai, il y a peu d'êtres qui puissent se vanter d'avoir la Foi.

— C'est pour cela que bien peu de gens sont calmes et heureux sur notre terre…

— Et les autres masques de l'orgueil ?

— Ce sont le mépris, la curiosité, l'égoïsme, la jalousie, la méchanceté, l'intolérance ; chacun attirant une forme de maladie particulière. Les orgueilleux n'ont pas les mêmes maladies que les paresseux, les gourmands souffrent différemment que les luxurieux. Le degré de la maladie (ou des maladies, car on cultive toujours plusieurs péchés en même temps) dépend de l'enracinement de la faute. Ainsi, le luxurieux se verra puni à des degrés bien différents, il sera atteint de variole dans les cas graves et de roséole dans les cas bénins.

— C'est pour cela que vous ne pouvez pas guérir tout le monde ?

— Naturellement. J'essaie de faire prendre conscience aux gens du fardeau qu'ils traînent, la plupart du temps en vain. Mes premiers soins les soulagent toujours, ils font en général un effort pour m'écouter et redresser la barre. Puis la paresse, les habitudes, le manque de confiance finissent presque toujours par ressurgir et la maladie revient.

— Pourrait-on guérir un cancer ?

— Oui. Le cancer, comme toutes les maladies, se forme d'abord dans le monde des causes, puis il envahit le corps astral dont il diminue les vibrations ; le corps éthérique est altéré à son tour et par suite de l'abaissement de ses vibrations, la maladie s'installe dans un organe, généralement le plus faible. Il suffirait donc, quand il est encore temps, de se libérer de la distorsion correspondant à la maladie pour voir celle-ci disparaître ou même pour l'empêcher de se manifester.

— Monsieur, j'attendais votre arrivée avec impatience car j'ai une question très importante à vous poser. Fin juin il m'est arrivé de poser mes mains sur une cheville enflée, qui a guéri instantanément. Etait-ce le hasard, ou bien...

— Vous n'osez pas formuler votre pensée, n'est-ce pas ? Donnez-moi votre main gauche.

Pascal posa sa main sur la table, M. Mercuret la saisit entre les siennes et il sembla se retirer en lui-même, son regard devint vague, lointain...

— Serez-vous satisfait si je vous confirme que le Maître vous a accordé le don que vous désirez depuis si longtemps !

Le visage de Pascal s'éclaira.

— En êtes-vous bien sûr, au moins ? C'est si extraordinaire !

— Cela représente surtout de la part du Maître une grande marque de confiance ; il vous récompense de vos efforts, mais, de plus, il désire que vous appreniez à aimer davantage votre prochain. En voyant les gens dans la détresse, avec leurs maux physiques et leurs peines morales, vous progresserez.

— Ma vie sacerdotale m'avait un peu préparé à cela !

— Oui. Ce n'est pas par hasard que vous aviez été placé dans une banlieue pauvre et populeuse.

— Pendant des années j'ai confessé des pénitents et je me suis toujours senti impuissant à les soulager, même en paroles. Que ferai-je pour aider ceux qui souffrent quand cela se reproduira ?

— Les conditions ne sont plus les mêmes. Un guide se tiendra en permanence auprès de vous, il parlera par votre bouche. Quand on s'occupe des autres de façon désintéressée, on n'est jamais abandonné.

— Quand devrai-je commencer ?

— Ne vous occupez de rien, les choses se feront d'elles-mêmes. Votre seul souci doit être de vous préparer à cette nouvelle tâche, de purifier votre corps et votre esprit, de méditer souvent, d'apprendre à vous servir de ce don.

— Qui m'y aidera ?

— Ne suis-je pas venu à vous pour cela ? Je vais vous enseigner les rudiments du métier : où placer vos mains, à quels organes correspondent certains points du corps. Dès que vous serez confronté à un problème, vous m'écrirez ou mieux, vous me téléphonerez les jours que je vous indiquerai. Tachez de noter soigneusement tout ce que je vous enseignerai afin d'en faire votre profit pour plus tard.

— Dois-je changer mes habitudes ?

— Devenez végétarien, mais par étapes, sans vous forcer, sinon vous tomberez malade. Je vous indiquerai ce qui peut se faire en pareil cas. Buvez beaucoup entre les repas pour nettoyer les organes un peu encrassés, faites de la marche, respirez profondément par le nez et attendez la suite.

À ce moment-là de leur entretien, ils furent interrompus par l'arrivée de Gaël et de Yan qui s'installèrent aussitôt et réclamèrent toute leur attention. Puis Mme Lagantat apparut portant Fleur dans ses bras. Le bébé tendit ses petites mains vers son père qui l'assit sur ses genoux et lui donna quelques miettes de toast à picorer. En quelques minutes la séance d'initiation s'était transformée en un joyeux tableau familial.

C'est ainsi qu'Isabelle les découvrit tous lorsqu'elle repoussa ses volets au premier étage. Pour la première fois depuis longtemps elle avait bien dormi et se sentait tout à fait détendue. Pensivement elle regardait le crâne chauve de cet homme étrange qui lui avait asséné des vérités biens senties avec une calme autorité. Que de sagesse dans cette tête ! Qu'il serait bon de lui ressembler ! Elle s'habilla rapidement après avoir pris une douche et rejoignit les autres sur la terrasse.

M. Mercuret part demain. C'est décidé. Le repas du soir a été empreint de mélancolie. Pascal a le cœur serré. Il aimerait garder plus longtemps ce guide clairvoyant dont il a tant besoin ; il se sent si faible pour entreprendre la nouvelle tâche qui l'attend...

La journée a été bien remplie. Les deux hommes sont restés enfermés dans le bureau de Pascal et pendant de longues heures le Maître a enseigné à son nouvel élève les rudiments du métier de magnétiseur. Il lui a appris à se servir des pouls chinois, si commodes pour interpréter les messages des organes malades sans le truchement d'aucun appareil.

Pascal s'est exercé sur tous les membres de sa famille qui se sont mis à son service avec une joyeuse complaisance. Plein de fierté, il a pu annoncer à Mme Lagantat que sa vésicule biliaire semblait en mauvais état, que Yan, trop porté sur les sucreries fatiguait son pancréas et qu'Isabelle ferait bien de surveiller ses reins. Le Maître, très content de lui, l'a encouragé à s'améliorer sans cesse afin d'être toujours plus efficace.

Aussi, ce soir, Pascal se sent fatigué. Il a tellement concentré ses forces sur cet enseignement que la tête lui tourne un peu. Il craint de ne pas être à la hauteur le jour où de « vrais » malades viendront le consulter. Et s'il se trompait ? Le Maître dit qu'il n'y a aucun risque de voir empirer l'état d'un malade car même s'il ne place pas ses mains au bon endroit, les guides chargés de le surveiller pallieront son ignorance et répartiront au mieux le magnétisme qu'il aura donné. Il sera étroitement surveillé, du moins au début, jusqu'à ce qu'il ait fait ses preuves, et cela le rassure un peu.

Le repas est maintenant terminé. Isabelle a emmené les enfants au cirque. Le Maître et l'élève restent seuls dans la nuit chaude et ni l'un ni l'autre n'a envie de rompre un silence qui les rapproche autant que les paroles échangées au cours de la journée. Pascal a fermé les yeux, il prie de toutes ses forces pour que le Maître invisible le rende digne de devenir guérisseur. Il pressent que toute sa vie va être changée et un peu de désarroi s'insinue en lui.

M. Mercuret regarde se former ces pensées contradictoires qui se matérialisent pour lui en fontaines lumineuses changeantes, l'aura de Pascal reflétant tour à tour la joie, le doute, l'espoir, la foi. Lorsque Pascal prie, une merveilleuse teinte bleutée irisée sur les bords émane de lui, aussitôt remplacée par les nuances grisâtres du doute qui éteignent cette délicate aurore boréale.

Si les gens pouvaient se douter que toutes leurs pensées les plus secrètes laissent une telle trace dans le monde qui les entoure, nul doute qu'ils essaieraient de les purifier et les élever au-dessus de leur niveau habituel. M. Mercuret n'ose plus regarder les gens avec cet œil spirituel auquel rien n'échappe. Il ne voit qu'égoïsme, violence, méchanceté et mesquinerie et cela fait de la peine à son âme généreuse toujours prête à voler au secours des détresses cachées. Quand ils viennent le supplier de guérir leurs maux physiques, bien peu se soucient de leur âme et il est très rare que quelqu'un lui demande comment devenir meilleur. Marie-Dolorès faisait exception à la règle, Pascal aussi. Ceux qui veulent évoluer traversent des épreuves si difficiles que leur âme en est violemment meurtrie et une minorité a le courage d'aller jusqu'au bout ; la plupart se découragent et renoncent ; certains, même, sombrent dans la folie et meurent.

L'Initié sait par quelles douleurs les disciples doivent obligatoirement passer, la souffrance morale étant un des seuls moyens capables d'aider l'âme à s'épurer, il sait que le disciple souffre mille morts chaque jour et qu'il crie grâce ; il sait que Dieu lui accorde une sensibilité exacerbée qui va faire de lui un être à part, crucifié, promis à toutes les tortures morales. Si la foi est suffisante et le Maître patient, l'adulte redeviendra un enfant confiant qui renoncera aux plaisirs du monde parce que ceux-ci l'auront déçu et il s'en remettra à Dieu pour guider sa barque. Mais il faudra des années d'efforts soutenus, de révoltes, de renoncements illusoires, de terribles déceptions, de déchirements, avant que l'Ego si profondément ancré en chaque être, accepte cette définitive libération.

Pascal a-t-il senti, malgré sa fatigue, l'intense sollicitude dont il est l'objet ? Il ouvre les yeux et rencontre le regard empreint de bonté. Il en éprouve une sorte de réconfort et en même temps un désir irrépressible de « savoir » l'avenir monte en lui.

— Père, murmure-t-il (c'est la première fois qu'il l'appelle ainsi parce que son subconscient l'a accepté comme père spirituel) avez-vous le droit de me révéler certains détails concernant l'avenir ?

M. Mercuret hésite visiblement.

— Pensez-vous que ce soit bien utile ? Ne vaut-il pas mieux vivre chaque jour comme il vient, avec sa petite moisson de joies et de peines ?

— Je vous en prie pourtant, dites-moi ce que vous voyez.

— Dans votre jardin intérieur pousseront des roses, Pascal, mais certaines auront des épines cruelles auxquelles vous vous blesserez. Vous aurez le cœur déchiré, vous connaîtrez l'angoisse, la tristesse et la solitude des élus. Il y aura aussi des moments de plénitude où votre cœur sera dilaté d'une joie presque insoutenable ; vous ferez des rencontres qui vous enrichiront, votre horizon mental et spirituel s'élargira peu à peu. Vous deviendrez plus fort et en même temps plus sensible, plus proche des autres, donc du Père. Mais il y aura à lutter jour après jour contre la peur et le doute qui sont votre lot, contre le découragement et même quelquefois contre le désir ardent de mourir, de sombrer dans un bienheureux oubli. Pendant ce combat votre ange gardien se tiendra auprès de vous, cet ange qui est simplement votre Moi éternel. Il vous relèvera lorsque, tout sanglant des coups reçus, vous vous effondrerez, il inondera votre âme de lumière quand vous serez dans les ténèbres. Toujours il sera là car il sait, lui, par où il vous faudra passer. Appelez-le quand vous serez à bout de forces, appelez-le avec insistance, avec foi, avec tout l'amour dont votre cœur déborde et il répondra à votre appel.

Parfois, au plus fort de la tourmente, votre discernement vous rendra le spectateur lucide mais impuissant de cette souffrance. Vous comprendrez alors que cet état vous éloigne de la Vraie Source, vous saurez intuitivement que le Père vous veut heureux, serein, libéré, que cette douleur n'est pas vôtre mais seulement un jeu mouvant des causes et des effets engendrés par le karma. Toute épreuve a un commencement et une fin, toute joie terrestre aussi. Vous voudrez raccourcir la première et prolonger la deuxième. Les deux vous échapperont de la même façon. Vous n'êtes qu'in instrument entre Ses mains ; même quand vous aurez l'impression d'avoir œuvré par vos propres moyens, c'est à Lui que vous devrez vos guérisons, vos échecs aussi ; il faudra tout accepter d'un cœur humble et reconnaissant.

Les autres aussi seront des instruments choisis pour vous aider à forger votre caractère. Vous vous heurterez à leur égoïsme, à leur indifférence, à leur méchanceté et tous leurs coups vous transperceront. Rappelez-vous le Christ humilié et couronné d'épines, symbole de l'homme nu devant ses semblables, en proie à leurs quolibets, à leur mépris, à leur incompréhension. Vivre cela fait mal, mon enfant.

Il se tut et Pascal baissa la tête, accablé.

— Est-ce là tout ?

— À peu près. Plus vous progresserez sur la Voie, plus les épreuves se feront difficiles, plus rares seront les joies humaines, jusqu'au jour où le détachement vous délivrera des autres et de vous-même. N'oubliez jamais que votre but sur cette terre est de retrouver la patrie perdue et de transformer la douleur en Joie. Toute affliction semble nous être infligée par nos pairs. En réalité, si leur comportement, quel qu'il soit, nous fait souffrir c'est qu'il correspond à une faille dans notre armure spirituelle. C'est là qu'il faudra porter tous vos efforts ; lorsqu'une forteresse est assiégée, le seigneur du lieu masse ses troupes aux endroits vulnérables. Dieu veut qu'aucune de nos faiblesses ne nous soit cachée, c'est le seul moyen de les regarder en face et de s'en débarrasser. Au moment opportun il vous enverra l'instrument chargé d'ouvrir assez la brèche pour que l'ennemi puisse pénétrer en vous. Il ne vous faudra pas méconnaître votre faiblesse ni présumer de vos forces si vous voulez vaincre. Quand la victoire sera obtenue l'épreuve se terminera d'elle-même, comme par enchantement.

— Sur qui pourrai-je compter tout au long de cette vie ?

— Comptez surtout sur vous-même, vous ne serez pas déçu, bien que parfois vous serez amené à voir en vous des choses qui ne vous causeront aucun plaisir, mais apprenez à bien vous connaître, vous aurez moins de surprises.

Bien sûr, vous aurez des amis, beaucoup d'amis, mais la plupart seront plus intéressés par votre fortune et vos dons que par vos vertus. Les malades que vous guérirez vous béniront parfois, la plupart vous oublieront ou se montreront ingrats parce que les gens n'aiment pas avoir de dettes envers les autres, surtout pas une dette d'amour. Apprenez à donner, à donner sans fin, mais n'attendez rien en retour et ce que vous recevrez acceptez-le avec joie et humilité. Que pensez-vous de mon jardin de roses ?

— Je pense que vous m'en avez surtout montré les épines et je vous en remercie. Quand je serai confronté à tous ces problèmes je me souviendrai que vous m'avez averti et il me sera plus facile de les résoudre. Peut-être Dieu acceptera-t-il parfois de panser mes plaies en me faisant respirer l'odeur des fleurs de l'étrange Eden que vous me promettez et qui ressemble plutôt à un purgatoire.

— Tout simplement parce que la terre est un purgatoire et même un enfer, mon pauvre enfant, et que votre désir de progresser plus vite vers Dieu vous obligera à purger en quelques années le karma que vous auriez mis plusieurs vies à éteindre.

— Ce karma est-il donc bien lourd ?

— Les épreuves morales et physiques que vous avez subies depuis votre naissance ont considérablement allégé votre fardeau. Si je vous regarde avec les yeux de l'esprit je vous dois débarrassé à peu près complètement des péchés d'avarice, de paresse, d'envie et de gourmandise. Restent l'orgueil et la colère.

— Je me mets rarement en colère.

— C'est exact. Vous avez acquis une grande maîtrise de vous-même, mais vous bouillez intérieurement chaque fois que vous êtes contrarié, ce qui arrive assez souvent.

Pascal dut en convenir.

— Comment faites-vous la différence entre les coléreux qui extériorisent leurs émotions et les autres ?

— À la couleur de l'aura. Dans celles des coléreux violents je vois des virgules rouges ou des zébrures noires, chez les autres des points noirs, de larges taches sombres. Peut-être serez-vous plus convaincu de mon affirmation quand je vous aurai dit que des recherches récentes ont permis d'apporter les conclusions suivantes : une grosse colère détruit en moyenne 18 000 cellules de notre cerveau. Nous avons beau en avoir des milliards en réserve, c'est assez effrayant, non ? Cette preuve scientifique vient, encore une fois, corroborer les affirmations des grands Initiés qui prônent la douceur et la non-violence.

Pascal, très secoué par cette révélation, ne sut quoi répondre. Il ne s'était pas rendu compte que M. Mercuret avait mentionné six péchés capitaux seulement. Pourquoi omit-il de parler du septième ? Fut-ce volontaire ? L'incident passa inaperçu.

— Père, comment vais-je m'en sortir. Il me semble que vous avez posé sur moi un lourd manteau de responsabilités et de solitude.

— Vous ne serez jamais seul ; même quand vous vous croirez abandonné, votre guide sera présent, vous serez toujours protégé à votre insu.

Pascal eut alors un geste spontané : il vint s'agenouiller auprès du vieil homme et lui demanda sa bénédiction.

La main aux veines saillantes se posa sur la tête inclinée comme l'avait fait Ma, le guide resté dans l'Inde lointaine. Pascal espéra que par ce canal les forces divines viendraient à son aide.

M. Mercuret le releva et sans un mot ils regagnèrent la maison silencieuse.

Avec l'automne vinrent les premières pluies. Il était temps ! La maison reprit son calme dès la rentrée des classes ; elle paraissait plus grande maintenant qu'Isabelle et ses fils l'avaient quittée. Heureusement il restait Fleur qui croissait en beauté mais pas toujours en sagesse. Mme Langantat se montrait à la hauteur de sa tâche et lui donnait une solide éducation. L'enfant connaissant son pouvoir sur son entourage, aurait volontiers joué au petit tyran sans la direction ferme et tendre de celle qu'elle appelait « Maman ».

Pascal avait d'autres soucis. Les récoltes étaient maigres, la sécheresse ayant réduit les rendements. L'intendant lui rapportait les doléances des métayers, leur inquiétude aussi. Comment allaient-ils vivre ? Les bêtes n'avaient guère de lait, il avait fallu vendre une partie du cheptel pour pouvoir nourrir l'autre. Bref, tout allait mal, les gens se montraient nerveux et irritables quand il leur fallait débourser l'argent de leurs fermages, ils craignaient que leur pouvoir d'achat diminuât dans des proportions catastrophiques. Certains disaient que deux années consécutives de sécheresse ruineraient l'économie française. Les journaux ne se privaient pas d'annoncer que certains pays seraient obligés d'acheter du blé pour nourrir leur population et aux propos tenus on sentait qu'une nouvelle sorte de guerre ne demandait qu'à voir le jour : la guerre économique, où les pays riches en céréales exerceraient vis-à-vis de leurs partenaires moins favorisés le même chantage que les pays pétroliers avaient mis à l'honneur, avec un certain succès.

Pascal comprenait tout cela, mais que pouvait-il y faire. Réduire les fermages ? Mais l'intendant s'y était opposé.

— Si vous commencez à leur donner de mauvaises habitudes dès votre arrivée, vous n'aurez bientôt qu'à démissionner totalement. Vous ne connaissez pas les gens : si vous leur offrez la chaîne ils voudront la montre. Depuis quelques années nos gouvernements jouent ce jeu vis-à-vis des chômeurs. Soyez sûr que le chômage, loin de se résorber, ira en s'amplifiant, les gens payés à ne rien faire ne recherchent pas un emploi ! Cette politique d'assistance perpétuelle aggrave les difficultés de notre pays, rend les gens irresponsables et paresseux.

Pascal n'allait pas tarder à s'apercevoir qu'il avait raison. Un impôt sécheresse fut voté pour aider les paysans en difficulté. Il suscita surtout une grande colère chez les autres contribuables. Certains se sentirent lésés et tous furent inquiets pour l'avenir. Pourquoi n'avait-on pas aussi indemnisé les marchands de parapluies dont les affaires avaient périclité cet été-là ? Cela deviendrait vite intolérable ; nos dirigeants comprirent leur erreur et ne récidivèrent pas.

Début janvier Pascal dut faire face à de nouvelles difficultés avec la conserverie de poissons qui employait une cinquantaine d'ouvriers, la majorité étant des femmes. Il résolut de s'y déplacer pour se rendre compte du bien-fondé des récriminations. L'usine étant située à la sortie d'Honfleur, l'aller-retour pouvait facilement s'effectuer dans une journée.

Les délégués syndicaux demandaient une réorganisation de la journée de travail afin de permettre aux mères de familles de rentrer plus tôt chez elles et de pouvoir s'occuper des enfants. Ils demandaient l'ouverture d'une crèche, le treizième mois, etc. Pascal promit que tous ces problèmes seraient étudiés avec les élus locaux et qu'ils s'efforceraient ensemble de leur trouver une solution.

La visite de l'usine l'éclaira sur la situation. Le bâtiment était assez vétuste quoique bien entretenu. Quand il pénétra dans la vaste salle où se préparaient les poissons il sentit une nausée lui tordre l'estomac. Cette odeur ! Des femmes portant des gants de caoutchouc étaient debout de chaque côté d'une espèce de tapis roulant où passaient lentement les poissons. D'un geste expert elles tranchaient les têtes avec un couteau, ouvraient les ventres et arrachaient les entrailles. Leurs gants, leurs tabliers étaient maculés de sang figé ; cette tenace odeur de poisson devait les poursuivre jusque dans leurs foyers !

Quand il entra, les conversations s'arrêtèrent et les yeux se fixèrent sur lui avec curiosité mais aussi avec cette méfiance instinctive que les humbles éprouvent vis-à-vis des pourvus. Pascal, flanqué du directeur et de la contremaîtresse dut se contenter de saluer les ouvrières d'un léger signe de tête, aucun discours n'ayant été prévu. Qu'aurait-il pu leur dire ? Ne se sentait-il pas, pourtant, plus proches d'eux que de ses pairs ? Il avait si souvent visité les ouvriers dans leurs foyers, à Caen, afin de connaître leurs problèmes et se familiariser avec leur mentalité, si différente de celle des paysans ! Il connaissait la terrible aliénation du travail à la chaîne, l'hébétude qu'engendre la mécanisation des gestes, les conséquences sur le mental et l'organisme du bruit, des odeurs, de la promiscuité.

La visite de l'usine se poursuivit dans un silence un peu contraint. Pascal supportait difficilement l'odeur écœurante de l'huile chaude qui régnait dans la vaste pièce où s'opérait la cuisson des sardines. Son haut le coeur ne lui ayant pas échappé, le directeur plaida :

— Les ouvriers désireraient qu'un extracteur plus puissant soit installé à la place de l'ancien.

— Faites établir un devis, répondit-il simplement.

Dans un hangar, d'autres femmes travaillaient à emballer les boîtes tout juste sorties de la sertisseuse qu'apportait un tapis roulant. Au fond s'entassaient les cartons prêts à partir sur des camionnettes vertes, couleur de la firme. Pascal prit une boîte au hasard. Sur le fond vert d'eau se détachait le nom de son grand père orné de son orgueilleux paraphe : *De la Milleraye*. Lui, l'héritier, était un Noblat, cela lui suffisait.

Il reposa la boîte pour répondre à un signe discret du directeur.

— Il va être midi, monsieur. Désirez-vous déjeuner de suite ? J'ai retenu une table à l'auberge, ma femme doit nous y rejoindre.

— Je veux bien, cela nous détendra.

Le directeur et la contremaîtresse montèrent dans la voiture de Pascal et quelques instants plus tard ils pénétraient dans une salle d'auberge aux murs lambrissés. Des poutres noircies, une cheminée de pierre et des tables recouvertes de nappes en toile basque rouge donnaient au lieu un air d'intimité chaleureuse. Une jeune serveuse les plaça près de la fenêtre et leur tendit le menu. Pascal parcourut la liste rapidement. Que de plats contenant de la viande ! Il ne s'était pas encore décidé à devenir totalement végétarien, un peu par paresse, beaucoup par gourmandise. Il continuait à manger de la viande au repas de midi deux ou trois fois par semaine et quand il sortait, naturellement, pour ne point gêner ses hôtes.

Pendant que ses invités composaient leur menu, il les observait discrètement. Le directeur pouvait avoir quarante ans. Massif, le teint coloré, portant fièrement un beau collier de barbe brune, il semblait sûr de lui, heureux de vivre. Sa voisine frisait la cinquantaine : maigre, presque sèche, vêtue de sombre pour mieux en imposer à toutes ces femmes difficiles à commander. Elle souriait rarement, sans doute peu encline à se livrer, mais elle avait de beaux yeux verts au regard direct, l'air de quelqu'un qui a souffert et connaît bien la vie.

Pascal n'entendit pas approcher une femme qui s'arrêta devant lui. Le directeur se leva aussitôt :

— Je vous présente ma femme, monsieur.

— Enchanté, dit platement Pascal, pris de court, en s'inclinant légèrement. L'inconnue lui tendit une main ferme ornée d'un brillant.

— Il y a longtemps que nous espérions votre venue, monsieur, dit l'arrivante avec un sourire gracieux.

La jeune femme se débarrassa de son manteau et apparut vêtue d'une robe de jersey clair qui moulait étroitement son corps svelte.

Pascal se surprit à penser qu'elle avait de jolis seins et il rougit d'avoir remarqué ce détail, d'autant qu'il ne se sentait jamais très à l'aise avec l'autre sexe.

Celle-ci lui semblait digne d'intérêt, pourtant. Mentalement, d'ailleurs, il la comparait avec Marie-Dolorès ; mais c'était une gageure, elles étaient trop dissemblables. Était-elle jolie ? On se le demandait en voyant son visage un peu dissymétrique, sa bouche plutôt mince. Mais dès qu'elle vous plantait son regard violet dans les yeux et qu'elle souriait, alors le doute n'était plus permis : cette femme possédait un charme rare et l'intelligence, l'esprit, animaient son visage encadré de courts cheveux aux reflets auburn.

La conversation s'engagea aussitôt, comme si son arrivée eût brisé la glace et Pascal se surprit à rire, à plaisanter, lui d'ordinaire si réservé. La nourriture était bonne et copieuse, les vins corsés ; les quatre convives savouraient ce plaisir bien humain d'être autour d'une table dans une ambiance sympathique. Même la contremaîtresse était sortie de son mutisme habituel et riait aux facéties du directeur, très en verve ce jour-là.

Les yeux de Pascal s'attardaient sur la jeune femme. Quelle vitalité émanait d'elle ! Elle semblait soit prête à bondir, comme ces biches toujours sur le qui-vive, soit prête à danser. Elle devait d'ailleurs danser merveilleusement avec cette souplesse de liane qu'il admirait tant... chez les autres !

— Je m'appelle Violaine, dit-elle soudain, sans raison apparente.

— Aucun nom n'aurait pu mieux vous convenir, madame. Et vous ? demanda-t-il poliment, s'adressant à l'autre femme.

— Je m'appelle Rose… hélas !

Ce fut le départ d'un nouvel éclat de rire.

Pascal songea qu'il ne risquait guère de se piquer aux épines de cette Rose-ci, mais que cette Violaine-là pouvait présenter un danger pour sa tranquillité car, plus elle parlait, plus il avait envie de mieux la connaître.

— Exercez-vous un métier, madame ?

— Je suis antiquaire, fouineuse-née, douée d'une forte intuition pour trouver de bonnes affaires n'importe où…

— Cela marche bien ?

— Je n'ai pas à me plaindre, dit-elle d'un ton faussement modeste.

— Si un jour vous passez à Houlgate, venez donc au manoir, j'aimerais que vous estimiez quelques pièces, j'ai des doutes sur leur authencité.

Les yeux brillèrent, soudain intéressés.

— Le hasard fait bien les choses ! Pendant les vacances de Pâques j'ai prévu d'emmener mes enfants à Houlgate justement, où vit une de mes tantes ; depuis le temps qu'elle réclame notre présence !

— Me permettez-vous d'inviter Madame Meynial ? s'enquit Pascal en se tournant vers son directeur.

— Vous savez, ma femme n'en fait jamais qu'à sa tête ! Si elle veut vous voir, elle ira, attirée par la perspective d'une trouvaille quelconque et même, au besoin, elle s'imposera à vous !

— Tu exagères un peu, mon chéri ! rétroqua l'épouse avec un sourire rayonnant ; mais Pascal sentit qu'une onde de contrariété avait terni la surface de ce lac trop calme.

« Ces deux-là, pensa-t-il, *ne s'entendent pas aussi bien qu'ils ne le laissent supposer ! »*

Comme le repas se terminait, Pascal se leva et tendit une de ses cartes de visite à la jeune femme :

— Vous pourrez me téléphoner dès votre arrivée à Houlgate, dit-il.

Ils se séparèrent et tandis que les trois personnes revenaient à l'usine, Pascal vit Violaine s'arrêter devant une petite Fiat rouge au volant de laquelle un bel homme brun souriait de toutes ses dents.

— C'est son directeur-démarcheur-homme à tout faire ! expliqua le directeur en suivant le regard de Pascal. Celui-ci fit semblant de ne pas remarquer l'ironie dont ces mots étaient empreints. Il resta songeur. Décidément cette femme l'intriguait. Il revint à Houlgate le soir-même et la vie reprit son cours.

JOURNAL

2 février 1977

Comment pourrai-je oublier l'extraordinaire aventure qui m'est arrivée cette nuit ! J'en reste tremblant, exalté, à la fois plein de joie et de tristesse !

Je me suis couché hier soir comme d'habitude, très fatigué après une journée chargée et je me suis endormi tout de suite.

Je ne saurais dire comment cela est arrivé. Soudain je me suis retrouvé dans la petite pièce où mon cher guide me recevait au temps où j'étais à l'ashram. Une force irrésistible m'a poussé près du lit de camp où une forme était allongée. J'ai reconnu Ma. Elle semblait dormir, ses belles mains diaphanes croisées sur sa poitrine. Sur le vêtement grisâtre qu'elle portait je vis briller une croix, « l'ankh », dont Marie-Dolorès m'avait parlé un jour.

Aucun son ne sortit des lèvres de Ma et je la crus morte. Pourtant elle me parla, ou plutôt, son esprit parla au mien.

« Approche-toi de moi, mon enfant. »

J'obéis, fasciné.

« Écoute mes dernières volontés. Je suis sur le point de me désincarner, mais avant de partir j'ai voulu te revoir une dernière fois comme je te l'avais promis. »

« Ne pleure pas, je suis heureuse de retourner parmi les miens, dans ma véritable patrie spirituelle. La terre est un lieu de luttes et de souffrances, je ne la regrette pas, bien que j'aie désiré y revenir pour aider des êtres comme toi. »

— Ma…, balbutiai-je.

« Ne dis rien, cher enfant. Je lis dans tes pensées ton chagrin et ta surprise. Peut-être nous reverrons-nous dans une future incarnation, mais cela n'a pas d'importance, puisque de toute façon je veille sur toi. Le Maître est content de toi, tu es travailleur, docile et plein de bonne volonté. Il te manque encore la sérénité intérieure, tu l'acquerras par la grâce de la souffrance que les autres t'infligeront. Tu doutes trop de tes possibilités. Ce don de guérir, tu l'as déjà eu dans une incarnation précédente, quand tu vivais à Épidaure auprès d'Esculape, mais à l'époque tu as surtout cherché à t'enrichir et à en tirer vanité. Maintenant le Maître te donne une nouvelle chance. Va, soigne tes frères, aide-les ; guéris leurs maux en Son Nom, n'oublie jamais qu'il est présent à tes côtés. Il te soufflera les réponses à tes questions… Regarde vers l'Occident, la Croix de Vie t'accompagnera jusqu'au bout du chemin. »

La vision s'est effacée, je n'ai pas eu conscience du moment où le rêve a rejoint le sommeil, où ils se sont fondus l'un dans l'autre jusqu'à la sonnerie du réveil.

Avant même d'ouvrir les yeux j'ai revécu la scène nocturne. Comme ma présence matérielle en ce lieu lointain était impossible, il ne pouvait s'agir que d'un rêve. Pourtant, la scène s'imposait à mon esprit avec une netteté, une vérité que les songes possèdent rarement. Les paroles de Ma restaient gravées en moi. Je la voyais étendue, la croix près de ses mains... Était-ce un rêve prémonitoire pour m'annoncer son départ ?

C'est alors que ma main gauche engourdie me rappela à l'ordre. Dans mon sommeil, elle s'était refermée sur elle-même et maintenant j'éprouvais le besoin d'en détendre les muscles endoloris. Avec peine mes doigts raidis s'écartèrent et un objet s'échappa. Je me penchai et poussai un cri : la croix ansée de Ma, c'était sa croix que je contemplais avec stupeur, avec le sentiment d'être le jouet d'une illusion ! Je pris la petite croix en argent, elle était bien réelle, toute tiède encore de ma chaleur, elle brillait doucement, comme pour me dire : « *Je suis là, je ne te quitterai plus* ».

Je me souvins d'avoir lu dans un livre que pour les êtres Éveillés, la Matière et l'Esprit sont analogues, il n'existe entre eux qu'une différence de vibrations. Celui dont l'œil spirituel est ouvert peut pénétrer la structure de l'infiniment grand et de l'infiniment petit et voir qu'ils fonctionnent de la même façon, que tout se fond dans l'Unité. L'énergie qui anime les atomes est la même dans une pierre, une plante, un animal ; il y a simplement entre tous les règnes une structure moléculaire différente, un niveau de conscience autre.

J'ai bien compris cette loi naturelle, elle ne me choque plus. Beaucoup de gens bondiraient en entendant dire qu'ils ne sont guère supérieurs à une pierre !

Quand on pense qu'il y a dans notre organisme juste assez de phosphore pour faire 220 allumettes, le poids de graisse correspondant à 6 morceaux de savon et du carbone équivalant à 14 Kg de coke ! Ou que notre corps contient 44 métaux, du carbone, du calcium, du phosphore, en si petite quantité qu'au prix de la matière première nous n'avons aucune valeur marchande. Notre véritable valeur ne se situe pas à ce niveau, notre corps est un instrument étudié pour nous permettre de vivre, c'est tout. Un objet est formé d'une multitude d'atomes qui ne sont pas collés les uns aux autres comme on pourrait le croire, mais gravitent séparément, chacun ayant en orbite plusieurs électrons pareils aux planètes tournant autour du soleil.

Certains êtres peuvent, par la puissance de la pensée, en mettant en jeu une force de concentration incompréhensible pour les simples mortels que nous sommes, dématérialiser un objet en séparant les atomes et opérer sa rematérialisation en un point donné, à des milliers de kilomètres de là, l'espace n'étant pas un obstacle pour eux. Ma faisait partie de cette élite capable d'opérer de tels prodiges qui laissent les hommes muets d'étonnement, ou incrédules. Pour moi, aucun doute n'est possible. Mon guide m'a permis de faire mon premier voyage astral, je l'ai vraiment vue sur sa couche funèbre, j'ai vu la croix, j'ai entendu ses dernières recommandations et elle m'a légué cette croix pour que désormais ma Foi trouve un aliment dans sa contemplation.

Je suis étonné de n'éprouver aucun chagrin de la disparition de Ma. Son véhicule terrestre retournera à la terre sous forme de cendres, mais son corps astral a déjà rejoint les régions impossibles à décrire où vivent et veillent les Grands Maîtres de l'Humanité. Pourquoi serais-je affligé de ce qui constitue son bonheur ? Pour moi, une nouvelle vie commence. Elle sera douloureuse, qu'importe ! Je vais enfin apporter mon humble pierre à l'édifice gigantesque commencé il y a des millions d'années par les premiers hommes de bonne volonté.

Cependant, qu'a voulu dire Ma en me conseillant de regarder vers l'Occident !

De mon âme reconnaissante monte une action de grâces vers celui qui EST... « *Merci... Je crois en Toi, enfin totalement, mais pour cela j'ai eu besoin d'un miracle, comme les enfants. Moi qui me moquais de St Thomas autrefois...* »

Ma honte est atténuée par la joie, l'immense joie de savoir qu'ils sont tous à mes côtés, jour après jour, tous ces êtres de lumière dont mes présentes ténèbres n'ont même pas conscience...

Je porterai la croix sur moi et quand je me sentirai trop accablé par la vie, je penserai d'où elle vient, comment elle m'a été transmise. Puissè-je devenir digne de la porter !...

Quelques jours plus tard, Pascal était dans son bureau lorsque Mme Lagantat vint frapper à sa porte.

— Que se passe-t-il ? Est-il arrivé quelque chose à Fleur ? interrogea-t-il, essayant de deviner la situation à l'exaltation de la brave femme.

— Venez vite, elle marche, dit-elle en l'entraînant.

— Vraiment ? La petite paresseuse a mis le temps, on dirait. Quinze mois… Je croyais que les enfants marchaient plus tôt d'habitude.

— Cela dépend, vous savez. Son père a marché au même âge.

Ils pénétrèrent dans la nursery éclairée par de grandes baies qui donnaient sur la pelouse. Nicole, échevelée, essayait de dompter un petit diable hurlant qui se débattait dans ses bras fermés. En voyant entrer son père, l'enfant se calma instantanément :

— Pa… pa !

Fleur changea de bras.

— Eh bien, mon cœur, fais voir à papa ce que tu sais faire !

Il la posa devant lui, veillant à ce qu'elle ne tombe pas.

— Marche, chérie, vas-y… va vers maman.

Madame Lagantat, fort émue, s'agenouilla à quelques pas et tendit ses bras rassurants à l'enfant indécise. Pascal l'encouragea. Comme elle paraissait petite, vulnérable à côté de sa propre silhouette !

Enfin, Fleur se décida ; elle fit un pas, tangua, reprit son équilibre et s'élança d'une traite pour se blottir contre la poitrine de celle qui remplaçait sa mère depuis sa naissance.

Pascal les regardait rire, complices, la vieille femme aux cheveux gris et la fillette aux boucles brunes. Triomphantes, elles se retournèrent ensemble vers lui qui admirait ce tableau touchant, le cœur étreint d'une joie mêlée d'une légère angoisse.

« Ma petite fille vient de franchir une étape importante, pensa-t-il. *Un jour elle s'envolera, jeune fille, vers une vie où je ne compterai plus pour elle. »*

Il se ressaisit. À quoi bon se préoccuper d'un avenir encore lointain ? À son tour il ploya sa haute taille et invita Fleur à revenir vers lui. La fillette, toute rose, le teint animé, se prit au jeu, fit les quatre pas qui la séparaient de lui et il l'embrassa pour la récompenser.

— Tu es grande maintenant, chérie… Fais bien attention surtout.

Elle ne pouvait encore comprendre tous les dangers qui la guettaient : des petits doigts coincés dans une porte ouverte trop brusquement, les mêmes petits doigts fureteurs et curieux allant à la découverte de tout ce qui se touche, se mange, de tout ce qui bouge, rampe, brille. Il en faudrait de la patience pour lui permettre de déjouer seule les pièges de l'existence !

Câline, Fleur frotta sa joue contre celle de son père :

— Papa… bonbon !

Il fronça les sourcils, amusé malgré lui.

— Tiens, tiens, ma gourmande profite de la situation. Mais aujourd'hui, tu l'as mérité ce bonbon !

— Vous ne lui en donnez pas souvent, au moins ? s'enquit-il auprès de Mme Lagantat qui, souriante, les regardait faire.

— Non, mais dorénavant je vais devoir les cacher car elle sait où se trouve la boîte.

Or, ces bonbons-là n'intéressaient guère la petite Fleur. Elle aimait seulement ceux que son père tenait en réserve dans une des poches intérieures de son veston. Ils n'étaient pas meilleurs que les autres, mais c'étaient des bonbons « rares ». Il fallait les mériter d'abord, ensuite, procéder à un certain rituel avant d'avoir le droit de les déguster. Papa s'asseyait dans le fauteuil à bascule et Fleur avait l'autorisation de chercher elle-même dans la poche profonde, tiède de cette chaleur paternelle si agréable, la friandise espérée. Quelle aventure ! La petite main rencontrait des obstacles, des objets durs, des surfaces lisses et puis, ses doigts se refermaient sur la merveille, la retiraient avec précaution. Elle croquait la friandise, ou bien elle la suçait quelques instants, puis, d'un air très sérieux elle la retirait de sa bouche et essayait de l'approcher des lèvres de son père qui faisait mine de refuser d'un air dégoûté. Le jeu se poursuivait ainsi, ils riaient aux éclats et finalement le bonbon réintégrait la petite bouche, craquant sous les fines quenottes.

Ah ! Maman pouvait bien les garder, les « affreux » bonbons qui attendaient « bêtement » dans la boîte ronde ! Seul le couvercle de celle-ci intéressait Fleur. Elle y découvrait la forme en relief d'un joli chat angora que ses petits doigts aimaient à caresser, mais pour le reste...

Pascal et Mme Lagantat avaient eu une conversation très sérieuse au sujet des bonbons, le jour de Noël. Pour la première fois Fleur avait eu le droit de déplier une papillote contenant une pâte de fruits. Pascal n'avait rien dit sur le coup, mais conscient du danger que les sucreries font courir aux enfants, il avait spécifié ce jour-là qu'il se réservait le droit d'octroyer ou non une friandise à l'enfant. Il voulait que ce geste fût associé à une fête, sans devenir une mauvaise habitude. Mme Lagantat, très mère poule, n'aurait pas résisté à gaver sa fille de bonbons s'il n'avait opposé son véto formel à cette pratique, hélas trop courante. Il savait que dans certaines familles on achète un kilo de bonbons par semaine, sans compter les sirops et les jus de fruits sucrés qui vont petit à petit détruire la santé des enfants trop gâtés. Certains enfants même s'arrêtent tous les jours à la boulangerie pour y acheter dix à quinze francs de sucreries. Où prennent-ils cet argent ? Est-il possible que leurs parents le leur donnent sans se rendre compte des conséquences !

Quand ce jour-là Fleur eut fini de croquer sa friandise, Pascal la laissa avec Mme Lagantat et s'apprêta à regagner son bureau.

Nicole, qui avait remis de l'ordre dans sa coiffure, s'avança timidement vers le « patron », comme chacun l'appelait (hors de sa présence, naturellement).

— Excusez-moi, Monsieur.

— Qu'y a-t-il, Nicole ? Vous avez l'air bien embarrassé.

— C'est que... enfin... pour tout vous dire...

— Mais parlez, voyons, suis-je donc si intimidant ?

— Eh bien, voilà. Tout à l'heure je suis allée à la cuisine porter des torchons. Le jardinier qui y déjeunait m'a annoncé que sa femme n'avait pu se lever ce matin. Elle est complètement bloquée par son arthrose cervicale... Et alors, j'ai pensé que peut-être, vous qui m'aviez soulagée, un jour...

Pascal sourit :

— Nous allons voir cela. Venez avec moi Nicole, vous m'aiderez à soulever le buste de notre malade.

La cuisinière et son mari habitaient dans la partie est du bâtiment. Quand ils entrèrent dans la chambre, la pauvre femme essaya de se redresser, mais un gémissement douloureux lui échappa.

— Excusez-moi, monsieur, mais Nicole m'a tout raconté. Si vous pouviez au moins me soulager... elle a voulu à tout prix vous amener ici. Je voudrais bien me lever... Je suis désolée de vous déranger.

Affichant une assurance qu'il était bien loin de ressentir, Pascal s'approcha du lit et se pencha vers la mince silhouette étendue. Personne ne remarqua le geste implorant qu'il eut vers la croix de Ma, comme pour demander de l'aide.

— Tout va aller très bien.

Nicole se plaça de l'autre côté du lit et à eux deux ils parvinrent à glisser l'oreiller en duvet d'oie sous la nuque raidie. S'asseyant au bord du lit Pascal, glissa sa main gauche derrière la tête, posant la droite sur le front ridé. Au bout de quelques secondes il sentit courir le long de ses doigts l'étrange fourmillement qui l'avait si fortement impressionné la première fois.

— Je sens du chaud, murmura la vieille dame, levant vers lui son doux regard délavé empli de confiance.

Pascal se laissait guider par l'instinct. Il déplaçait lentement ses mains, caressant légèrement le crâne où les cheveux blancs se clairsemaient ; une sourde douleur commença à lui alourdir les mains, s'irradiant jusqu'aux épaules. Il tient bon pendant les cinq minutes nécessaires, puis il alla se rincer les mains à l'eau froide du lavabo, comme il l'avait vu faire à M. Mercuret. La douleur décrut et disparut aussitôt.

— Ressentez-vous quelque chose, madame ?

La vieille dame porta ses mains à sa tête.

— C'est bizarre, ça me fait comme si on m'enlevait des bûchettes, ça me chauffe partout...

— Vous allez rester bien au chaud, Nicole vous remplacera à la cuisine pour aujourd'hui, n'est-ce pas, Nicole ? dit-il en se tournant vers la jeune fille.

— Bien sûr, monsieur, je vous préparerai de la purée et de la salade, c'est tout ce que je sais faire.

Elle semblait navrée de ne pouvoir offrir davantage.

— J'adore la purée ! N'oubliez pas d'éplucher les pommes de terre, ajouta-t-il pour la taquiner. Quant à vous, madame, reposez-vous bien, je reviendrai ce soir.

— Merci, monsieur...

Il revint dans son bureau, pensif. Et si ce magnétisme tout neuf allait s'avérer inefficace ? Quelle déception ce serait pour tous ! Il se gourmanda aussitôt d'avoir exprimé une pensée aussi négative et dénuée de fondement et il se remit à sa tâche.

Au milieu de l'après-midi, Nicole, radieuse, vient lui annoncer que la cuisinière s'était levée, tout à fait guérie, tellement enchantée du traitement qu'elle voulait en parler à toutes ses connaissances. Pascal n'eut pas le courage de gâcher leur joie en leur recommandant un minimum de discrétion ; lui-même se sentait si comblé par ce résultat qu'il n'avait pas envie de bouder son propre bonheur !

À partir de cette date, Pascal consacra une plus grande partie de son temps aux études médicales. M. Mercuret lui avait envoyé des documents qu'il avait rédigés lui-même afin que son élève y puise, le moment venu, les informations indispensables.

Pascal apprit donc par cœur, grâce à des schémas simples et clairs, à quels organes correspondaient les chakras, à quoi servaient les différentes passes effectuées sur la colonne vertébrale ou sur certaines parties du corps. Il s'initia au mystère du fonctionnement des organes les uns par rapport aux autres et étudia leur réaction à différentes types d'agressions, qu'elles soient d'origine chimique, traumatique, allergique ou psychique. C'était un travail ardu mais passionnant et il s'émerveillait sans cesse de sentir la présence de l'Intelligence qui préside à la création de l'organisme et à sa conservation.

« *Quel merveilleux instrument la Nature a-t-elle mis à notre portée,* se disait-il, *outil parfait qui peut et doit aider l'esprit à se perfectionner puisque c'est son rôle !* »

M. Mercuret affirmait que l'homme ne prend aucun soin de son enveloppe terrestre, il semble la mépriser, la souiller à plaisir, sans comprendre qu'il se ferme ainsi les portes de la connaissance supérieure. Les plus grands voyants, les saints les plus vénérés connaissent les vertus du jeûne et de l'ascétisme librement consentis qui, en affinant leurs perceptions et leurs vibrations, leur permettent de se hisser au-dessus de l'humaine condition, de voir au-delà des apparences et de faire ainsi progresser l'humanité.

« *Votre travail, cher Pascal,* écrivait-il, *consistera à faire prendre conscience à ceux qui vous confient leur santé, des manquements à porter au crédit de la gourmandise, des mauvaises habitudes alimentaires, des déviations de la pensée et j'en passe. Parallèlement, le magnétisme aidera les organes à retrouver leur juste vibration, à les rééquilibrer, leur rendant le tonus perdu. Voilà une partie de votre tâche, elle sera quotidienne et devra être accomplie sans défaillances.* »

C'est à cette époque que Pascal entendit parler d'Edgar Cayce pour la première fois. Dans le carton de livres ayant appartenu à Marie-Dolorès, il avait découvert un ouvrage intitulé *De nombreuses demeures* et l'avait dévoré en deux soirées, subjugué par l'évocation de cet homme extraordinaire, un des plus grands visionnaires de notre siècle.

Énigme pour ses contemporains, il fut haï par les uns, porté aux nues par les autres, mais il resta toujours humble devant l'extraordinaire phénomène dont il était l'objet et l'instrument.

Imaginez un petit homme tout à fait ordinaire, très timide, d'une instruction moyenne, devenu photographe par nécessité, qui a la faculté de s'auto-hypnotiser en s'allongeant simplement sur un divan après avoir desserré sa cravate. « *Et alors,* direz-vous, *quoi de rare* ? » Eh bien Edgar Cayce devenait alors un autre personnage et parlait comme un grand médecin. Il réussit à se guérir lui-même d'une maladie qui lui avait ôté l'usage de la parole et cette sorte de prodige fut le point de départ d'une série impressionnante de guérisons auxquelles il ne parvenait pas à croire lui-même, une fois réveillé.

Qu'importait la distance entre lui et le patient ? Il n'avait même pas besoin de voir le malade. Sous hypnose il disait : « *Nous avons le corps devant nous* »... et sa voix décrivait la personne, la maladie dont elle souffrait, les remèdes et les traitements possibles, exactement comme si son esprit avait voyagé dans l'espace et passé le malade aux rayons X.

Mais le plus extraordinaire, ce furent ses *Lectures de vie,* véritables voyages dans le temps. Il pouvait, toujours sous hypnose, remonter aux sources de toutes les maladies, même celles qui avaient pris naissance dans de lointaines vies antérieures. Il expliquait comment les maux actuels résultaient d'actions passées et à ceux qui désespéraient de ne pas parvenir au bonheur il conseillait d'être patients, d'accepter le mal, afin d'être à jamais délivrés de la loi inexorable du karma.

« *Il n'y a pas de raccourci pour arriver à la Conscience de Dieu-Force. C'est une partie de votre propre conscience, mais on n'y arrive pas seulement en le désirant. On apprend la vie à l'intérieur de soi* » avait-il dit un jour à un consultant. Cet enseignement ressemblait en tous points à celui de Ma, de M. Mercuret, de ceux qui se placent au-dessus des religions et font de l'effort sur soi-même la seule condition pour arriver au but suprême.

Pascal lisait avec passion les récits des retombées karmiques d'une vie sur l'autre : comment le mépris, la dureté de cœur, par exemple, engendrent des malformations physiques et mentales parce qu'ils sont de graves manquements à l'Amour. Comme il enviait Edgar Cayce d'avoir pu aider des milliers de personnes en les sauvant du désespoir, en leur suggérant une voie nouvelle.

C'était assez surprenant chez cet homme très chrétien qui ne croyait pas à la réincarnation parce que c'était contraire au dogme, et qui, sous hypnose, avouait avoir vécu en Atlantide, toutes choses dont il n'avait jamais entendu parler dans sa vie consciente d'Américain moyen.

Pascal relut le livre afin de se pénétrer de toutes ces paroles qui venaient de la Grande Sagesse Cosmique. Il se répétait certains passages :

« *Ne vous laissez pas aller à vous apitoyer sur vous-même ou à vous condamner. Vivez et agissez en toutes choses que vous faites pour obtenir le maximum et laissez Celui qui donne tous les dons bons et parfaits se charger des conséquences.* »

Cela le rassurait. Bien sûr, il ne serait jamais un Edgar Cayce, mais il n'avait qu'à aller de l'avant, sans crainte, sans défaillance, pour accomplir et s'accomplir.

« *Sachez que toute âme se trouve à la fin en face d'elle-même. On n'échappe à aucun problème. Regardez-le en face maintenant* », disait la voix d'outre tombe. Cette phrase anodine n'allait pas tarder à prendre pour Pascal un sens profond, douloureux, implacable.

Le mois de mars s'était achevé. Il pleuvait tous les jours. Pascal, plongé dans ses livres le soir, accablé de travail dans la journée ne voyait pas tomber la pluie et ne sentait pas l'envol du temps. Aussi fut-il surpris lorsque le téléphone sonna un soir et qu'il entendit une voix féminine lui dire :

— Allô, suis-je bien chez M. Noblat ?

— Mais oui...

La voix semblait toute proche, jeune et pleine de dynamisme.

— Je parie que vous ne vous souvenez pas de moi, je suis Violaine Meynial.

Où avait-il entendu ce nom ? Ah ! oui, la femme du directeur de la conserverie !

— Bonsoir, madame, je me rappelle fort bien notre rencontre au restaurant et mon invitation. Êtes-vous à Houlgate ?

— Depuis hier soir. Vous voyez, je n'ai pas perdu de temps.

Il rit.

— J'aime les gens qui savent prendre des décisions. Seriez-vous libre après-demain vers seize heures ?

— Je n'ai rien à faire, vous savez ! Avec cette pluie, je ne vais pas tarder à regretter mon séjour ici, à moins que vous n'ayez le pouvoir de changer la couleur du temps !

— J'essaierai, chère madame.

En raccrochant, Pascal se demanda ce qu'il pourrait bien raconter à cette femme si sûre d'elle et de son charme alors que lui-même se sentait empêtré dans sa timidité d'homme qu'aucune présence féminine n'avait jamais réchauffé.

Le surlendemain à seize heures il était prêt à affronter cette épreuve, plus pénible pour lui que d'établir un bilan de gestion : un tête à tête avec une inconnue trop séduisante.

Elle arriva à l'heure exacte accompagnée de ses deux enfants, ce qu'il n'avait pas prévu, mais qui lui permit d'engager une conversation anodine, tout à fait impersonnelle.

Violaine Meynial portait un manteau de pluie bordeaux qu'il l'aida à enlever. Son corps souple moulé dans une robe noire lui causa un choc. Qu'elle était belle ainsi, sombre comme la nuit, tentante comme un fruit défendu ! Il se sentait comme piégé, étourdi et vexé de se sentir si gauche. Aussi s'occupa-t-il des enfants, des jumeaux de dix ans à qui Mme Lagantat vint présenter Fleur.

On prit le thé dans le salon Louis XVI et Pascal put juger de la compétence de Violaine en matière d'antiquités. Puis Mme Lagantat emmena les enfants et ils restèrent seuls, face à face, silencieux. Ils se regardaient, comme pour prendre leur mutuelle mesure, yeux clairs contre yeux mauves. Ce regard direct fascinait Pascal, il attendait qu'elle parlât, tout aussi incapable de prendre l'initiative de la conversation que de se lever et prétexter un travail urgent pour fuir un danger qu'il pressentait peut-être.

Elle engagea la conversation en parlant de la conserverie :

— Les élus locaux ont accepté de débattre du projet de crèche. Ils voteront une subvention pour compléter votre contribution.

— J'espère que les travaux pourront débuter à l'automne.

— Mon mari l'espère aussi, les ouvrières l'ont prévenu qu'elles n'hésiteraient pas à faire grève pour obtenir satisfaction.

— J'ai donné des ordres en conséquence, dit-il brièvement, reprenant un ton de chef. Là au moins, dans ce domaine, il se sentait en sécurité.

Mais la femme qui l'observait semblait lire en lui et elle orienta le débat vers d'autres horizons. Elle le fit parler de Fleur et il s'anima. Peu à peu elle l'entraîna à lui livrer un peu de son jardin secret ; cet homme qu'elle trouvait si séduisant, l'intriguait par sa réserve. Son propre charme semblait ne pas opérer sur lui, ce qui éveillait sa combativité, un besoin instinctif d'être la plus forte dans l'éternelle joute que se livrent les hommes et les femmes depuis le commencement du monde.

De son côté Pascal commençait à s'intéresser à son interlocutrice lorsque sa secrétaire particulière vint lui dire qu'on le demandait d'urgence.

— Je suis désolé de devoir vous quitter si vite. Reviendrez-vous ?

Ils se levèrent ensemble et lui tendit la main.

— Quand vous voudrez, monsieur.

— Alors, à après-demain, même heure. Vos enfants seront les bienvenus, leur présence sera précieuse à ma petite fille qui ne voit que de vieux visages autour d'elle, ajouta-t-il en riant.

Ils se revirent ainsi tous les deux jours de seize à dix-sept heures. Fleur s'était attachée à ses deux grands compagnons pour qui elle représentait un adorable jouet.

Quand Mme Langantat se retirait après avoir servi le thé, en maîtresse de maison accomplie, Pascal et Violaine reprenaient le dialogue interrompu l'avant-veille, essayant de déchiffrer derrière les apparences ce que l'autre pensait vraiment.

— Je suis une joueuse, lui dit-elle un jour. Pour moi la vie est une énorme farce. Je me demande souvent quel rôle je suis appelée à y jouer. Les êtres me passionnent par leur mystère, puis quand je les connais je les rejette, ils ne m'intéressent plus.

— Est-ce votre façon d'aimer ?

— Je n'aime personne, pas même moi. J'évite de me poser ce genre de questions.

— Même sur la mort ?

— Surtout au sujet de la mort ! Elle me fait peur, donc je refuse de penser à elle.

— Mais elle finira par vous prendre ! La mort a toujours le dernier mot. Pourquoi la craignez-vous ?

— Parce que pour moi elle signifie la fin de tout, le néant absolu, le trou noir...

— Vous ne croyez pas à l'âme, à sa survie ?

— Je ne crois en rien, je suis totalement et sincèrement matérialiste. Le corps, oui, c'est une réalité, mais l'âme ! Balivernes !

— Croyez-vous au moins à l'amour ?

— Pas plus qu'en l'amitié.

— Comme vous devez vous sentir seule !

— Je ne sais pas, ce sont des considérations qui ne m'effleurent même pas. Autour de moi je ne vois que trahisons, dureté, égoïsme. Je vois des femmes abandonnées, des enfants martyrisés, des hommes découragés. Alors j'ai décidé de refuser la souffrance une fois pour toutes. Je me suis composé un masque impénétrable. Personne ne me connaît vraiment. Quand on veut me saisir, je glisse entre les doigts. Je ne veux devenir la proie de personne.

— Mais vous aimez jouer avec les autres ?

— Oui, c'est le seul intérêt de ma vie. Prendre sans se laisser prendre, puisque Dieu n'existe pas. S'il existait, la vie serait-elle aussi amère ?

Ce soir-là Pascal repensa à cette étrange déclaration, à cet acte de foi négatif. Qui était Violaine en réalité ? Une femme cynique ou une femme déçue ?

Ah ! quelle différence entre Marie-Dolorès si limpide, si tendre dont l'âme de cristal s'élançait vers les cimes, Marie-Dolorès qu'il sentait si proche de lui... et Violaine la sombre, qui se disait matérialiste et tournait le dos à toute forme d'amour afin de ne pas souffrir. Pourquoi l'une d'elle s'ouvrait-elle à la souffrance purificatrice tandis que l'autre la refusait avec une violence aussi désespérée ?

Pour la première fois de sa vie Pascal sentait monter en lui le désir brûlant de convaincre un être de l'existence de Dieu, comme si son propre bonheur pouvait en dépendre. Il éprouvait le besoin de frapper à la porte de cette âme, de trouver la clé qui ouvrirait ce cœur verrouillé. Cette clé, il le savait, s'appelait l'Amour, mais Violaine le trouverait-elle dans cette vie-ci ? N'était-il pas déjà responsable de la femme que le destin lui envoyait ? Il s'endormit avec peine.

Quand elle revint, il se sentait prêt mais elle esquiva ses questions, préférant mener le jeu à sa façon.

— Je vous ai choqué l'autre jour, n'est-ce pas ? dit-elle avec un mince sourire.

— Un peu, je l'avoue. Aucun être au monde ne peut se vanter de n'avoir jamais aimé, ne serait-ce qu'une fleur !

— Poète, va ! Vous n'avez donc rien compris ? J'aime la nature, les objets. Au moins, eux, vous les prenez tels qu'ils sont et ils sont indépendants de vous, des sentiments que vous éprouvez à leur égard. Aujourd'hui je trouve cet arbre laid car mon humeur est massacrante, demain je trouverai cet arbre beau car mon humeur aura changé, cela ne le troublera pas, il ne se vexera pas, ne m'accablera pas de reproches. Avec les objets je me sens bien, je suis heureuse de les posséder, sans remords si je les délaisse, ils sont reposants, rassurants. Mais avec les êtres humains tout est compliqué, je suis lasse de les regarder vivre et de vivre parmi eux...

— Qu'éprouvez-vous pour votre mari ?

— Une certaine affection, c'est vrai, pour mes enfants aussi. Je me suis mariée assez tard et j'avais vingt-cinq ans lorsque Stéphane et Valérie sont nés. D'ici cinq ans ils voleront de leurs propres ailes et je ne les intéresserai plus. Faut-il que je joue les mères-poules faisant d'eux le centre de mon univers ? Non, ou alors je m'écroulerai après leur départ, je serai une épave, une « génitrix » éplorée et pitoyable ! Je leur donne ce qu'il leur faut, mon devoir s'arrête là.

— N'avez-vous jamais été amoureuse ?

— Non. J'ai fait un mariage de raison, parce que c'est la vie et que je voulais des enfants. Mon mari et moi vivons heureux parce que chacun accepte la liberté de l'autre, respecte sa personnalité, refuse de l'accaparer. Rien n'est plus abject que l'amour-prison, l'amour-cage, surtout quand la jalousie ferme la porte à toute joie, à tout envol.

— Je vous comprends, dit Pascal gravement, cependant je puis vous assurer que votre vie sentimentale si bien programmée manque du nécessaire, de cet élan du cœur irremplaçable...

— Je sais à quoi j'ai renoncé, mais je sais aussi à quels dangers j'ai échappé, coupa-t-elle. L'amour-passion, très peu pour moi !... Et vous, avez-vous aimé ? demanda-t-elle avec un rien de défi dans la voix.

— Peut-être... Comment savoir ? L'amour revêt tant de formes. J'ai connu la tendresse partagée...

Il laissa sa phrase en suspens. Violaine l'écoutait, attentive, mais il se déroba.

— Pardonnez-moi, je ne puis en dire davantage, ce sujet m'est pénible...

Elle n'insista pas et prit congé. Pascal, resté seul, sentit peser sur son cœur solitaire un subit accablement.

Que savait-il, lui, le prêtre défroqué, des élans du cœur ? Cela lui allait bien d'en parler... Il aurait bientôt quarante ans et n'avait jamais connu rien qui ressemblât de près ou de loin à de la passion. Isabelle... chaste amour de ses dix-huit ans, si vite oubliée !... Marie-Dolorès dont il respectait la pureté, certes, il l'avait aimée, mais pouvait-on appeler cela de l'amour ? Plutôt une amitié amoureuse, un besoin instinctif de protéger, une flambée du cœur vite éteinte... C'était tout...

Il y avait maintenant Violaine, irritante, inaccessible, dure comme une lame, qui dressait d'infranchissables barrières entre les autres et elle-même. Violaine à qui il pensait trop...

Cette heure de dialogue presque quotidienne le laissait cependant sur sa faim. Il eut envie soudain de la voir, ailleurs qu'au manoir où elle venait en visiteuse. Demain il lui proposerait de sortir en sa compagnie. Pourvu qu'elle accepte !

Elle accepta. Il lui demanda de l'accompagner à Rouen où il avait à faire. Pour la première fois elle manifesta une sorte de plaisir, ses yeux pétillèrent de joie : il venait de la tirer de son indifférence.

— Nous partirons de bonne heure et nous déjeunerons à Rouen. Pourrez-vous confier vos enfants à leur tante ?

— N'ayez aucune crainte, elle sera enchantée de les avoir à elle seule pendant toute une journée !

Le temps se mit de leur côté. Quand ils traversèrent Houlgate encore endormie le soleil se levait dans un ciel délavé, convalescent. La Mercedes roulait vite, Pascal adorait conduire et pour la première fois de sa vie il avait à ses côtés une belle femme. Un flot de joie le submergea. Comme il aurait aimé poser sa main sur le genou que la jupe légèrement relevée laissait entrevoir... ainsi que le font tous les hommes, ceux qui ont la chance d'avoir une compagne !... Était-il si différent des autres, incapable de plaire et même de séduire ? Il désirait soudain connaître autre chose que l'amitié ; une étrange chaleur le parcourait, inconnue, inquiétante et pourtant délicieuse, qui faisait battre son cœur.

Violaine s'étira, féline et se tourna vers lui :

— Cette escapade m'enchante !

— Ne me dites pas que vous en êtes privée ! Vous devez avoir tant d'admirateurs !

Elle eut un rire bref, sans joie.

— J'ai connu peu d'hommes, vous savez ; mon père était très sévère, très puritain ; plus tard j'ai gardé mes distances, je croyais sincèrement que le flirt était indigne de moi. Puis je me suis mariée. Voilà.

En disant « *Voilà* », elle tourna la paume de ses mains vers le ciel et les ramena, croisées, sur sa poitrine. Ce geste de petite fille qui trahissait un certain désarroi, émut Pascal. Était-elle plus vulnérable qu'elle voulait bien l'avouer ?

Pascal savait, pour l'avoir éprouvé, qu'il y a en chaque être un enfant inconsolé qui se lamente. Un jour, Violaine, qui refusait la souffrance avec une obstination de petite fille butée, serait obligée de regarder cette réalité en face, car dans la vie il y a un moment pour fuir et un moment pour faire face, un moment pour l'indifférence et un moment pour l'amour.

Une grande tendresse envahissait le cœur de Pascal pour cette femme qu'il connaissait si peu pourtant et avec qui déjà il avait envie de tout partager. Avec Marie-Dolorès, la situation avait été bien différente, elle le précédait sur le chemin de l'espérance, elle l'avait hissé à son niveau. Face à Violaine il se sentait riche d'amour à donner, heureux de posséder un cœur virginal et une âme ardente, alors qu'elle semblait murée dans un égoïsme forcené, repliée sur elle-même comme une huître sur sa perle, gardant jalousement ce joyau pour elle-même.

Comment Pascal pouvait-il lui faire partager sa certitude que les perles sont faites pour briller au soleil pour le plaisir de tous, non destinées à être enfermées dans des écrins obscurs où leur orient finira par se ternir ? Il était sans doute beaucoup trop tôt pour que Violaine pût s'ouvrir à la vraie vie, celle qui coule d'En-Haut, source toujours renouvelée : le don de soi, inépuisable et magnifique auquel on ne peut résister lorsqu'on l'a connu, ne serait-ce qu'une fois dans sa vie !

Le silence s'était installé entre eux, chacun suivant le cheminement de ses propres pensées. Ils se sentaient bien dans la puissante voiture lancée sur le ruban bleuté de la route. Qu'y avait-il au bout pour ces deux êtres que le destin venait de rapprocher soudain ?

Le silence tissait entre eux une sorte de complicité. Ils se regardèrent, se sourirent ; la main de Pascal se crispa sur le volant, celle de Violaine retomba au creux de sa jupe. Il était encore trop tôt pour que ces deux mains se rencontrent... et se soudent l'une à l'autre dans un geste d'offrande et d'acceptation mutuelle. Accepter un être humain, lui tendre la main pour parcourir avec lui un bout de chemin, quel geste merveilleux ! Chaque fois que deux êtres vont s'aimer, le monde entier retient sa respiration et se tait ; il écoute battre ces deux cœurs et se penche avec tendresse sur la petite flamme qui vient de s'allumer, reflet infime de l'Amour infini.

Que feront-ils ces deux-là de la fragile étincelle qui vient de jaillir à leur insu au plus profond de leur cœur ? Allumera-t-elle un incendie, un de ces coups de foudre irrésistibles qui jettent les amants dans la folie des sens ? Transformeront-ils cette étincelle en une belle flamme brillante qui réchauffera longtemps leurs cœurs… ou connaîtront-ils le déchirement des amants délaissés qui font naufrage et sombrent sous le poids de leurs illusions perdues ? Le rideau vient de se lever, la pièce n'est pas encore jouée, est-elle seulement déjà écrite dans le Grand Livre du Destin ?

— Quand je réalise votre présence, j'ai l'impression d'avoir emprisonné dans ma voiture un joli papillon, murmura soudain Pascal, comme pour lui seul.

Violaine entra aussitôt dans le jeu :

— Vous savez, les papillons ont les ailes fragiles. Ne vous approchez pas trop, vos doigts ne rencontreraient que poussière, vous seriez déçu et moi je serais à jamais mutilée.

— Bon, alors je m'y prendrai autrement. Je fixerai le beau papillon sur une planche sans l'endommager. Chaque soir je viendrai le contempler dans sa vitrine ; il durera aussi longtemps que mon rêve.

— Voilà bien des paroles d'homme, pour qui les femmes ne sont que des objets de plaisir et les papillons des fantaisies de collectionneur !

— Je n'ai pas voulu dire cela, madame…

— Appelez-moi Violaine… et tutoyons-nous, ce sera plus simple.

— Plus simple ?

— Oui, quand l'un de nous dira une sottise, il sera plus facile de l'oublier, nous aurons l'air d'être deux amis pour qui les mots ne revêtent aucune importance. Quand on se vouvoie, il faut faire très attention à ce qu'on dit, ajouta-t-elle avec conviction…

— J'accepte, dit Pascal, tout remué par cette perspective de quasi intimité. Il n'avait jamais tutoyé Marie-Dolorès !

Ils arrivèrent à Rouen dans la matinée. Une pluie récente cirait les pavés de la vieille ville, très animée ce jour-là.

— C'est la première fois que je viens ici. Et vous ?... Et toi ? corrigea-t-elle.

— J'y suis né, il y aura quarante ans le 29 juin prochain. Mon père y était alors en garnison. Nous en sommes partis quand j'avais six ans. J'allais à l'école maternelle, j'en garde de bien vagues souvenirs.

— Où m'emmènes-tu ?

— Je dois aller discuter avec mon homme d'affaires. Cela durera jusqu'à midi environ. Promène-toi dans la vieille ville, visite, va à la rencontre de Jeanne d'Arc et de Pierre Corneille. Nous nous retrouverons au pied du Gros Horloge à midi.

Cette séparation sembla longue à Pascal. À l'heure dite il se hâta vers le lieu du rendez-vous. Arrêtée devant la devanture d'une bijouterie Violaine ne le vit pas approcher. Elle semblait envoûtée par les gemmes et toutes ces merveilles de joaillerie exposées.

— Aimes-tu les bijoux ?

Elle sursauta :

— Beaucoup. Leur éclat me fascine et m'éblouit.

— Tu trouves en eux le reflet de toi-même, n'est-ce pas ? Froids, inaccessibles et en même temps chatoyants, irrésistibles. Tiens, regarde ce petit papillon doré, là, à gauche. Te plaît-il ?

— Il est charmant.

— Je te l'offre en souvenir de notre rencontre.

Quand ils ressortirent du magasin, un regard sur le Gros Horloge leur apprit qu'il était midi. Ils s'arrêtèrent un instant, nez en l'air pour regarder le pavillon des cadrans (munis de la seule aiguille des heures) qui enjambe la rue.

Pascal expliqua :

— Chaque cadran est surmonté d'une boule indiquant les phases de la lune et souligné d'un arc de cercle où le char triomphal symbolise le jour de la semaine. Par exemple Diane ou Phœbé, la lune, le lundi, etc. Si nous avions plus de temps je te ferais visiter Rouen, cette ville-musée dont l'âme est la cathédrale. En se promenant autour de l'église Saint-Maclou entourée de ses vieilles maisons, on se sent baigner dans le passé.

En riant, Violaine lui coupa la parole :

— J'ai faim !

— Toi, au moins, tu vas à l'essentiel !

Ils trouvèrent un restaurant où ils s'installèrent, affamés et complices comme des enfants faisant l'école buissonnière.

Violaine arborait sur son fin chemisier blanc la broche en forme de papillon que Pascal venait de lui offrir. Jamais il ne l'avait vue aussi détendue, heureuse, presque enfantine. Elle avait laissé derrière elle son attitude de femme froide et ainsi elle devenait bien plus dangereusement attirante car, pareils à deux saphirs, ses yeux brillaient d'une délicieuse spontanéité.

Leurs rires fusaient, leurs regards se pénétraient, francs, pleins d'abandon, peut-être aidés par le Bordeaux qui remplissait leurs verres.

Violaine avait envie de parler et Pascal l'écoutait, avidement ; il se sentait si léger, prêt à s'envoler... très haut vers le bonheur.

— Si tu savais, Pascal, à quel point j'aime offrir mon corps à la caresse du vent ! Je suis très sensuelle et ce contact me grise, m'emporte très loin de cette terre dure et sauvage. Je rêve alors de voyages, de conquêtes. Je me sens figure de proue à l'avant d'une caravelle, aspergée d'embruns, offerte à la violence des lames comme une femme à son amant... Ah ! le corps, la volupté, quelle révélation !

— Je suppose que la volupté, comme tu le dis, ne peut exister qu'entre deux êtres qui s'aiment...

— Mais non, assura-t-elle, superbe. Il suffit d'être en état de grâce, réceptif, les sens en alerte et d'accepter ce merveilleux voyage au pays du Plaisir. J'aime ces amours de rencontre exacerbées par le désir de deux sexualités.

Pascal parut choqué :

— Il me semble que le véritable amour est bien autre chose que le contact furtif de deux épidermes. L'union des corps ne doit-elle pas couronner le don des cœurs et non le précéder ?

Violaine ne répliqua rien. Elle s'appliqua à déguster sa glace à la vanille. Pascal poursuivit, un peu irrité par son mutisme :

— Quand dis-tu la vérité ? Ce matin tu m'affirmais que tu n'avais pas connu beaucoup d'hommes et maintenant tu avoues aimer les aventures. Alors ?

Violaine releva la tête d'un air de défi :

— Crois ce qu'il te plaira ; je t'ai dit aussi que j'aimais jouer, me cacher derrière des masques multiples afin d'empêcher quiconque de piétiner mon jardin secret, mais toi tu retiens de mes paroles ce qui te convient, comme les autres.

Elle lui adressa en même temps un radieux sourire comme pour atténuer l'effet de sa déclaration et il trouva plus sage de ne pas insister. Il paya la note et ils sortirent du restaurant. Soudain Violaine éclata de rire. Il se retourna, la serviette de table était restée coincée sous sa ceinture. Elle était si comique avec ce triangle de toile dépassant de son cardigan qu'à son tour il céda à un accès de gaieté bien nouveau pour lui. Ils prirent conscience en même temps du spectacle qu'ils offraient sur ce trottoir aux passants intrigués et leur rire repartit de plus belle...

Le voyage du retour fut aussi détendu. Il s'était remis à pleuvoir mais dans la tiédeur de la voiture Pascal et Violaine se sentaient chez eux, rapprochés par le rire qui les unissait plus sûrement qu'un long discours.

— Je repars après-demain, dit soudain Violaine, je vais passer tout le mois de mai aux États-Unis.

— Tu ne m'avais rien dit de ce voyage !

— J'avoue qu'il était passé au second rang de mes préoccupations. Je ne pars pas pour mon plaisir, mais pour affaires.

— Ce mois va me paraître interminable !

Elle haussa ses épaules sans répondre. Pascal fit taire son chagrin et dit simplement :

— Puisque demain est notre dernier jour, pourrais-tu venir plus tôt ?

Il arrêta la voiture devant la porte du jardin où habitait la tante de Violaine.

— J'essaierai, dit-elle en ouvrant la portière. À demain et merci pour cette belle journée.

Elle partit de son pas dansant et Pascal rentra chez lui, le cœur houleux. Plus tard, allongé dans son lit, il se demanda ce qui lui arrivait. Quelque chose d'inexprimable s'était lové en lui, s'y était développé à son insu ; il se sentait habité par cette femme, comme si elle le hantait totalement. Il s'endormit avant d'avoir compris.

Le lendemain, 9 avril, Pascal eut une matinée chargée. Le téléphone ne cessa de sonner, la secrétaire ne savait où donner de la tête et il dut étudier le projet d'aménagement d'une laiterie dans une des fermes de la propriété située à Hotot-en-Auge. Mais le visage de Violaine, les yeux de Violaine, le sourire de Violaine, s'imposaient à lui.

Il se prenait à penser à elle bien trop souvent. Soudain il réalisa quelle place elle avait pris dans sa vie en deux semaines et quel vide son départ laisserait. Il s'arrangea pour se libérer assez tôt l'après-midi afin qu'elle le trouvât disponible, détendu. Mais il ne cessait d'aller et venir, fébrile, regardant par la fenêtre à chaque instant, scrutant fixement l'allée par où elle devait arriver.

Il ne s'était jamais vu dans un état pareil, le cœur étreint d'angoisse, la gorge sèche : *« Et si elle ne venait pas ? Si à la dernière minute elle avait quelque empêchement. »*

Et il se remettait à arpenter le salon, les mains moites, le cœur battant la chamade. Conscient de son émoi, mais incapable de maîtriser son impatience, il s'approcha du piano à queue qu'il n'avait pas ouvert depuis des semaines et il s'efforça de ramener son mental au calme. Ses doigts distraits commencèrent à caresser les touches dans un effleurement familier ; soudain, comme s'ils obéissaient à un ordre inconscient transmis par son cerveau, ils se mirent à jouer la Sonate au Clair de lune de Beethoven, celle qu'il écrivit pour Guilietta Guicciardi, alors que la surdité commençait à l'isoler des vivants. Pauvre Beethoven criant son désenchantement, sa souffrance à un monde qui n'allait pas tarder à se détourner de lui !

La mélodie naissait sous les doigts de Pascal, mélancolique et tendre, d'une pureté presque insoutenable. Il ferma les yeux ; aussitôt une image ancienne s'imposa à lui : « *Il a dix-huit ans, elle en a seize... Isabelle... Ils se promènent dans le parc, la main dans la main. La lune ronde leur sourit entre les branches noires. Cette chaleur en lui, ce tumulte intérieur, il le reconnaît soudain dans ce qu'il éprouve depuis son retour de Rouen. Mais alors... ô mon Dieu... il est donc amoureux ? C'est cela ? Violaine !* »

A-t-il crié son nom ? Il ouvre ses yeux et il la voit. Vient-elle de surgir de son imagination ? Va-t-elle s'évanouir comme un rêve ? Non, c'est bien elle. Elle s'est accoudée au piano, et, le menton dans la main, elle le regarde, grave et tendre. Il voit seulement ses yeux que l'émotion agrandit et rend brillants. Elle n'est qu'un regard, intense, vibrant ; sans cesser de jouer il plonge dans les yeux mauves où il lui semble lire un appel, une offrande, peut-être une promesse. Est-ce une illusion ? Elle s'est redressée et ses mains à lui retombent, comme privées de force.

— Que c'était beau, Pascal ! Tu es donc aussi musicien ? Pourquoi m'avoir caché cela ?

— Nous nous connaissons si peu encore, Violaine. Que de choses nous avons à apprendre l'un de l'autre !

Une ombre est passée sur le visage expressif.

— Pour notre dernière soirée ensemble, j'aimerais aller me promener avec toi au bord de la mer, implore-t-elle.

Il se lève d'un bond. Quelle merveilleuse idée !

Les voici dans l'escalier, puis dans l'allée du parc, entre les arbres centenaires qui ont assisté, indifférents, à cet unique baiser qu'il a donné (ou pris) à Isabelle il y a... vingt-deux ans. Ils rient, pareils à deux enfants, mais leur joie sonne un peu faux car demain Violaine sera loin.

La mer monte, attirée vers le rivage par une force irrésistible. Le soleil brille, réchauffant leurs visages offerts au vent qui sent l'algue et l'aventure. Violaine respire l'air à longs traits, les yeux clos, le visage levé vers le ciel.

— Pourquoi aimes-tu autant la mer ?

— J'ai eu des ancêtres corsaires, je crois. Des Bretons, intrépides et durs à la tâche. Mon grand-père paternel passait pour un véritable casse-cou. Il avait débuté comme mousse sur un chalutier, puis il fut garçon de pont sur un paquebot qui allait de Marseille au Japon. Un sacré luron !

Figure-toi qu'un jour, à Kobé, il s'était entiché d'une japonaise. En ce temps-là, les escales duraient suffisamment longtemps pour permettre l'ébauche d'une idylle. Il passait ses nuits chez elle, elle s'appelait Isimiko. Se révéla-t-il un amant hors pair ? Tomba-t-elle amoureuse de lui ? Va savoir… Le jour du départ, elle lui cacha tous ses vêtements. Il eut beau la supplier, la menacer, rien n'y fit. Et la corne du bateau l'appelait, l'appelait… Avisant un kimono qui traînait par là, mon grand-père l'enfila à la hâte et se sauva jusqu'au quai. Le bateau venait de lever l'ancre ! Imagine le tableau : un jeune Européen en kimono, pieds nus, qui fendait la foule en criant et tous les gens venus accompagner des voyageurs qui le regardaient, éberlués. Lui ne voyait rien, n'entendait rien, il s'arrachait les cheveux de désespoir. Enfin, le patron d'un remorqueur eut pitié de lui et le conduisit jusqu'au paquebot. Je te laisse imaginer la réception qui lui fut faite : si les voyageurs accoudés au bastingage riaient à gorge déployée, le commandant, peu sensible à l'humour de la situation, lui annonça qu'en arrivant à Marseille il le débarquerait sans papiers et sans effets. Il tint parole. Ah ! il promettait, le gars, et il n'avait que dix-sept ans à l'époque.

Pascal rit. Il se sentait heureux. Ah ! si seulement il avait osé prendre la main de Violaine, si proche de la sienne. Le mer montante avait des reflets de laitance, leurs pieds s'enfonçaient dans le sable mouillé, ils marchaient tout au bord de l'eau grise. Parfois le vent s'engouffrait sous la jupe de la jeune femme et le léger tissu le frôlait. Alors, les yeux rieurs, elle plaquait le vêtement mouvant sur ses jambes un instant révélées, des jambes longues et fines de Diane chasseresse. Une envie irrésistible montait en lui. Prendre Violaine dans ses bras, lui dire… Ah ! comment oser… comment être sûr de ne pas être repoussé…

Maintenant ils se taisaient, les yeux perdus au loin. Le moment de la séparation approchait. Pascal s'affolait intérieurement. Tout à l'heure elle allait lui échapper pour toujours. Il ne saurait pas la retenir… Il n'avait jamais su parler aux femmes. Et dans sa poitrine le battement sourd de son cœur faisait écho au grondement des vagues déferlantes. Son sang battait dans ses artères au même rythme immuable que le flux et le reflux de l'immensité marine. Un amer désespoir étreignait sa poitrine. Jamais il n'oserait…

Au bout de la plage ils revinrent sur leurs pas et c'est en se retournant l'un vers l'autre que le miracle se produisit. Elle fit un faux pas, vacilla et il la reçut contre lui. Leurs lèvres se joignirent comme si elles s'étaient toujours attendues et devant l'insondable mystère de la mer ils s'avouèrent leur amour, à mi-voix, éperdus de bonheur, se laissant aller à l'ivresse de cette découverte. Pascal vivait la plus belle minute de sa vie d'homme. Cette femme qu'il étreignait, ce corps qui épousait le sien, toute cette passion qu'il sentait naître entre eux, quelle révélation fulgurante qui le déchirait comme une douleur !

— Vous vous êtes bien fait attendre, mon prince, murmura-t-elle à son oreille, câline.

« Je t'aime Violaine. Je t'aime ! Mon Dieu que je t'aime », répétait-il ardemment, tandis que ses mains froissaient son corsage. « C'est la première fois », balbutait-il, éperdu, tout en couvrant le visage aimé de baisers fous.

C'était vrai, Pascal n'avait jamais connu cet ensoleillement du cœur, cet embrasement des sens.

Autour du couple qui se détachait, si minuscule sur l'horizon infini, les mouettes dansaient un ballet qui les environnait de battements d'ailes et d'arabesques magiques. Mais ils ne voyaient qu'eux et n'écoutaient que le doux murmure des mots d'amour échangés sur un ton de confidence.

— Où trouver le courage de te laisser partir, maintenant ?

Comme en écho, elle répondit par une autre question.

— Qu'allons nous devenir ?

Tendrement il repoussa une mèche rebelle que le vent du large avait plaquée sur son front.

— À ton retour nous nous aimerons, très fort. Le veux-tu ?

— Oui, dit-elle dans un souffle.

Il referma ses bras sur elle en un geste à la fois tendre et possessif et ils restèrent ainsi, immobiles, divinement heureux, unis dans un même espoir.

Le soleil du 9 avril se coucha à ce moment-là, colorant la mer en rose saumon.

JOURNAL

20 avril 1977

Violaine a téléphoné ce matin. Elle m'aime ! Je ne peux croire à tant de bonheur. Elle m'a dit qu'elle ne s'attendait pas à cela, que nous étions fous... Oui, nous sommes fous. Et après ? Cet amour qui nous a été donné, n'est-il pas un miracle, une récompense ? Elle m'a dit que son voyage aux USA, tant attendu, lui pesait maintenant. Mais je lui ai répondu que ce long mois d'absence nous permettrait de tester la profondeur de notre attachement, c'est une épreuve nécessaire. Après, nous aurons toute la vie devant nous ! Et quelle vie ! Ah ! comme je vais t'aimer, ma Violaine, de tout ce cœur neuf, de toute cette tendresse inemployée jusqu'ici. Aime-moi aussi, ma bien-aimée, et tu verras comme nous allons être heureux !

Après avoir reçu ce coup de téléphone, je n'ai pas pu supporter l'étroitesse de mon bureau. Il fallait que je marche pour apaiser l'exaltation qui bouillonnait en moi. Je suis allé en ville sous prétexte de poster des lettres, ce dont ma secrétaire s'acquitte parfaitement tous les jours ! C'est sur la place d'Houlgate qu'a eu lieu l'accident. Je l'ai vu arriver, le choc était inévitable.

Une voiture sortait en marche arrière d'un parking au moment où un adolescent à mobylette arrivait un peu trop vite. Le jeune homme fut projeté sur la chaussée. Je me suis précipité aussitôt. La mobylette très endommagée gisait d'un côté, son propriétaire se tordait de douleur sur le sol en criant « *Mon genou ! mon genou !* ». Une tache de sang s'agrandissait sur le goudron. Je vis que la pédale de l'engin lui avait entaillé fortement la chair. Alors, mû par une impulsion irrésistible, je me suis agenouillé et j'ai approché ma main gauche à quelques centimètres de la plaie pendant que les badauds faisaient cercle autour de nous et commentaient l'événement.

« *Ne le touchez pas, voyons* », me dit quelqu'un.

« *Êtes-vous médecin ?* », me cria un autre dont la voix furieuse me vrilla le tympan.

« *Il faut appeler l'ambulance !* »

Imperturbable, je continuais à soigner le blessé sans me soucier de tous ces bavards. Que pouvais-je faire d'autre ? Puisque j'avais pu soulager Nicole et la cuisinière, il n'y avait aucune raison pour ne pas recommencer ! Soudain mon jeune patient s'arrêta de gémir, il me regarda, un étonnement heureux détendit son visage crispé :

— J'ai plus mal du tout, monsieur. Mettez votre main sur ma jambe, s'il vous plaît.

J'obéis et déplaçai ma main. Le pantalon était déchiré et la chair apparaissait, sanguinolente, mâchée.

Au-dessus de nous, quelqu'un annonça l'arrivée du docteur et de l'ambulance. J'adressai un sourire à mon patient et sans attendre me perdis dans la foule. La relève était assurée.

Je suis sûr que des gens m'ont reconnu, mais je me moque de ce qu'ils ont pu penser en voyant « le châtelain », comme on m'appelle ici, imposer les mains à un blessé. J'ai fait mon devoir, à Dieu de faire le reste !

Je venais de me frayer un chemin hors de l'attroupement lorsqu'une main me saisit le bras. Je me retournai, surpris. Un homme se tenait à mes côtés :

— Venez avec moi, m'ordonna-t-il d'un ton tranquille.

Je le suivis dans un petit café à l'angle de la place.

— Je vous ai regardé, monsieur. C'est courageux ce que vous avez fait !

— Il m'était impossible de rester là sans rien tenter...

— Seriez-vous magnétiseur ?

— On m'a dit que j'avais ce don, en effet, mais c'est très récent. Cet adolescent est en fait mon troisième « client », si je puis m'exprimer ainsi !

— Vous avez un bel avenir devant vous, assura l'inconnu.

— Mais qui êtes-vous, monsieur ?

— Excusez-moi, je me présente : Yves Kérourédan.

J'ai regardé ce Breton de haute stature, dont le torse musclé était moulé dans un pull marin. Ce qui m'avait frappé chez lui, au premier coup d'œil, c'était une abondante chevelure brune et frisée qui recouvrait front et nuque et un collier de barbe noire indisciplinée qui noyait joues et menton. Maintenant, assis en face de lui, je notais l'extraordinaire lumière qui émanait de ses yeux noisette, empreints de douceur et de bonté comme un lac perdu dans cette pilosité débordante. Était-il un de ces hippies qui hantent les ports ? Un vagabond ? Un mage égaré ? Il n'avait pas l'air ordinaire, en tous cas, et j'ai tout de suite éprouvé de la sympathie pour cet inconnu.

Il parut accepter avec bonne humeur l'attention dont il était l'objet, mais pendant tout le temps que dura mon examen il ne cessa de me regarder, comme s'il pouvait voir au-delà des apparences.

C'est lui qui rompit le silence :

— Donnez-moi votre date de naissance.

J'eus sans doute l'air étonné car il reprit :

— J'aime l'astrologie, et c'est beaucoup plus sérieux que vous pourriez le supposer !

— Je suis né le 29 juin 1937, dis-je un peu dérouté par une pareille question.

— Je vois, dit-il. Vous êtes Cancer !

Moi je ne voyais rien du tout, mais cet homme commençait à m'intriguer.

— Auriez-vous l'intention de me dire la bonne aventure ? demandai-je un peu méfiant cependant.

Il éclata d'un rire énorme, communicatif, qui fit tressauter les muscles de ses épaules athlétiques.

— Rassurez-vous, je ne me prends ni pour une gitane, ni pour Madame Soleil, je sais seulement que notre rencontre n'est pas fortuite. Le tout est que j'arrive à comprendre ce que vous attendez de moi !

Comme je n'attendais rien de lui, du moins à ce moment-là, je restai muet, dans l'expectative. Il sembla réfléchir :

— Vous êtes sur le chemin qui mène à la Connaissance suprême, n'est-ce pas ?

J'opinai de la tête.

— Vous avez besoin d'aide et je suis là pour ça, me dit-il d'une voix assurée.

— Alors, puis-je vous poser une question ?

— Bien sûr !

— Qu'est-ce que le magnétisme ? Avez-vous le pouvoir de soigner les gens ?

Une lueur amusée danse dans ses yeux noirs.

— Cela fait deux questions, monsieur. Monsieur… comment, au fait ?

— Pascal Noblat…

— Pascal, reprit-il songeur… *Le Nourricier*…

J'étais dérouté. Que signifiait cela ?

— Bon, je vais répondre à votre seconde question. Je ne soigne pas les gens, ce n'est pas ma mission sur cette terre, mais je suis un « sensitif ». Avec mon pendule je dépiste les maladies, puis j'envoie les patients soit chez un bon médecin soit chez un guérisseur sérieux. Voilà pourquoi je suis heureux de découvrir enfin un magnétiseur dans la région, cela nous manquait.

— Vous croyez donc à la médecine ?

— Bien sûr, dans la mesure où le médecin soigne des malades et non des maladies. L'arsenal dont dispose notre pharmacopée me réjouit et me fait peur en même temps. Un jour viendra où il n'existera plus de rivalités entre la médecine officielle et celle que l'on dit parallèle, chacune d'entre elle possédant des moyens différents de guérir, mais tout aussi efficaces. Là aussi l'union de toutes ces connaissances deviendra une force employée pour le bien de ceux qui souffrent. Les querelles actuelles sont tellement ridicules et inutiles !

— Employez-vous d'autres moyens que votre pendule pour détecter les maladies ?

— Dans mes bons jours il m'arrive aussi de voir l'aura des gens, toujours au moment où je m'y attends le moins !

Cette fois j'étais captivé. Il dut le sentir car, avec un sourire malicieux il me déclara :

— Si vous voulez obtenir une réponse à votre première question venez me voir chez moi. J'habite en dehors d'Houlgate, une vieille maison accrochée à la lande, près de la falaise. J'y vis seul avec mon chien.

Il se leva.

— À bientôt, monsieur Ker…

— Comme nous sommes appelés à nous revoir, appelez-moi Yves. En Celte cela signifie le persistant, ou l'arbre, l'if, celui qui a des racines profondes. Vous voyez, je ne vous « lâcherai » pas comme ça… si vous décidez de me rendre visite, bien sûr !

— Je viendrai… demain soir ?

— Très bien. Au fait, mon chien s'appelle Klebs, il aboie beaucoup mais il n'est pas méchant.

Avant de disparaître, l'étrange personnage ajouta :

— Nous allons faire du bon travail ensemble !

Je suis resté quelques minutes assis, sans bouger, trop étonné pour réagir. Quelle force émane de cet homme ! J'admire sa façon de se comporter avec l'inconnu que je suis ; naturelle et amicale. Il m'attire.

Décidément, quelle merveilleuse journée ! Maintenant je vais me coucher, il est tard et je vais rêver à Violaine. Ma dernière pensée est une prière fervente que j'adresse au Maître : « *Père, je n'ai jamais connu les simples joies sentimentales que tu accordes à la plupart de tes enfants. Avant de me rapprocher de Toi, j'ai besoin d'être un homme comme les autres, de vivre un amour humain. Permets à cet attachement réciproque de grandir, d'enrichir nos deux cœurs et rien ne me coûtera pour te remercier de ce don.* »

Après le départ de sa secrétaire et de son intendant, Pascal se rendit en voiture chez son nouvel ami, poussé par une curiosité qu'il ne cherchait même pas à dissimuler.

Il trouva facilement la maison qui se dressait solitaire, face à la mer, bien décidée, avec son toit bas et ses murs épais, à tenir tête à toutes les tempêtes. Dès que Pascal eut arrêté sa voiture, un énorme chien noir jaillit d'une vieille barrique où il sommeillait et se jeta sur lui avec impétuosité. Il recula devant cet assaut, mais une voix cria :

« *Couché, Klebs !* »

Aussitôt le chien se calma, remua la queue, dompté, et se mit en devoir de flairer les chaussures de l'inconnu. Cherchait-il à y déceler le fumet de quelque congénaire ? Pascal se pencha et caressa le bel animal, non sans le comparer mentalement à son propriétaire : aussi noir de poil que lui et tout aussi vigoureux ! Puis il regarda autour de lui. La petite cour délimitée par un mur croulant était encombrée d'un fouillis hétéroclite de madriers, poutres et solives. Dans un coin trônait une antique enclume posée sur une pierre mal équarrie. Une vieille camionnette très rafistolée, où la peinture s'écaillait comme une lèpre, stationnait à proximité, chargée de sable. Les amortisseurs semblaient à bout de souffle.

Pascal fut tiré de sa contemplation par la voix d'Yves qui parut sur le seuil, couvert de poussière. Il s'épousseta avec le dos de la main gauche, l'autre tenant toujours un marteau digne d'être manié par un Titan.

— Ah ! je vous attendais, Pascal. Entrez donc ! Je suis en train de refaire le plancher de ma chambre, il me faudra bien encore une semaine de travail. Grâce à vous je vais prendre un peu de repos !

La pièce dans laquelle Pascal pénétra offrait un spectacle ahurissant pour un homme habitué aux vastes demeures où chaque salle a une fonction bien déterminée. Ici rien de tel. Il semblait régner une sorte d'incohérence bohème dont les lois fantasques lui échappaient mais où le propriétaire des lieux semblait aussi à l'aise qu'un poisson dans l'eau.

Yves soulagea une chaise bancale de son fardeau d'outils et l'offrit à son visiteur, mais au lieu de s'asseoir Pascal se dirigea vers le fond de la pièce où des rayonnages en bois supportaient des dizaines d'ouvrages, les uns richement reliés, les autres simplement brochés, mais qui cohabitaient fraternellement.

— Ah ! je savais bien que ma bibliothèque vous attirerait ! Vous pourrez emporter ceux qui vous plaisent, les livres sont faits pour être lus.

Délaissant momentanément les livres, Pascal s'approcha de la cheminée dont le large manteau de pierre brute occupait presque tout un mur et se perdait dans le plafond. Un feu joyeux brûlait dans l'âtre en sifflant ; le bois devait être mouillé mais il s'en dégageait une odeur très agréable.

— C'est du pommier, précisa Yves.

Pascal s'accroupit et fixa quelques instants la rouge chevelure mouvante. À jamais, pour lui, un feu de bois serait associé au souvenir de Marie-Dolorès, la jeune morte. Était-il en train de trahir son souvenir en se tournant vers une nouvelle femme ? Cette énigmatique Violaine à l'âme ténébreuse allait-elle consumer son cœur et ses sens ? Avec un soupir il se releva et s'aperçut que Yves l'observait d'un œil aigu.

— Venez voir mon atelier « particulier », l'endroit où personne n'a le droit de pénétrer. C'est à la fois mon sanctuaire et ma caverne d'Ali-Baba, ajouta-t-il en riant.

Il ouvrit une porte basse coincée entre un vieux piano et une robuste armoire normande et le précéda dans une pièce plus petite, blanchie à la chaux, où régnait un ordre méticuleux qui surprit agréablement Pascal. Sur les murs, des graphiques et d'étranges peintures abstraites aux couleurs violentes, de curieuses arabesques aux formes insolites, souples comme des lianes qui se détachaient sur un fond de teintes délicatement dégradées. Une vaste table au solide plateau de bois supportait un assortiment d'appareils mystérieux dont Pascal ne devinait absolument pas la destination. Tout un panneau de la pièce était occupé par des bocaux de verre contenant toutes les variétés possibles de simples. Il lut, au hasard : *coriandre, hysope, marjolaine, sarriette, romarin.* Toutes les herbes qui guérissent étaient au rendez-vous.

Dans un coin, il remarqua un réchaud allumé sur lequel une marmite ronronnait. Il s'en dégageait une odeur pénétrante de plantes sauvages longuement concoctées. Il fut aussi frappé par la présence de deux plantes vertes de taille imposante, du genre philodendron qu'on ne s'attendait pas à trouver ici. Il remarqua aussi un puissant microscope, un poste de radio et des fils de toutes les couleurs qui semblaient alimenter tous ces appareils brillants, fonctionnels, un rien inquiétants.

Des sentiments très divers devaient se lire sur le visage de Pascal mais Yves le laissa tout regarder en silence.

— Que pensez-vous de mon installation ?

— J'avoue que je me perds en conjectures. Êtes-vous un savant, un musicien, un peintre, un charpentier ?

Le rire sonore emplit la petite pièce :

— Pas mal, pas mal... Je suis un peu tout cela, c'est-à-dire un homme curieux de tout, passionné par les sciences dites occultes, mais pas du tout versé dans la sorcellerie, bien que je sois capable de fabriquer certains philtres, certaines potions aux pouvoirs curatifs très efficaces. En un mot, comme en cent, je suis Druide...

— Druide ?

Pascal regarda son hôte d'un œil nouveau. Décidément cet homme l'intriguait de plus en plus. M. Mercuret lui avait parlé des Druides, mais il ne s'attendait pas à en rencontrer un.

— Vous êtes étonné de ne pas me voir en robe blanche, une faucille d'une main, un bouquet de gui dans l'autre ! C'est l'image d'Épinal que tous les gens ont de nous et la plupart n'en sauront probablement jamais davantage ; d'ailleurs, à quoi bon ?

— Pourquoi m'avoir livré votre secret, alors ?

— Parce que vous, c'est différent. Nous aurons du travail à faire ensemble. Savez-vous comment j'ai trouvé cette maison ? Je cherchais à quitter ma ville natale, Concarneau, trop bruyante et trop touristique à mon goût. Alors j'ai pris mon pendule et l'ai promené sur la carte de France. Il a désigné la Normandie. Pour obtenir plus de précisions j'ai pris une carte d'état-major de cette région et le pendule s'est fixé sur Houlgate. Impossible de le faire changer d'avis. Alors je suis venu prospecter par ici. Cette baraque m'a attiré et justement elle était à vendre !... Je me suis installé ici il y a deux ans et, délaissant mes pinceaux, j'ai pris la truelle et la scie. Voilà. Je suis heureux que le destin m'ait envoyé là. J'ai la mer à proximité, je la vois de ma fenêtre, elle m'aurait manqué.

— Le druidisme a-t-il une existence... officielle ?

— Oui et non. Nos cérémonies ne sont pas secrètes mais nous ne tenons pas à être considérés comme des bêtes curieuses. Aussi préférons-nous rester dans l'ombre... pour l'instant.

— Quelles sont ces cérémonies ?

— Nous sommes axés sur l'astrologie comme l'étaient les Sumériens, les Babyloniens. À cette époque, astrologie et astronomie étaient sœurs jumelles. Nos connaissances en ce domaine se sont transmises, sans failles, et nous en sommes les dépositaires. Nous connaissons parfaitement la carte du ciel, les mouvements des planètes, le zodiaque. Savez-vous qu'une année zodiacale dure environ 25,900 ans ? Chaque ère qui la compose dure 2,160 ans. L'avènement du Christ a marqué le début de l'ère des Poissons qu'il a dominée de son enseignement. Depuis 1945, nous entrons dans l'ère du Verseau, l'ère de la spiritualité triomphant du matérialisme. Remarquez d'ailleurs que les ères semblent remonter le temps, puisque nous allons vers le Capricorne. Je vous expliquerai plus tard que ce passage d'une ère à l'autre n'est pas fortuit, il correspond à une étape dans l'évolution de notre humanité.

Pour en revenir à nos cérémonies druidiques, sachez qu'elles tombent à des dates bien précises, aux solstices par exemple, à la St Jean d'été et à celle d'hiver, et aux équinoxes.

— Pour la St Jean, je comprends, les peuples païens ont toujours fêté le retour de l'été, je trouve merveilleuse cette coutume qui consiste à allumer des feux, cette nuit-là, afin que dans les ténèbres leurs flammes se répandent de village en village comme des messages d'espoir et de joie ; mais le 27 décembre se situe en hiver, je ne vois pas l'intérêt...

— C'est pourtant simple. Ce jour-là nous cueillons le gui, cette plante que le profane traite de parasite, méconnaissant ainsi ses merveilleuses propriétés. Passons. En coupant sur un chêne la boule de gui choisie à l'avance, le Druide prononce la phrase celte « *O guel an heu !* » qui signifie Le blé lève ; cette incantation se retrouve, déformée, dans la phrase « *O gui l'an neuf !* » et le gui, sous lequel les gens s'embrassent à l'aube d'une année nouvelle, fait office de porte-bonheur. Il perd ainsi une partie de son symbolisme sacré, mais il reste associé à un événement joyeux. Oui, Pascal, à la St Jean d'hiver le soleil triomphe des ténèbres, il remonte victorieusement dans le ciel, son ascension reste invisible aux yeux des hommes, pourtant il prépare la venue du printemps. Le blé lève même si la terre est recouverte de neige, même si sur les branches dénudées les bourgeons se font tout petits pour échapper au gel, même si de lourdes nuées nous cachent l'azur. Le 27 décembre est vraiment la promesse d'une vie nouvelle, d'une résurrection que rien ne peut empêcher. Chez l'être humain aussi toute renaissance est précédée de bourrasques, de tempêtes, de convulsions ; l'homme obéit aux mêmes lois que Gaea, notre planète. Comprenez-vous ?

— Oui.

Ils revinrent dans la première pièce que l'ombre envahissait peu à peu et ils s'assirent sur le banc devant le feu qui chantait sa complainte monotone.

— Est-ce un hasard, demanda Pascal, si Jésus est né le 25 décembre ?

Yves prit le temps de tisonner le feu, sa haute silhouette penchée en avant, si pareil à un dieu antique gardien de quelque secret, puis il se redressa, pensif.

— Il a fallu bien des siècles avant de fixer cette date de façon définitive. Cette fête si importante pour les Chrétiens a changé plusieurs fois de date, jusqu'au jour où les Pères de l'Église ont choisi le 25 décembre, un peu poussés, il faut le dire, par la survivance d'une ancienne fête païenne qui avait lieu ce jour-là. Il s'agissait du très ancien culte de Mithra, *symbole de l'ère du Taureau*, qui se tenait, comme par hasard, dans une grotte et que les bergers venaient adorer !

— Ça alors ! s'exclama Pascal, le taureau, la grotte, la fête du Soleil... Jésus naissant dans une étable.

Il n'osait préciser sa pensée.

— Eh oui, mon ami ! La religion chrétienne s'étant implantée la dernière, elle dut, bon gré mal gré, composer avec les habitudes fortement enracinées dans le cœur des hommes, avec leur foi tenace qui obéissait à d'antiques lois oubliées mais toujours vivaces. Il en est de même pour le vaudou des Antilles ou dans le Pacifique aussi, où, faute de pouvoir évincer les anciens dieux on les a intégrés à la religion chrétienne ; il faut dire que Jésus, les saints, les loas* et les tikis ne font pas mauvais ménage, ainsi tout le monde est content.

— Que de mystères se cachent donc sous les noms les plus couramment employés... Noël !...

— Cela vous amusera peut-être de savoir que l'anniversaire de la naissance du Christ fut appelé ainsi en l'an 336 seulement, peut-être parce que ce mot était synonyme de joie dans le peuple qui le clamait dans les rues à la moindre occasion de liesse.

Noël, c'est la déformation de « *Noua Heol* », nouveau soleil ! À cette époque on sortait le taureau de la grotte et dans l'ère suivante c'est l'agneau qui naît à cet endroit : « *Le voici l'Agneau divin, le Fils du Soleil ! Du ciel il descend pour nous, adorons-le tous.* »

Le symbolisme de Noël est une source constante d'émerveillement pour celui qui ose aller de l'autre côté des miroirs. Cette naissance prend une dimension cosmique où signes du Zodiaque et constellations font figure de bonnes fées penchées sur la crèche où dort Jésus. Écoutez ceci : le soleil de Noël se trouve dans le signe du Capricorne, mais à minuit, cette nuit-là c'est le signe du Cancer qui culmine au firmament, accompagné du signe du Lion et de la Vierge. Dans le signe de la Vierge brille la constellation du Bouvier, donc voici le Bœuf. Dans le signe du Cancer il y a la constellation des Ânes qui, chez les anciens Grecs, s'appelait Phatné, c'est-à-dire... la crèche... La Vierge-Mère (latin = mater, matris d'où vient le mot matrice) est le Vase qui contient l'Esprit des choses. Marie, Vierge et Mère, symbolisée par la Lune représente donc la forme que vient animer l'esprit vital : Élie, le Soleil, Dieu le Père, afin de donner naissance à Jésus, l'Esprit incarné.

Or, cette naissance signifiait aussi le début de l'ère des Poissons, prélude à un changement profond des mentalités et des croyances. Le berger qui vient offrir un agneau nouveau-né, à l'Enfant-Roi, lui passe en même temps le pouvoir qu'il détiendra pendant 2.160 ans ! Par cet acte Jésus est reconnu fils du Bélier, il est Agneau divin. Lors de sa mort, trente-trois ans plus tard, le soleil quitte définitivement la constellation du Bélier, il est enfin pleinement dans la constellation des Poissons pour 2.160 ans. C'est alors que Jésus-Agneau meurt pour devenir Christ-Poisson. On retrouve à chaque pas ce symbolisme dans la vie de Jésus. Il n'y a qu'à relire les Écritures pour s'en persuader.

— En effet, dit Pascal, les premiers Chrétiens se reconnaissaient à ce signe.

---

*. *Loas : dieux intermédiaires qui veillent sur les êtres humains chez les animistes (Vaudou).*

— Je ne résiste pas au plaisir de vous livrer la clé d'un autre mythe, amusant celui-ci, qui montre les connaissances ésotériques et cosmiques des Anciens. Jonas fut avalé, dit-on, par une baleine et après être resté trois jours dans son ventre, il fut régurgité par ce « poisson ». Levons les yeux au ciel : la fête de St Jonas se célèbre le 29 mars, au sortir du signe des Poissons, c'est-à-dire au terme des trois signes du Capricorne, Verseau et Poissons, au cours desquels le soleil triomphe des ténèbres. Dans le signe zodiacal se trouve la constellation de la Baleine !

— C'est drôle, dit Pascal, Jonas semble être l'anagramme de Jason, qui partit conquérir la Toison d'or à la tête des Argonautes ?

— Eh oui ! Jonas, Jason, Jésus, Jean et Janus représentent la course solaire. La conquête de la Toison d'or n'est autre que l'accession à la protection divine pendant l'ère du Bélier. À la fin de l'ère précédente, on adorait le Veau d'or, fils du Taureau.

En regardant le cercle formé par les douze signes du zodiaque, nous voyons se côtoyer le Bélier et les Poissons. En réalité, le signe du Bélier gouverné par la planète Mars représente la tête de l'homme, l'Alpha (le commencement) il est le signe de feu du printemps.

Le passage du Soleil successivement dans les signes du Taureau, des Gémeaux, du Cancer, etc. signifie donc qu'il dynamise le corps tout entier. Parallèlement à cela le zodiaque nous enseigne qu'il existe une correspondance entre l'Homme cosmique et la Création car le soleil détermine en même temps les phases de la vie organique, il règle les saisons, il provoque les transformations spirituelles progressives qui aboutissent à l'Initiation, après un cycle complet de douze mois. Cette initiation est symbolisée par le signe des Poissons, représentant les pieds de l'Homme, c'est-à-dire le bout du voyage, l'Oméga. Ce signe d'eau, marié alchimiquement au feu du Bélier évoque un nouveau départ, le cycle éternel des naissances et des renaissances dont nous devons nous libérer un jour, coûte que coûte, par le renoncement et le non-attachement.

L'iris de notre œil est un zodiaque en miniature, le corps de l'homme y est représenté dans toutes ses parties, ce qui prouve l'analogie absolue entre le macrocosme et le microcosme.

Ces douze signes représentent un cycle évolutif complet, c'est la couronne, le serpent qui se mord la queue, l'Ouroboros. À chaque signe correspondent : une planète, une couleur, un organe précis. Ainsi, le genou appartenant au signe du Capricorne représente l'initiation, c'est pourquoi certaines statues ont le genou gauche découvert, le genou droit, celui que l'on plie devant le Seigneur, représentant l'humilité. Il s'agit d'un langage secret. Vous comprenez maintenant pourquoi une cathédrale est un livre dans lequel chacun peut lire selon son degré d'ouverture spirituelle.

— Je crois qu'avec vous je ne suis pas au bout de mes surprises !

Yves sourit dans la pénombre.

— C'est bien, ainsi. D'ailleurs c'est au nom de ce langage secret que je vous ai parlé lors de notre première rencontre. Vous souvenez-vous ? Vous aviez le genou droit en terre et vous imposiez vos mains sur le genou gauche de l'accidenté. À mes yeux, cela représentait un double signe évident. Dieu vous désignait à moi.

Pascal resta confondu. Les pièces du puzzle continuaient à se mettre en place.

— Puisque vous êtes si savant en astrologie, que vous suggère mon signe de naissance : le Cancer ?

— C'est un signe d'eau, cardinal, mobile, féminin, fécond, aquatique, chaud et humide. Il est gouverné par la lune. Le soleil traverse ce signe entre le 21 juin et le 21 juillet. Il incline à la contemplation, à la sentimentalité rêveuse, au dévouement, à l'imagination fertile. Mais il prédispose aussi à un tempérament contradictoire, lunatique et les sentiments sont tenaces, obsédants, souvent stériles, donnant aux natifs de ce signe l'impression d'être incompris de leur entourage.

Sur le plan physiologique le Cancer correspond aux seins, à l'estomac, aux fonctions glandulaires et digestives qui restent donc des points à surveiller en permanence. Pour finir, sachez que vous aurez les plus grandes chances d'être heureux avec des natives du signe des Poissons, nées entre le 20 février et le 20 mars. Mais pour être plus exact, il me faudrait connaître aussi votre ascendant, celui-ci représentant la partie cachée de l'être, son devenir non encore réalisé.

« *Tiens,* pense Pascal, *Violaine ne m'a jamais dit sa date de naissance. Il faudra que je le lui demande. Pourvu que nos signes s'accordent...* »

— Vous voyez, poursuivit Yves, tout se tient. Le jour de notre naissance, un certain nombre de planètes gravitaient dans le ciel. Ces énormes masses tournent sur elles-mêmes dans l'espace, le soleil dirigeant ce ballet si bien orchestré. Leur champ magnétique se révèle plus ou moins puissant, leur influence plus ou moins forte suivant leur proximité de la terre.

Il n'est pas indifférent pour notre destin que ce soit une planète lourde ou une planète rapide qui passe ce jour-là près de la terre ; elle imprimera sa marque vibratoire dans notre propre champ magnétique et nous influencera tout au long de notre vie, du moins tant que nous n'aurons pas accompli tout notre karma dont elles sont les auxiliaires bien innocents. N'oubliez pas l'adage : « *Astres inclinant, non nécessitant* ».

— Les Druides croient donc, eux aussi, à la réincarnation et au karma ?

Yves eut l'air surpris :

— Mais c'est la base même de notre enseignement ! Pourtant, nous donnons au karma un sens un peu différent que les Orientaux. Pour nous, il est avant tout « le chemin de l'âme », c'est-à-dire les épreuves par lesquelles celle-ci doit passer pour apprendre. Loin de ressembler à la loi du Talion : « *Œil pour œil, dent pour dent* » nous pensons qu'il est plus éducatif que coercitif. L'âme n'a pas toujours bien appris ses leçons dans une incarnation, elle doit s'y remettre dans la suivante, affûter son discernement, accepter les épreuves dans un but de connaître sa propre essence. Voilà pourquoi les âmes jeunes sont plutôt frappées sur le plan physique, plus grossier, plus proche de leur compréhension actuelle et les âmes vieilles se trouvent confrontées aux douleurs morales, plus subtiles, adaptées à leur évolution, car elles sont devenues hypersensibles.

— Je croyais que seul le Bouddhisme..., commença Pascal.

Yves l'apaisa d'un geste.

— Bouddha vécut cinq siècles avant Jésus-Christ. Mais les Druides possédaient déjà la science sacrée, il y a vingt-cinq siècles. Ils se servirent de Stonehenge, à la fois lieu initiatique et calendrier cosmique de pierre, capable, entre autres, de prédire les éclipses de soleil. Stonehenge, cela fait seulement quarante siècles, si je puis dire ! Ils connaissaient les secrets du tellurisme et ils érigèrent les dolmens en des endroits bien définis, sur des nœuds vibratoires. Les menhirs étaient des sortes d'aiguilles d'acupuncture, des implants, qui servaient aussi à capter les forces telluriques et à les régulariser. Ah ! si j'avais le droit de vous dévoiler certains secrets, vous seriez émerveillé !

— Pourquoi les Druides sacrifiaient-ils des vies humaines s'ils avaient toutes ces connaissances ?

— Quelle horreur ! Personne n'a jamais été plus respectueux de la vie que les Druides. Les dolmens, loin de servir à des offrandes de victimes, étaient de véritables lieux de guérison. On couchait le malade sur la table dolménique non pour le tuer mais pour qu'il soit pénétré par les forces conjuguées des vibrations curatives et par les incantations des prêtres groupés en cercle autour de lui. Les cupules et sillons que l'on trouve sur les pierres sacrées ne servaient pas à recueillir le sang des victimes, mais l'eau lustrale dont on arrosait le corps en vue d'une purification. Cela m'amuse de penser que dans mille ans les archéologues prendront sûrement nos tables chirurgicales pour des autels de sacrifices humains !

C'est Jules César, en mal de conquêtes, qui interpréta les choses à sa façon, afin de discréditer les Gaulois et leur étrange civilisation hautement spiritualisée. Cela justifiait son occupation d'un pays « barbare », vous comprenez ? L'image qu'il donna des Druides s'est répandue et s'est gravée dans l'esprit des gens.

Quant à la croyance aux vies successives, elle était enseignée couramment, le peuple n'en ignorait rien. Le mot celte KRWI (kroui) désigne pour nous la Loi du Karma. Jésus vint même probablement en Occident pour l'enseigner.

— On dit qu'il vécut en Inde !

— C'est possible. Au Cachemire on vénère le tombeau de Saint Issa, qui veut dire Jésus.

— Un détail m'intrigue à ce sujet. Si l'on admet que Jésus fut initié par des Égyptiens et par des Druides, il aurait dû parler plus clairement de la réincarnation. Ainsi il n'y aurait aucune équivoque à ce sujet.

Par un haussement de sourcils amusé, Yves montra que cet argument n'était pas nouveau pour lui.

— La réponse est simple, simpliste même. À cette époque tout le monde savait ces choses-là. Pourquoi Jésus aurait-il perdu son temps à expliquer des notions aussi évidentes ? Il y fit quelques allusions que les quatre évangélistes ont plus ou moins fidèlement retranscrites mais auxquelles personne ne prête plus attention. Cette partie de son enseignement a tout simplement été occultée.

— Chaque religion a ses grands Initiés, mais pas le Druidisme.

— Mais si ! Outre St Malachie il a existé, entre autres, un Druide nommé Myrddin qui avait des dons extraordinaires.

— Personne ne le connaît pourtant.

Dans les yeux d'Yves dansa une lueur de gaieté.

— La tradition lui a donné un bien beau nom : l'Enchanteur Merlin !

— Le Compagnon de la fée Viviane ?

— Lui-même. Le Grec Pythagore vint en Celtie afin d'être initié par ses soins. Le fameux théorème dont l'invention lui est attribuée découle simplement des connaissances acquises chez nous. La corde à treize nœuds et douze segments égaux qui permit d'édifier les cathédrales nous en donne la preuve, je vous en ferai la démonstration plus tard.

Pascal ne répondit rien. Il allait de surprise en surprise.

La nuit avait maintenant envahi la pièce. Le feu, non alimenté, se mourait, lançant encore quelques flammèches au-dessus des braises rougeoyantes. Yves se leva, prit sur une étagère un chandelier à trois branches et l'alluma en murmurant une espèce d'incantation à l'élément Feu. À la lumière vacillante des bougies rouges dont le sommet translucide ressemblait à du sang, son visage paraissait empreint de gravité et de ses yeux émanait un mystérieux pouvoir.

— Voulez-vous partager mon repas ? dit-il.

Pascal se leva à son tour et déclina l'invitation.

— Merci. Une autre fois, on m'attend ce soir.

— Permettez-moi de vous demander un service personnel.

— Je vous en prie.

— Une de mes amies a une fille de vingt ans, Thérèse, étudiante à Caen. Elle s'est droguée et actuellement son état dépressif nous inquiète tous. Accepteriez-vous de la soigner ?

Pascal n'hésita pas :

— Je vous promets de faire l'impossible pour l'aider.

— Merci. Quand pouvez-vous la recevoir ?

— Samedi 30 avril vers quinze heures. Voici mon adresse, dit-il en lui tendant une des cartes de visite qu'il avait toujours en réserve dans sa poche. Pensif, il ajouta :

— Vous aviez raison l'autre jour, vous allez pouvoir m'aider. J'ai tant de questions à poser.

— Alors n'hésitez pas. Je suis là pour cela. À samedi.

Klebs ne bougea pas quand Pascal sortit pour remonter en voiture. Avant d'ouvrir la portière il leva les yeux au ciel ; impassibles, les étoiles brillaient comme des phares minuscules perdus dans l'infini. Il était difficile de croire que ces joyaux inaccessibles pouvaient intervenir dans le destin des hommes. Les astres paraissaient si lointains et la terre si petite, soudain !

Pascal frissonna dans la nuit d'avril et revint en hâte vers le manoir.

Quand Thérèse lui fut présentée, encadrée par Yves et par sa mère, Pascal ressentit de la pitié pour cette fille de vingt ans au regard éteint, aux traits mous et inexpressifs. Les cheveux lui recouvraient le front et les épaules, elle n'avait pas un geste pour les ramener en arrière, aussi lui cachaient-ils une partie du visage qu'elle tenait baissé, dans une attitude d'indifférence ou d'accablement indicible. L'angoisse de la mère se devinait à sa fébrilité et au regard suppliant qu'elle dardait sur Pascal et qui semblait dire : « *Je vous la confie, guérissez-la* ».

Il fit asseoir la jeune fille près de lui et, pour cacher son embarras, il souleva la main pâle, abandonnée, afin de prendre les pouls, tel que M. Mercuret le lui avait enseigné. Il décela de suite une paresse du foie et des reins, un blocage des organes génitaux. Yves et la mère suivaient passionnément chacun de ses gestes, essayant de déchiffrer ses impressions sur ses traits, mais Thérèse n'eut aucune réaction, ne posa aucune question. Ses yeux fixaient le parquet, son esprit semblait totalement absent. Quel pouvoir parviendrait à réveiller cette Belle au Bois Dormant des temps modernes ?

— Comment vous êtes-vous aperçue de son état ? s'enquit-il.

La mère rougit. Il ne devait pas être facile pour elle d'évoquer ce drame.

— Son... ami l'a découverte un soir, évanouie, devant sa porte. Il pense qu'elle était venue lui demander secours, mais elle a sombré dans l'inconscience avant d'avoir pu sonner. À moins que quelqu'un l'ait déposée là, après...

Elle ne put continuer, mais Pascal fit signe qu'il avait compris.

— Son ami avait-il remarqué un changement dans son attitude au cours des dernières semaines ?

— Oui, elle devenait agressive, ou lointaine, il ne savait comment l'interpréter. Il pensait qu'elle ne l'aimait plus.

— A-t-elle été hospitalisée après cela ?

— Non. Il nous a téléphoné, nous sommes allés la chercher. Notre médecin de famille tente un traitement sur place, mais elle s'enfonce jour après jour dans une sorte de coma psychique d'où rien ne peut la tirer. On dirait qu'elle n'a plus envie de vivre.

Cela paraissait plausible, en effet. Pourtant, comment admettre qu'à vingt ans un être puisse refuser de lutter, donc de vivre ?

Pascal se recueillit un instant puis, se levant, il se plaça derrière la malade. Il posa ses mains sur le chakra coronal situé au sommet du crâne, celui qui, une fois totalement épanoui, confère à l'homme la Divinité. Dans la tradition hindoue il est nommé *le lotus aux mille pétales*, tant il est alors resplendissant, aux délicates teintes nacrées et arc-en-ciel. C'est aussi le chakra de l'intelligence. Le silence s'était fait autour de Pascal et en lui. Il restait attentif au moindre frémissement parcourant ses doigts. Au début il ne ressentit rien, comme s'il avait posé ses mains sur une pierre. Cela dura trois minutes ; soudain, le mystérieux pouvoir parut vaincre la résistance inconsciente que la malade lui opposait. Une chaleur intense accompagnée de fourmillements très désagréables se dégagea de ses doigts et presqu'au même instant la jeune fille, jusqu'alors inerte et indifférente, commença à s'agiter, comme pour échapper à cette chape qui lui enserrait le cerveau.

Cet éveil fut de courte durée. Au bout de cinq minutes Pascal changea ses mains de place et les posa sur le chakra pelvien qui est le siège de la régénération de toutes nos cellules. Cette fois l'effet fut plus rapide. Un flot de sang envahit le visage blême. Thérèse regarda Pascal, semblant le découvrir. Puis ses yeux se fixèrent d'un air interrogatif sur sa mère qui dit doucement :

— Laisse-toi faire, ma chérie, tu vas aller mieux.

— Ça m'est égal, articula la jeune fille, et elle se retira dans son monde intérieur.

Ensuite, pour lui débloquer le foie, Pascal lui fit trois passes transversales sur le plexus solaire. Il n'y avait plus rien d'autre à faire qu'à attendre la réaction de l'organisme. Il se tourna vers la mère attentive.

— Donnez-lui ces jours-ci une nourriture légère, sans excès de graisse. Supprimez aussi les aliments sucrés. Faites-la boire entre les repas.

— En ce moment, elle est traitée avec des anti-dépresseurs. Faut-il les lui supprimer ?

— Non, c'est trop tôt. Quand elle ira mieux vous la ramènerez chez votre médecin qui prendra cette décision au vu de l'état de votre fille. Par contre, téléphonez-moi d'ici trois jours afin que je sache comment elle a réagi et ramenez-la moi samedi prochain à la même heure.

Pascal sortit d'un tiroir un agenda tout neuf et inscrivit le rendez-vous sur la page vierge, pour le 7 mai.

Voyant que la consultation était terminée, Yves s'approcha et dit à Pascal :

— Je suis prêt à répondre à votre question concernant le magnétisme. Quand vous viendrez me voir, je vous montrerai votre propre fluide, concrétisé grâce à un procédé spécial. Au fait, ajouta-t-il, permettez-moi de vous donner des nouvelles de votre jeune accidenté de l'autre jour. C'est le fils du boulanger, je connais un peu ces gens. Il paraît que le docteur n'a pas eu besoin de lui mettre de points de suture. On aurait dit que la plaie datait de plusieurs jours, elle présentait un état de cicatrisation avancée. Le père du jeune homme me prie de vous remercier, il parle de vos dons à tous ses clients. Cher ami, vous allez être envahi !

Les yeux noisette du Druide pétillaient de malice, comme s'il venait de jouer un bon tour à son nouvel ami. Pascal se contenta de soupirer. À sa joie de constater l'efficacité du magnétisme se mêlait un peu d'inquiétude. Comment allait-il concilier sa vocation de guérisseur et son travail harassant de chef d'entreprise ?

Yves semblait avoir interprété son trouble. Il le rassura d'un mot :

— Ce que Dieu fait est bien fait, ayez la Foi, le reste vous sera donné par surcroît. Venez me voir souvent si vous pouvez vous libérer.

Thérèse se leva, aidée par son oncle, mais elle ne prononça pas une parole.

Après leur départ, Pascal se lava soigneusement les mains et rejoignit Mme Lagantat dans la nursery.

Fleur était couchée dans son lit rose qui, avec ses légers rideaux d'organdi blanc, ressemblait à un papillon ou peut-être à un voilier prêt à appareiller.

Pascal se pencha vers l'enfant dont la main lui parut brûlante. Son visage s'éclaira d'un sourire à sa vue, mais Pascal nota les yeux trop brillants, les joues empourprées. Mme Lagantat expliqua aussitôt :

— Elle a 39° de fièvre. Sa respiration devient sifflante chaque soir vers dix-sept heures. Je crains bien qu'elle ne nous fasse une bronchite.

— A-t-elle pris froid ?

— Je ne pense pas, bien que je l'aie sortie tous ces jours-ci pour profiter du soleil. Elle est en train de mettre des dents. Faut-il appeler le docteur ?

— Pas tout de suite. Je vais la soigner à ma façon.

Il s'agenouilla pour être à la hauteur du petit corps immobile et ses doigts cherchèrent le pouls.

— L'intestin est très paresseux, déclara-t-il enfin. Qu'a-t-elle mangé ces jours-ci ?

Un peu gênée, la brave femme avoua :

— Comme elle manquait d'appétit je lui ai donné du jambon de régime, avec de la purée. Elle adore ça !

Pascal ne cacha pas son mécontentement.

— Pas étonnant ! Je vous ai dit, chère madame, que ma fille ne devait pas goûter au porc. C'est une viande beaucoup trop grasse et l'estomac des enfants de cet âge-là ne sécrète pas encore les sucs indispensables à la digestion de ce genre de protéines animales. Quant aux pommes de terre, vous savez ce que j'en pense. Elles encrassent l'intestin. Donnez-lui des légumes verts !

Ce qu'il ne dit pas, c'est qu'un intestin encombré est la porte ouverte à toutes les maladies, parce qu'il devient le siège de fermentations, de flatulences, de putréfactions diverses qui empoisonnent le sang, donc l'organisme tout entier. La nature a voulu que le même méridien d'acupuncture nourrisse en énergie le gros côlon et le système respiratoire. Les gens constipés ont souvent des bronchites, des rhumes à répétition. Et lorsqu'en plus, un enfant sort des dents, il faut lui donner une nourriture spéciale.

Mme Lagantat comprenait difficilement les méthodes de Pascal, elle avait été élevée avec d'autres principes !

Pascal soigna l'intestin de Fleur déjà somnolente, puis se retira après avoir donné des instructions à Mme Lagantat qui n'osait manifester sa désapprobation, peut-être parce qu'elle se sentait un peu coupable. Il lui sourit afin de dissiper son malaise et regagna son bureau.

Le mercredi 4 mai Pascal reprit donc le chemin de la falaise. Cette fois Klebs n'aboya pas, il se contenta de frétiller de la queue et retourna dans sa niche. Yves peignait sur une toile posée sur un chevalet. On distinguait un corps de femme, mais seule la chevelure commençait à prendre forme, le reste était à peine esquissé, comme une sorte de pochade. À son arrivée, Yves trempa son pinceau dans un godet rempli d'essence de térébenthine et l'accueillit par ces mots :

— Bonjour, thaumaturge ! J'ai préparé pour vous mon matériel. Venez, on va prendre une photo de vos doigts.

Il l'entraîna dans une pièce minuscule qui ressemblait plutôt à un grand placard.

— C'est là que je développe mes photos. Tenez, posez votre main à plat sur cette plaque photographique. Je vais éteindre la lumière et j'enverrai un courant à haute fréquence mais de très faible intensité dans la plaque. Vous sentirez juste un léger picotement.

— Quel est donc ce procédé ?

— Il a été mis au point par les savants soviétiques Kirlian. Ils ont souvent tâtonné et travaillé à l'aveuglette mais leurs découvertes sont très importantes. Grâce à eux on sait maintenant que le corps énergie, appelé aussi corps bioplasmique existe, non seulement chez les êtres humains, mais aussi dans les plantes. Je vous montrerai des photos d'une graine de soja germée. Vous verrez la luminosité de son aura, la vitalité qui s'en dégage ! Pas étonnant que des grains de blé trouvés dans les pyramides aient pu germer quarante siècles après avoir été déposés à côté des momies, dans des jarres en terre. La force inconcevable de la Vie nous est ainsi révélée et c'est magnifique pour ceux qui croient en un Dieu-Énergie tout puissant !

— Bon, posez votre main ici. La plaque est reliée à une bobine de Tesla. Ne bougez plus.

La lumière s'éteignit, ce fut le noir absolu. Un déclic. Pascal n'eut pas le temps de se poser des questions, c'était fini.

— Je développerai cette photo dans la semaine. Mais j'ai préparé une autre expérience pour vous.

La lumière jaillit. Yves sortit quelques instants et revint, portant deux feuilles de géranium :

— Elles sont issues de la même branche et à peu près semblables. J'en laisse une ici comme témoin et j'attache celle-ci sur la paroi externe de ce bocal plein d'eau. Je relie le bocal à la bobine, puis au robinet d'eau, grâce à une pince crocodile. Maintenant, j'éteins, regardez-bien...

Quand les ténèbres revinrent, Yves appuya sur un bouton et Pascal vit, à travers le bocal, la feuille de géranium. C'était un spectacle enchanteur, un voyage au pays des merveilles et de l'invisible. Il distinguait très nettement un halo de couleur claire qui suivait fidèlement les contours du limbe.

— C'est l'aura de la feuille, qui correspond chez nous au corps éthérique, autrement dit ce qui sert à notre architecture. Grâce à ce corps subtil, nos cellules convenablement programmées peuvent naître, grandir et mourir selon les lois prévues. Ce corps nous maintient en vie et en harmonie avec le monde ambiant.

Si j'avais coupé un bout de la feuille avant de la soumettre au test, vous auriez tout de même vu son aura complète car le corps bioplasmique existe encore. Comprenez-vous pourquoi certains amputés ressentent toujours la présence du membre absent et pourquoi quelques animaux primitifs ont la propriété de fabriquer une partie disparue de leur corps ? Tant que le corps éthérique reste sain, aucune maladie ne nous atteint, les cellules ne peuvent proliférer dans le désordre, comme en cas de cancer, elles sont « tenues en laisse » par une main ferme et intelligente.

— Ce que nous ingérons peut abîmer le corps éthérique, n'est-ce pas ?

— Oui, en diminuant ses vibrations... Regardez mieux, on peut voir l'énergie circuler dans les nervures.

C'était vrai. Dans ce réseau compliqué et pourtant si logiquement agencé, une lumière blanche s'irradiait, partant du pétiole. De petits points dorés s'allumaient sur ce circuit, scintillants comme de minuscules étoiles.

— Ce sont des points d'acupuncture, expliqua Yves. Si je les piquais avec une aiguille d'or, vous verriez aussitôt la luminosité s'intensifier dans les nervures. Mais cela ne durerait pas car la feuille est coupée de la plante mère chez qui elle ne peut plus puiser l'énergie primordiale. D'ailleurs, regardez, elle est en train de mourir.

En effet, le halo se rétrécissait et perdait de son éclat ; il finit par s'éteindre complètement et le réseau de nervures s'obscurcit à son tour.

Quand Yves ralluma, Pascal détacha du bocal la feuille sacrifiée, elle était molle et sans vie, véritable cadavre végétal, alors que sa sœur témoin gardait encore sa fermeté, mais on pouvait imaginer sa déperdition progressive de vitalité.

Pascal semblait bouleversé.

— Pensez-vous que cette feuille a souffert ?

— Les plantes ne sont pas aussi insensibles que notre égoïsme voudrait le laisser croire. Nos yeux regardent une plante, elle ne bouge pas, donc nous la croyons indifférente : nous nous laissons abuser par nos sens. D'ailleurs, dans les services de réanimation de certains hôpitaux les comateux sont surnommés « des plantes vertes » ! Eh bien, c'est faux, les plantes ont des dons de télépathie, elles sont capables d'aimer, d'avoir peur, d'obéir à un ordre et même de se souvenir !

Pascal ne disait rien. Son ami semblait trop sûr de ce qu'il avançait pour qu'il se permît de le contredire.

Yves le regardait d'un air amusé.

— Vous n'osez pas me dire ce que vous pensez de mes affirmations ; vous avez raison, le travail d'un disciple est de se faire une opinion par lui-même !

En disant cela il prit dans la poche de son pantalon de velours un rouleau de papier qu'il lui tendit :

— Déroulez ceci et dites-moi ce que vous voyez.

Pascal obéit.

— Eh bien, dit-il enfin, il doit s'agir d'un électrocardiogramme. Cela y ressemble, en tout cas.

— Puisque c'est décidément le jour des expériences, je vais vous présenter à mes plantes. Suivez-moi.

Ils pénétrèrent dans la salle qu'Yves appelait sa caverne d'Ali-Baba et ils s'approchèrent de la fenêtre près de laquelle trônait le beau philodendron.

— Voici ma vieille amie. Elle est particulièrement intelligente et m'aime bien, je crois. Dans quelques minutes elle se sera habituée à votre présence et nous pourrons commencer. En attendant, j'attache délicatement une électrode sur une de ses feuilles. Voilà. Cette électrode est reliée à un « détecteur de mensonges », ici, vous voyez et j'ai réussi à bricoler un tambour enregistreur muni d'un stylet branché sur l'appareil. Pour l'instant ma plante éprouve des sensations mais elles ne nous sont pas perceptibles. Je vais mettre le contact.

Il appuya sur un bouton, un voyant s'alluma et le tambour commença ses rotations lentes, entouré d'un rouleau de papier semblable à celui qu'il venait de montrer à Pascal. Le fin traçé de l'aiguille restait rectiligne. La plante semblait tout à fait tranquille.

— Maintenant, ordonna Yves, vous allez penser très fort à une façon quelconque de la détruire. Visualisez bien vos actions mais ne bougez pas.

Pascal, plutôt dérouté par cette injonction, s'appliqua néanmoins à imaginer qu'il perforait les feuilles vertes et charnues à l'aide d'un couteau. Il peaufinait mentalement ces images de torture quand soudain l'aiguille tressauta, sembla prise de panique et un tracé irrégulier s'inscrivit sur le papier. Fasciné, Pascal se pencha sur ce sillon qui venait de lui livrer l'émotion d'un être vivant ! Presqu'aussitôt l'aiguille s'immobilisa. Il se rendit compte que depuis quelques secondes, trop occupé par sa découverte, il n'envoyait plus des ondes assassines et la plante, ne voyant pas se concrétiser la menace, s'était calmée. Pascal regarda Yves qui enchaîna :

— Maintenant, prenez des allumettes, frottez-en une et faites semblant de brûler une feuille du philodendron. En même temps pensez très fort à lui, avec amour, comme si vous vouliez lui faire du bien.

La main un peu tremblante, Pascal s'exécuta. La petite flamme effleura presque une feuille, mais l'aiguille ne s'émut pas de ce geste agressif.

— Vous pouvez constater que ma plante sait lire dans votre esprit. Elle ne se trompe pas sur les apparences, elle !

Pascal considéra le grand philodendron avec un respect tout nouveau. Il venait de recevoir une belle leçon de modestie de la part d'un végétal qu'il estimait jusqu'ici tout juste bon à la décoration d'un salon. Plus jamais il ne pourrait se trouver en présence d'un végétal ou d'une fleur sans avoir l'impression d'être percé à jour, suivi par des milliers d'yeux invisibles mais emplis de curiosité, de crainte ou... de raillerie !

Yves consentit à lui donner quelques explications :

— Vous comprenez maintenant pourquoi nous devons aimer toutes les créatures du monde et ne pas les détruire pour notre seul plaisir. Les enfants à qui l'on n'apprend pas ces vérités se font les complices inconscients du grand massacre de la nature et toute cette souffrance qui s'accumule finit par se retourner contre nous.

— Qui vous a enseigné tout cela ?

— J'ai beaucoup lu avant de devenir Druide et je me suis intéressé aux travaux de l'hindou Chandrah Bose qui inventa le crescographe[*] ; puis j'eus connaissance des expériences de l'Américain Backster à qui il arrivait de donner des ordres à ses plantes alors que lui-même se trouvait à des milliers de kilomètres.

Me croirez-vous si je vous dis que le célèbre Burbank persuada son cactus favori de ne plus fabriquer d'épines ? « *Puisque je t'aime,* lui disait-il, *je ne veux pas te faire de mal, donc tes piquants sont inutiles !* » La puissance de l'Amour n'est-elle pas un moteur incomparable ?

Ainsi les Druides savent depuis des millénaires que le chêne est le roi des arbres. Son évolution spirituelle en fait une entité tutélaire pour les humains qui s'abritent sous ses frondaisons. Cet arbre extraordinaire émet plus d'énergie qu'il n'en reçoit du cosmos, aussi ses vibrations peuvent rééquilibrer un organisme déficient. Il est vraiment l'arbre guérisseur, le magnétiseur de la forêt. Les noyers[†] et les frênes agissent en sens inverse, ce sont des vampires, il est dangereux de se coucher à leur ombre, si l'on est en sueur surtout.

— Mon grand-père l'affirmait.

— Il avait raison. Vous voyez, les hommes, les animaux, les plantes, tout vibre et mène son existence propre avec des interférences obligatoires entre les divers règnes. Seul un immense amour et un grand discernement peuvent nous empêcher de créer des réactions désastreuses. Chaque maladie de l'homme peut être guérie par une plante, c'est prévu par Dieu. Nos *mabinogs*[‡] apprennent cette science et sont capables de soigner bien des maux que la chimie ne fait qu'aggraver. Ainsi le gui aux boules blanches peut entrer dans la composition de baumes très efficaces pour soigner le sang rouge et la puissance cachée dans les baies rouges du houx fait merveille pour rétablir la circulation de la lymphe ou sang blanc.

Pascal ajouta, malicieux, parce que Yves n'employait jamais les expressions orientales :

— Même là on reconnaît l'éternelle dualité du *yin* et du *yang* !

— Si vous voulez, reconnut Yves en lui faisant un clin d'œil complice. Pour que le système fonctionne comme le Créateur l'a voulu, il faut que l'amour donné soit reçu et rendu en quantité égale afin de créer l'harmonie au sein de la Nature. Les plantes peuvent guérir et remplir leur rôle nourricier primordial, mais elles sont tributaires de l'homme pour une partie de leur subsistance, étant donné qu'elles ne

---

**. Crescographe : appareil destiné à mettre en évidence les émotions des plantes.*

†. Les noyers poussent sur des points hydro-telluriques appelés noues : *la source, l'eau qui sourd.*

‡. Mabinog : élève.

peuvent se déplacer pour échapper aux mauvaises conditions qui leur sont imposées. Depuis que l'homme empoisonne le sol et l'eau avec ses produits chimiques, engrais, pesticides, herbicides et j'en passe, le monde végétal est atteint de dégénérescence. Nous absorbons des plantes carencées et par un juste retour des choses elles créent en nous des déséquilibres, qui à la longue se transforment en cancers.

Jésus lui-même a dit : « *Ce que tu fais au plus petit des miens, c'est à moi que tu le fais !* » Si nous méditions ces sages paroles quelques minutes par jour peut-être un nouveau printemps reviendrait dans notre Eden en perdition !

Cher Pascal, n'oubliez jamais ce que vous avez vu aujourd'hui et chaque fois que ce sera possible conseillez à vos malades de revenir à une nourriture saine, à une vie naturelle. Dites-leur d'éviter certains mélanges — je vous établirai un tableau des aliments qui ne doivent jamais être consommés ensemble au cours d'un même repas* — là se trouve la solution à la plupart des maux actuels.

Avec une lassitude soudaine, il se passa la main sur le front :

— Pauvre Thérèse qui a voulu goûter aux paradis artificiels ! Pour échapper à quoi, je me le demande. Voyez où elle en est ! Un robot, un zombi... Au fait, après votre séance de magnétisme elle a dormi pendant vingt-quatre heures d'affilée et quand elle s'est réveillée, elle a demandé à manger. Vous seul pouvez la sortir de là, j'en ai la conviction profonde.

La nuit était tombée depuis longtemps lorsque Pascal revint chez lui. Il toucha à peine aux plats que lui présentait Nicole puis il alla embrasser sa fille qui dormait calmement — la fièvre était tombée depuis la veille. Enfin, épuisé, il s'endormit dès qu'il fut couché.

JOURNAL

Dimanche 15 mai 1977

Ce soir j'ai envie d'écrire pour faire le point. Il se passe tellement d'événements dans ma vie en ce moment : ma rencontre avec Violaine, avec Yves, les malades qui commencent à venir et les premiers résultats qui me remplissent de joie et d'humilité !

---

*. *Note : Voir en annexe de cet ouvrage.*

Hier j'ai soigné Thérèse pour la troisième fois. Je n'ose y croire tout à fait. Cela ressemble à une résurrection. Est-il possible qu'en deux séances j'aie pu obtenir qu'elle reprenne goût à la vie ? Sa mère surtout n'en revient pas. Elle note jour après jour les progrès de sa fille. C'est assez stupéfiant. Cependant, le mal la reprend chaque fin de semaine, comme si son psychisme ne parvenait pas à se maintenir au beau fixe plus de cinq jours de suite. Mais nous avons tous repris espoir et, même s'il faut de longs mois de soins, nous persévérerons. Elle recommence à sourire, c'est bon signe.

Il faut croire que le boulanger a employé des arguments vraiment convaincants car, depuis deux semaines, plusieurs malades d'Houlgate ont téléphoné pour me demander de les recevoir. J'ai donc décidé de me libérer tous les samedis afin de pouvoir me consacrer totalement à eux. Je ne me vois pas soignant des gens entre deux dossiers à examiner ! Ma secrétaire aura plus de travail, c'est tout.

Le samedi 7 mai on m'a amené un petit garçon de six ans qui souffre d'énurésie depuis l'âge de dix-huit mois. C'est le changement de nourrice qui lui a été néfaste. Il fait des cauchemars toutes les nuits, il se réveille en pleurant, le lit est inondé ; les parents sont aux cent coups ! Jusqu'ici, aucun traitement médical n'a été efficace. Hier, les parents triomphants m'ont annoncé qu'il « s'était oublié » deux fois seulement en sept jours. Un premier succès !

J'ai soigné également un homme de mon âge ; un maçon, qui a un début d'ulcère à l'estomac. Il se bourre de médicaments, mais il mange n'importe quoi, à n'importe quelle heure, et il ne dédaigne pas les apéritifs. Avec un peu de sévérité je lui ai laissé entendre qu'il traite son corps plus mal que sa voiture. L'argument a porté car je l'ai revu hier, il avait fait un réel effort pour se nourrir plus rationnellement et il souffrait déjà moins.

Je soigne aussi une jeune femme, Yvette. Elle a vingt-cinq ans, elle est mécanographe et maman de deux bambins. Son mari me l'a amenée hier seulement, il paraissait très ennuyé car elle ne mange plus rien, souffre de vertiges et d'oppression. Si elle réussit à absorber un plat elle le vomit dans l'heure qui suit. Aussi est-elle très maigre. Yvette m'a lancé un long regard de détresse quand je l'ai examinée et le soir même elle m'a téléphoné en me disant qu'elle désirait me voir seule, qu'elle voulait me parler hors de la présence de son mari. Si cette femme a besoin de se confier je respecterai son désir.

Pour samedi prochain mon cahier de rendez-vous compte huit noms ! J'ai déjà l'impression que mes malades vont m'apporter beaucoup, car la souffrance révèle bien des aspects secrets de notre nature, elle nous rend plus vrais, plus vulnérables, donc plus accessibles.

Hier, à onze heures le téléphone a sonné. C'était Violaine. Mon cœur battait si fort que j'entendais à peine ce qu'elle me disait. Et pourtant j'avais besoin de ces paroles : « *Je t'aime, je regrette de ne pas t'avoir connu avant, tu es mon Amérique... Ah ! si seulement j'étais libre, avec quelle joie je recommencerais tout avec toi !* »

Défaillant, je laissais pénétrer en moi ce merveilleux élixir. Je me voulais raisonnable :

— N'avons-nous pas tout l'avenir devant nous ? lui ai-je dit.

« *Oui, mais ne perdons pas trop de temps, la vie est une grande briseuse de rêves !* »

— Pour nous, tout sera différent.

Je n'ai pas osé lui crier mon amour, lui dire que j'ai envie de la serrer contre moi à l'étouffer... C'est elle qui m'a dit : « *Je t'adore, mon chéri* » et elle a raccroché. Je n'ai pas pu dormir, tant j'étais heureux.

Ce matin vers dix heures nous sommes partis en voiture, Nicole, Fleur et moi. Depuis le temps que les métayers me demandaient de venir les voir ! Ils ont commencé la construction de leur laiterie et m'ont invité à venir constater l'avancement des travaux. Cette fois j'ai accepté, un peu parce qu'il fait très beau et que j'ai envie de me promener dans la campagne, un peu pour permettre à Mme Lagantat de se reposer. Fleur lui a fait passer quelques nuits blanches ces derniers temps et elle n'a plus vingt ans.

Fleur a dix-huit mois aujourd'hui, cela fait donc dix-huit mois que Marie-Dolorès nous a quittés et de l'arbre foudroyé en pleine force de l'âge a jailli un surgeon dru, une plante décidée à pousser et à s'offrir à la vie de toutes ses forces neuves.

Ce soir je me sens un peu mélancolique, à cause de cet anniversaire, bien sûr, peut-être aussi parce que je t'ai un peu oubliée, Marie.... Si tu me vois de là-bas, petite sœur, tu dois sourire de mes remords, sourire de mes pensées qui ne vont plus aussi souvent vers toi. Pardonne-moi d'avoir cru que le sentiment si doux, si pur que tu m'inspirais s'appelait Amour. Tu sais, je n'avais jamais vraiment connu de femme avant toi, sauf Isabelle, mais j'avais dix-huit ans, c'était différent. Quand je t'ai vue pour la première fois, si fine, fragile comme un Saxe, étendue sur cette chaise-longue, quelque chose s'est éveillé en moi, peut-être le besoin de te protéger ? Je crois plutôt, depuis tes révélations, que nos vies antérieures avaient créé des liens entre nous. Sans le savoir je t'avais reconnue et j'ai été abusé par l'élan qui me poussait vers toi. Si j'avais eu plus d'expérience, je ne m'y serais pas trompé, j'aurais su faire la part de l'exaltation et celle de la vraie tendresse.

Maintenant, Marie, laisse-moi te confier mon amour pour Violaine, car cette fois, impossible de me leurrer : j'aime cette femme. Tu as aimé

Pierre, donc tu sais ce qu'est ce sentiment à la fois sublime et déroutant et j'ai besoin que tu m'aides, puisque tu l'as toujours fait jusqu'ici.

Permets-moi, mon amie disparue, de te faire part des idées qui me sont venues au cours de la journée...

Nous sommes donc partis pour Hotot-en-Auge où se trouve une des métairies que nous a léguée notre grand-père, à Isabelle et à moi et qui m'est revenue au moment du partage.

Le pays d'Auge s'ouvrait devant nous, calme et verdoyant avec ses haies vives remplies d'oiseaux, ses fermettes cachées dans la verdure, flanquées de leur inévitable verger de pommiers. Toi qui aimais tant l'Auvergne, Marie, tu aurais aimé ma Normandie aujourd'hui ! Depuis l'enfance je garde au fond du cœur l'amour des pommiers en fleurs. Quelle délicatesse dans les teintes nacrées, quelle lumière sur les branches ployées ! La nature en offre tant et tant que l'on aimerait, pareil à Gargantua, se pencher sur cette belle terre généreuse et cueillir l'arbre tout entier car sa perfection ne souffre aucune amputation.

Nicole s'était assise sur le siège arrière de la voiture et tenait Fleur sur ses genoux. Pour une fois l'enfant restait sage, cherchant à repérer les vaches couchées dans leurs enclos ou regroupées sous les arbres aux allures d'estampes japonaises.

Tout naturellement, nous nous sommes mis à bavarder, Nicole et moi. Elle m'a dit qu'elle comptait se fiancer le 29 mai, jour de la Pentecôte. Je ne sais pas pourquoi à cette minute-là j'ai ressenti une angoisse, comme si une main de fer me serrait le plexus solaire. Pourtant je partage la joie de Nicole. Mise en confiance elle m'a parlé de Lucien, son fiancé, que j'ai vu deux ou trois fois alors qu'il venait de terminer son service militaire et cherchait du travail.

— Il a son BEP de mécanicien auto, c'est un garçon sérieux et travailleur, mais personne ne veut l'embaucher, me dit Nicole.

— Qu'allez-vous faire dans ce cas ?

— Je continuerai à travailler au manoir et, lui, louera ses services aux paysans, s'il le peut.

— Où comptez-vous loger ?

— Nous avons fait une demande aux HLM pour obtenir un F1, mais nous ne sommes pas prioritaires. De toute façon le mariage n'aura pas lieu avant la Toussaint, d'ici là...

Dans le rétroviseur j'ai regardé Nicole. Inutile de lui demander si elle croit aux miracles ! Son jeune amour lui semble assez puissant pour forcer le destin à se plier à sa volonté. Ils sont deux, ils s'aiment, le reste ne peut pas manquer d'arriver. Je notai le visage frais sous les cheveux mousseux, le regard doux et pensif. Lucien a bien de la chance !

Alors je me suis concentré sur la conduite et je n'ai plus parlé. Elle non plus. Je n'existe pas pour cette fille, je suis seulement le patron, elle ne peut pas aller plus loin dans les confidences. Je pense proposer à cet heureux jeune homme de travailler au manoir, lui aussi, afin de seconder Joseph qui se fait vieux. Il n'aime plus guère s'occuper de l'entretien des véhicules, son dos raidi par l'arthrose lui interdit certaines gymnastiques. Si les tourtereaux acceptent, je leur permettrai d'habiter, au moins provisoirement, l'aile est du manoir. Si ce garçon est un peu bricoleur il pourrait peut-être arranger deux ou trois pièces, refaire les peintures et les tapisseries. Ce sera mon cadeau de fiançailles, je leur en parlerai ce jour-là. C'est vrai que je n'aimerais pas perdre Nicole, c'est une fille dévouée et si gaie !

Inutile de préciser comment nous avons été reçus chez ces braves gens, ils avaient mis les petits plats dans les grands et pour ne pas les offenser j'ai dégusté le canard au sang, comme les autres ! Nous avons pris le café dehors, sur une vieille table en pierre toute moussue blottie sous les pommiers. Fleur rayonnait, ravie d'être le point de mire de tous les regards. Soudain elle a entraîné Nicole par la main et elles se sont mises à danser. Leurs rires frais et joyeux résonnaient dans l'air printanier et j'ai alors compris pourquoi, depuis ce matin je me sens si angoissé.

En voyant Nicole, si jolie dans sa robe claire, tenir dans ses bras la fillette qui tendait ses petites mains avides vers les fleurs au-dessus de sa tête, j'ai vu en elles l'image parfaite d'une jeune mère et de son enfant. Je ne connaîtrai jamais ce bonheur-là, si simple, de contempler une femme qui serait mienne jouant avec un être issu de mon sang. J'aime Violaine, mais elle n'est pas libre, elle a deux enfants. Même si nous pouvions nous marier (et par quel miracle !) je suis sûr qu'elle refuserait une nouvelle maternité.

De l'amour, je connaîtrai les rendez-vous furtifs, les rencontres hâtives, j'aurai droit aux miettes que l'on octroie au mendiant. Et encore heureux, si nous parvenons à nous entendre ! Bien sûr, d'un autre côté, quand elle viendra à moi, ce sera une femme prête à l'amour, disponible, parée et elle m'épargnera les petites lassitudes du quotidien.

Mais la vue de Nicole m'inspire d'autres réflexions tout aussi pénibles. Elle doit approcher de ses vingt ans et si jeune soit-elle, elle connaît de la vie des choses que j'ignore. Je sais par Mme Lagantat que leur amour ne s'embarrasse pas de chasteté, comme c'est le cas des jeunes d'aujourd'hui. Sont-ils plus heureux ? Se sentent-ils libérés de tous les tabous ? Cela n'est pas mon problème. Mon problème est que je suis follement amoureux, ce qui est nouveau pour moi, et cette situation inattendue me plonge dans un embarras profond.

J'ai quarante ans et n'ai jamais touché une femme, je n'ai jamais « fait l'amour ». Jusqu'à maintenant cela n'avait aucune importance, je n'ai jamais désiré une femme avec cette force, cette passion ! C'est comme si un autre être sommeillait en moi depuis toujours ; brusquement il se réveille, exigeant et tourmenteur, je suis devenu sa proie, une proie consentante à vrai dire, mais en même temps je me sens pareil à un novice qui va affronter une terrible épreuve. Et si je décevais Violaine ? Qu'aurait-elle à faire d'un amant minable, elle qui est si belle, si féminine ? Son amour pour moi, que je crois sincère, y résisterait-il longtemps ?

Jamais je n'oserai avouer à Violaine qu'elle est la première femme de ma vie, je crois qu'elle se moquerait de moi et peut-être me repousserait-elle. Si une femme peut avouer sa virginité et y gagner en considération, notre éducation occidentale fait que cette même situation rend un homme ridicule. C'est dommage, je le regrette profondément, cela faussera notre première rencontre. Il serait si doux de lui dire la vérité, lui avouer que mon corps s'est gardé pur pour cette première étreinte.

En tant que prêtre j'ai été irréprochable ; aujourd'hui, loin de m'en glorifier, j'en remercie humblement mon Père céleste, car il m'a protégé contre toutes les tentations. Je réalise à quel point doit souffrir un prêtre, à qui il est envoyé ce genre d'épreuve. Maintenant je suis libre d'aimer ; c'est pourquoi je te demande, à toi, Marie, de m'aider à être heureux, d'écarter de mon cœur cette crainte sans doute injustifiée, afin que j'aie le privilège de devenir simplement un homme.

Lorsque je m'approcherai de toi, Violaine, tu ne devineras pas que pour moi ce sera un don total, absolu, sans retour, que je te ferai de mon être tout entier ; je n'ai galvaudé ni mon cœur, ni mon corps et tu seras la prêtresse unique de ce rite amoureux auquel je m'abandonnerai dans tes bras... Ô Violaine, comme je vais t'aimer... comme je t'aime déjà. Laisse-toi adorer, ma bien-aimée, avant que la vie ne nous sépare.

La plupart des hommes de mon âge sont revenus de tout. Toute femme nouvelle représente à leurs yeux une simple aventure, une recherche raffinée du plaisir ; je les ai entendus parler, se confesser à moi, lubriques et satisfaits de leur virilité, je n'ai aucune illusion sur leurs sentiments. Je ne les méprise pas, ils sont victimes d'une image de marque que la société leur a imposée à travers les piètres héros — à tendance « macho » — de certaines émissions télévisées. Je ne suis pas meilleur qu'eux, je me sens différent. Parce que ma vie sexuelle n'a pas encore commencé je puis affirmer que pour moi, couvrir de baisers la femme que j'aime sera comme l'accomplissement d'un sacrement, même si aucune cérémonie n'a officialisé notre union.

Un amour sincère et réciproque se passe de ces considérations et même si je comprends les raisons qui ont poussé les sociétés à se donner des garanties, je crois que le mariage a souvent revêtu un aspect odieux et abject de marché, d'intérêts à sauvegarder où l'amour vrai n'avait guère de place. Que de vies sacrifiées au nom de l'argent, du patrimoine, d'un certain sens de l'honneur, des coutumes ! Que de larmes secrètes versées par des époux mal assortis à qui l'on a imposé un compagnon de chaîne ; pour le meilleur ? Sûrement pas, plutôt pour le pire...

Pas étonnant qu'un immense mouvement de révolte se dessine chez les jeunes qui veulent rester maîtres de leur corps, pouvoir accepter l'autre ou le rejeter, avec tous les risques que comporte l'amour libre. Après trop de sévérité, trop de liberté, M. Mercuret m'a expliqué pourquoi les excès dans un sens entraînent toujours la réaction en sens inverse. Notre vie, faite de dualité, oscille sans cesse du chagrin à la joie, de l'enthousiasme à la « déprime », du désir à la répulsion. Nous ressemblons, dans tous les actes de notre vie quotidienne à un pendule affolé qui changerait de direction à tout bout de champ. Quand le pendule oscille vers la droite, une force impérieuse et de même poussée lui impose de revenir vers la gauche, jusqu'à ce qu'il s'immobilise enfin !

En langage spirituel, cela équivaut à une approche de la sérénité que tous les saints ont essayé de conquérir et de maintenir.

Tous les excès se paient donc un jour ou l'autre, c'est la Loi, et dans tous les domaines. Bouddha nous a donné la solution en nous enseignant la Voie du juste milieu. Dévier de cette ligne de conduite empreinte de sagesse fait naître le désir brutal et contraignant qui entraîne notre psychisme à commencer ses oscillations et de celles-ci naît la souffrance.

Pour mon compte je sens qu'en ce moment mon pendule intérieur s'affole ; un déséquilibre s'installe en moi. Parviendrai-je à le contrôler ? Ce soir, ma chère Marie, en méditant auprès de toi, je me demande s'il ne serait pas plus sage de ne pas revoir Violaine, fuir cette illusion ; mais je sais en même temps que je n'obéirai pas à ce conseil que me souffle la prudence, je sais que j'irai jusqu'au bout du bonheur... ou du déchirement. Ainsi sont les hommes, mon amie, ils ont sans doute besoin de ces expériences pour aller au-delà d'eux-mêmes !

Il est tard. L'horloge vient de sonner onze coups. Avant d'aller me coucher je voulais encore te dire ceci, Marie : mon « pendule » spirituel a oscillé en harmonie avec toi vers l'Orient d'où est venu ton guide. Je viens de comprendre que maintenant il va commencer son retour vers l'Ouest où se trouvent les racines de ma race. En mourant, Ma a prononcé ces paroles sibyllines : « *Regarde vers l'Occident* ». En disant cela elle me ramenait vers une autre réalité, une nouvelle dimension et ma rencontre avec Yves prouve bien qu'elle ne s'était pas trompée.

Je ne renie rien, Marie, simplement je cherche toujours la lumière. Bouddha a dit : « *Faites toutes les expériences* ». Quelle parole admirable de la part de celui qui a cherché la Réalisation pendant tant d'années, se pliant tantôt à une ascèse trop stricte, tantôt y renonçant, jusqu'à ce qu'il soit enfin immobilisé dans le Soi !

Je viens de lire un livre qui me confirme dans ma foi en Ma. Yves a juste effleuré le sujet sur les ères et cette lecture m'a éclairé sur certains aspects de notre destin terrestre. Une Volonté supérieure a synchronisé notre planète avec l'immense troupeau tutélaire des astres qui pour nous représentent les figures énigmatiques du zodiaque. Grâce au phénomène de précession des équinoxes, la terre ne repasse pas au même endroit d'une année à l'autre*, si bien que l'équinoxe de printemps recule d'un tour de zodiaque complet en 25 920 ans, soit d'un signe zodiacal tous les deux mille ans environ, c'est mathématique. Or, il a été prouvé qu'au cours de chacune de ces ères, l'humanité évolue d'une certaine façon tendant vers un oméga dont nous n'avons pas encore connaissance, mais que l'on peut deviner. Rien n'est laissé au hasard, l'évolution se poursuit à travers des données religieuses différentes au sein de chaque ère, liées aux facteurs astrologiques, sans que rien ne puisse entraver sa marche.

Ainsi l'époque du Grand Déluge coïncida avec le passage du système solaire dans le signe du Cancer (représentant l'élément Eau) il y a 10 000 ans environ. La disparition présumée de l'Atlantide date de cette époque de cataclysmes. Chose plus étrange encore, il y a 6 000 ans les religions déifiaient le Taureau. Pensons au bœuf Apis des Égyptiens, au bœuf représenté sur les bas-reliefs Assyriens. Puis le culte du bœuf, du taureau, fut remplacé par celui du Bélier qui représente un retour au paganisme. On voit partout l'effigie du mouton dans les légendes, dans l'art, dans les sacrifices aux dieux. Puis la terre entre dans le signe des Poissons, encore un signe d'eau. Le Christianisme est né, s'est développé et à son tour il va se perdre dans le fleuve de la nouvelle ère, le Verseau, signe d'Air et de plus haute spiritualité. C'est l'Âge d'or auquel chacun d'entre nous aspire du plus profond de lui-même. De même que le passage d'une saison à l'autre, au moment des équinoxes, se fait dans les turbulences et les tempêtes, de même le passage d'une ère à l'autre provoque des troubles graves qui secouent la terre et l'humanité accrochée à sa surface.

Depuis 1945, rien ne va plus, l'homme a redécouvert la puissance nucléaire, il a pris la mesure de son destin, il peut se sentir l'égal de Dieu puisqu'il a retrouvé la structure de l'atome, mais il a mal interprété le message qu'il contient. En cette fin de l'ère des Poissons il peut seulement utiliser ces pouvoirs prodigieux à des fins de mort, il n'est pas capable spirituellement de maîtriser cette force, de s'en servir pour l'Amour. Mais ce qui est écrit dans la carte du ciel doit se réaliser. Après la haine et l'horreur, une ère de paix reviendra sur la terre imprégnée du sang de ses enfants devenus déments, qui vont continuer à s'entretuer

*. *Note : La différence est de 1° tous les 72 ans.*

sans pitié. Comme la vulnérabilité des corps à l'automne, au moment de la chute des feuilles, correspond bien à la déficience passagère de notre planète en train de s'enfanter elle-même dans une ère nouvelle !

Enfin, j'ai fait une dernière découverte que j'estime très importante. Le centre de gravité des mondes successifs semble évoluer lui aussi dans une direction bien précise et non dans l'anarchie. Pour l'ère du Bélier ce centre passe lentement de l'Égypte à la Grèce. L'ère des Poissons semble accorder une prédominance à Rome et à l'Europe occidentale (Le Vatican n'est-il pas en Italie et la France n'a-t-elle pas été surnommée *la fille aînée de l'Église* ?). En prolongeant cette ligne qui part du Sud-Est vers le Nord-Ouest sans subir de fléchissement, on peut presque affirmer que l'ère du Verseau verra la prédominance des États-Unis dont les convulsions actuelles présagent un nouvel essor spirituel. Ceci pourrait expliquer la prophétie jusqu'ici totalement incompréhensible : « *La lumière viendra de l'Ouest* ». Si notre soleil physique se couche à l'Ouest, peut-être d'autres raisons incitent le soleil psychique à se lever à l'Ouest pour servir l'équilibre harmonieux prévu par Dieu, maître du Pendule !

Bonne nuit, Marie.

DEUXIÈME PARTIE

LA ROSE...

« Quand on ne trouve pas son repos en soi-même
il est inutile de le chercher ailleurs. »

La Rochefoucauld

Pascal se devait de prévoir un afflux toujours plus important de malades. Après le 15 mai il décida de se réserver une pièce où il pourrait recevoir les gens sans gêner le service de la maison et sans empiéter sur les bureaux du rez-de-chaussée occupés par les secrétaires et les comptables. Le manoir comptait un certain nombre de pièces abandonnées aux araignées, mais la plupart se trouvaient au troisième étage. En réfléchissant il repensa à l'ancien bureau de son grand-père, au premier étage, qu'il n'avait pas utilisé, préférant s'installer en bas auprès de ses employés. C'était plus pratique parce qu'il devait sans cesse consulter nombre de dossiers et qu'il avait eu besoin, du moins au début, de directives pour se mettre au courant des affaires du défunt. Faire le va-et-vient lui aurait fait perdre trop de temps. Et puis, la perspective de s'asseoir dans l'auguste fauteuil de cuir sombre ressemblait fort à une profanation. Il avait toujours vu son grand-père, hiératique et tout puissant derrière le lourd bureau ; c'est là qu'enfant il était « convoqué » pour recevoir quelque mercuriale bien méritée, là aussi qu'Isabelle lui avait été arrachée après un dramatique entretien*.

Il pénétra dans le bureau qui sentait le renfermé et alla pousser les lourds volets de bois. La fenêtre qui s'ouvrait en façade donnait sur la terrasse et le parc. On pouvait, par-dessus les arbres, deviner la mer aux reflets d'opale. Le vieux monsieur aimait dicter ses lettres devant cette fenêtre, le dos tourné à la pièce et c'est de là qu'il avait dirigé, en despote éclairé, ses vastes domaines, pendant plus d'un demi-siècle.

Le silence gardait son empreinte, il était lourd malgré les flots du soleil qui jouait sur les meubles austères et poussiéreux. L'odeur du cigare préféré de l'ancêtre imprégnait encore les tentures défraîchies. Pascal soupira, debout au milieu de tous ces objets du passé, puis il se dirigea vers le bar en forme de globe terrestre où son grand-père puisait d'odorantes liqueurs qu'il versait dans des verres de cristal ventrus et qu'il offrait ensuite à des messieurs sérieux et compassés que lui, Pascal, trouvait fort ennuyeux.

Ce globe dont les entrailles recelaient tant de merveilles auxquelles l'enfant n'avait jamais eu droit, lui rappelait de bons souvenirs pourtant. Quand son grand-père était de bonne humeur (cela arrivait tout de même quelquefois) il faisait venir son petit fils et de son doigt noueux il lui désignait sur la surface convexe de petites taches colorées, déri-

*. *Cf. Le Souffle de l'Aurore.*

soires, qui portaient de si grands noms : Japon, Chine, Canada, Australie, Inde.

Il n'avait pas toujours été sédentaire, ayant consacré de nombreuses années de sa vie à voyager ; il se souvenait avec nostalgie de ces divers périples et des aventures qu'il avait vécues. Pascal l'écoutait, bouche bée, lui raconter comment il avait failli être étouffé par un python au Tonkin, comment il avait tué son premier éléphant au Kenya (une des défenses, d'une longueur respectable, ornait toujours le bureau juste au-dessus de la bibliothèque). Quel admirable conteur ! Il avait même une fois navigué sur un vieux rafiot chargé d'alcool de contrebande, dont une partie de l'équipage s'était emparé à la suite d'une incroyable méprise. Ivre-morts, les hommes avaient essayé de se mutiner, trouvant odieuse leur vie sur ce cargo plein de rats et de vermine. Les officiers, réfugiés sur la passerelle, avaient dû leur salut à une initiative hardie du bosco. Il avait fait donner la vapeur dans les lances d'incendie et les mutins avaient reculé, brûlés à divers degrés, enfin dégrisés. Ah ! pensait l'enfant, quels hommes c'étaient, ces marins d'antan ! Il trouvait sa vie à lui bien fade par contraste, et il lui arrivait de pleurer en cachette parce qu'il se sentait faible et peureux au lieu d'être semblable à ceux qu'il admirait dans le secret de son cœur…

Pascal secoua les souvenirs, fantômes en haillons d'une enfance souvent déchirée, qui s'obstinaient à revenir de si loin et à s'accrocher à lui, alors qu'il les croyait à jamais disparus.

Il caressa le vieux globe d'une main attendrie et ses doigts tracèrent cinq sillons dans la poussière.

« Comment rendre ce bureau plus accueillant, moins solennel ? » se dit-il.

Il conserverait la bibliothèque où les ors fanés des reliures anciennes revivaient soudain, touchés par le soleil printanier, mais le tapis usé serait remplacé par une moquette de laine… Et puis, non, ce serait trop dommage de cacher le vénérable parquet en chêne, où, petit garçon, il s'amusait à deviner des formes, des rébus, des silhouettes, selon sa fantaisie du moment. Il valait mieux mettre un beau tapis aux couleurs vives qui ferait ressortir les meubles. Le fauteuil fatigué irait au grenier rejoindre ses confrères, il se débarrasserait aussi du secrétaire pansu où grand-père s'asseyait pour écrire son courrier personnel, d'une écriture penchée aux jambages raides et nerveux. Les rideaux de lourd brocart seraient remplacés par des voilages ; il faudrait changer la tapisserie un peu trop enfumée à son gré et faire disparaître le portrait du sénéchal de la Milleraye, sinon les malades attraperaient la colique rien qu'en croisant son regard glacé ! Pour l'instant un nettoyage en profondeur s'imposait. Il appela Nicole et lui expliqua ce qu'il désirait dans l'immédiat.

— Et où vos malades attendront-ils ? demanda-t-elle.

Il n'avait pas pensé à cela. Il réfléchit rapidement.

— Le palier est assez vaste pour contenir quelques sièges. Je vous charge de les y placer avec une petite table et des revues. Ce sera très bien.

Une quinzaine de jours plus tard, il s'estimait heureux du résultat. Joseph, Lucien et Nicole avaient fait merveille car Lucien, consulté, s'était proposé pour refaire la tapisserie sur le champ et Pascal avait accepté. Une semaine de plus ou de moins…

Maintenant le bureau avait un air pimpant avec ses murs clairs, son fin voilage et la tache chaude du tapis. À la place du secrétaire, Pascal avait mis une vitrine où s'alignaient des précieux ivoires collectionnés par son grand-père. Le sénéchal en disgrâce avait cédé la place au portrait d'une fillette peinte par un de ces artistes locaux dont la postérité ne gardera pas la mémoire mais qui ont du talent et parfois du génie. Nicole et son fiancé avaient déniché la toile sur le port et l'avaient achetée parce que la fillette qui y était représentée ressemblait beaucoup à Fleur, avec son nez mutin et ses grands yeux innocents. La défense d'éléphant ayant échappé à la « purge » mettait dans la pièce une note d'exotisme supplémentaire. Des sièges confortables et modernes attendaient les futurs patients. Sur le bureau, une azalée faisait face à la grande lampe au pied de jade posée en face d'elle, installée là depuis des lustres, immuable et à peine touchée par les ans, bien que la soie de son abat-jour fût un peu fanée et ses pompons plus clairsemés.

Pascal reçut donc ses premiers malades dans ce nouveau décor le samedi de la Pentecôte, veille des fiançailles de Nicole et de Lucien. Les jeunes gens avaient accepté sa proposition avec une joie mêlée de reconnaissance et Lucien, sitôt le bureau terminé, s'était lancé dans la rénovation de leur petit appartement. C'était un garçon exquis et toujours de bonne humeur. Du matin au soir, il sifflait, heureux de vivre et de travailler, on le sentait doué pour le bonheur et fort amoureux de Nicole. Pascal aimait les voir ensemble, il lui semblait que ce jeune couple lui porterait bonheur, car l'amour est contagieux. Grâce à sa générosité ils pourraient se marier en août, finalement, et non seulement Lucien aiderait Joseph mais il s'occuperait aussi du jardin à l'abandon et effectuerait dans le vaste manoir les multiples réparations trop longtemps négligées.

La première personne qui se présenta fut Yvette flanquée de mari et enfants. L'aînée pouvait avoir cinq ans, le cadet trois. Il suçait son pouce et regardait Pascal d'un air craintif. Conformément au désir exprimé par la patiente, Pascal déclara donc que la présence des bambins le gênait et il pria le mari d'attendre dehors avec eux. Résigné, il s'assit et saisit une revue.

Lorsqu'Yvette Legrand fut assise, Pascal lui demanda doucement quels résultats avait donnés la première séance de magnétisme.

— J'ai été très fatiguée, j'ai dormi douze heures d'affilée. Pendant la première semaine le mieux a été sensible, puis c'est revenu...

Pendant qu'elle parlait, Pascal consultait la fiche remplie lors de la première entrevue. Elle mentionnait les symptômes ressentis par la malade, le diagnostic médical et le traitement suivi, les diverses analyses et tests subis depuis deux ans, sans grand résultat. Il s'agissait de spasmophilie tétanique.

— Ressentez-vous toujours les mêmes malaises ?

— Oui. J'ai des fourmillements dans tout le corps, mais le pire c'est cette sensation d'étouffement qui me prend à certains moments, comme si on me saisissait à la gorge. Puis je me mets à transpirer, la tête me tourne et je dois aller m'étendre, sinon je tomberais.

— Oui, parfois la spasmophilie présente les mêmes symptômes que la maladie de Ménière. Pouvez-vous me dire comment cela a commencé ?

La jeune femme ne réfléchit pas longtemps.

— Les premiers malaises ont débuté quand j'ai repris mon travail, quelques mois après la naissance de mon fils Philippe. J'ai dû le mettre en nourrice, bien entendu, et cela ne lui a pas convenu. Lui qui était si sage ne cesse de crier et de pleurer. Quant à ma petite fille que j'ai inscrite à l'école maternelle, c'est encore pire. Elle était propre, et depuis elle refait pipi au lit, elle a des cauchemars toutes les nuits, elle ne supporte plus le noir. Elle n'a que cinq ans, vous comprenez, et la présence des autres enfants la déconcerte.

— Peut-être dans ce cas feriez-vous mieux de renoncer à votre travail. Vous êtes mécanographe, n'est-ce pas ? Est-ce que cela vous plaît ?

Le regard que la jeune femme lui lança le renseigna mieux qu'un long discours.

— C'est à ce sujet-là, docteur...

Pascal eut un geste de dénégation.

— Pardon... monsieur... c'est à ce sujet-là que je souhaitais vous parler en particulier. Je me suis mariée à dix-neuf ans, je désirais très fort avoir des enfants car j'avais été fille unique, mais comme je venais de trouver du travail, impossible de m'arrêter quand j'ai été enceinte. Vous comprenez, nous n'étions pas riches et deux paies, ça nous permettait de nous installer. Mon mari travaille à l'EDF, il ne gagnait pas gros à l'époque et nous voulions avoir une voiture...

« *Comme tout le monde…* », pensa Pascal.

— Puis la petite est née, je venais d'avoir vingt ans. Elle était de santé délicate et j'ai pris un assez long congé avant de retravailler. Sa nourrice était très gentille, il n'y a pas eu de problème de ce côté-là. Quand j'ai eu Philippe, je l'ai reprise à la maison, naturellement. Pour moi c'était la vie rêvée : un mari, deux enfants adorables que j'élevais moi-même. J'aurais voulu que cela continue, mais mon mari a exigé que je recommence à travailler. Il disait que les autres le font, que les enfants ne s'en portent pas plus mal et que sans ma paie nous n'aurions pas la possibilité de changer d'appartement. Bien sûr, chez nous c'est un peu exigu, il fallait faire attention à la moindre dépense, mais je me sentais plus heureuse.

Elle s'arrêta de parler et son regard se fit vague, lointain.

— Maintenant, mes deux enfants sont perturbés, je suis malade, mais mon mari est satisfait : nous déménageons le mois prochain !

Pascal éprouva un élan de pitié pour cette mère frustrée de sa part de bonheur. Il connaissait bien les conditions qui favorisent l'apparition de cette curieuse maladie moderne : la spasmophilie tétanique. Elle est en général due au stress, à un choc émotionnel, à un brusque changement de vie qui n'a pas été accepté par le psychisme : deuil, divorce, fausse-couche ou surmenage et qui se traduit par un déséquilibre dans le métabolisme de certains minéraux — calcium, magnésium — provoquant des souffrances très longues à guérir. Le type même de la maladie psychosomatique ! Dans ces cas-là, M. Mercuret lui avait conseillé de soigner les nerfs du malade, de lui redonner confiance et surtout de le laisser parler afin que son problème lui apparaisse sous tous ses aspects, en pleine lumière, car la plupart des gens n'ont personne à qui confier leurs doutes, leurs angoisses, leurs craintes.

Le mari de cette patiente ignorait certainement le traumatisme que son exigence infligeait à sa femme, il vivait son rêve d'homme, avec sa mentalité masculine et elle n'avait pas osé opposer à ses arguments sa conviction féminine.

Si encore son métier avait apporté des joies réelles à cette femme, l'impression de contribuer à son plein épanouissement, c'eût été supportable, mais visiblement elle subissait ce travail de bureau comme un pensum imposé par un mari auquel elle n'osait pas tenir tête.

— Si c'est cela la libération de la femme, reprit la voix que le chagrin rendait rauque, alors nous nous sommes trompées de chemin ! On nous a abusées, c'est une escroquerie monumentale et elle ne profite même pas à nos enfants !

Elle avait compris le cercle vicieux dans lequel la société moderne essaie d'enfermer la femme et avec amertume il reconnut, là encore, la marque des hommes. Pendant des siècles, s'appuyant sur la religion, interprétant ses préceptes au besoin, il s'est arrogé le droit de réduire la femme en esclavage, la maintenant sous le joug de l'autorité paternelle, maritale ou fraternelle. Impossible d'échapper à ce trio de mâles possessifs, imbus de leurs pouvoirs, de leur contestable supériorité.

Pascal pressentait que l'avenir réside dans des femmes semblables à celle qu'il était en train de soigner ; celles-ci veulent retrouver les vraies valeurs de la vie qui prennent naissance au cœur de chaque foyer, quand on leur laisse le choix d'être mères à plein temps, sans les écarteler entre leurs devoirs de femme et leurs servitudes de travailleuses.

— Que comptez-vous faire, madame ?

— J'ai besoin que vous m'aidiez, c'est pour cela que je suis venue. En ce moment ma vie tourne en rond, je n'ai plus d'espérance, je ne sais plus où je vais.

— C'est bien pour cela que votre corps vous trahit. Qu'attendez-vous de moi ?

Elle leva vers lui un regard incertain et murmura :

— Parlez à mon mari, je vous en prie. Exposez-lui le problème. Il vous croira, vous, parce que vous êtes un homme. Il pense que je fais des caprices, il ne m'écoute même plus.

Pascal réfléchit.

— J'essaierai, mais pas tout de suite. Laissez-moi le temps de vous soigner. Quand vous irez mieux je lui expliquerai votre cas, je l'amènerai à réfléchir.

— Merci, monsieur.

Quand il la raccompagna il s'aperçut que sa démarche était plus assurée, son sourire moins contraint.

Les malades qui vinrent ensuite lui apportèrent de bonnes nouvelles. Le petit Thierry ne faisait plus pipi au lit qu'une fois par semaine, le maçon souffrait moins de l'estomac et Thérèse vint vers lui en souriant et lui dit bonjour joyeusement. Il en fut à la fois ému et stupéfait. Quant à sa mère, elle rayonnait et ne cessait de le remercier d'avoir sauvé sa fille. Pascal avait bien conscience d'avoir seulement servi d'instrument, mais seul le résultat comptait, après tout. Ses mains avaient opéré une véritable résurrection.

La dernière malade qui se tenait craintivement sur le palier, très émue de se voir dans cette belle maison, était une vieille femme vêtue de noir. Il la fit entrer dans le bureau où elle s'assit, regardant de tous les côtés avec cet air de curiosité admirative qu'ont les humbles pour la demeure des riches. Pour ces êtres-là, le monde se partage entre *« ceux qui ont de la chance et ceux qui n'en ont pas »*. Ils acceptent cet étrange choix du destin avec sagesse et sérénité alors que le cœur des autres, des envieux, est rempli d'une féroce rancœur, ils ont l'impression d'avoir été grugés, ce qui empoisonne toute leur vie. S'ils connaissaient la loi du karma ils crieraient peut-être moins à l'injustice !

Pascal s'assit auprès de la vieille dame et lui demanda de quoi elle souffrait.

Le regard pâle se posa sur lui, empli d'une immense désespérance.

— Je ne peux plus dormir, monsieur…

— Cela fait-il longtemps ?

— Depuis la mort de mon fils, il y aura un an à la Toussaint. J'ai essayé de prendre des somnifères mais je ne les supporte pas. Alors je passe mes nuits à penser à mon petit, et je pleure…

« *Oh oui, ces pauvres yeux délavés ont dû beaucoup pleurer* », se dit Pascal, apitoyé. Il prit la vieille main noueuse et la serra dans la sienne comme pour dire : « *Allez-y, parlez, je suis un ami et je vous écoute* ».

La pauvre mère dut comprendre ce message silencieux car elle poursuivit d'un ton confiant :

— J'ai perdu mon mari il y a trois ans ; c'était terrible car on s'entendait bien tous les deux. Mais il me restait mon Roger. Il était célibataire parce que vous savez, à la campagne, c'est pas facile pour un homme de se marier… Et puis l'an dernier, au printemps, il a commencé à se plaindre de la gorge. Il fumait beaucoup. J'ai cru qu'il avait une angine, que ça allait passer. Je lui ai fait faire des gargarismes aux feuilles de ronce. Mais sa voix est devenue toute bizarre. Alors il a été au docteur. Les analyses ont dit qu'il avait un cancer. Ô mon Dieu, quel calvaire nous avons vécu après ça ! L'opération, les rayons, tout… on a tout essayé, monsieur… Il est mort quand même, il avait quarante-deux ans.

Des larmes silencieuses roulèrent sur les joues parcheminées. La vieille femme ouvrit son sac noir, en sortit un vaste mouchoir blanc bien repassé qui garda ses plis une fois déplié et elle essuya ses joues d'un geste machinal. Sa pensée revivait le drame, ce deuxième drame, si proche du premier, qui la laissait sans appui, à l'hiver de sa vie.

— Avez-vous de bons voisins ?

— Oh ! pour ça oui ! Elle ponctua ces paroles d'un mouvement énergique de la tête. Ils me font mes commissions, ils m'invitent le dimanche à tour de rôle et n'oublient jamais de m'apporter une gâterie dans la semaine.

Elle baissa la tête, confuse peut-être de se sentir ingrate vis-à-vis du bon Dieu qui lui offfrait cette compensation, car elle murmura :

— Mais ça n'est plus pareil qu'avant, quand j'avais mon Roger…

— Je vais vous soigner, madame, cela ira mieux, vous pourrez dormir à nouveau, je vous le promets.

Il posa sa main gauche sur le front, sa main droite sur la nuque de sa patiente. Ils se turent pendant cinq minutes. Pascal sentit la force du fluide pénétrer dans le chétif organisme et il espéra que l'effet se ferait sentir très vite car cette femme était au bord de l'épuisement.

Puis il débloqua le plexus solaire contracté où l'influx nerveux ne circulait plus.

Quand il eut terminé les soins, il demanda :

— Avez-vous la foi, madame ?

— Oui, monsieur, je crois bien fort à la très Sainte Vierge. Je dis mon chapelet tous les jours. Mais dès que je me mets au lit, le chagrin me prend et j'ai beau prier, je me sens abandonnée, je pense à ma vie d'avant. Où est mon fils, monsieur, où me l'ont-ils mis ?

Elle disait « ils », englobant dans ce pronom toutes les forces du mal qui rôdent autour des mères auxquelles on enlève leur enfant, toute la misère du monde qui n'a pas de nom. Peut-être n'osait-elle pas accuser Dieu de ce malheur, en rejetant la faute sur cet Inconnu qui semble frapper en aveugle.

— N'avez-vous pas l'impression qu'il est auprès de vous ?

— Si, des fois ; quand je m'assoupis il me semble qu'il se penche vers moi, qu'il veut me parler ou m'embrasser. Alors ça me réveille, je me retrouve seule et je pleure. C'est un rêve, pas plus.

Pascal choisit soigneusement ses paroles :

— Eh bien, non, madame, ce n'est pas un rêve, je vous l'assure. Quand on dort on a la possibilité de retrouver ceux qu'on aime parce qu'on est plus calme, plus détaché de la Terre. La distance entre les vivants et les morts diminue. C'est bien votre fils qui vous parle. Il vous dit son chagrin de ne pouvoir vous consoler et il a beaucoup de peine. Quand il était petit vous lui cachiez vos ennuis pour ne pas l'ennuyer, n'est-ce pas ?

Elle dit oui de la tête.

— Eh bien, maintenant il voit tout, parce qu'il n'a plus de corps ; son esprit reste auprès de vous et il ne sait comment vous dire : « *Je suis là, maman, je suis heureux, sois heureuse aussi puisque je n'ai plus mal* ». Vos larmes lui font de la peine, vous comprenez ?

— Oui, je crois, dit-elle hésitante.

— Puisque vous l'aimez tant, essayez de faciliter la communication entre lui et vous. Pour cela, quand vous êtes allongée, détendez-vous bien, respirez régulièrement, essayez de faire le vide dans votre esprit.

Quand il vous verra prête à l'accueillir il se manifestera à vous. Ce sont vos pleurs qui vous séparent de lui.

Le doux regard battu s'accrocha au sien, plein d'espoir.

— Je vais essayer. Quel bien vous m'avez fait, monsieur. Est-ce que je pourrai revenir vous voir ?

— Bien sûr ; il le faudra d'ailleurs, car vous ne retrouverez pas tout de suite le sommeil. Revenez dans quinze jours.

La vieille femme ouvrit à nouveau son sac. Elle en sortit précautionneusement une bourse usagée, elle en tira un billet de dix francs et le lui tendit.

Pascal refusa d'un geste énergique :

— Vous ne me devez rien, madame.

Elle posa le billet sur la table.

— Il faut toujours payer ses dettes, dit-elle avec sérieux. Je ne suis pas bien riche, mais c'est de bon cœur.

Il comprit qu'en persistant dans son refus il blesserait la fierté de cette femme. Pour elle cette somme, si modique fût-elle, représentait un sacrifice car sa retraite devait être bien mince, mais en y consentant elle avait conscience de participer à sa guérison et il n 'avait pas le droit, par amour-propre, de la priver de sa dignité de pauvre.

Pascal mit le billet dans sa poche et remercia, honteux malgré tout de recevoir cet argent dont elle avait sûrement plus besoin que lui. Il raccompagna sa visiteuse jusqu'à la porte d'entrée ; une voiture l'attendait devant le perron, des voisins sans doute. Avant de partir elle se tourna vers lui et lui sourit. Il en fut ému. Ensuite il revint dans son bureau et médita quelques instants sur les rencontres de l'après-midi. La sonnerie du téléphone le fit sursauter. Il décrocha. Cette voix lointaine, il l'aurait reconnue entre mille : Violaine ! Violaine qui lui annonçait son retour. Elle serait en France dans trois jours !

« *Je te rappellerai dès mon retour, mon chéri* », lui dit-elle avant de raccrocher. « *Souviens-toi que je t'aime !* »

Enfin la vie allait vraiment commencer ! Il se sentait capable de déplacer des montagnes tant était grande la force de son amour pour elle. Il se promit de passer son dimanche à chercher un endroit où ils pourraient abriter leur bonheur.

Le dimanche de Pentecôte commença sous le signe du soleil. Deux mille ans auparavant les apôtres réunis avaient reçu le Saint-Esprit sous forme de langues de feu, puis s'étaient dispersés à travers le monde pour porter la Parole divine. Pascal savait ce que signifiait le symbolisme de l'Esprit-Saint et celui de la Pentecôte. Au moment où l'homme édifia la fameuse Tour de Babel, son ambition était d'atteindre le ciel. Pour punir cet orgueil insensé le Père éternel eut l'idée géniale de semer la discorde entre les bâtisseurs. Pour cela en une nuit il les fit parler des langues différentes. Au petit matin plus personne ne put comprendre son voisin et la construction s'arrêta. Le jour de la Pentecôte, l'Esprit divin fit exactement l'inverse en donnant aux apôtres le don des langues. Désormais ils pourraient entrer en rapport avec leurs frères humains.

Après le déjeuner, Mme Lagantat emmena Fleur faire la sieste et Pascal partit en voiture prospecter la côte à la recherche d'un nid accueillant où il pourrait aimer Violaine et la protéger des regards curieux, malveillants. Il alla jusqu'à Trouville, heureux de cette solitude qui lui permettait de penser à elle, après cette si longue absence. Il défaillait presque en évoquant la fine silhouette si émouvante, mais aussi la douceur de ses lèvres et la clarté de ses yeux pervenche.

Il revint lentement, laissant paresser son regard sur la Manche gris bleue et il avisa, à l'entrée de Blonville-sur-Mer, une pancarte sur laquelle il lut : *Au Roi de Cœur,* — Auberge — 2 km, prendre à 100 m à gauche. Il ralentit et s'engagea sur une étroite route blanche bordée par des arbres épais qui formaient au-dessus de la voiture une sorte de dôme vert où il s'enfonça avec l'impression qu'au bout il atteindrait le pays d'où l'on ne revient jamais.

L'auberge, perdue dans la verdure, ressemblait à la maison de Blanche-Neige et il s'attendait presque à voir surgir un des sept Nains quand la porte s'ouvrit sur une serveuse en jupe noire et tablier blanc qui n'avait rien de mystérieux. Pascal s'avança et il fut surpris par les chants d'oiseaux qui ruisselèrent sur lui. Avait-il découvert un Eden inconnu des touristes fonçant à pleins cylindres sur la grande route si proche ? Il sentit que dans ce cadre Violaine et lui pourraient être heureux sous l'égide d'un naïf Roi de Cœur qui se balançait en grinçant au-dessus de la porte.

La serveuse le précéda dans une salle basse et le conduisit, à sa demande, vers la patronne qui triait des piles de nappes et de serviettes. Il pouvait être cinq heures de l'après-midi. Pascal s'aperçut qu'il avait soif et il commanda un Perrier menthe. Comment expliquer son problème à cette inconnue ? Il ne s'était jamais trouvé dans une situation aussi embarrassante. Devait-il parler d'une « amie » qu'il désirait rencontrer ici régulièrement ? Les déjeuners d'affaires justifient-ils que l'on demande une chambre à un lit ? La femme allait-elle le prier de sortir en prenant un air outragé ? Ce fut beaucoup plus simple qu'il ne l'avait supposé, soit que l'aubergiste lui facilitât la tâche exprès, soit qu'elle eût l'habitude de pareilles situations et Pascal s'en alla soulagé et reconnaissant, le cœur en fête. Bientôt il ferait les honneurs de son nouveau royaume à sa Belle au Bois Dormant ! Tout prenait une allure de conte de fées en ce lumineux dimanche de Pentecôte…

Comme le lundi de Pentecôte était jour férié, Pascal profita de sa matinée pour ranger des papiers et mettre son courrier à jour. Nicole vint frapper à la porte du bureau. Il la trouva radieuse. Elle arborait au doigt un joli brillant, cadeau de son fiancé. Lucien n'était pas riche mais il avait du goût. Ils formaient un couple bien sympathique.

— Que se passe-t-il, Nicole ?

— Un monsieur et une dame viennent d'arriver. Ils ont entendu parler de vous et veulent absolument vous voir.

Contrarié, Pascal regarda sa montre : « *Onze heures !* » Il lui restait tant à faire !

— Je descends, merci.

Une limousine noire d'un modèle ancien, mais dont les chromes resplendissaient au soleil, stationnait dans la cour ; un homme petit et maigre essayait d'extraire du siège avant une dame replète qui avait visiblement certaines difficultés à se mouvoir. Elle semblait fort mécontente et le mari s'ingéniait à la calmer, tout en la tirant et la soutenant. Il parvint tout de même à ses fins, lui tendit deux béquilles et se tourna vers Pascal qui s'était rapproché.

— Excusez-nous, monsieur, d'être venus sans rendez-vous, mais nous passions par là et ma femme a absolument voulu vous voir. « *Elle souffre beaucoup* », ajouta-t-il comme pour excuser leur intrusion. Il semblait falot, totalement subjugué par sa plantureuse épouse qui s'approcha d'eux en béquillant vigoureusement. Pascal jaugea le visage couperosé aux lèvres minces, le regard verdâtre et courroucé, les cheveux rares teintés au henné et les grosses mains violacées et boudinées crispées sur les béquilles.

— Bonjour, monsieur. Pourriez-vous essayer de me soulager un peu ? Mon imbécile de mari vient de réussir à me faire mal.

La voix déplaisante, agressive, résonna péniblement aux oreilles de Pascal.

— Entrez, madame. Je vais essayer, dit-il cependant, en gardant pour lui ses réflexions.

Monter le perron représenta une véritable expédition. Pascal tirait, le petit mari poussait, la femme haletait et marmonnait, le cheveu en bataille. Tout en se hissant marche après marche vers la porte d'entrée, elle racontait sa vie à Pascal qui, placé devant elle, recevait une pluie de postillons imparables. Enfin le trio atteignit l'entrée et la femme s'écroula dans un fauteuil que Nicole lui avança avec une fausse déférence.

— Je n'irai pas plus loin, mon pauvre monsieur...

Pascal assura que c'était bien ainsi et il lui prit le pouls, qui battait très fort.

— Vous allez me trouver dans un drôle d'état, « mon pauvre monsieur » (c'était sans doute sa formule habituelle). Avec le mari que j'ai il faudrait être une sainte pour résister.

— Allons, ma chérie, intervint l'époux, laisse ce monsieur en dehors de nos problèmes !

Il avait bien parlé ! Redressant son buste opulent et levant très haut son double menton, la femme qui avait sans doute repris son souffle, se déchaîna en invectives, les yeux fulgurants.

— Ah ! tu peux en parler de nos problèmes, espèce de lâche, de sadique, d'imposteur ! Tais-toi donc, tu n'es pas même digne de lacer mes souliers !

Et prenant Pascal et Nicole à témoin :

— Il m'a épousée pour mon argent, car je suis riche, très riche. Dès le départ il espérait que je mourrais jeune, à cause de mon cœur. Ce minable n'avait jamais rien fait de ses dix doigts avant de me rencontrer et vous croyez qu'il m'a donné un peu de tendresse ? Jamais.

Elle soupira bruyamment et posa une de ses mains sur son corsage frémissant où s'étalait une triple chaîne d'or.

— Je suis une femme, mon pauvre monsieur, j'ai besoin d'être aimée, moi, choyée, cajolée, car je suis née estropiée comme vous le voyez. Je lui ai donné les plus belles années de ma vie et, lui, il a profité de ma fortune, c'est tout.

Pascal et Nicole échangèrent un regard ahuri, mais Pascal comprit que la jeune fille n'allait pas tarder à pouffer de rire. Il la congédia d'un geste.

Il posa ses mains là où il pouvait car la femme s'agitait de plus en plus en dépit de ses appels au calme.

Visiblement le mari cherchait à placer un mot. Quand il y réussit enfin ce fut effrayant, sordide.

— Ah ! tu peux en parler, de ton fric ! Si j'avais pu savoir ce que tu valais ! Oui, je t'ai épousée pour lui, ça méritait bien une compensation d'être lié à une femme stérile, incapable de faire l'amour, une harpie qui m'a rendu la vie impossible.

Le déferlement de haine dura une demi-heure. Pascal se faisait tout petit. Il n'arrivait pas à comprendre pourquoi ces deux êtres l'avaient choisi, lui, pour arbitrer leur différend. À moins qu'un événement impondérable ait fait craquer le barrage des bonnes manières, brusquement, sans qu'ils aient pris conscience auparavant de la tension qui régnait entre eux. Mais c'était un spectacle navrant que de voir ce couple « uni » depuis trente ans, se jeter au visage des reproches si véhéments, des paroles si méchantes que jamais plus ils ne pourraient les oublier.

Pascal fut soulagé de voir partir la limousine noire, sorte de cercueil roulant où ils se taisaient maintenant, devenus irrémédiablement ennemis.

Il remonta dans son bureau, totalement vidé de son énergie. Cette femme lui faisait horreur et le mari lui inspirait une sorte de mépris apitoyé. Il s'interrogea sur ces sentiments dont il n'était pas coutumier. Comment éprouver de l'Amour pour ce genre de personnes ? Avec épouvante il réalisait que pour tout l'or du monde il ne pourrait supporter leur présence dans sa vie. Comment concilier ceci et l'Amour qu'il s'était promis de vouer à tous ses malades sans exception ?

Il n'avait même pas envie de les revoir et il se disait qu'une femme comme ça ne méritait pas de guérir. Était-ce charitable ? Sûrement pas, mais il ne pouvait pas se forcer à penser autrement, du moins pour l'instant, tant cette scène grandguignolesque l'avait secoué.

À midi il ne put rien manger et il gronda Fleur qui faisait des bulles dans son verre d'eau, tout à fait satisfaite du résultat obtenu. Voyant l'agacement de Pascal, Mme Lagantat calma aussitôt l'enfant. Généralement, elle restait très discrète sur les activités de Pascal mais elle risqua pourtant une remarque d'ordre général, sans avoir l'air de faire allusion à la récente scène du hall qu'elle n'était pas censée connaître :

— Dans la vie, on en rencontre des gens désagréables ! Dieu nous demande d'aimer notre prochain comme nous-mêmes, ce n'est pas toujours facile. J'ai lu dans un livre qu'on n'était pas obligé d'aimer les actes des gens, surtout quand ils sont mauvais, mais qu'il faut les aimer eux, malgré tout.

Pascal ne répondit pas mais il sourit à la brave femme qui venait de répondre à la question angoissée de son âme. Oui, séparer l'acte de la personne qui l'a commis, c'est cela le chemin de l'Amour. Ma lui avait enseigné que si les hommes sont mauvais c'est parce qu'ils détachent leur esprit de la pensée divine, ils se séparent de Son Esprit qui est Lumière et Amour et ils se laissent envahir par de mauvaises vibrations qui peu à peu leur cachent la Vérité. Pourtant, dans chaque voyou, dans chaque drogué, dans chaque assassin vit une étincelle du Créateur et il suffit de déchirer le voile de l'ignorance, de fixer le regard sur Dieu pour retrouver le véritable chemin, la paix et la pureté originelles. Les actes peuvent être mauvais parce qu'ils ont été détournés de la Source, mais ils restent toujours le reflet du Père, et de bonnes pensées, un Amour désintéressé peuvent aider le malheureux à se retrouver. Un jugement implacable ne sert qu'à l'enfoncer davantage dans sa misère.

Pascal se sentit confus de s'être laissé submerger par le flot de haine dont il avait été le témoin passif et qui pourtant, par sa force, l'avait atteint, lui cachant un instant la vraie voie de l'Amour.

En méditant sur cette expérience, il comprenait mieux à quel point l'être humain se fait, jour après jour, l'artisan de son propre destin, à quel point il est souvent son propre bourreau. La pensée, quelle qu'elle soit, est une force, surtout si elle est émise consciemment. Elle va frapper le monde mental avec plus ou moins de puissance et la vibration qui va ainsi ébranler les éthers ne mourra plus jamais. S'il s'agit d'une vibration d'Amour elle reviendra vers son auteur, enrichie, multipliée par sa propre force puisqu'elle est en harmonie avec la Loi divine. S'il s'agit d'une pensée dépressive, méchante, haineuse, l'effet de boomerang se produira aussi et reviendra à son point de départ, appauvrissant celui qui l'a émise, le coupant de la Lumière et son destin sera à l'image de sa misérable création.

L'homme doit apprendre à se voir toujours parfait, évoluant dans un monde idéal, vivant en harmonie avec ses frères. Il crée ainsi des conditions positives pour lui et pour eux. Il doit sentir que tout son Être est le Temple à travers lequel Dieu se manifeste puisqu'il n'est qu'Amour, réussite et bonheur. Nous sommes tous le « Christos » ; tant pis pour ceux qui ne peuvent ou ne veulent pas l'admettre, ils sont pareils à des héritiers qui refuseraient l'héritage auquel ils ont droit, peut-être par ignorance, mais surtout par manque de Foi. Si un désir est juste et bon, qu'il participe à l'élaboration d'une vie meilleure et plus élevée, alors il n'y a qu'à tendre la main et se servir. Le désir divin répond au désir émis par ses enfants.

Jésus marchait sur les eaux parce qu'il savait qu'il pouvait le faire ; chacun de nous y parviendrait s'il était capable de croire que c'est possible, que ce pouvoir n'est pas réservé à quelques initiés. Dieu nous a fait matière mais, par la Foi totale, celle-ci peut être transmutée et obéir à d'autres lois. Ainsi Ste Thérèse d'Avila, St Jean de la Croix, St Joseph de Coppertino, qu'on ne peut accuser d'hérésie, étaient tellement transportés d'amour pour Dieu qu'ils se lévitaient en pensant à Lui, car ils harmonisaient alors leurs vibrations avec celles de l'Esprit.

Dans la Conscience universelle existe tout ce dont l'homme a besoin. Jésus le savait et il put donner à manger à cinq mille personnes lors du Sermon sur la Montagne, avec cinq petits pains et cinq poissons. Le

Curé d'Ars le savait aussi et tous ceux qui vivent en Dieu. Chacun de nous pourrait guérir les aveugles, faire jaillir des sources, traverser à pied sec des torrents furieux, faire descendre du ciel la manne ou tout simplement transformer ce monde de violence en paradis. Il suffirait de le vouloir. Il suffirait, à chaque instant de notre vie, de tenir notre regard intérieur fixé sur Dieu, d'interdire à toute pensée négative de se cristalliser et peu à peu le monde mental nous renverrait cette image transfigurée de nous-mêmes et des autres.

Pascal songeait, avec un peu de tristesse et de remords, que nous sommes tous responsables de ce qui arrive sur notre planète. Nous accusons la société d'être imparfaite, mais comment pourrait-il en être autrement ? Si chaque Français met le pied à terre tous les matins en pensant : « *La guerre est inévitable, le chômage va encore s'amplifier* », considérons l'impact que ces pensées négatives peuvent avoir sur notre karma national. Si nous avions un peu de maturité spirituelle, nous commencerions notre journée en disant, sans écouter les radios pessimistes à souhait : « *Tout va bien, la vie est belle, je vais faire l'impossible pour m'entendre avec mes collègues et mes amis, le gouvernement va faire du bon travail, etc.* » Au bout de quelque temps la violence reculerait, les gens retrouveraient le goût de vivre, la société deviendrait plus harmonieuse, nous aurions fait notre devoir de fils de Dieu.

Au lieu de cela, chaque Français achète son journal quotidien, il s'imprègne de toutes les mauvaises nouvelles, déplore et commente les catastrophes sans se douter qu'ainsi il leur donne vie !

Lorsque l'homme aura compris qu'il n'y a pas de progrès social sans progrès individuel car la société est le reflet de tous les esprits qui la composent, alors, sûrement naîtra un monde meilleur. Mais qui va faire le premier pas ? Le voisin, bien sûr. Lui, il est jaloux, malhonnête, irascible, moi je suis bon, gentil, dévoué. Du moins il me plaît de le croire. Pauvre Socrate qui disait et répétait : « *Connais-toi toi-même* ». S'il revenait, il serait épouvanté par l'auto-satisfaction de nos concitoyens. « *L'enfer c'est les autres* »a dit Sartre. Leur présence représente il est vrai souvent une coupe bien amère à avaler, plus sournoise et plus destructrice que la ciguë.

Puisque chacun d'entre nous est un microcosme il a son mot à dire, sa place à tenir dans le macrocosme. Qu'il apprenne à se connaître, à renoncer à son égoïsme naturel et le cosmos, reconnaissant, lui renverra sa propre image magnifiée, la porte de la patrie perdue s'ouvrira toute grande et l'homme nouveau, celui des âges d'or passés et à venir deviendra ce qu'il Est : un Dieu pleinement conscient de sa force. Qui veut essayer ? Il y a beaucoup de travail dans la vigne, mais les ouvriers sont encore peu nombreux.

Pascal eut honte d'avoir cédé à la répulsion que lui avaient inspirés ces deux êtres. Il comprit qu'il lui faudrait lutter contre ce genre de sentiments allant tout à fait à l'encontre de la voie suivie et pour se faire pardonner il envoya au couple désuni une très forte pensée d'amour et d'apaisement, mais ils ne revinrent jamais le voir.

Après le repas du soir, il décida d'aller se promener dans le parc. En passant dans le hall, il tourna machinalement la tête du côté où avait eu lieu la scène dramatique. Il n'en crut pas ses yeux. Le fauteuil était resté à la même place, près d'une console sur laquelle, ce matin même, une plante verte, un capillaire, étalait la verdure luxuriante de ses minuscules feuilles rondes. La plante semblait perdre sa vitalité, ses feuilles pendaient, rétractées, déjà sèches, mourantes. Pascal s'approcha, médusé, mais il dut se rendre à l'évidence : les ondes de haine émises par le couple avaient frappé à mort le sensible capillaire qui n'y avait pas résisté. Une fois de plus il réalisait le mal que l'on peut faire sans le vouloir dans la vie des autres, cette plante lui en administrait la preuve tangible ; changeant de projet il éprouva le besoin de rendre visite à Yves, il voulait lui parler, peut-être afin d'être rassuré.

Klebs le reconnut aussitôt. Il lança un bref jappement d'avertissement et se rendormit avec un soupir de satisfaction. Pascal trouva Yves occupé à repasser sa saie blanche qui lui servirait pour la fête druidique de la prochaine St Jean d'été. Pascal ne s'attendait pas à le voir se livrer à cette occupation ménagère et il resta un instant interloqué. Yves le comprit et déclara :

— Ce n'est pas toujours drôle d'être célibataire, il faut savoir tout faire.

— Ce n'est pas toujours drôle d'être marié, répliqua Pascal en écho et il lui relata l'incident du matin suivi par la mort du capillaire.

— Eh bien, vous voyez, cela vous paraissait incroyable, l'autre jour, que les plantes aient une âme ! Vous n'êtes pas au bout de vos surprises ! Teilhard de Chardin disait : « *Dans le cosmos le fantastique seul a des chances d'être réel* ». Dans l'état actuel de nos connaissances nous commençons tout juste à soulever un coin de voile. Imaginez-vous ce que le monde « réel » doit être quand il est vu par les yeux de l'Esprit et non par nos yeux de chair, si imparfaits.

— J'avoue que cela me dépasse un peu. Je n'arrive pas à comprendre comment la vie divine peut se manifester à travers chacun des règnes.

Yves ne répondit pas immédiatement. Il souleva la saie immaculée, la plaça délicatement sur un cintre et disparut dans l'escalier à vis qui menait à sa chambre, en disant à son hôte :

— Asseyez-vous, je reviens de suite. Il y a de l'eau fraîche sur la petite table. Servez-vous.

Pascal but un verre d'eau et attendit patiemment le retour d'Yves qu'il entendait siffloter au-dessus de sa tête. Dix minutes plus tard il reparut portant deux photographies qu'il tendit à Pascal.

— J'ai développé les photos prises l'autre jour.

Sur fond noir apparaissaient nettement les bouts des doigts de Pascal auréolés d'une couronne d'aigrettes bleues, semblables à de minuscules éclairs*. Autour du pouce le halo était d'un rose soutenu, éclatant.

Pascal regardait intensément cette énergie qui jaillissait de lui, capable de régénérer les tissus et il sentait une douce émotion lui serrer la gorge. C'était splendide, insolite et rassurant à la fois.

— L'énergie qu'émet votre pouce est différente, vous voyez ?

— Je comprends maintenant pourquoi je dois me servir uniquement de mes pouces dans des cas biens précis : insuffisance thyroïdienne, kystes, lipomes, ainsi que sur les cicatrices. Merci, ajouta Pascal, je suis content de m'être arrêté aujourd'hui.

— Heureusement que vous êtes venu ce soir car je pars demain matin pour Bruxelles où je vais présenter quelques-unes de mes toiles.

— Mais alors, je vous dérange ?

— Pas du tout. Mes valises sont bouclées, je dispose de toute ma soirée.

Il s'assit en face de Pascal et croisa ses jambes puissantes ; le siège gémit sous son poids.

— Pouvez-vous m'expliquer pourquoi les Druides portent une robe blanche pendant leurs cérémonies ?

— Je crois pouvoir affirmer que ce vêtement que l'on pense réservé aux femmes a toujours symbolisé la noblesse de l'état d'homme. La preuve, les esclaves étaient nus autrefois, parce qu'un homme nu perd sa dignité devant son maître. Depuis des siècles les prêtres enfilent l'aube de dentelle blanche, synonyme de pureté, avant de célébrer la messe. Et dans la vie courante les prêtres étaient tenus de porter la robe, les frères laïcs la soutane et les moines la bure.

— Que dire alors de l'habitude qu'ont pris les prêtres de s'habiller en civil ?

— Que c'est une erreur, de même que les femmes portant le pantalon ! Voyez-vous, l'esprit des rites se perd et c'est bien dommage !

— Pouvez-vous m'expliquer comment et pourquoi les plantes ont une âme ?

— Pourquoi ? C'est simple, puisque tout ce qui existe porte la marque divine et que Dieu est Vie. Comment ? Cela demande un peu

---

*. *Note : Voir photo Kirlian, page 248.*

de réflexion. Une certitude pourtant : l'Esprit passe lentement au travers des quatre règnes et s'enrichit peu à peu jusqu'à devenir l'Homme Parfait.

— Je n'arrive pas à comprendre cela.

Yves décroisa les jambes et se pencha vers Pascal.

— Pour vous une pierre ne possède pas de vie, n'est-ce pas ?

— Elle est composée d'atomes et de molécules, je sais cela.

— Mais en aucun cas vous ne prêteriez des sensations à un minéral ?

— N...non, je l'avoue.

— Eh bien, n'en soyez pas trop sûr. L'évolution des minéraux est certes très lente, elle se fait sur des millions d'années, mais ils sont le premier siège de la vie. Ils sont dotés d'un corps physique solide, d'un corps éthérique et d'une ébauche de corps astral, très primitive.

Voyant les yeux de Pascal s'arrondir de surprise il ajouta :

— Le corps astral est bien le corps où se manifeste le désir ? Eh bien les éléments constitutifs des minéraux sont capables d'éprouver une attirance pour d'autres, de pratiquer une sélection, d'avoir des affinités ou des répulsions. C'est cela qui explique les combinaisons chimiques. Si les minéraux étaient morts, inertes, comment pourraient-ils réagir les uns sur les autres ? Certains corps s'oxydent en se combinant avec l'oxygène, d'autres corps choisissent leur partenaire et rejettent l'hydrogène, par exemple. À leur échelle les minéraux connaissent le mariage... et le divorce ! Ils ont leurs affinités sélectives, leurs antipathies irrémédiables : les alliages ne sont-ils pas des alliances au premier degré ?

— Je n'avais jamais considéré les choses sous cet angle.

— Quand nous passons au domaine des végétaux, nous constatons d'abord que leur corps physique se nourrit de minéraux, il s'affine et s'enrichit d'un corps éthérique bien structuré.

Les végétaux ont un système nerveux, un système circulatoire, respiratoire, reproducteur leur permettant de croître, de s'adapter, de lutter contre les agressions, de se guérir (avant même de guérir ceux qui se nourriront de leur substance). Au niveau du corps astral le progrès est très sensible. La plante est capable d'attachement, de reconnaissance, de mémoire, certaines ont permis de démasquer des criminels quand elles avaient assisté à un meurtre. Les plantes se révèlent aussi mélomanes. Généralement Mozart stimule leur croissance, elles se penchent tout alanguies du côté d'où vient la musique. Mais le jazz semble les rebuter, elles fuient certains chanteurs et même peuvent en mourir si on renouvelle trop souvent l'expérience. Elles ont du tempérament. Elles sont patientes, tenaces, rusées, sensibles, vengeresses et même capables de se

… **Et les fleurs** ! Ah ! les jolis pièges qu'elles tendent aux insectes pour se faire féconder.
Certaines attirent par la beauté de leurs coloris ou par leur parfum dont le but est toujours aphrodisiaque, d'autres par la forme de leur corolle…

laisser mourir si elles savent que leur descendance pâtira de certaines conditions qui leur sont imposées : abus d'engrais, de pesticides. Et les fleurs ! Ah ! les jolis pièges qu'elles tendent aux insectes pour se faire féconder. Certaines attirent par la beauté de leurs coloris ou par leur parfum dont le but est toujours aphrodisiaque, d'autres par la forme de leur corolle.

Il existe même une espèce de champignon, le *phallus impudicus*, qui dégage une intense odeur de charogne. La source de cette puanteur est une gelée gluante et vert foncé qui couvre la pointe de la protubérance et que les mouches sucent gloutonnement. Cette gelée « odorante » contient des millions de spores qui résistent aux sucs digestifs des mouches, mais seront expulsés avec leurs excréments, permettant ainsi la survie de ce champignon hors du commun.

— Cela paraît incroyable !

— Certaines fleurs pratiquent aussi le mimétisme, comme, par exemple *l'ophyspéculum*, une sorte d'orchidée dont la lèvre ressemble à s'y méprendre à une espèce de guêpe. Seuls les insectes mâles viennent s'y poser et leurs mouvements énergiques et saccadés qu'on peut observer sont l'accomplissement pur et simple de l'acte sexuel. Le mâle croit s'unir à une femelle. La fleur utilise les désirs sexuels de la guêpe à des fins de pollinisation croisée. Ces tromperies sexuelles ne sont pas rares dans la nature, je vous assure.

Le plus curieux est que la plupart des fleurs préfèrent cette fécondation à l'auto-fertilisation. Rien ne leur coûte pour parvenir à leurs fins. Elles se servent des insectes mais aussi du vent. La fleur sait qu'elle représente la survie de l'espèce, l'unique chance qu'a la plante de se perpétuer. Elle sait aussi le peu de temps qui lui est donné pour parvenir à ses fins. Aussi déploie-t-elle tous ses charmes, tend-elle tous ses pièges avec une rare adresse, un charme d'une efficacité exceptionnelle ! Comme ce rôle primordial et éphémère la rend émouvante à nos yeux ! Les fleurs et les papillons — ces fleurs sans tiges — ont le même destin...

Pascal, charmé, découvrait soudain tout un monde inconnu, c'était comme s'il réapprenait son alphabet de la vie, le nez au ras des pâquerettes ! Que de mystères renferme le moindre brin d'herbe !

— Je vous parlerai moins longuement du monde animal, parce qu'il est plus proche du nôtre et que beaucoup de savants se sont penchés sur lui. Des livres entiers lui sont consacrés. Remarquez seulement qu'il se nourrit, en principe, du règne végétal et nous devrions en faire autant puisque notre corps est très semblable à celui des animaux les plus évolués. Les animaux ont un corps astral totalement développé et une ébauche plus ou moins marquée du corps mental inférieur, selon leur degré dans l'échelle des espèces. Certains sont capables de compter, de faire un choix, d'échapper à leurs ennemis par la ruse, de choisir la mort volontairement. Ils savent discerner le bien et le mal et ils nous ressemblent beaucoup du côté de l'affectivité puisqu'ils peuvent se montrer hargneux, jaloux, rancuniers, reconnaissants, dévoués et j'en passe. Certaines espèces ont même des facultés « psi » très évidentes ; ils « voient » les esprits, ils devinent l'approche des catastrophes, peut-être parce qu'ils sont dotés d'un sixième sens ou tout simplement qu'ils ne sont pas aveuglés par l'intellect, restant fidèlement attachés à leur instinct qui leur permet de puiser des informations dans ce qu'on appelle parfois l'inconscient collectif.

L'homme se situe à un degré au-dessus. Il possède, en principe, un corps physique, un corps astral et un corps mental inférieur parfaits, avec un système nerveux très élaboré, mais en plus il possède un corps mental supérieur qui le met en état de connaître Dieu directement, quand il s'est dépouillé de tous ses défauts, qu'il a renoncé à sa vie animale pour prendre enfin possession de son royaume. Alors ses chakras ressemblent à des roues de feu, son aura rayonne la pure lumière blanche de l'Amour, l'Homme entre dans l'immortalité, échappant à la ronde des naissances et des renaissances.

Voilà le long périple que chacun d'entre nous doit parcourir, Pascal, qu'il le veuille ou non. Réjouissons-nous d'être arrivés au stade humain, nous sommes ainsi plus près du but, mais que de souffrances jalonnent ce passage de l'humain au divin ; c'est un moment bien difficile puisque chacune de nos vies successives doit nous dépouiller un peu plus de notre vie inférieure, de nos limitations. Nous devons obligatoirement mourir à nous-mêmes ; ensuite, pareils au Phénix de la mythologie, nous renaîtrons de nos cendres dans une vie plus riche, plus vibrante, illimitée… Telle est la Loi !

Les deux hommes se quittèrent sur ces mots. Il n'y avait rien à ajouter. Pascal revint dans la maison où tout le monde regardait la télévision dans le petit salon. Il gagna directement sa chambre et se coucha pour méditer sur ce qu'il venait d'apprendre.

« Comme il est bon d'acquérir des connaissances ! Mon Dieu, permets-moi d'arriver à une plus grande compréhension des autres et de moi-même, afin que mon esprit devienne vraiment universel. Je m'engage à transmettre à Fleur tout ce que j'ai appris afin qu'elle aussi parvienne à un plus haut degré de spiritualité au cours de cette incarnation ».

Il rêva qu'il se promenait dans un monde étrange dans lequel de grandes fleurs pourpres se penchaient vers lui et lui chuchotaient de curieuses confidences.

— Violaine !

— Oh ! Pascal, enfin !

Violaine vient de descendre de sa petite Fiat rouge garée à côté de la Mercedes de Pascal. Il l'attendait en faisant les cent pas dans la cour de l'auberge. Comme ces quinze minutes lui ont paru longues ! Mais l'angoisse de l'attente s'évanouit car elle est là, toute menue dans sa robe blanche et encore plus belle que dans son souvenir.

Ils se regardent, éblouis, sans oser s'étreindre. En un éclair ils comprennent que ce mois de séparation a appronfondi le sentiment qui les pousse l'un vers l'autre. Ils se sentent tout intimidés soudain, prenant conscience de la solennité du moment. Avec ces retrouvailles va commencer leur liaison, pour le meilleur... ou pour le pire.

« *Viens* », dit-il simplement en lui prenant la main. Et il y a tant d'amour, tant de tendresse dans ce simple mot que Violaine baisse les yeux où des larmes de joie sont venues piquer ses paupières.

Les voici attablés l'un en face de l'autre. Ils sont les seuls clients de l'auberge. Pour masquer leur trouble ils parlent, ou plutôt, Violaine parle. Elle raconte son séjour à New-York, évoque les gens qu'elle y a rencontrés. Pascal entend à peine ce qu'elle dit, il est trop occupé à la boire des yeux. Ainsi donc, c'est bien vrai, elle existe, cette femme dont il ne peut plus se défaire, qui hante ses jours et ses nuits et elle est là, à la portée de son désir... Il scrute le beau visage animé, il admire les yeux violets où brille une flamme ardente ; il aime la petite moue qui accompagne certaines de ses paroles et il sourit, ému, en reconnaissant le papillon doré épinglé sur sa robe. C'est leur signe de reconnaissance et plus jamais il ne pourra voir un papillon sans repenser à ce bijou et à ce qu'il représente : le jour où, à Rouen, leur amour est né.

Ils ne s'occupent pas de ce qu'ils mangent. La serveuse apporte les plats, enlève les assiettes, leur propose le dessert, puis le café, ils ne la voient même pas. Ils répondent machinalement : ils sont seuls au monde. Ils sentent que cette rencontre revêt une plus grande importance que les autres, elle est le résultat du choix qu'ils ont fait dans le secret de leur cœur et ils s'apprêtent à cueillir à pleines mains le bonheur réservé à ceux qui s'aiment. Ils sont un homme et une femme que les lois du hasard — ou du karma — ont rapprochés et non seulement chacun ne se sent plus libre de refuser à l'autre ce qu'il est venu chercher, mais ils désirent ardemment se donner mutuellement les preuves les plus concrètes de leur passion.

Le silence est tombé sur eux.

« *Viens* », répète Pascal, mais cette fois il y a dans sa voix une invite pressante, une ardeur douloureuse d'avoir été trop longtemps contenue et qui éclate dans son geste presque brutal quand il lui passe le bras autour des épaules et l'emmène ainsi, serrée contre lui, jusqu'à la porte banale qui porte le numéro sept.

La chambre est petite mais coquette avec son lit d'angle recouvert de cretonne fleurie, sa coiffeuse en chêne ciré surmontée d'une glace ovale et sur les murs un motif de papillons, répété à l'infini, voltige sur des fleurs champêtres. « *Encore des papillons* » pense Pascal, mais déjà Violaine est dans ses bras, offerte à ses baisers et il a sur sa peau la tiédeur de ses lèvres, l'odeur de sa chair l'enveloppe d'une griserie sauvage.

Puis Violaine s'arrache de cette étreinte et disparaît dans la minuscule salle d'eau contiguë. Fébrilement, les doigts tremblants, il se déshabille et se glisse entre les draps frais, tout contre le mur. Ses yeux sont clos, il respire vite, son cœur bat la chamade. Il n'ose croire que tout cela lui arrive, à lui, et qu'il va enfin vivre sa première expérience d'homme.

Quand la porte claque, il soulève les paupières et il la voit venir à lui, exquise dans sa nudité. Il la regarde s'approcher, nimbée de lumière et de charme, rayonnante et décidée. Il la reçoit contre lui. L'émotion est si grande qu'il reste un moment comme paralysé, dans l'espoir que son cœur se calmera et en même temps il est parfaitement conscient de ce corps de femme qui se presse contre le sien, l'enveloppe de sa chaleur. Anéantis par ce bonheur auquel ils ne sont pas encore préparés, ils n'osent aucun geste, aucune parole. Seuls les yeux rapprochés sur l'oreiller se donnent, se fondent, dans une troublante communion.

Au bout de quelques minutes d'une intensité émotionnelle inconnue jusqu'alors, Pascal prend entre ses mains arrondies en coupe le visage de Violaine et il le couvre de baisers auxquels elle répond avec une tendresse de plus en plus passionnée. C'est elle qui, plus expérimentée ou plus impatiente, se décide à commencer le jeu de la séduction qui aboutit au plaisir des amants. Du bout des ongles elle effleure le corps de Pascal, qui répond par de longs frémissements. Violaine connaît bien les zones sensibles où ses doigts s'attardent, se promènent, éveillant le désir de la volupté. Très vite ces attouchements répétés, tour à tour irritants et doux, accélèrent l'afflux de son sang.

Tout d'abord son corps brûle et attend, il ne sait quoi encore. Puis une houle venue du plus profond de ses reins le soulève, le tend vers cette chair consentante qui l'appelle et le retient et brusquement ils se rejoignent, se mêlent, têtes perdues, cœurs affolés, sens en déroute. Tout se passe comme si un chef d'orchestre invisible accordait les violons de leurs sens, cordes tendues à se rompre, pendant que le sang rythme leur étreinte à grands coups de cymbales, dans le déferlement des cuivres qui grondent en eux, torrent impétueux, puissant, les emportant vers les sommets du paradis, là où les Walkyries chevauchent les terribles chevaux sur lesquelles elles pénètrent dans le monde interdit aux non initiés.

Au plus fort de la tempête qui les rive l'un à l'autre ils balbutient des mots sans suite, des mots d'enfant peut-être qui sourdent de leur subconscient ; une lame de fond vertigineuse les emporte ensemble vers l'extase puis s'éloigne, les laissant enivrés, émerveillés, apaisés...

Pascal desserre son étreinte. Violaine glisse sur le côté et se sépare de lui. Il ressent alors une sensation de froid, comme un déchirement insupportable. Pour rétablir le contact il caresse doucement ce corps qui frémit et continue à vibrer de sa propre ardeur, ce corps qui désormais est le prolongement du sien, ce corps qui lui a donné un avant-goût de l'éternité.

— Je t'aime, murmure-t-il.

Elle tourne vers lui ses grands yeux de violette tout alanguis du plaisir donné et reçu.

— Moi aussi, Pascal, je t'aime. Avant toi j'avais quelquefois rêvé de connaître des aventures, mais avec toi j'ai envie de vivre une liaison, longtemps...

— Je t'appartiens, ma bien-aimée. Veux-tu que nous essayions de construire ensemble un vrai bonheur ?

— Suis-je seulement douée pour cela ?

— Je t'apprendrai. Il y a en moi une force extraordinaire qui t'y poussera. Je souhaite simplement que nous ayons le temps de nous découvrir, de nous aimer...

Ils reposent maintenant, enlacés. Elle a posé sa tête contre l'épaule de Pascal et se tait. Les derniers remous de la volupté vont se perdre en larges cercles concentriques ; la détente s'opère et ils se sentent plus proches encore l'un de l'autre qu'au moment du plaisir, car toutes leurs pensées se transforment miraculeusement en ondes de tendresse et de reconnaissance.

La fenêtre est ouverte sur le jardin. Ils entendent chanter les oiseaux et la brise doucement élégiaque vient discrètement bercer leur rêve de bonheur.

JOURNAL

Mercredi 29 juin 1977, 22 heures

Il est des jours où l'on a envie de crier sa joie, sa reconnaissance, des jours de bonheur si intense que l'on se sent en harmonie avec le monde entier. Il m'a été donné de vivre une de ces journées parfaites qui font douter du malheur et de la réalité de la souffrance.

Avant de m'endormir, mon Dieu, je viens te remercier de ta bonté, de tout ce que tu m'as accordé en ce jour anniversaire. J'ai quarante ans aujourd'hui. Certains disent que c'est la fin de la vie. Pour eux, seuls les gars de vingt ans ont une chance d'être heureux parce que notre siècle stupide s'en tient aux apparences et la jeunesse est une de ces illusions dont on nous berce dans un but purement commercial. Je ne crois pas qu'il y a vingt ans j'aurais été capable de cette intensité d'émotion, de cet élan vers le bonheur. Je n'avais rien compris et je me croyais très fort. La jeunesse possède une arrogance, une autosatisfaction qui la font souvent passer à côté des vraies valeurs. Il lui manque aussi la souffrance qui approfondit les sentiments et démasque les illusions. Maintenant je sais qu'il y a plusieurs êtres en nous. Chaque étape de notre existence nous amène à une plus grande connaissance de ce que nous sommes. C'est comme si à la naissance nous étions recouverts de plusieurs voiles masquant notre vrai moi.

Chaque période de sept années nous renouvelle et nous révèle à nous-mêmes, nous ouvrant de nouveaux horizons, déchirant l'un après l'autre les voiles de l'ignorance. Je suis bien différent du garçonnet de sept ans, de l'adolescent de quatorze ans, du jeune homme de vingt-huit ans. Que serai-je à soixante-dix ans ? Je ne peux même pas l'imaginer. Alors je crois qu'il faut accepter la poussée intérieure qui nous place jour après jour dans des situations nouvelles. Il y a un an aujourd'hui que j'ai eu la révélation du don de guérir et je doutais de cette réalité. Et pourtant je soigne des gens et je ne me pose plus de questions.

Ce matin Thérèse, tout à fait guérie, est venue me présenter son fiancé. Ils vont se marier. Elle est sortie du cauchemar où la drogue l'avait plongée. Mes mains l'y ont aidée. Quelle joie de la voir rire et parler, elle que j'ai connue totalement hébétée et inconsciente.

À midi Violaine m'a téléphoné pour me souhaiter mon anniversaire. Elle m'a dit qu'elle m'attendrait dans « notre » auberge vers seize heures.

Cette rencontre imprévue m'a apporté encore plus de bonheur que les autres parce que nous avons longuement parlé, cette fois, sans faire l'amour. Nous étions si proches l'un de l'autre, si tendrement unis par l'esprit que nous n'en avons pas éprouvé le besoin. Elle m'a raconté son enfance malheureuse, son père brutal qui terrorisait sa famille, son refuge dans les études, puis son mariage un peu précipité parce qu'elle avait hâte d'échapper à l'autoritarisme de cet homme qui contrôlait toutes ses sorties et lui prenait l'argent qu'elle gagnait sans que sa mère eût même l'idée d'intervenir. Elle m'a rappelé aussi son athéisme total. Pour elle, l'idée même de l'existence de Dieu est un concept que son esprit se refuse à accepter.

Elle m'a posé des questions sur la croix ansée que je porte au cou. J'ai essayé de lui expliquer sa double signification, c'est-à-dire la création physique de l'homme et la transmutation spirituelle par l'union des deux principes qui régissent l'Univers, mais, de toute évidence, elle ne m'a pas cru. Comme j'aurais aimé, sinon la convaincre, du moins l'intéresser ! Mais elle a préféré changer de sujet et je n'ai pas osé insister. Trouverai-je un jour le chemin de son âme alors qu'elle s'est donnée à moi si complètement ?

C'est à ce sujet, mon Dieu, que je voudrais t'exprimer toute ma reconnaissance. Comment ai-je pu vivre aussi longtemps en ignorant la Femme, que tu as faite, de toute évidence, pour un bonheur réciproque. Merci d'avoir créé cet être adorable, d'une beauté à couper le souffle, dont l'esprit est si différent du nôtre, que la vie en est totalement transformée. Oh ! je sais ! Les sentiments empreints de romantisme que j'éprouve pour Violaine feraient sourire la plupart des hommes. Je l'aime de toute la force de mon cœur et la découverte de la sexualité à travers elle m'a rempli d'un émerveillement dont ils sont sans doute bien incapables, peut-être simplement parce qu'ils ont connu trop de femmes et ne peuvent plus apprécier ce qu'une telle présence peut apporter. Oui, je l'avoue, j'aime Violaine avec un cœur neuf ; j'ai envie de lui offrir des fleurs, de la cajoler, de lui montrer qu'elle représente pour moi le summum de ce qu'un homme peut souhaiter. Je rêve de passer ma vie à ses côtés, de la regarder dormir, de lui prendre la main et de l'entraîner dans de longues promenades dans les bois, au bord de la mer, ou à l'autre bout du monde. Avec elle je découvre peu à peu l'autre face de la vie. C'est comme si l'être incomplet que je suis avait découvert son âme-sœur. Je suis sentimental et je crois qu'elle aime cela. Tant pis pour ceux qui pensent autrement, ou qui considèrent l'amour comme une rencontre purement érotique, un moyen de passer le temps. Ah ! je comprends maintenant l'épouvantable misère de ceux qui n'ont jamais connu cet épanouissement de couple, de tous ces refoulés pour qui le sexe est péché, souillure, dépravation. Aucun amour partagé n'est venu illuminer leur vie et leur livrer le secret divin que renferme un cœur de femme. Comme je les plains, ces frustrés qui haïssent le bonheur des autres, ces infirmes de l'amour.

Je mesure aussi le mal qu'ont pu faire les religions pour qui la femme était un objet de mépris. Pendant des siècles les savants ont contribué à accréditer cette thèse. Pour eux la femme était le simple réceptacle de la graine humaine, lui servant d'asile et de nourriture. Le spermatozoïde représentait à leurs yeux un être complet, un homoncule à qui il manquait seulement une « couveuse ». La découverte du rôle complémentaire de l'ovule dans la procréation fut une véritable révolution. Elle remettait en question la supériorité de l'homme et rendait à la femme sa véritable place, celle que Dieu lui a octroyée de droit et de fait. Mieux même. L'honnêteté permet de dire qu'à certains égards la femme est supérieure à l'homme par l'importance du rôle qu'elle est amenée à jouer dans la vie de l'enfant…

J'ai quitté Violaine assez tard. Nous ne pouvions plus nous arracher l'un à l'autre. Qu'il me serait doux de vivre auprès d'elle ! Hélas, en acceptant de l'aimer j'ai en même temps renoncé à cette part de bonheur-là, puisqu'elle n'est pas libre.

Je suis revenu lentement vers Houlgate et la maison d'Yves m'a attiré comme un phare. Cette maison me plaît, il se dégage d'elle un air de bonté, de bienveillance, comme si elle aimait accueillir des êtres vivants ; peut-être, après tout, tire-t-elle de nous sa propre substance, alors que d'autres maisons s'acharnent à se débarrasser des gêneurs et parviennent même à les tuer. La nuit tombait déjà. J'ai trouvé Yves occupé à préparer son repas. Il n'a pas paru surpris de me voir et m'a invité à partager sa soupe. J'ai accepté après avoir téléphoné à Mme Lagantat de ne pas m'attendre.

Comme je n'éprouve pas le besoin de parler, Yves se tait aussi. Il pose deux assiettes creuses en grès sur la table, deux verres et un pichet de vin, puis il sert la soupe avec des gestes précis de parfaite ménagère. Nous mangeons en silence.

— Aimez-vous ma soupe aux orties ? demande-t-il, malicieux.

Je lui avoue que je n'arrivais pas à discerner ce qui rend ce potage aussi délicieux. Les orties, ces mal-aimées peuvent donc être utilisées en cuisine ?

— On en fait aussi un excellent shampooing régénérateur du cheveu. Je vous en donnerai la recette, vous la ferez essayer à ceux qui souffrent d'alopécie.

Soudain, il me fixe et me déclare, sans transition :

— Vous êtes amoureux, n'est-ce pas ?

Ce diable d'homme a le don de surprendre, mais pourquoi nier ?

— Comment le voyez-vous ?

— À la couleur de votre aura ! Elle est d'un beau rouge vif et croyez-moi c'est plutôt rare. Il y a tellement de façon d'aimer ! La plupart des amoureux ont une aura marbrée de rouge sale, de traînées noirâtres qui révèlent la recherche forcenée du plaisir égoïste ou la jalousie obsédante et destructive. Celui qui en est l'objet ne tarde d'ailleurs pas à se détacher de son partenaire. Cher Pascal, je souhaite que vos sentiments gardent longtemps cette beauté et cette pureté et qu'ils soient payés de retour.

… **Elle est fée**, c'est-à-dire esprit de la nature.
Les légendes populaires ont prêté aux sylphes, aux ondines
des corps de femmes
évanescents, adorables, insaisissables…

Illustration extraite du livre Elfes, fées et gnomes *de Johfra, Ellen Lórien et Carjan* • *Éditions Arista*

Alors, je lui ai demandé de me parler de la Femme. J'ai besoin ce soir d'entendre un être de cette qualité spirituelle me livrer quelques secrets que j'enfermerai en moi comme un trésor. Son visage pensif est éclairé par la lumière des chandelles qu'il a posées sur la table. Klebs vient mendier quelques miettes et sa tête s'appuie sur les genoux de son maître. Je savoure le pain de seigle sur lequel j'ai posé un morceau de fromage de chèvre. La porte ouverte donne sur la nuit et l'infini.

« *C'est beau une femme, n'est-ce pas ?* » dit-il enfin, plus ému qu'il ne le voudrait.

J'évoque alors, en pensée, le corps de Violaine, la courbe épanouie de sa poitrine, le galbe parfait de son dos, le tendre renflement de son sexe ; je songe à ce plaisir nouveau pour moi de caresser une peau satinée dont la texture est si différente de la mienne. J'ai presque honte de ma nudité en face de tant de beauté et de perfection. Dieu a-t-il jamais rien créé de plus émouvant, de plus racé, de plus divin qu'une femme ?

Peut-être Yves devine-t-il mon lyrisme car il sourit ; lui aussi pense sans doute à une compagne…

— Est-ce parce que je suis Druide que je me sens plus proche du monde féminin ? Je ne sais pas, mais une certitude s'est toujours imposée à moi : il est synonyme de magie et de mystère. Nos ancêtres vénéraient la Déesse-Mère, Isis, Cérès, les Vierges Noires. La femme et la vie étant étroitement liées, la femme est plus proche de la nature que nous. Il y a en elle une énergie infinie qui lui vient à la fois du Cosmos et de la terre. Féconde comme Gaea, elle peut puiser dans l'infinie réserve des forces vitales qui régissent le monde. Qu'elle soit sibylle, prêtresse, sorcière, Druidesse, elle connaît d'instinct les secrets intimes des plantes, peut prononcer la Parole qui guérit, amorcer le geste qui apaise. Capable de calmer les tempêtes, de faire naître le désir au cœur de l'homme, de conquérir des trônes et de changer la face du monde, la Femme est une force, une puissance dont nous avons subi le charme pendant des millénaires. Contre elle notre violence vient se briser, inutile. Alors saisis de crainte devant ce pouvoir dont nous voulons ignorer l'origine profonde, de peur de nous sentir amoindris, nous préférons l'anéantir. La Femme masculinisée, pervertie, agressive, subjuguée, n'est plus qu'une caricature de l'homme et nous en mourons par contre-coup, car la Femme est sève, sang, désir, tendresse, exquise divinité de chair et de charme envoûtant.

Tout ce qui naît, vit et meurt passe par elle. Elle est fée, c'est-à-dire esprit de la nature. Les légendes populaires ont prêté aux sylphes, aux ondines des corps de femmes évanescents, adorables, insaisissables. Elles disent, ces légendes, que les fées ne sont pas visibles à tout moment. Leur apparition dépend des phases de la lune.

Le rythme profond de la femme est lunaire, son cycle est de vingt-huit jours ; c'est aussi un rythme musical à 3 - 4 : trois temps marqués, un temps de silence. Remarquez l'exacte analogie avec la lune visible trois phases sur quatre et avec la nature : trois saisons pour la végétation, une phase où elle disparaît ; hiver, nuit, silence, mort apparente. Mais le retour à la vie s'amorce chaque fois, nouveau miracle, nouveau jaillissement.

La Femme se joue de la mort, elle est Amazone, Walkyrie, Mélusine, enchanteresse éternelle qui est en train de se faire la complice d'un crime aux conséquences incalculables. Elle est en train de renier son héritage divin, la promesse de notre résurrection. Pourquoi veut-elle à tout prix prouver qu'elle est l'égale de l'homme ? N'est-elle pas son complément indispensable ? Qu'y a-t-il de si extraordinaire dans notre condition masculine et de si enviable ? N'est-elle pas de droit la gardienne séculaire des secrets et des mythes, la magicienne du foyer, la mère et l'épouse, la nourricière, celle qui a fait les sociétés matriarcales fortes et indestructibles ? Alors, qui a pu lui donner d'elle-même cette image amoindrie, quelle aberration étrange la pousse à nous ressembler trait pour trait, défaut pour défaut, vice pour vice ? C'est notre faute, à nous les hommes.

Oh ! Pascal, que je souffre en voyant passer ces jeunes filles serrées dans des jeans trop étroits, la cigarette aux lèvres et la bouche pleine de propos orduriers. Voyez-vous le regard dur et méprisant qu'elles jettent sur la vie, ces futures mères ? Les sociétés sages avaient préservé la femme du travail rémunérateur, réservé aux hommes, plus endurants, plus grossiers, plus combatifs. À elle était réservé le soin d'élever les enfants, d'en faire des hommes solides et fiers, ce qui ne les empêchait pas de cultiver les arts, d'être ouvertes au monde, de se parer le corps et l'esprit.

Savez-vous ce qui a tué la Femme, l'a rendue enragée, avide et l'a détournée de sa mission ? Notre MÉPRIS, Pascal, qui est une sorte de jalousie pour un état auquel nous ne pouvons accéder. Le malheur de l'humanité a débuté le jour où les hommes ont commencé à sous-estimer la mission de leurs compagnes. Par réaction celles-ci ont voulu prouver qu'elles étaient capables de gagner de l'argent, elles aussi. Certes, la femme peut réussir sa vie professionnelle aussi bien qu'un homme, c'est prouvé, mais un homme peut-il réussir une vie de femme, la remplacer dans un rôle primordial de mère au foyer ?

— Contestez-vous à la femme le droit au travail ?

— Bien sûr que non. Hélas ! Pour la plupart des femmes, travailler n'est pas une source d'enrichissement intellectuel. Elles sont privées de la joie d'élever leurs enfants, se fatiguent et, finalement, personne n'y gagne. Si elles pouvaient choisir, beaucoup resteraient chez elles.

Si j'étais appelé à diriger le Ministère de la condition féminine, je donnerais un salaire aux femmes volontaires pour élever leurs enfants, simplement pour valoriser leur travail, trop d'hommes méprisant une tâche non rémunérée qui ne « rapporte » rien. Je suggérerais une loi demandant que les enfants restent au foyer jusqu'à l'âge de cinq ans et croyez-moi chaque être a droit à cette période privilégiée avant les déchirements de la vie en communauté.

Parions que les femmes, si elles se sentaient appréciées en tant que telles, si elles étaient encouragées par le contexte social à reprendre leur vraie place, ne se sentiraient plus frustrées, et redeviendraient belles et douces, intelligentes et intuitives, cultivées et indispensables, non plus l'objet du plaisir masculin mais le reflet de leur propre personnalité, le véritable miroir d'elles-mêmes. Ce rêve passe-t-il obligatoirement par l'usine ou le bureau ? Ce serait bien sûr une refonte totale des mentalités à opérer, mais devant la montée de la violence et le déferlement de la délinquance juvénile, il faut bien se poser la question fondamentale : Pourquoi ?

Yves s'est levé et est allé chercher dans le placard un far breton « fait maison » qu'il partage en quatre. Tout en savourant ma part je me suis pris à repenser à toutes les femmes que j'ai rencontrées pendant mes années de sacerdoce à Caen. Que de femmes accablées sous le poids d'enfants non désirés ! Comment ne se sentiraient-elles pas dépassées quand il leur faut être à la fois mère, épouse, pédagogue, gestionnaire, infirmière, cuisinière, femme de ménage ; faire face, toujours, en toutes circonstances, sourire, talocher, consoler, aimer ; aimer surtout, jusqu'au bout de leurs forces. Et que dire des femmes qui, en plus de tout cela, travaillent huit heures par jour à l'extérieur — enviées par celles qui restent chez elles — et pas toujours secondées par un mari égoïste ou simplement inconscient.

Ce sont des souvenirs déprimants. Violaine, que le Destin m'a choisie, semble si différente de toutes ces femmes harassées. Auprès d'elle, je baigne dans une aura de raffinement. Pourrais-je aimer une femme qui ne posséderait pas cette séduction naturelle que j'ai trouvée aussi chez Isabelle et Marie-Dolorès, aussi différentes soient leurs personnalités ? Pour me plaire une femme doit être féminine et fière de l'être.

Sortant de mon silence je dis à Yves que toutes ces idées me sont déjà venues à l'esprit, un jour, en soignant une femme, mais que quelque chose me choque profondément :

Je ne comprends pas pourquoi, de tous temps, les femmes se sont rendues complices des hommes en leur permettant de faire la guerre. Qu'ont-elles à y gagner ? On leur arrache leurs pères, leurs époux, leurs fils, leurs amants ; ce sont toujours elles qui, à la fin, sont les victimes, toujours elles qui pleurent. Si elles puisent vraiment aux sources mêmes de la Vie, comment ont-elles pu laisser s'accomplir tous les massacres qui ont jalonné l'histoire ? Si elles possèdent vraiment cette sagesse profonde qui leur vient de la terre, comment peuvent-elles accepter que cette même terre se nourrisse du sang des enfants qu'elles ont portés, des hommes qu'elles ont étreints ? Cette passivité de la femme me surprend, me révolte, me glace. Quand la première guerre du monde eut fait ses premières victimes, expliquez-moi comment elles ont pu accepter qu'il y en ait une seconde, puis des milliers ! Elles devraient se coucher devant les canons, défendre le droit sacré à la vie, se refuser aux bourreaux comme le fit la courageuse Lysistrata !

Pourquoi leur intuition ne leur a-t-elle pas soufflé que si les guerres représentaient des solutions définitives aux problèmes humains il y a longtemps que notre pauvre planète n'en aurait plus ? Or une guerre en appelle une autre, toujours plus cruelle. Rien ne peut être résolu par ce biais. Il faudra tout de même bien trouver autre chose. Et qui est mieux placé que la Femme pour lancer l'ultime défi aux hommes : l'Amour !

Yves est revenu s'asseoir en face de moi. Son visage est tendu, douloureux. Il pose sur la table, entre nous, un étui à violon dont l'acajou patiné luit doucement. Il l'ouvre avec des gestes tendres et sort l'instrument dont il caresse légèrement la chanterelle.

Quand il me répond sa voix semble venir d'ailleurs, elle résonne, sourde et prophétique.

— Pascal, vous venez de toucher là une des plaies de notre monde. Souvenez-vous de ce qu'a dit Paul Valéry :

« La guerre, c'est un massacre de gens qui ne se connaissent pas au profit de gens qui se connaissent et ne se massacrent pas ».

— Vous avez bien entendu ? « *Au profit* ». Cet horrible mot à lui tout seul couvre les sanglots de toutes les femmes, rend leur sacrifice obligatoire, sans cesse renouvelé, à l'infini…

— Mais pourquoi ?

— Parce que les responsables des guerres, animés par le sacro-saint « *Profit* » auront toujours le dernier mot. Ils connaissent à fond l'art d'agir sur le psychisme des peuples. Chaque guerre devient ainsi guerre sainte, la « der des der » et chaque fois tout le monde s'y laisse prendre ; les femmes ouvrent les bras, laissent partir ceux qu'elles aiment et baissent la tête, vaincues d'avance. L'abattoir fonctionne, les canons se vendent bien, les marchands sont satisfaits, il n'y a qu'à attendre la prochaine.

Yves se lève. Sa voix s'est faite âpre, amère, ce qui ne lui ressemble pas. Sa puissante silhouette se découpe en ombre chinoise sur le mur blanc. Il semble las, soudain, accablé.

— Je suis arrivé à cette conclusion, mon ami : les hommes ne peuvent pas sauver le monde et les femmes ne le veulent plus. Le XXe siècle a tué les fées et a fait fuir les enchanteurs. Malraux a dit : « *Le XXIe siècle sera spirituel ou ne sera pas !* » Vous aviez raison tout à l'heure. Pour relever les ruines de notre civilisation il n'existe qu'un seul défi, l'Amour ; mais pour cela il faut qu'hommes et femmes se lèvent ensemble et regardent vers ce XXIe siècle tout proche et qu'ils acceptent, ensemble, de tout recommencer « autrement ».

Le violon est entre ses mains, il le cale contre sa joue et fait glisser l'archet sur les cordes. Dans la nuit d'été la mélodie monte, s'étale, vient réveiller en moi le musicien qui ne dort jamais tout à fait. Je garde encore maintenant le souvenir de cette musique vibrante.

Ô Thaïs, comme ta méditation trouve en moi un écho déchirant, tant est pure la voix qui nous la transmet ! Les hommes seront-ils assez fous pour déclencher un autre conflit alors qu'il y a des femmes à aimer, des sources où l'on peut boire, des sourires d'enfants auxquels on peut se réchauffer…

Gaël et Yan sont arrivés le 14 juillet et depuis le vieux manoir vibre de chants, de rires et de cris. Les deux garçons ne quittent plus Lucien. Comment d'ailleurs résister à son éternelle bonne humeur ? Il possède cette rare qualité de mettre chacun à l'aise.

Le petit appartement est repeint, tapissé de neuf, les meubles vont être livrés. Lucien a accepté de faire un emprunt à Pascal pour aménager ce « nid d'amour », comme il l'appelle en clignant un œil dans la direction de Nicole ravie.

Maintenant il s'est attaqué au jardin et les garçons l'aident à cueillir les légumes et faire les conserves. Ils tondent les pelouses, nettoient les allées, arrangent les massifs. Puis quand le travail est terminé, tout ce petit monde fatigué mais joyeux vient s'asseoir sur la terrasse et déguste de grands verres de sirop. Fleur, bien campée sur ses petites jambes, veut absolument participer aux réjouissances. Elle bourdonne comme une abeille et finit par se hisser sur les genoux de Lucien. À lui, elle obéit au doigt et à l'œil, personne ne sait pourquoi ; est-ce parce qu'il lui raconte des histoires, la porte sur son dos, lui fabrique avec son couteau de petits objets en bois qu'elle range précieusement dans la « boîte au chat » vidée de ses bonbons ?

Lucien est devenu l'âme de la maison et Pascal s'en réjouit car il dispose de moins en moins de temps et depuis qu'il est amoureux il a besoin de sentir tout le monde heureux autour de lui, comme si son cœur englobait tous les êtres dans son propre bonheur. L'amour ! Quel magicien ! Il transfigure le quotidien, peint en bleu et en rose chaque heure du jour et rend les nuits propices aux rêves les plus doux. Ah ! que c'est bon d'être un peu fou ! Violaine lui dit parfois, un peu étonnée de ce prodige, un peu inquiète peut-être :

« Nous sommes complètement fous ! Où cela va-t-il nous mener ? »

Alors lui la serre dans ses bras à l'étouffer, il la picore de baisers et la rassure. Il ne se pose plus de questions. Il vit intensément chaque minute de ce bonheur et quand il quitte Violaine, sa pensée le ramène vers elle, s'élance vers elle, s'accroche à elle, si bien qu'il a l'impression de ne jamais la quitter. Une semaine est vite passée. Il sait que chaque vendredi les retrouvera aussi amoureux, aussi complices, fous, oui, délicieusement... Il lui arrive, le soir, d'avoir envie de lui écrire. Il déchire la lettre le lendemain matin. Ces missives qu'elle ne lira jamais sont comme un exutoire, un trop-plein car son cœur déborde, prêt à éclater.

Que l'amour, cet enchanteur, répande ses sortilèges sur toute la maison ! Il ne saurait vivre heureux tout seul, en égoïste. Comme c'est curieux ! Les roses embaument davantage cette année, le bleu du ciel lui paraît plus profond, les étoiles l'invitent à de grands bals nocturnes et il voit tous les êtres à travers le miroir déformant de ses sentiments. Il ne perçoit partout que beauté et merveilles, la vie lui semble si légère, si digne d'être vécue ! Les malades en sa présence se sentent tonifiés. Il rayonne de tout l'amour du monde et le redistribue généreusement sur ceux qui tremblent, qui pleurent et qui souffrent. Ses mains opèrent des miracles mais il ne sait pas qu'il doit ses guérisons autant aux vibrations de son aura qu'au pouvoir de son magnétisme. Devant sa foi, sa force et son optimisme la maladie recule, les cœurs s'ouvrent, le bonheur revient. Cet état d'esprit devient si contagieux que même les dactylos travaillent avec plus de joie et se surprennent à chanter devant leur machine à écrire.

Trop occupé par ses multiples tâches, Pascal a pour ainsi dire délégué ses pouvoirs domestiques à Lucien, qui s'en réjouit. Madame Lagantat est peut-être la seule à ne pas partager l'allégresse générale. Souvent Pascal sent son regard fixé sur lui, perplexe ou peut-être clairvoyant. Nicole est trop occupée de son propre bonheur pour comprendre d'où vient à son patron cet air joyeux, ce sourire radieux ; mais elle, elle devine la présence occulte d'une femme, elle en découvre la trace dans les vêtements de Pascal : ce parfum tenace, toujours le même, elle l'a reconnu. C'est celui de la femme qui venait, à Pâques, voir « les antiquités » et à qui elle servait le thé dans le petit salon.

Si son flair est infaillible, son instinct ne l'est pas moins. Pascal est éperdument amoureux certes, mais cette inconnue ne la menace pas directement, elle, et a peu de chance de venir détruire l'échafaudage solide de son petit univers. Se serait-il agi d'une jeune fille, ah oui, elle aurait tremblé de devoir céder la place à une nouvelle maîtresse de maison. Mais celle-ci est mariée, mère de famille. Avec un peu de dédain, elle pense que cette « créature » ne tiendra pas longtemps et d'une certaine façon elle le regrette car Pascal finira par se marier et ce sera l'amorce de son propre déclin. Aussi observe-t-elle une attitude d'attente et de vigilance, mais souvent son visage se teinte d'une tristesse fugitive.

Marie-Dolorès semble bien loin, maintenant, pauvre petite ombre happée par la deuxième mort, la plus terrible, qui s'appelle l'oubli. Il n'y a plus qu'elle pour se souvenir encore de l'absente. Fleur lui ressemble si peu que les visiteurs non avertis disent à Pascal : « *C'est votre portrait !* » Il se contente de sourire. Le cœur fidèle de Mme Lagantat est partagé entre deux sentiments contradictoires vis-à-vis de Violaine : de la rancune, d'abord, parce qu'elle est vivante, belle, désirable et que Marie-Dolorès, morte, ne peut pas lutter contre tous ces atouts, mais elle éprouve aussi de la reconnaissance parce que Pascal semble, grâce à elle, avoir commencé une vie nouvelle, et qu'il lui doit son épanouissement actuel.

Pascal est bien loin d'imaginer les pensées troubles qui s'agitent sous le chignon gris de la gouvernante. Il se veut un homme sans passé, et il préfère se tourner vers l'avenir. Les souvenirs lui semblent importuns, arides et surtout inutiles. A-t-il été un jour un prêtre tourmenté, a-t-il seulement été prêtre ? Violaine a balayé tout cela. Pourtant, ce soir du trente juillet il a la révélation que les autres n'ont pas oublié, eux. Après le repas du soir, ils sont tous assis sur la terrasse. La nuit descend. L'atmosphère est à la gaîté, comme d'habitude. Les enfants sont particulièrement agités parce qu'Isabelle vient d'arriver par le dernier train.

— Lucien, joue-nous un air, demande Gaël, suppliant.

Sans se faire prier, Lucien sort de sa poche un très bel harmonica qu'il a rapporté d'Allemagne. Il joue *Le Dénicheur,* cet air de valse si célèbre qui rappelle le Paris des Apaches et de Casque d'Or. Chacun rêve dans la pénombre. Nicole sourit : elle sait pourquoi Lucien a choisi cet air : c'est « leur » chanson. Ils se sont connus au bal et quand il s'est avancé pour l'inviter à valser sous les lampions du 14 juillet, elle l'a tout de suite trouvé sympathique. Lucien étant bon cavalier, elle se révélant légère comme une plume, ils ne se sont plus quittés de la soirée ! Pour Madame Lagantat cet air fait revivre le bon vieux temps, celui de sa jeunesse : les guinguettes au bord de l'eau, les robes froufroutantes. Soudain un souvenir surgit à l'improviste, celui d'un homme qu'elle a aimé tout un été, un fameux valseur ! C'était en… Elle renonce à calculer. C'est loin maintenant mais son cœur se serre d'une angoisse profonde. Jamais plus un homme ne lui murmurera de tendres aveux, de ces mensonges anodins qui font battre le cœur des filles naïves. Jamais plus il n'y aura pour elle de valses enivrantes. Elle doit maintenant se contenter de regarder valser les autres. Félicien ! qu'est-il devenu ? Un monsieur bedonnant qui compte ses lingots ? Ô Félicien, te souviens-tu encore du *Dénicheur* ? D'un pouce rageur elle écrase une larme qui s'obstine à perler sous sa paupière.

Fleur qui n'a pas de souvenirs, applaudit, extasiée. C'est beau l'harmonica, bien plus beau que le piano de papa ! Et elle se met à danser, petite elfe attendrissante. Gaël écoute, admiratif ; « *Ce Lucien, quel as !* » ah ! qu'il aurait aimé avoir un papa-copain, comme ça, au lieu du sien, toujours absent et qui fait pleurer maman !

Yan bat la mesure du bout de ses sandales. La musique, c'est mieux que les fusées ; en un rien de temps, elle vous transporte dans un autre monde, et vous voilà tout d'un coup à quatre pattes dans les étoiles, le cœur gonflé de sensations inconnues. Si seulement sa petite amie Nathalie était là il se sentirait capable de lui serrer la main à la dérobée. Est-ce cela l'amour dont parlent les grandes personnes ? Quant à Pascal, il regrette soudain de ne pas savoir danser. Comme ce serait bon de prendre Violaine contre lui, dans la nuit d'été et de tourner, au rythme de cette musique populaire si entraînante, de tourner jusqu'au vertige, de sentir palpiter ce corps qu'il aime toujours plus, dont il ne parvient pas à se rassasier. Il se souvient des soirs de fête foraine où, enfant il écoutait ce même air venant de la place. Il devinait la joie primitive des « autres », il la respirait de loin, sans comprendre et une étrange nostalgie envahissait son cœur solitaire. Sa mère lui interdisait de se mêler à des réjouissances aussi vulgaires. Alors, résigné, il reprenait le livre un instant abandonné ; mais c'était pour échapper à l'œil vigilant de sa mère car son cœur vibrait aux accents de l'accordéon. Plus tard, dans sa chambre grande ouverte sur la nuit et ses sortilèges, assis près de la fenêtre où passait le vol velouté des chauves-souris, le petit air revenait, lancinant et il le buvait de loin, avec le triste délice de ceux qui ne sont pas conviés à la fête. Ah ! comme l'accordéon l'a fait sangloter, plus tard, la tête cachée sous les couvertures ! Il ne savait pas, alors, que c'était sa nature profonde d'homme qui se réveillait en lui, exigeante, et qu'il s'efforçait d'étouffer. En cet été 1977, il remercie Dieu de lui avoir enfin donné une femme à aimer. Il n'est jamais trop tard pour devenir un homme heureux.

Et pour Isabelle, existe-t-il un souvenir qui se rattache au *Dénicheur* ? Oui, mais elle ne s'attendait pas à voir ressurgir une scène qui s'est gravée dans sa mémoire à son insu... C'est le jour de son mariage. Elle se revoit tout en blanc, belle comme une princesse de conte de fées et elle valse avec Jean-Louis. Comme elle se sent heureuse ! Au bord de la piste, René les regarde passer et repasser. Il est à la fois leur ami et le garçon d'honneur. Quelque chose dans ce regard lourd fixé sur elle la gêne soudain et elle détourne la tête ; c'est à ce moment-là que son voile s'accroche au dossier d'une chaise et se déchire. René se précipite, la libère et Jean-Louis, la voyant désolée, au bord des larmes lui murmure : « *Je t'en achèterai un autre.* » Ces images ne veulent rien dire, ce sont des clichés, des flashes sans aucun rapport entre eux. Que de temps s'est écoulé entre ces deux airs ! Isabelle est lasse ce soir, de cette fatigue de l'âme qui semble sans issue. Où est passé leur bonheur ? Vingt ans de mariage pour se retrouver si totalement démunie, cela lui donne le vertige ! Elle se sent responsable de cet échec, mais elle ne saurait dire pourquoi. Curieusement, ses fils en veulent à leur père parce que la joie a déserté la maison. Même pour eux, Isabelle n'a pas le courage de s'accrocher à cet amour moribond, elle ne peut plus faire semblant. Le silence glacé des ruptures définitives s'est installé entre Jean-Louis et elle. Elle a même renoncé à ses amis et elle erre dans la maison comme une âme en peine, comme le ferait une étrangère en visite. Isabelle ne se sent plus chez elle nulle part, elle a largué les amarres et flotte à la dérive. L'an dernier M. Mercuret lui a dit que la joie reviendrait dans sa vie, mais les jours ont passé et le désespoir s'est installé, lent et destructeur. Isabelle croit que cet homme lui a menti.

Après *Le Dénicheur*, Lucien, très en verve, leur a joué *La Paloma* et *Bruyère corrézienne*. Juste avant que chacun regagne sa chambre, Yan intervient, peut-être pour prolonger cet instant si doux :

— Lucien, raconte à Pascal et à maman l'histoire que tu nous as dite cet après-midi.

Sans se faire prier Lucien commence :

« *Il s'agit d'un type qui veut se suicider. Il attache une corde à une poutre et essaie de se pendre. Par malheur la corde se casse et il se retrouve par terre, tout penaud. Soudain l'horreur de son geste lui apparaît. N'a-t-il pas appris, au catéchisme que le suicide est très laid, que Dieu l'interdit ? Alors il va chez le curé, s'accuse, fait son mea culpa et demande, plein d'espoir :*

— Que dois-je faire, monsieur le curé, pour me faire pardonner ?

— Repens-toi, mon fils… »

Si Lucien s'attendait à une explosion de rire, il en est pour ses frais. Nicole lui saisit vivement le bras et l'entraîne, assez interloqué. Après un vague bonsoir Isabelle rabroue les garçons et Mme Lagantat annonce que Fleur a bien sommeil. Resté seul, Pascal comprend que personne n'a oublié ce passé auquel il a tourné le dos définitivement. « *Tu es prêtre ad divinis* ! » lui murmure une petite voix qu'il s'efforce de ne pas entendre. Il soupire, un peu décontenancé par la réaction de ses proches. Pauvre Lucien ! Pendant plusieurs jours il évitera soigneusement de croiser le regard de Pascal et baissera instinctivement la voix devant lui comme on le fait devant les grands malades, Nicole lui ayant expliqué sa bévue involontaire. Puis, constatant que Pascal ne semble ni vexé ni affecté par l'incident il reprendra vite sa spontanéité naturelle. Mais il n'oubliera pas la leçon ; on ne parle pas de corde dans la maison d'un pendu !

Pendant cet été-là, Pascal vit affluer un grand nombre de malades. Les fiches s'accumulaient dans la boîte ; dès septembre, il put établir un bilan plus que positif de ses soins et se rendre compte de l'action efficace du magnétisme. La plupart des gens se révélaient réceptifs et accusaient des réactions assez violentes dès la première séance. Certains dormaient profondément dans les heures suivantes ou devenaient au contraire très excités. D'autres transpiraient abondamment sous ses mains ou ressentaient un froid glacial, bien que plus rarement. Il arrivait même que les patients fussent pris de vertiges, de sensations bizarres ou qu'ils se sentissent parcourus par des chocs électriques plus ou moins intenses. Parfois, quand il posait ses mains sur le chakra de la gorge, les malades ressentaient des fourmillements dans les jambes, ou dans le ventre, à leur grand étonnement. Il remarqua aussi, l'expérience aidant, qu'un soulagement était souvent suivi, après la troisième séance, par un retour en force du mal, beaucoup plus violent et qu'ensuite la maladie cédait définitivement. Ces remarques dûment notées, quotidiennement, lui permettaient d'avertir systématiquement les patients des risques de réactions secondaires, de leur expliquer pourquoi ils avouaient souffrir encore plus et de les rassurer sur ce retour inopiné du mal.

Il eut aussi à soigner plusieurs brûlures, quelques coups de soleil et les résultats furent tout aussi extraordinaires. Il s'aperçut qu'une brûlure guérissait complètement sans laisser de cicatrices si rien n'avait été mis sur la peau, ni mercurochrome ni tulle gras et si la personne était venue se faire soigner dans les deux heures suivant l'accident. Sinon la guérison se faisait attendre plus longtemps. Il obtint des résultats spectaculaires avec les zonas. Cette maladie se manifeste sous la forme de longues traînées de pustules partant de la colonne vertébrale pour aboutir sous les seins. Elle est très douloureuse et les gens qui en sont atteints ont souvent des envies de suicide. Un zona ophtalmique peut entraîner la perte de l'œil attaqué par le virus. Il avait, au printemps, soigné une jeune fille de vingt ans défigurée par un tel zona. Tout le côté droit du visage jusqu'à la racine des cheveux semblait tuméfié, hideux. Et au milieu de cette chair rougeâtre l'œil irrité ne cessait de pleurer. C'était affreux ! Pour la soigner, Pascal suivit les conseils de M. Mercuret et une semaine plus tard, le zona avait complètement disparu, l'œil était sauvé, au grand étonnement du médecin traitant.

La jeune fille avait eu de la chance. Pour être guéri par le magnétisme, un zona doit être traité dans la semaine qui suit le diagnostic. Après, c'est trop tard.

Il y eut aussi le cas d'Eric, âgé de quinze ans. Tout avait débuté dix mois auparavant. Il avait commencé à craindre les bruits, la lumière et les chocs qui lui causaient de violents maux de tête. Un matin, le directeur de l'école où il était interne téléphona à ses parents pour leur dire qu'il était malade, et de retour chez lui sa mère constata un début de paralysie du côté gauche. Hospitalisé d'urgence, il dut subir une ponction et une série de tests divers mirent en évidence la présence de deux abcès au cerveau du côté droit. L'opération eut lieu, mais l'adolescent ne se réveilla pas et sombra dans un coma qui dura six semaines. À son réveil la paralysie était presque totale et une longue rééducation commença dans un centre spécialisé. Au bout de quelques mois Eric pouvait marcher avec des cannes mais ses jambes demeuraient très raides et ses doigts insensibles.

Quand on lui amena l'adolescent, son visage amaigri gardait la marque d'une angoisse permanente : celle d'un retour brutal d'une de ces horribles migraines qui l'obligeaient à se tenir la tête entre ses bras repliés et à gémir sourdement, insensible à ce qui l'entourait. Pascal posa ses mains à l'endroit précis où une concavité importante marquait l'emplacement du volet d'os qui lui avait été enlevé pour extraire les abcès. Trois jours plus tard les maux de tête avaient complètement disparu. Chaque séance de magnétisme suivante apportait un progrès nouveau. Eric montait l'escalier sans canne, il réapprenait à se servir de ses doigts, à la surprise des médecins stupéfaits de ses progrès foudroyants. Un grand espoir était né dans cette famille si durement éprouvée et Pascal en remercia Celui qui l'avait choisi comme instrument. Eric allait recevoir une prothèse crânienne plus tôt que prévu et reprendre ses études si tragiquement interrompues.

Si ce résultat et quelques autres mettaient du baume au cœur de Pascal, par contre, il déplorait le sort de dizaines de femmes qui venaient le trouver à la suite de mutilations chirurgicales dont le bien fondé ne semblait pas toujours évident et qui les atteignaient dans leur féminité de façon irréversible.

La plupart des femmes acceptent trop facilement de subir une « totale ». Ce mot dit bien, hélas, qu'après cela elles seront « totalement » différentes, à jamais amoindries.

C'est aussi aux femmes de supporter le fardeau de la contraception, l'homme refusant de se soumettre aux lois chimiques inventées par lui et qui sont la rançon d'un plaisir sans contrainte !

Pourquoi la pilule, le port du stérilet, la « totale », la vasectomie, sont-ils donc si dangereux ? À la lumière de la connaissance spirituelle, Pascal pouvait maintenant le comprendre et l'expliquer.

Une des grandes lois de la nature est l'étroite communion de l'esprit et de la matière, celle-ci étant le canal à travers lequel l'esprit peut et doit se manifester. Cela est vrai pour nos cinq sens. La perte de notre enveloppe charnelle ne nous empêche nullement de voir, d'entendre ou de penser dans l'autre dimension où nous accédons après la mort, mais cette Loi s'étend aussi à un autre sens de notre corps, représenté par les organes génitaux. Quand, à la puberté, ils atteignent la maturité, l'être humain, par leur intermédiaire, va devenir le réceptacle de la Force sexuelle. Cette force, très différente de l'impulsion sexuelle qui pousse deux êtres à s'unir, est un don divin, le feu sacré qui va marquer un tournant décisif dans la vie d'un être. Elle est la kundalini des Hindous, la force qui monte de chakra en chakra jusqu'à l'embrasement total, quand elle a été canalisée de façon à ne plus servir qu'aux autres. Elle est représentée par le caducée que les médecins ont pris pour emblème.

Jusqu'à la puberté la nature a voulu que l'enfant prépare son corps et son esprit à recevoir ce don. Jusque là tout se passe comme si l'âme s'était retranchée dans un château-fort dont le pont-levis est levé car il subsiste alors une infranchissable barrière entre l'âme de l'enfant et la création de matière subtile.

L'enfant n'a pas encore son libre arbitre, il n'a pas le sens des responsabilités, mais il possède à fond l'instinct d'imitation et devient de plus en plus réceptif à son entourage, aux influences qu'il subit, aux expériences qu'il y vit. De là l'importance de l'exemple, les parents devant être le modèle sur lequel l'enfant puisse calquer une conduite juste.

Quand ce long travail de préparation est achevé, la force sexuelle va s'éveiller en lui, elle est ce qui existe de plus fin, de plus subtil dans la matière dense, se rapprochant de l'essentialité. Maintenant l'adolescent peut, pareil au chevalier protégé par son armure, abaisser le pont-levis et s'apprêter au combat de la vie. Mais c'est aussi la période la plus délicate car les courants bons et mauvais vont tenter d'envahir cette place-forte et de s'en rendre maître pour le meilleur ou pour le pire. La force sexuelle a pour mission « d'embraser » sur le plan terrestre toute l'intuition spirituelle de l'âme. C'est l'époque, grave entre toutes, où le jeune homme, la jeune fille, se sentent concernés par toutes les souffrances du monde et accablés par le sérieux de l'existence qu'ils pressentent confusément. C'est l'époque où ils se sentent incompris car ils se heurtent à la fausseté des structures en place, à la sécheresse de cœur des adultes qui ont oublié leurs premiers élans ; ils se demandent avec angoisse comment ils vont pouvoir vivre avec ce qui leur est donné. C'est aussi le moment unique entre tous où la jeunesse non corrompue va répondre à un appel mystérieux venu des mondes supérieurs, à une vibrante aspiration vers l'idéal et la pureté. L'adolescent se tourne instinctivement vers la poésie, la beauté sous toutes ses formes, il prend aussi conscience de l'existence de l'autre sexe. Pudeur et romantisme accompagnent ces premiers rapprochements, mystérieux désir d'un don absolu de soi-même, besoin profond de s'unir sentimentalement à un autre être pour l'aimer d'une affection désintéressée. Heureux sont ceux qui, même plus tard, parvenus à l'état d'adulte, gardent cette même ferveur dans l'amour. C'est qu'ils ont su préserver la richesse incomparable conférée par la force sexuelle qui, bien loin d'amoindrir la qualité de leurs sentiments, les exalte et les embellit. Pourquoi les adultes rougissent-ils de se sentir encore romantiques, pourquoi s'ingénient-ils à salir les relations entre sexes, alors que c'est le plus beau fleuron de leur existence ? L'opinion mesquine de leurs semblables et leurs moqueries indécentes revêtent-elles tant d'importance à leurs yeux ? Pascal se sentait différent de ces êtres-là, profondément. Pour lui, une femme aimée resterait toujours celle pour qui l'on désire aller au-delà de soi-même, dans un respect absolu de son essence, évitant de l'offenser par un acte laid ou déshonorant.

Mais de même qu'une vision nette dépend d'un état parfait de l'œil, la force sexuelle ne peut remplir son rôle que si les organes génitaux sont absolument sains. Or l'utilisation prolongée de la pilule, du stérilet, la ligature des trompes entravent la libre circulation non seulement des hormones mais de cette énergie plus subtile qui circule dans les nâdis. Ainsi le port du stérilet, qui paraît si anodin, bloque le passage de cette énergie au niveau du plexus sexuel car le col de l'utérus sert à la régularisation magnétique du corps féminin. Ces femmes-là deviennent irritables, nerveuses, déséquilibrées, incapables de remplir la mission que la nature leur a confiée. Peut-on imaginer les ravages que peut causer la pilule sur des organes féminins de plus en plus jeunes, non parvenus à leur maturité ? Ces jeunes filles perdent ainsi leur fraîcheur, leur essence divine, détournant vers le bas la force sexuelle qui devrait s'exercer vers le haut et les élever. Quant aux garçons, même intacts, ils s'affaiblissent aussi spirituellement en tentant des expériences trop précoces et trop fréquentes. Ces adolescents se donnent-ils vraiment une chance de devenir des adultes responsables en agissant ainsi ? Plus personne n'ose jeter un cri d'alarme pour endiguer cette dégradation des individus de peur de paraître rétrograde, de peur surtout d'avoir à se gêner. Quel homme comprenant tout cela osera encore demander à sa compagne de porter un stérilet ?

Ces pratiques sont peut-être bonnes pour satisfaire des amants de rencontre mais un véritable couple doit chercher d'autres moyens contraceptifs. Il doit se mettre à l'écoute du corps de l'autre, apprendre à le connaître, à le respecter, à ne pas s'en servir comme d'un objet de plaisir. Cela suppose, évidemment un amour sincère, non égoïste, c'est une question d'évolution et de choix... Qui se sent capable d'un tel amour ?

Ce fut un été heureux. Lucien, Nicole, Gaël et Yan, grâce à leur jeunesse et à leur impétuosité contribuèrent à mettre une ambiance joyeuse, un rien fofolle. Ce n'étaient que rires, plaisanteries, jeux, auxquels Pascal et Isabelle participèrent presque malgré eux, ne pouvant résister longtemps aux constantes sollicitations de toute l'équipe. Isabelle retrouva un peu de son entrain d'autrefois et Pascal se surprit à trouver agréables les longues séances de natation que ces enragés sportifs lui imposaient. Lucien, excellent pédagogue, s'était institué le maître nageur personnel de Fleur. Au début la fillette poussa des cris d'orfraie quand il la plongea dans l'eau sans trop de ménagements. Mais Fleur possédait un caractère déterminé et indomptable. Chaque fois que ses amis l'abandonnaient au bord de l'eau et s'éloignaient de la rive, elle trépignait de colère et d'impuissance. Au bout de quelques jours elle fit des progrès rapides qui la remplirent de fierté.

Le soir, tout le monde se retrouvait sur la terrasse après le repas du soir et c'étaient d'interminables bavardages. Pascal offrait quelquefois un concert à ses hôtes admiratifs et recueillis, mais Fleur, trop bouillante pour rester si longtemps immobile, réclamait Lucien et son harmonica.

C'était cela, le bonheur, ou alors cela lui ressemblait beaucoup. Pascal n'avait pas ressenti trop cruellement l'absence temporaire de Violaine, partie avec sa famille passer ces trois premières semaines d'août dans le Midi. Quand ils se retrouvèrent, en septembre, leurs retrouvailles n'en furent que plus belles.

Violaine se montrait imprévisible et souvent déroutante. Pascal ne savait jamais comment il allait la trouver. Serait-elle tendre et amoureuse, maîtresse incomparable qui comblerait tous ses désirs ? Allait-elle se déguiser en princesse lointaine, inaccessible et capricieuse ? Impossible de le savoir d'avance. Violaine savait que Pascal l'aimait et elle jouait un peu avec lui, juste ce qu'il fallait pour l'intriguer, le provoquer et se l'attacher toujours plus fort. Elle menait le jeu, mais avec tant d'adresse et un art si consommé, que Pascal ne sentait pas, ne devinait pas la force des liens qui l'unissaient à elle.

Tout est pur aux purs et la sincérité de Pascal avait quelque chose de touchant. Comme il n'avait jamais aimé une femme avant elle, pour lui cette union n'avait rien d'un caprice, d'une flambée des sens. Son cœur, son esprit et son âme participaient à la fête de l'Amour, il s'était donné sans calcul et ne souhaitait rien d'autre qu'une communion totale de leurs deux êtres. Épris d'absolu, il ne concevait d'ailleurs pas l'amour autrement. Aussi, son désir le plus cher était-il de tout partager avec celle qu'il chérissait. À défaut de vivre auprès d'elle, il espérait au moins qu'une union spirituelle était possible entre eux. Il voulait ardemment lui offrir le meilleur de lui-même afin qu'elle puise sans compter à la source même de sa vie. Mais Violaine ne pouvait ou ne voulait pas le suivre sur ce terrain-là, peut-être parce qu'elle sentait un danger dans une acceptation totale de cette réalité déroutante. Loin de le suivre dans cette voie, elle se moquait de lui, gentiment certes, mais fermement. Rien n'était sacré à ses yeux, ni la vie, ni la mort, ni l'amour. Lorsqu'il lui parlait de la Divinité ou de l'après-vie, elle riait et le taxait de « *rabat-joie* ». S'il essayait de l'intéresser à ses malades et à leurs ennuis, elle devenait maussade et boudeuse, le traitait de charlatan, de pseudo-sorcier. Il n'avait même pas osé lui avouer son passé de prêtre tant elle semblait indifférente à ce qui le concernait. Ne disait-elle pas :

« *Tu m'ennuies avec toutes tes plaies variqueuses et tes pipis au lit. Crois-tu que je couche avec toi pour t'entendre parler des autres ? Je veux tout oublier, tu comprends.* »

Déçu, Pascal ne renonçait pourtant pas. Cette femme était capable de tant de tendresse dans ses élans qu'il ne désespérait pas de trouver un jour le chemin de son âme. Parfois, pris d'anxiété devant ces dérobades perpétuelles, il lui demandait :

« *Tu m'aimes ?* »

Selon les jours il s'entendait dire avec gravité :

« *Serais-je ici si je ne t'aimais pas ?* » ou bien « *Est-ce que je le sais moi-même ? Peut-être que je te joue la comédie ou que je me la joue ? Peut-être me suis-je prise à mon propre jeu ?* »

Tous ces « peut-être » ne l'alarmaient pas outre mesure puisque leurs rencontres ne s'étaient pas espacées, mais il gardait au fond de lui-même le sentiment désagréable que donne la contemplation d'une œuvre d'art imparfaite. Auprès de Violaine une partie de lui-même restait toujours sur sa faim.

Dans les derniers jours d'octobre il fit la connaissance de Chrystèle, rencontre qui allait pourtant lui apporter quelques compensations par rapport au vide que Violaine laissait en lui.

Lorsqu'on l'appela au chevet de la jeune fille, Pascal ne savait rien d'elle, sinon qu'elle avait vingt ans et qu'elle allait mourir. Sa mère lui dit seulement au téléphone que les médecins l'avaient abandonnée, il n'y avait plus d'espoir de la sauver, mais elle souffrait si atrocement que peut-être, le magnétisme, en dernier recours...

Pascal devinait son incrédulité, mais elle était mère et il était normal qu'elle tente une dernière partie de dés contre le destin cruel.

Il se rendit aussitôt à l'adresse indiquée et sonna. Une femme encore jeune, les yeux rougis de chagrin et les traits tirés par la fatigue, vint ouvrir et le précéda dans une modeste salle à manger ; sans dire un mot elle le fit asseoir en face d'elle.

— De quoi souffre exactement votre fille, madame ? demanda Pascal avec douceur.

La femme secoua la tête, effondrée et raconta son calvaire :

— Elle a un cancer, monsieur. Cela l'a prise, il y dix-huit mois, comme ça, après son bac ; elle se plaignait de douleurs pelviennes et semblait avoir du mal à rester assise. À tout hasard, on l'a montrée à un docteur. Il a voulu des analyses plus poussées. Le verdict est tombé : cancer de la vulve, inopérable. On l'a faite hospitaliser à Caen pour lui faire des rayons, encore des rayons. Ça la brûlait, elle criait chaque fois qu'on l'emmenait à ces séances, elle s'accrochait à moi, me suppliait de lui épargner ce martyre. Mon mari et moi on avait confiance, alors on l'encourageait. Si vous saviez ce qu'elle a souffert ! Comme les rayons n'amélioraient pas son état, on lui a fait de la chimiothérapie. Cette fois, ses cheveux sont tombés, elle avait des nausées affreuses, elle vomissait. On la voyait dépérir, sans pouvoir rien faire. Il y a un mois, mon mari s'est fâché, on lui a dit qu'il n'y avait aucun espoir, alors on l'a ramenée chez nous. Avant-hier, le médecin qui s'occupe d'elle a annoncé que c'était la fin. Si seulement elle pouvait mourir sans souffrir !

Pascal se sentait pris d'une immense pitié pour cette famille si durement éprouvée.

— Pensez-vous pouvoir l'aider, monsieur ? Elle a si mal !

Les yeux suppliaient et Pascal mit dans les siens toute la conviction dont il était capable.

— Je vais essayer. Conduisez-moi auprès d'elle.

Devant la porte de la chambre, la mère se redressa et se composa un visage serein. Elle ouvrit, traversa la chambre sur la pointe des pieds pour pousser les volets et Pascal entra à sa suite. Une odeur caractéristique le saisit à la gorge : de toute évidence la malade faisait une occlusion intestinale. Il s'approcha du lit où reposait la forme immobile de Chrystèle ; en un coup d'œil il remarqua le visage diaphane où les yeux s'enfonçaient dans les orbites largement cernés de noir, les pommettes saillantes et les courts cheveux bruns qui commençaient à repousser. La jeune fille était couchée en chien de fusil, sa main décharnée reposait sur la couverture et elle gémissait doucement, les yeux clos.

— Ma chérie, voici un monsieur qui va te soigner tes escarres !

« *Des escarres* ! » pensa Pascal, en plus de tout le reste !

La jeune fille ouvrit les yeux, le regarda et murmura, méfiante :

— Vous êtes un nouveau docteur ?

— Non, la rassura-t-il, je suis un ami venu vous voir.

— Ah ! dit-elle simplement et elle referma les yeux, reprise par son monde intérieur de souffrance et d'agonie.

« *Que faire, mon Dieu, pour cette enfant ? Guide-moi, je t'en prie et apporte-lui un peu de paix* », pria-t-il.

Il posa sa main sur le front froid, puis sur la gorge, puis il palpa le ventre, très dur. La mère, debout auprès de lui le renseigna à mi-voix.

— Elle n'a pas été à la selle depuis une semaine. Le docteur a parlé d'occlusion intestinale, mais il a dit qu'elle n'est pas assez forte pour supporter l'opération.

— Est-ce qu'elle s'alimente un peu ?

— Depuis une semaine, elle boit un peu de tisane et mange un yaourt par jour, c'est tout. Regardez, elle ne peut pas se coucher sur le dos tant ses escarres sont douloureuses et elle ne parvient pas à dormir.

La mère mit à nu la fesse où une plaie sanguinolente apparut, rouge vif, couvrant plusieurs centimètres carrés.

Pascal soigna la première escarre mais ce ne fut pas facile de retourner la moribonde pour atteindre la deuxième. Chaque mouvement lui arrachait un petit cri, elle enfonçait ses ongles dans ses paumes et se mordait les lèvres. Peut-être se demandait-elle pourquoi on ne la laissait pas tranquille. Quand ce fut fini, il fit des passes sur la malade, partant de la tête jusqu'aux pieds, lentement, en se concentrant au maximum.

Peu à peu, les gémissements cessèrent et Chrystèle rouvrit les yeux. Mais cette fois, dans son regard brillait une lueur d'intérêt.

— Ça me fait du bien, monsieur, dit-elle, et sa surprise lui fut comme un baume.

Pascal lui sourit et se redressa.

— Je reviendrai après-demain. Essaie de dormir, ma petite fille.

Sans qu'il en eût conscience il s'adressait à elle comme il l'eût fait pour Fleur. Un sourire fugace détendit ses traits réguliers pendant qu'elle le regardait s'éloigner.

Dans la salle à manger, Pascal se sentait accablé par cette nouvelle responsabilité.

— Je ne peux me résoudre à la laisser mourir d'une occlusion sans tenter un dernier effort, dit-il à la mère ; mais je ne garantis rien, dans l'état où elle se trouve, j'ai besoin de votre accord.

— Faites n'importe quoi, monsieur. De toute façon...

Et elle se remit à pleurer, le visage caché dans son mouchoir.

— Je vais essayer de débloquer l'intestin à l'aide d'un produit que je crois efficace, à base de chlorure de magnésium. C'est un risque à courir. Donnez-lui en une cuillérée à café tout de suite afin de ramollir un peu les matières ; puis une autre ce soir au coucher, mais surveillez-la car elle aura besoin de vous pour l'évacuation, si celle-ci se produit. Tenez-moi au courant dans la journée de demain.

Il fut heureux de se retrouver à l'air libre et de respirer dans un réflexe de joie égoïste, l'air délicat de l'automne. Il contempla avec une sorte d'ivresse le flamboiement roux d'un arbre qui dépassait d'un jardin. Les arbres, eux, savent mourir en beauté, mais les hommes !

Le lendemain après-midi la mère téléphona. Sa voix n'était plus sceptique mais presque joyeuse.

— Chrystèle a bien dormi, vous savez ! D'habitude vers trois heures du matin le sédatif devenait inefficace et mon mari et moi nous nous relayions à son chevet pour lui tenir compagnie et lui lire des livres à haute voix afin de tromper le mal. Ce matin, nous nous sommes réveillés à huit heures et comme elle ne gémissait pas on l'a crue morte. Ah, monsieur, savez-vous que ses escarres sont moins vilaines ? Elle a pu dormir sur le dos pour la première fois depuis des mois !

— Et les selles ?

— Rien, hélas, elle a sans cesse envie de vomir.

— Alors, ce soir, administrez-lui une cuillerée à soupe de cette médication. Je passerai demain après-midi.

Quand il arriva, la mère devait guetter sa venue car la porte s'ouvrit aussitôt.

— Monsieur, ça y est, elle s'est dégagée ce matin. Elle a beaucoup souffert car l'anus est très endommagé aussi, mais après cela elle a dormi. J'ai pu lui faire prendre un peu de bouillon à midi.

— Bien. Vous lui ferez boire tous les matins de la tisane de pensées sauvages, qui est dépurative, afin de revivifier son sang.

— Elle vous attend avec impatience, vous savez.

Bien aérée, la chambre avait perdu son odeur d'hôpital et Chrystèle, calée par deux oreillers, s'était fait belle pour lui faire honneur. Il serra la main maigre et dolente, moite d'une mauvaise fièvre qui ne cédait pas. D'ailleurs les antibiotiques ne servaient plus à rien.

— Comment va ma petite amie ?

— Bien mieux, monsieur, surtout mon ventre et mes fesses… Vous allez me soulager à nouveau ?

— Bien sûr. Souffres-tu d'autre chose ?

— Oh, oui, monsieur, ma plaie… C'est terrible.

Pour cette enfant qui avait passé des mois dans plusieurs services hospitaliers, examinée, auscultée, traitée par tant de docteurs, d'internes et d'infirmières, la maladie était devenue une compagne quotidienne et elle parlait de sa plaie avec une sorte de fierté attendrie. Elle avait dû se déshabiller si souvent pour livrer sa chair torturée à tous ces regards que le geste de se dénuder lui paraissait tout naturel. À ses yeux, Pascal était un genre de médecin dont les pouvoirs lui paraissaient illimités. Elle repoussa la couverture et souleva sa chemise de nuit, faisant apparaître le mince abdomen aux hanches maigres, un corps de petite fille. Le pubis était recouvert d'une gaze épaisse que Chrystèle s'appliqua à retirer en grimaçant de douleur.

Ah, Pascal ne s'attendait certes pas à ce qu'il découvrit alors… Comment parvint-il à cacher aux deux femmes le recul qu'il ressentit à la vue de cette chair rongée jusqu'à l'os ? Il avait là, face à lui, l'Ennemi, le Cancer, non plus sous l'aspect de la maladie qui détruit discrètement les organes et les grignote avec un raffinement sadique, à l'abri des regards, presque sournoisement. Non, ici, l'Ennemi jetait le masque, il apparaissait ricanant, implacable dans cette bouillie informe de tendre chair sacrifiée, imposant son ignoble putréfaction, ses écoulements purulents. L'Ennemi, ici, signait son nom, sans fard et sans pitié, sûr de la victoire finale. Encore, Pascal ne voyait-il pas qu'une partie du mal qui avait envahi la région pelvienne, attaquait l'anus et menaçait, en s'enfonçant toujours plus loin, fouisseur, avide et démoniaque, les deux artères fémorales. Sauvée in extremis de l'occlusion, Chrystèle risquait à tout instant une hémorragie qui la viderait de son sang.

Chrystèle remit *la gaze* avec des gestes presque maternels et rabattit sa chemise de nuit. Pascal posa sa main à quelques centimètres de la plaie et presqu'aussitôt il se sentit comme attaqué par des milliers de petits crabes dont les pinces auraient tenté de pénétrer sa propre chair ; une abondante sueur l'envahit et il crut défaillir cependant que Chrystèle, émerveillée, lui disait :

— Quel bien cela me fait, on dirait que le mal s'en va. Dites, monsieur pensez-vous que ma plaie sera guérie, au printemps ? Je vais me marier, vous savez !

Pascal vit que la mère se détournait pour cacher ses larmes. Comment décevoir l'attente qu'il lisait dans les yeux noirs ? Il entra dans le jeu.

— Au printemps ? Bien sûr. Et tu m'inviteras à ton mariage. Mais il te faudra beaucoup de patience, tu sais, car l'hiver les plaies guérissent moins vite.

— J'en aurai, monsieur, assura Chrystèle.

Après s'être lavé les mains Pascal partit très vite. Il monta s'enfermer dans son bureau et là, la tête dans les mains, il pleura, les épaules secouées de sanglots, partagé entre l'horreur et la pitié. Il avait beau se dire que cette enfant innocente du péché de chair purgeait un lourd karma, rien n'y faisait. Chrystèle ne serait jamais femme, jamais mère, elle ne verrait jamais le printemps, il en était convaincu. Quelle grâce lui permettait pourtant de supporter son mal avec cette force tranquille, cet espoir sauvage ?

Pourrait-il maintenant, oublier que toute chair peut se flétrir et pourrir sans remèdes ? Ah, comme il ressentit ce soir-là, la vanité des plaisirs charnels et les conséquences tragiques qu'ils peuvent entraîner dans le futur, dans ce monde des causes et des effets auquel nous n'avons pas accès.

Contre toute attente, la santé de Chrystèle s'améliora rapidement, si bien que le médecin de famille, étonné qu'on ne l'eût pas encore appelé pour signer l'avis de décès, se présenta chez les parents et très perplexe, accepta d'entériner cette sorte de miracle, même quand la mère lui avoua de quelle médecine parallèle et peu orthodoxe il résultait.

Au bout de trois semaines de magnétisme, à raison de deux séances par semaine, Chrystèle avait recouvré suffisamment de forces pour se lever, aller faire sa toilette, rester assise dans un fauteuil pendant quelques minutes et se recoucher, tout cela sans aucune aide. La mauvaise fièvre avait cédé. Elle dormait beaucoup, se nourrissait légèrement et surtout, surtout, elle ne souffrait plus du tout. Même l'horrible plaie semblait se cicatriser. Des îlots de chair rosée apparaissaient par-ci par-là, la suppuration s'était ralentie et le chlorumagène pris régulièrement lui permettait d'aller à la selle sans souffrir le martyre.

Un jour, Pascal trouva à Chrystèle un air très réfléchi. Visiblement quelque chose la tracassait. Elle se décida enfin à parler :

— Monsieur, c'est quoi ce qui sort de vos mains ?

— On appelle cela du magnétisme, c'est une sorte d'énergie très puissante que certains êtres ont en quantité suffisante pour pouvoir la transmettre à d'autres.

— Quand je serai guérie, croyez-vous que moi aussi je pourrai faire comme vous ?

— Pourquoi pas ? On en reparlera, tu veux ?

— J'ai une autre question à vous poser. Quand j'étais en terminale j'ai entendu parler de la réincarnation. Vous y croyez ?

— Bien sûr, Chrystèle.

— Je n'ai pas bien compris pourquoi on peut revenir sur terre sous la forme d'un animal, ça me paraît ridicule.

— Tu confonds réincarnation et métempsychose. La réincarnation est une loi à laquelle tous les êtres vivants sont astreints. Imagine la vie comme une école où il faut trimer, travailler dur, souffrir souvent, pour arriver, de classe en classe, au niveau supérieur.

Il lui parla aussi du karma, avec des mots simples, cette loi de la juste rétribution qui ne favorise ni ne lèse personne. Ces explications laissèrent la jeune fille pensive. Soudain, elle s'exclama :

— Mais alors, monsieur, ma plaie, je l'ai méritée ?

Il n'est pas facile de dire à une fille de vingt ans qu'elle a pu pécher dans une autre vie ; Chrystèle se doutait-elle de la nature réelle de son mal ?

— Probablement ; nous avons exactement ce que nous méritons et au lieu de nous révolter contre le sort il vaut mieux essayer de comprendre, de se voir tel qu'on est. Pourquoi toujours jouer les victimes, accuser le mauvais sort ?

— Qu'est-ce que j'ai bien pu faire pour être malade ?

— Je n'en sais rien, c'est à toi de chercher, même dans ta vie actuelle. Tu te trouves parfaite ?

Elle réfléchit un instant.

— Oh ! non, monsieur. J'ai très mauvais caractère et je suis plutôt égoïste, peut-être parce que je suis fille unique.

— Tu vois bien !

— Je me rends compte que j'ai toujours été très dure, très exigeante avec mes parents et ma mère a bien souvent pleuré à cause de moi.

Pascal sourit, encourageant.

— Puisque tu reconnais tes erreurs, peut-être pourrais-tu commencer à changer ? Tu as des parents merveilleux !

— Je peux toujours essayer, mais j'ai bien peur d'avoir gravement offensé Dieu depuis ma naissance.

Pascal l'arrêta d'un geste.

— Personne, ma petite fille, n'a le pouvoir d'offenser Dieu, personne ! Croire cela est la pire forme de l'orgueil. On n'offense jamais que soi-même.

— Je ne comprends pas.

— Dieu est au-dessus de nos petites misères, puisqu'il est le Tout Puissant, le Créateur, l'Intelligence infinie, le...

Chrystèle réagit avec violence :

— Donc il se fiche pas mal de nous !

— Mais non, essaie de réfléchir. Il nous a envoyé des guides pour nous dire comment il faut vivre, comment il faut se conduire pour que ses enfants bien-aimés parviennent à lui ressembler. Ne les a-t-il pas créés à son image ? Il nous a donc donné des commandements pour nous y aider et en plus, un « ange gardien » qui est notre conscience vigilante et sévère, notre libre arbitre, si tu préfères. Or, au lieu d'obéir à la loi d'Amour qui est la base de toute vie spirituelle, la plupart des hommes se complaisent dans la haine et la violence. Nous récoltons ce que nous semons, nos pensées négatives, nos actes mauvais se retournent contre nous, nous éloignent de Lui qui reste le témoin, mais en même temps il nous laisse la possibilité de nous réconcilier avec lui, grâce à de nouvelles vies, grâce à la réflexion.

— Comment y arriver ?

— La première étape est d'abord de s'aimer soi-même puisque notre corps et notre esprit sont le Temple du Père.

Une nouvelle fois, Chrystèle se révolta.

— Si on s'aime trop, on devient égoïste, je ne vois pas comment cela nous fait évoluer ?

Pascal eut un geste apaisant.

— Beaucoup de gens pensent qu'ils peuvent très bien aimer Dieu sans aimer les autres, c'est une erreur et certains pensent qu'ils peuvent aimer les autres sans s'aimer eux-mêmes, c'est encore une erreur, parce qu'en essayant de voir sincèrement en eux comment se forment les pensées, comment se créent les refoulements, ils deviennent indulgents aux fautes des autres. S'ils arrivent à se pardonner à eux-mêmes, ils pardonnent aux autres. Les hôpitaux psychiatriques sont bourrés de malades mentaux qui n'arrêtent pas de se culpabiliser et d'empoisonner la vie de leurs proches.

— Mais je croyais qu'un examen de conscience était très efficace, au contraire !

— Tu as raison, si cet examen est fait avec le discernement qu'apportent l'Amour, la Connaissance et la Foi, sinon l'esprit tourne en rond comme un cheval de noria et il devient fou. Quand un acte s'est révélé mauvais, quand il a été passé au crible de la raison et du cœur, pesé et jugé sans complaisance, il faut en tirer parti. Comment ? En évitant de retomber dans le même piège à l'avenir, c'est l'évidence même, mais surtout en se tenant le raisonnement suivant :

« *J'ai commis une erreur, c'est vrai, je m'en repens, mais c'est fait, il m'est impossible de l'effacer, il ne sert à rien que je ressasse mes regrets, ils sont stériles, ils ne servent qu'à aliéner ma liberté future. Si je peux réparer mes torts je m'y emploierai, sinon je vais essayer de ne pas recommencer. Je vais me pardonner cela afin de garder intactes mes forces spirituelles pour l'avenir.* »

— Ce n'est pas aussi facile qu'il y paraît, tu verras.

— Donc, d'après vous, je dois pardonner à mon corps sa maladie, l'accepter tel qu'il est, en pensant que ce n'est pas sa faute ?

— Oui, d'ailleurs ton corps ne souffre plus, n'est-ce pas ? Alors remets de l'ordre dans ta maison spirituelle, Dieu l'a sûrement voulu ainsi.

— Merci, monsieur, dit Chrystèle d'une petite voix lasse. Pascal comprit que cette discussion l'avait épuisée. Il se retira aussitôt.

Lors de la visite suivante, Pascal trouva Chrystèle debout. C'était la première fois et ce fut aussi la dernière. Appuyée sur sa mère, elle était venue lui ouvrir la porte pour lui faire une surprise ; ensuite il l'aida à se recoucher. Elle marchait avec peine en traînant les pieds comme une petite vieille, mais le cerne noir ne maquillait plus tragiquement ses yeux et elle souriait. Dès qu'elle fut installée dans son lit, Pascal lui dispensa les soins habituels qui duraient quinze minutes environ, puis il s'assit au bord du lit, car ils aimaient bavarder avant son départ.

Cette fois la mère tricotait près de la fenêtre.

— Et alors, quoi de neuf ?

Chrystèle lui dit, en confidence :

— Mon fiancé est venu me voir hier soir. Il m'a apporté des catalogues pour que je choisisse ma robe de mariée. Je la veux toute en dentelle, avec un grand voile.

Ses mains diaphanes voltigèrent comme si elle arrangeait un organdi invisible autour de son visage épanoui.

— Tu seras très belle !

Chrystèle regarda le ciel terne qui s'encadrait dans la croisée et soupira, un peu mélancolique :

— Qu'il est loin le printemps !

Pascal crut bon de secouer ce nuage :

— Mais non, dans un mois c'est Noël et puis tu vas de mieux en mieux !

— C'est vrai. Monsieur, dit-elle sur un ton différent, si la réincarnation est une réalité, pourquoi ne gardons-nous aucun souvenir de nos vies antérieures ? Il me semble que les épreuves seraient plus faciles à accepter si on savait pourquoi on souffre ?

Pascal se recueillit un instant. D'élève, il devenait instructeur et cette responsabilité le bouleversait.

— Je crois au contraire, ma petite amie, que Dieu agit sagement en nous voilant le passé. Imagine une personne très accablée de misères dans l'existence présente. Elle a toutes les peines du monde à s'en sortir, à faire face, mais cette épreuve, si elle est vécue avec courage, lui permettra de se libérer de sa dette, même si elle n'en sait rien. Si cette personne apprenait qu'elle s'est rendue coupable d'un meurtre dans une vie précédente, elle se culpabiliserait sûrement et si elle est vertueuse ce crime passé lui ferait horreur, elle risquerait de se suicider, ne pouvant supporter le poids de ce remords. Tout serait à recommencer.

Chrystèle approuva.

— Votre argument est logique.

— Il y a une autre raison à cette amnésie temporaire, qui disparaît parfois quand l'esprit se désincarne pour lui permettre d'évaluer le chemin qu'il lui reste à parcourir. Cette raison est tout aussi logique que la précédente. Si on admet que chaque vie représente une étape, comme chaque classe pour un élève, on peut supposer que la fin d'une existence comme la fin d'une année scolaire est sanctionnée par un examen. Maintenant, mets-toi à la place d'un élève qui, dès le jour de la rentrée connaîtrait les sujets du futur examen, que ferait-il ?

— Il potasserait uniquement ces sujets-là !

— Exactement, et il négligerait tout le reste, si bien que le jour de l'examen il aurait un bagage insuffisant pour suivre dans la classe supérieure, il n'aurait pas atteint le niveau de culture générale requis.

— Mais il aurait quand même réussi ! s'exclama Chrystèle, triomphante.

— Non, Chrystèle ; même pourvu de son diplôme il aurait échoué car un jour ou l'autre ses lacunes apparaîtraient au grand jour et il devrait redoubler une classe ou abandonner la voie qu'il s'est choisie.

— Bon, d'accord, admit Chrystèle, mais quel rapport avec l'âme ?

— Il est pourtant évident. Si quelqu'un savait qu'il a manqué d'amour envers les animaux, qu'il a été cruel envers son chat, par exemple, que ferait-il dans cette réincarnation-ci ?

— Il aimerait beaucoup les chats !

— Oui, il leur consacrerait tout son temps, tout son argent et toute son affection pour se racheter. Mais à côté de cela, n'importe qui pourrait venir frapper à sa porte, il resterait sourd, obnubilé par cet aspect restrictif de son karma, obsédé par cette idée unique. À la fin de sa vie, il aurait peut-être mérité d'avoir sa statue au musée des chats, mais sur le plan divin, imagine le résultat…

— Dieu veut donc que nous cultivions au maximum toutes les possibilités qui nous sont offertes, tous les talents qui nous sont donnés, afin d'embrasser une vision toujours plus vaste de sa création, il nous veut universels, évolués dans toutes les directions ?

— Bravo, tu as compris l'essentiel. Nous ne devons pas vivre avec l'idée du karma suspendu au-dessus de nos têtes comme une épée de Damoclès, nous devons nous abandonner à la Providence, c'est tout, et dire à chaque instant : « *Ce que Dieu fait pour moi est bien fait* », car d'une part le karma a une fin, et d'autre part il n'est pas toujours négatif. Le bien que nous faisons est compté aussi scrupuleusement que le mal.

— Est-ce que le karma peut nous être remis avant la date prévue ?

— Question très intéressante, Chrystèle, à laquelle je réponds oui. Imagine que dans une autre vie ou dans celle-ci tu aies fait beaucoup de tort à quelqu'un en pensée, en paroles ou en action. Il te faudra souffrir à ton tour pour que tu apprennes à faire attention. Imagine maintenant que chacune de tes pensées actuelles est un fil que ton esprit ne cesse de tisser. Demande-toi en quelle matière sont ces fils. Sont-ils en or, brillants et légers ? Ce sont les pensées d'amour pur, de bonté, de bienveillance ! Sont-ils de plomb ? Ce sont les pensées de haine, de jalousie, de vengeance, etc. Ces fils vont s'accrocher à ceux à qui tu les envoies, c'est évident. Comprends-tu comment tu peux alléger ton karma à partir du jour où toutes tes pensées deviennent des fils d'or ? Tu habilles d'or tes ennemis, à leur insu, et chose incroyable, tu neutralises par la même occasion les mauvaises pensées qu'ils émettent à ton endroit. En les aimant et leur pardonnant tu t'habilles de lumière, toi aussi, tu deviens resplendissante et tous ces fils d'amour dont la trame est tissée bien serré te font une armure protectrice.

C'est cette vérité que l'on a symbolisée dans les contes de fées, sous la forme du Chevalier, celui qui, sans peur et sans faiblesse, va droit son chemin à travers les embûches. Il a toujours un dragon à terrasser, un exploit à accomplir, une tentation à éviter. Et au bout que trouve-t-il ? La Belle au Bois Dormant, sa propre âme, celle qui dort dans le château perdu envahi par les ronces. L'Amour donné sans compter éveille en nous la plus belle fleur, celle que Dieu nous donne pour célébrer avec lui les Noces éternelles. Soyons les chevaliers de Dieu !

— Comme vous êtes savant, monsieur, murmura Chrystèle en se laissant aller sur ses oreillers, c'est bon de vous écouter…

Pascal se leva. La jeune fille s'était endormie d'un seul coup. En le raccompagnant à la porte, la mère lui dit :

— Je me demande bien pourquoi tout ce que vous dites n'est pas enseigné au catéchisme, c'est si simple à comprendre et si rassurant. Chaque soir nous parlons avec Chrystèle de tout cela, depuis votre première conversation. Elle m'a demandé pardon de ses méchancetés passées, car en vérité elle a été une fillette difficile, d'une agressivité insupportable. Je sens que maintenant elle s'efforce de me parler gentiment. Merci, monsieur, pour tout ce que vous avez fait pour nous.

Dans la rue, Pascal se sentit si heureux qu'il eut envie d'esquisser un entrechat.

Pascal soignait Chrystèle depuis six semaines, maintenant. Son état n'empirait pas. Il sentait que les parents croyaient un miracle possible et il s'efforçait de ne pas les maintenir dans cette illusion. Il aimait parler avec la jeune fille. Elle se révélait intelligente, primesautière, un peu espiègle même et d'une curiosité insatiable.

— J'aimerais bien rencontrer Dieu, lui lança-t-elle un jour, malicieuse ; pour voir sa réaction, mais comment faire ?

Pascal entra aussitôt dans le jeu.

— Eh bien, je vais te raconter une histoire, tu méditeras dessus et la prochaine fois tu me diras ce qu'elle t'inspire.

« *Une âme arriva au paradis et frappa à la porte :*

Toc-toc.

— *Qui est-là ?*

— *C'est Moi, dit l'Âme.*

La porte du ciel resta fermée. L'âme repartit, penaude et se réincarna des fois et des fois. Des siècles plus tard elle revint frapper.

Toc-toc.

— *Qui est-là ?*

— *C'est Toi, dit l'Âme.*

Et la porte du ciel s'ouvrit toute grande ».

Pascal vit la stupéfaction arrondir les yeux de Chrystèle mais il partit avant qu'elle eût réagi.

Trois jours plus tard, quand il revint, Chrystèle lui lança :

— Eh bien, votre sacrée petite âme m'a troublé le sommeil !

— C'est bien ce que j'espérais, déclara Pascal en se frottant les mains pour les réchauffer. Il faisait froid ce jour-là.

Chrystèle huma longuement l'air qu'il transportait avec lui.

— Ça sent bon. Ah ! que j'aimerais marcher dans la rue et courir après un ballon, dit-elle avec envie.

Pascal quitta son manteau et se pencha sur Chrystèle :

— Alors, cette petite âme ?

D'un air très docte, Chrystèle expliqua :

— Je crois qu'elle n'avait rien pigé du tout au départ, comme moi, d'ailleurs. Elle se croyait très fine, très fière d'exister, différente des autres.

— Et alors, que lui est-il arrivé ?

— À force de souffrir, elle a fini par comprendre qu'elle n'existait que par rapport à Dieu, que sans Lui elle n'était rien. Un jour elle a dû savoir qu'elle devait abandonner sa personnalité, son petit moi égoïste et pleurnichard pour se fondre dans le Tout et elle a dû bien souffrir pour y arriver. Mais ça valait le coup, n'est-ce pas, puisque la porte a fini par s'ouvrir ?

Pascal était stupéfait des progrès qu'accomplissait son élève. Cette enfant possédait une intuition, une pénétration qu'il admirait.

Elle poursuivait, heureuse de lui faire partager ses découvertes, ses éblouissements :

— Maintenant, monsieur, je sais que j'ai souvent rencontré Dieu, mais je suis toujours passée à côté de lui sans le voir et il est peut-être trop tard, je vais sans doute mourir.

Jamais elle n'avait fait auparavant allusion à sa propre mort. Voulait-elle simplement être rassurée ?

— Tu sais bien que la mort n'existe pas, voyons, gronda-t-il pour cacher son émotion.

— Je le sais maintenant. Quel gâchis faisons-nous de nos vies, monsieur ! Dieu se manifeste à nous chaque jour, chaque minute, mais nous vaquons à nos petites affaires futiles et nous fermons les yeux. Il est dans un sourire, une fleur, une chanson, un amour naissant, il est dans chaque pierre du chemin, dans chaque brin d'herbe, dans le vent qui passe et dans l'étoile qui scintille. Il est partout, même dans la souffrance, tellement visible que nous le cherchons toujours ailleurs…

Deux larmes claires roulèrent sur les joues pâles. Le silence tomba entre eux.

Avec une sorte de respect, Pascal posa sa large main sur la petite main abandonnée qui ressemblait à un oiseau blessé. Voulait-il lui communiquer un peu de sa propre vitalité, ou l'aider à passer au delà de cette solitude que toute âme ressent au moment où elle se découvre enfin fille de l'Univers ? Les yeux noirs restèrent accrochés aux siens, à la fois empreints de douceur et d'une ultime attente.

— Je me demande, monsieur, si en tissant son cocon, la chenille a conscience qu'elle s'assassine en tant que chenille pour permettre sa renaissance sous forme de papillon, c'est-à-dire sur un plan supérieur, tout comme la petite âme ?

— La chenille DOIT tuer la chenille, c'est son destin, Chrystèle. Elle se laisse guider par un mystérieux instinct millénaire auquel elle obéit sans comprendre. Nous devons faire la même chose pour nous, mais nous devons le faire consciemment, c'est là toute la différence.

— C'est bien difficile de devenir un papillon, monsieur, mais c'est si beau après...

Les yeux se fermèrent et Pascal s'en alla. Dans le couloir, la mère qui avait assisté en silence à leur conversation ne peut retenir ses larmes.

— Ce matin, monsieur, en faisant sa toilette Chrystèle a découvert une boule de la grosseur d'une noix, dans un de ses seins. Elle m'en a avertie avec une indifférence simulée mais j'ai bien compris qu'elle avait peur. Qu'en pensez-vous, monsieur ?

— Je peux me tromper, madame, mais je crois que le cancer n'est plus maîtrisé, les métastases envahissent ce pauvre corps épuisé. Prions pour elle, elle ne tardera pas à nous quitter.

Pascal avait vu juste. À partir de cette date, Chrystèle sembla s'enfoncer dans une nuit plus profonde qui la happait avec une inexorable précision. Le teint devint jaune, les cernes réapparurent, funèbres, et la substance dont cette chair moribonde était faite se consumait de jour en jour car la jeune fille ne s'alimentait plus, ne se levait plus. Elle parlait peu, maintenant, comme si elle voulait économiser ses dernières forces pour durer un peu plus longtemps. Pascal continuait à la soigner, la douleur n'avait pas reparu, et c'était là peut-être le véritable miracle. Pourtant « le crabe », un instant tenu en respect, avait repris ses droits, il continuait à creuser, la plaie s'était remise à suppurer, les chairs putréfiées s'abandonnaient à l'ennemi.

Cela dura encore deux semaines, d'une agonie douce et poignante ; la moribonde se réveillait parfois, reconnaissait ceux qui l'entouraient et les remerciait d'un faible sourire, puis replongeait dans une sorte de coma bienheureux. Les volets restaient fermés pour lui épargner la clarté du jour, les vivants marchaient autour de son lit à pas feutrés, se penchaient sur la forme décharnée et déjà cireuse, puis repartaient, désespérés, incapables de s'intéresser à une tâche quelconque.

Chrystèle s'en alla le 18 décembre ; ses parents la trouvèrent morte quelques minutes après la visite de son fiancé qu'elle n'avait pas reconnu, elle s'en alla vers une autre dimension, trahie par son corps, mais l'esprit libéré.

Le 20 décembre, une foule considérable et émue suivit le corbillard recouvert d'une profusion de fleurs blanches et roses. Une légère couche de neige avait blanchi la terre normande pendant la nuit. Pascal ne put s'empêcher de penser qu'à sa façon la nature avait offert à la jeune fiancée de vingt ans, pour son dernier voyage terrestre, cette parure de mariée qu'elle ne porterait jamais…

TROISIÈME PARTIE

ET LES ÉPINES

« Ce que je sais, j'en ai payé le prix. »

R. Kipling

C'est le cœur encore bouleversé par la mort de sa jeune amie que Pascal rejoignit Violaine, l'avant-veille de Noël, dans leur auberge. Jamais encore il n'avait éprouvé un besoin aussi impérieux de chaleur humaine, un désir aussi profond de se sentir uni à un autre être par des liens qui dépassaient ceux de la chair.

Une vague d'amour le porta vers cette belle femme épanouie, superbe et intacte, si merveilleusement vivante. Il avait seulement envie de la sentir contre lui, tiède, palpitante, rieuse et tendre et ce fut un après-midi parfait en tous points car ce jour-là Violaine se montra sous son meilleur jour. Avant de la quitter il lui offrit le cadeau qu'il avait tout spécialement choisi pour elle : un bracelet en or. Il le passa à son poignet en précisant :

— Ton signe astrologique est le Lion, symbolisé par l'or, fils du soleil, de même que moi, Cancer, suis fils de la lune, symbolisé par l'argent. Toi et moi nous formons un couple parfait...

Elle l'embrassa avec passion, heureuse de ce cadeau et confuse d'être venue les mains vides.

— J'avoue n'avoir pas pensé à t'offrir un petit souvenir. Mais ce n'est que partie remise, mon chéri.

Pascal se sentait bien trop heureux pour s'arrêter à des détails aussi mesquins. Il préférait de loin la joie de donner à celle de recevoir.

— Sais-tu ce qui me ferait plaisir, ma bien-aimée ?

Câline, elle se coula dans ses bras.

— Donne-moi une photo de toi.

Elle fouilla dans son sac et lui tendit une photo d'amateur.

— Mon mari l'a prise cet été, à Monaco. Tu peux la garder, c'est ma préférée.

On y voyait la jeune femme en robe bain de soleil jaune paille, qui souriait au photographe. La silhouette se découpait sur un fond de ciel bleu et derrière on devinait les roches de la Corniche.

Il empocha ce trésor et ils se séparèrent, un peu tristes de passer Noël l'un sans l'autre.

— Chérie, dit-il tendrement, n'oublie jamais que j'ai besoin de toi.

— Moi aussi, Pascal, j'ai besoin de toi, murmura-t-elle en écho, le visage tendu pour recevoir un ultime baiser.

La veille de Noël Lucien vint trouver Pascal et lui demanda s'il l'autorisait à placer un sapin dans la grande salle.

Pascal sourit et dit :

— Nous allons faire beaucoup mieux cette année. Je vais vous raconter la véritable histoire des arbres de Noël. Vous verrez comment nos civilisations ont transformé en massacre ce qui était autrefois œuvre de vie.

En ces temps-là, donc, le 24 décembre les gens du village se rendaient, tout joyeux, dans la forêt. Là, chaque famille choisissait un jeune arbre caché sous la futaie, étouffé par ses frères, voué à la mort par manque de soleil. Soigneusement déraciné, l'arbre était replanté dans un pot et rapporté à la maison. On le posait à la place d'honneur et on le décorait de fils de cuivre dont les propriétés sont bien connues des radiesthésistes, afin de lui assurer une survie efficace. Le 6 janvier, le village entier rapportait les arbustes à la forêt et les replantait à l'orée du bois où ils recevraient désormais leur véritable part de lumière.

— Le 6 janvier, c'est l'Épiphanie, dit Lucien. Pourquoi cette date précisément ?

— Parce que ce jour-là l'accroissement du jour se fait par les deux bouts et représente la victoire totale de la lumière sur les ténèbres.

Lucien n'insista pas, mais Pascal vit bien que cette histoire de calendrier ne l'avait pas convaincu. Aussi ne lui dit-il pas que les trois dates de lumière du calendrier sont symboliques, aussi, des trois parties du Grand Œuvre Alchimique ; il n'aurait pas compris. Et pourtant, quelle leçon d'ésotérisme nous est donnée-là ! La Sainte Lucie, c'est l'Œuvre au Noir, la lente gestation obscure et passive de la *materia prima*. Noël, c'est l'Œuvre au Blanc, la Naissance du Fils, le Soleil, où la Vierge Marie devient la Vierge cosmique, couronnée d'étoiles. L'Épiphanie, c'est l'Œuvre du Rouge, qui signifie *La lumière au-delà de la lumière*, quand l'adepte s'est hissé jusqu'à Dieu.

Ces trois étapes nous sont encore suggérées par la traditionnelle visite des Rois Mages venus adorer l'Enfant. L'un portait un manteau noir, le second un manteau blanc, le troisième un manteau rouge. Ils venaient de Celtie, d'Égypte et de Chaldée. Et quels présents posaient-ils aux pieds du Fils de l'Agneau ? La myrrhe, hommage rendu au corps, représentant la période passive de l'Œuvre au Noir, l'encens offert à l'âme, reflétant le cheminement conscient de l'Homme avec Dieu : l'Œuvre au Blanc. L'or, enfin, qui s'adresse à l'esprit, l'Œuvre au Rouge, l'apothéose réservée à Celui qui est parvenu en Dieu.

Ces trois Rois ont-ils existé ? Qu'importe si le message a été compris ? La Tradition nous dit que les Rois Mages furent réunis dans le même tombeau et que leurs corps, placés dans une châsse, furent transférés à Cologne en 1164, en passant par la France. Cette châsse dorée est toujours visible dans le chœur de la cathédrale allemande, face à l'Orient dont elle semble nous indiquer le chemin. La réunion de ces trois personnages dans le même tombeau ne nous rappelle-t-elle pas les trois cercles de la croix celtique, l'union totale des trois principes *Corpus, Animus, Spiritus,* dont nous procédons ?

Pascal dut s'arracher à cette contemplation intérieure, à cet émerveillement toujours renouvelé et il se promit d'étudier de plus près les fêtes du calendrier.

Lucien trouva sans peine, au fond du parc, dans le sous-bois, un arbuste chétif qu'il déracina et qu'il se promit de replanter au jardin le jour des Rois, en présence de tous les habitants du manoir.

Placé près du piano à queue, le petit sapin paraissait bien chétif, mais la cascade de cheveux d'ange et de boules multicolores dont il fut paré fit oublier son manque d'envergure. C'est avec une joie non dissimulée que chacun découvrit son cadeau. Fleur enfourcha sans délai le grand cheval de bois pommelé, à la crinière blonde qu'elle baptisa sur le champ *Dada* et partit à la conquête de l'univers. Madame Lagantat eut l'agréable surprise de découvrir la montre en or dont elle avait toujours rêvé. Pascal se retrouva avec une robe de chambre bleu nuit, des livres offerts par Yves qui, lui, reçut une boîte de peinture à l'huile. Fleur avait sacrifié pour sa mère ce qu'elle aimait le plus au monde : sa poupée en tissu destinée à trôner sur le lit maternel et pour son père elle avait, aidée par Nicole, confectionné un tableautin en feutrine représentant une fable de La Fontaine.

Pendant que Fleur, très excitée, faisait enfin la sieste, Yves et Pascal passèrent au salon pour discuter à l'aise, enfouis dans les confortables fauteuils récemment achetés.

À aucun moment Pascal n'avait éprouvé le besoin de parler de Chrystèle à Violaine, mais il ne put s'empêcher d'évoquer devant son ami le chagrin qu'il ressentait en pensant au triste Noël des parents de la jeune fille. Aucune parole n'aurait pu soulager leur douleur, seul le temps, guérisseur suprême, s'en chargerait.

Yves fut très intéressé par le récit des huit semaines de sursis qui avaient été accordées à la jeune fille.

— Je reconnais bien là la main du Maître, dit-il enfin. La pauvre enfant est partie, certes, mais vous avez contribué à son élévation spirituelle ; c'était une mission à remplir, vous avez fait votre possible.

— Chrystèle m'a posé une question à laquelle j'ai répondu de façon un peu succincte, au sujet du magnétisme, parce que je ne sais pas bien moi-même de quoi il s'agit.

— Je comprends votre embarras car aucune définition du magnétisme n'est très satisfaisante. D'ailleurs, est-il nécessaire de toujours chercher à définir les choses ? Le magnétisme existe, on en connaît les effets. Qu'importe le reste ?

 • 1

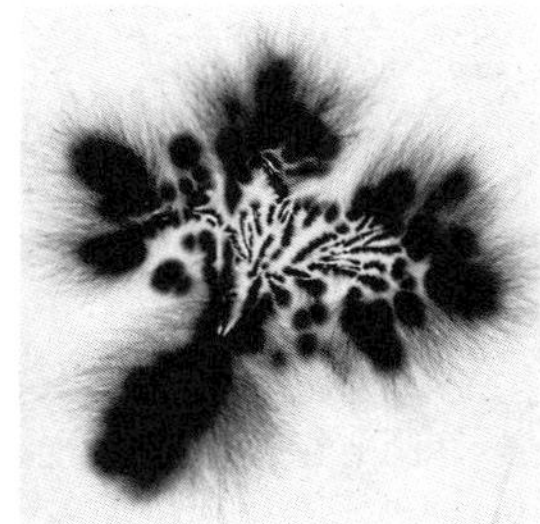

• 2

… **Le magnétisme existe**, on en connait les effets. Qu'importe le reste ?…

… toutes ces énergies cosmiques et telluriques associées…

• 3

Effets K*IRLIAN*

1 • Feuille

2 et 3 • Algues

4• Aigues marines et émeraudes

• 4

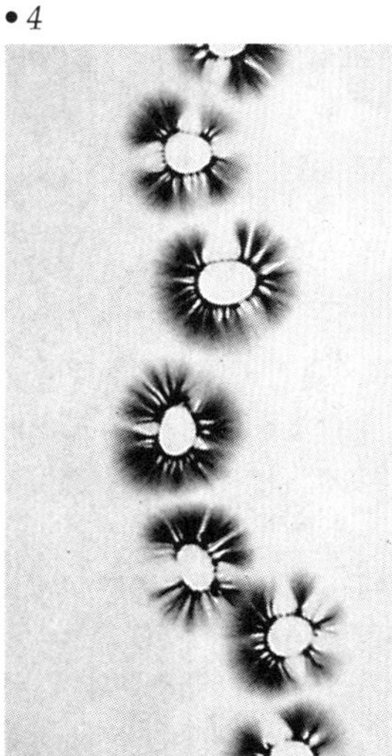

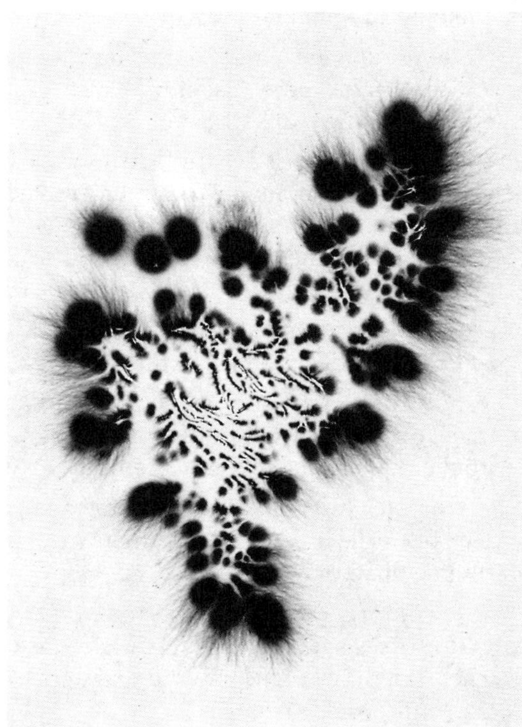

— Bien sûr. Je sais maintenant qu'on peut le photographier, mais peut-on le mesurer ?

— On peut le mesurer à ses résultats, mais des hommes de science ont essayé d'aller plus loin. À l'Université Mac Gill de Montréal des expériences ont prouvé qu'une eau magnétisée accélérait la poussée des plantes, sauf si cette eau avait été magnétisée par un malade mental.

— Pourquoi ?

— Parce que le corps bioplasmique de ces personnes n'a pas le rayonnement nécessaire pour dynamiser les molécules d'eau. Elles dressent entre le monde et elles une barrière psychique presque inviolable et, même inconscient, ce refus de participer à la vie cosmique les rend inaptes à la vie spirituelle. Ce sont des mutilées de l'esprit. Un bon magnétiseur doit avant tout se maintenir en bonne santé sur tous les plans et aimer ce qu'il fait pour être efficace.

— Je pensais que le magnétisme pouvait exister indépendamment de la Foi ?

— Peut-être, mais quelle est, à longue échéance, son impact sur les maladies, si le guérisseur pense d'abord à se remplir les poches ? Tenez, écoutez cette anecdote. Elle me semble convaincante quant à la puissance de la Foi. Un de mes amis, Jean, chercheur au CNRS, est spécialiste du procédé Kirlian. L'an dernier, nous étions réunis lui, moi et un ami évêque, très curieux de toutes manifestations paranormales. Nous avons pris du pain, Jean l'a photographié puis a développé l'épreuve qui révéla une aura d'assez faible envergure. L'évêque fut ensuite invité à consacrer ce pain. Il le fit en imposant les mains et en récitant les paroles sacramentelles. Une nouvelle photo fut prise : « l'aura » du pain mesurait maintenant une dizaine de centimètres.

Pascal reçut un choc au cœur. En tant que prêtre il avait souvent consacré le pain et le vin et c'est maintenant seulement qu'il comprenait la grandeur de ces gestes, leur appartenance à la vie cosmique. Il avait pourtant servi si souvent de catalyseur, de médiateur entre l'Esprit et la Matière !

— Si j'ajoute que nos ancêtres connaissaient les secrets capables de faire descendre sur les prêtres les forces cosmiques, serez-vous convaincu ?

— Je le suis déjà. Comment s'y prenaient-ils ?

— L'autel était toujours placé au-dessous d'une coupole et orienté selon l'axe cosmique de l'Orient qui doit être calculé précisément pour chaque lieu. Si vous visitez un jour la cathédrale de Quimper vous verrez que la nef fait un coude très visible. Loin d'être une erreur de construction, cette particularité a pour but de bien orienter l'autel.

Pour officier, le prêtre se tenait à la verticale du point qui donnait le maximum de forces aux ondes de forme prévues pour la Consécration. Quand il levait les mains vers le ciel, bénissant les fidèles, il les faisait participer au prodige qui venait de s'accomplir : l'Eucharistie, communion réelle avec les forces de la Nature. L'hostie distribuée ensuite rayonnait de toutes ces énergies cosmiques et telluriques associées. Ce n'est pas un hasard si les prêtres portent une chasuble pour célébrer le culte. Tissée de fils d'or et d'argent, celle-ci emmagasine et rejette en même temps l'énergie reçue par le prêtre à la fois du rayonnement d'en-haut et celui d'en-bas représenté par un dolmen enfoui sous la cathédrale en un point bien précis. Pensez à l'Arche d'Alliance, aux pouvoirs si mystérieux.

Pascal eut un sursaut :

— Mais alors, quand on déplace les autels…

Yves sourit, fataliste :

— Tirez vous-même les conclusions qui s'imposent.

— La messe est un acte magique, au cours duquel il y a transfert d'énergie entre le prêtre et les fidèles. Quand elle était dite en latin, certains sons avaient une vibration particulière. Dans le *dominum vobiscum* on retrouve le son OM que répètent avec ferveur les Tibétains. Les fidèles répondaient *Amen* en chœur et par leurs cantiques participaient aussi à cette magie bénéfique. N'oubliez pas la puissance de la parole génératrice du bien, ou du mal, selon l'usage qu'on en fait : « *Au commencement était le Verbe…* »

Pascal éprouva un immense regret de n'avoir pas su tout cela plus tôt, au temps où son sacerdoce lui permettait de tenir un véritable rôle de berger et de guide spirituel. L'onction reçue le jour de l'ordination, c'était donc cela, cette délégation d'un pouvoir divin que reçoivent aussi tous les magnétiseurs ? Il loua Dieu en son cœur et regretta d'avoir quelquefois pensé à autre chose au moment de consacrer les Saintes Espèces, tandis que seules ses lèvres prononçaient les paroles sacrées…

Soudain Pascal se mit à rire, attendri :

— Quand je pense que Chrystèle me trouvait savant, qu'aurait-elle dit à vous écouter ?

— Elle n'avait pas besoin de savoir tout cela maintenant, elle l'apprendra dans une future incarnation.

Pour en revenir à notre premier propos, vous savez, je suppose, que tout ce qui vit reflète à sa façon les forces que le Créateur a mises en elle, et cela est mesurable. Pour que notre corps physique puisse se développer, il faut lui apporter des éléments vivants, qui entretiennent ses propres vibrations et les augmentent même si possible : cela se passe par l'intermédiaire du corps éthérique des aliments qui agit sur notre propre corps éthérique ; c'est encore une sorte de magie, une Eucharistie, d'où l'importance que les peuples d'antan ont toujours accordée à leurs repas, pris dans le silence et la dignité. Pendant le repas s'opère la transmission des forces, une sorte de passation de pouvoir.

— Analogue à ce qui se passe entre le magnétiseur et son malade ?

— Bien sûr. Nous sommes tour à tour demandeurs et preneurs tout dépend de l'esprit dans lequel nous agissons. Un repas préparé dans la sérénité, avec amour, par une femme consciente de l'importance de ses pensées, fera plus de bien aux siens que ces « trucs » cuisinés en hâte par des cuistots ignorants qui passent leur temps à raconter des blagues ou à s'enguirlander !

Il y a trois ans, je suis allé au Népal et pendant cinq semaines j'ai vécu dans une famille de la vallée de Katmandou. J'y ai retrouvé ces rites ancestraux qui donnent à chaque geste sa véritable dimension spirituelle. Là-bas, c'est la belle-fille qui cuisine. Un coin de la pièce principale est réservé à cet usage. Personne n'a le droit d'y pénétrer à ce moment-là. Parfois le jeune mari se joint à sa femme et tous les deux préparent en commun le repas de toute la famille. C'est leur façon à eux de remercier les aînés, de les faire participer à leur bonheur intime. Touchant symbole d'une communion spirituelle à travers la nourriture !

— Quel rôle jouent les aliments ?

— On s'est aperçu, grâce à des mesures très précises, que la longueur d'onde d'un être humain en bonne santé est de 6 500 UB[1], c'est une vibration visible seulement au spectographe. Si l'on se nourrit de fruits et de légumes frais, gorgés de soleil, et si l'on boit de l'eau de source, on reçoit d'eux le maximum de leurs propres vibrations, c'est-à-dire 10 000 UB environ. Quelques heures plus tard, ces aliments ont perdu les 2/3 de leur force vitale. Chacun d'eux apporte son potentiel vibratoire, à nous de savoir choisir. Ainsi, un bon vin rouge nous donne encore 4 000 UB, mais dès que nous abordons certains aliments tels que les sucres blancs, jus de fruits, crèmes glacées, aliments congelés, la vibration tend vers zéro.

— Ce sont donc des aliments morts ?

— Absolument, et ils constituent pourtant la base alimentaire de nos enfants que l'on bourre de sucreries, de sirops industriels, de glaces et j'en passe. Comment voulez-vous qu'ensuite ces chères têtes blondes aient la force de travailler en classe ? On dit que les élèves actuels sont

1. *UB : l'Unité Bovis est l'échelle graduée de 0 à 20 000 dont se servent les géobiologues.*

paresseux, instables et rebelles à tout effort. Cherchez ce qu'ils mangent dans les cantines et même chez eux et vous aurez la réponse.

— C'est affreux. En ce qui concerne la viande ?

— Les viandes fraîchement tuées, les poissons et les crustacés apportent une part de force vitale non négligeable, bien qu'ils puissent être avantageusement remplacés par des légumes et des céréales, mais les viandes congelées sont aussi des aliments morts. Vous voyez ce qui se passe pour ceux qui se nourrissent exclusivement ainsi ? Ils mangent du cadavre, ni plus, ni moins. La preuve c'est qu'une viande décongelée se décompose très vite, elle doit être consommée sur le champ sinon elle devient immangeable. Pour vous amuser, je citerai la viande de porc fraîche. N'est-il pas curieux qu'elle ait la même longueur d'onde que la nôtre ? 6 500 UB. De là à dire que l'homme et le porc... non, non, je ne franchirai pas ce pas, rassurez-vous, mais on comprend mieux pourquoi les anciens fabriquaient certains onguents à base de panne de porc. Mélangée à d'autres ingrédients, des plantes fraîches en général, la panne pénètre plus facilement dans nos tissus par un massage prolongé, se marie à eux et libère en profondeur les bienfaits des fleurs ou des racines employées.

— Je crois que dorénavant j'insisterai davantage auprès de mes malades pour savoir comment ils se nourrissent. Je commence à être persuadé que la plupart des maladies viennent d'une alimentation erronée.

— Oui. On peut avoir un estomac bien plein et être totalement carencé, complètement dévitalisé, si on se nourrit de charcuterie ou d'aliments industriels. Je ne devrais peut-être pas vous le dire, mais il m'a été conté que certaines confitures dites de fantaisie dont la vente est interdite en France sont fabriquées à base de chiffons.

— C'est une plaisanterie, j'espère ?

— Pas du tout. Je ne connais pas en détail les secrets de cette étrange fabrication, mais il paraît que ces chiffons sont plongés dans de l'acide sulfurique pour être transformés en dextrines. Ensuite on ajoute des colorants, des gélifiants, des parfums. Un joli pot, une étiquette alléchante et le tour est joué !

— Pauvres bambins qui ne connaîtront jamais les confitures des grands mamans d'autrefois !

— Eh oui, c'est le triomphe de la chimie sur la nature, qui se venge par cancers et arthroses interposés !

— C'est donc pour toutes ces raisons que vous évitez de manger de la viande ?

— J'évite en effet, mais mon végétarisme n'a rien de rigide. Je n'approuve pas les régimes draconiens, les excès en tous genres. Je crois qu'on peut manger de tout, avec discernement, ne rien rejeter comme étant foncièrement mauvais. Je ne rechigne jamais devant un poulet rôti provenant de la ferme, ou devant un plat de langoustines juste pêchées, mais j'évite les viandes rouges et ce qui baigne dans des sauces, comme les ragoûts ou les civets.

— Avez-vous des raisons particulières pour éviter les viandes rouges ?

— Des raisons humanitaires, peut-être. Un jour j'ai assisté à une conférence sur le Tiers-monde, j'en suis sorti complètement écœuré, bien décidé à ne pas me faire le complice de cette mise en coupe réglée des pays sous-développés dont la situation ne cesse d'empirer avec les années. Chaque fois que je vois dans les restaurants les gens s'empiffrer de bonnes entrecôtes, je repense à ce que disait le conférencier qui revenait du Sénégal.

— Quel rapport peut-il bien y avoir entre notre entrecôte et la faim endémique qui règne dans ces pays ?

— C'est facile à comprendre. Notre monde occidental s'est orienté vers la consommation de viande de boucherie ; bovins et ovins surtout. Une publicité plus ou moins mensongère a conduit les ménagères à se ruer sur les protéines animales. Or les protéines animales sont élaborées à partir de protéines végétales, il n'y a pas de mystère là-dedans.

— Où est le problème ?

— Le problème est que notre pays ne fournit plus assez de protéines végétales naturelles, l'herbe par exemple ; elles sont réservées aux vaches laitières. La demande de viande de boucherie s'intensifiant, il faut en fabriquer beaucoup plus et plus vite, donc par des procédés industriels, d'où la nécessité d'élever les veaux et les porcs en batterie, où ils sont nourris à base d'aliments ou de tourteaux de soja, de maïs, etc. (je passe sur les conditions infernales qu'ils doivent subir). Or, les matières premières viennent des pays sous-développés d'Amérique du Sud, d'Afrique et d'Asie, c'est bien connu. Des multinationales très puissantes ont fait main basse sur ces marchés et l'hémorragie de protéines s'accentue, lésant gravement les indigènes qui en sont privés. Comment un gouvernement ne choisirait-il pas de faire entrer des précieuses devises au lieu de nourrir le peuple ? Chacun devrait savoir qu'il faut 10 kg de protéines végétales pour faire 1 kg de bovin, 10 kg de protéines qui feraient vivre une famille de là-bas pendant plusieurs jours. Le déséquilibre augmente sans cesse dans le monde, des millions d'enfants meurent de malnutrition et chez nous, juste retour des choses, des millions de personnes suralimentées sont atteintes d'accidents cardio-vasculaires, d'artérites, de diabète, de cancers.

— N'y a-t-il aucune solution ? s'enquit Pascal, atterré.

— J'en vois plusieurs, mais elles demanderaient de notre part un réveil de notre conscience, le renoncement à notre égoïsme à travers un changement progressif de nos habitudes alimentaires. Si déjà chacun renonçait à manger de la viande une fois tous les deux jours, quel progrès ce serait, et quel soulagement pour nos reins !

Pascal ne put s'empêcher de remarquer :

— Il me semble pourtant que c'est un faux problème. Il se situe plutôt au niveau de la répartition des richesses, la terre étant capable de nourrir tous ses enfants. La France, grosse consommatrice de produits animaux n'est-elle pas en même temps une des premières exportatrices de céréales ?

À ce moment-là Madame Lagantat entra, tenant dans ses bras Fleur très frétillante et pressée de mesurer son emprise sur Yves, le tout nouvel ami :

— Je vous laisse la petite un moment, dit-elle, je vais rendre une visite à une voisine pour qui Noël ne signifie rien d'autre qu'un peu plus de solitude car ses enfants ne s'occupent pas du tout d'elle.

Quand la brave femme revint, une heure plus tard, elle entendit derrière la porte une musique assez allègre. Elle ouvrit doucement et s'arrêta, ahurie : Fleur, dressée sur ses étriers, le sourcil froncé, pareille à une minuscule Jeanne d'Arc en robe de velours rouge s'agrippait d'une main à la crinière du cheval pommelé et de l'autre elle semblait faire parader ses troupes. Face à elle, Pascal et Yves, à quatre pattes sur le tapis du salon, avançaient côte à côte en cadence avec autant de compétence et de sérieux que l'auraient fait deux chevaux du Cadre Noir de Saumur !

Le jeudi 29 décembre, Pascal se leva vers sept heures, d'excellente humeur ; en prenant sa douche il se surprit à siffloter comme n'importe quel homme heureux. Ensuite il fit une courte méditation et s'accorda une heure de lecture, ce qui lui arrivait rarement depuis quelque temps.

Le téléphone sonna vers neuf heures et demi. C'était Violaine :

— Pourrais-tu te libérer d'ici un moment, demanda-t-elle et m'accompagner à Arromanches où je dois voir un client ?

Pascal réfléchit rapidement :

— Vers quelle heure pourrions-nous être de retour ?

— Vers dix-sept heures. Nous déjeunerions là-bas.

— Parfait. Prends ta voiture jusqu'ici, je t'attendrai avec la mienne à la sortie d'Houlgate.

— Merveilleux. Je t'aime.

Et elle raccrocha.

Ça alors, c'était inattendu ! Ils avaient décidé de ne pas se rencontrer pendant les vacances de Noël parce que Violaine ne savait comment expliquer ses absences à ses enfants. D'autre part, s'ils étaient de retour vers dix-sept heures, cela lui laissait amplement le temps d'écrire quelques lettres avant l'arrivée de René Dujasmin. Celui-ci devait venir de Paris en voiture dans la soirée après être passé chez son éditeur parisien prendre les premiers exemplaires de son livre paru le matin même. Les deux amis avaient décidé de rester ensemble le 30 et dans l'après-midi du 31, ils devaient partir vers Granville accompagnés de Madame Lagantat et de Fleur afin de passer le réveillon et le Jour de l'An chez Isabelle. Quel programme alléchant ! Et voilà qu'en plus Violaine lui offrait une journée supplémentaire de sa présence ! Tous les bonheurs à la fois !

Il prit ses dispositions et il se rendit au lieu du rendez-vous où Violaine l'attendait déjà, à l'abri dans sa petite Fiat, car des nuées menaçantes, poussées par un fort vent d'Ouest, semblaient sur le point de crever en pluie glacée.

Violaine courut se réfugier dans la confortable Mercedes, toute frissonnante et il la prit dans ses bras, l'embrassa avec passion, écartant la fourrure qu'elle avait relevée jusqu'à ses oreilles pour se protéger du froid. Mais comme il n'était pas prudent de s'attarder dans cet endroit trop fréquenté, Pascal démarra vers Arromanches, empruntant la route de la corniche d'où ils pouvaient voir la mer glauque, démontée, hérissée de crêtes blanches. Mais qu'importait ! dans l'habitacle régnait une douce chaleur et Pascal laissait couler en lui des pensées de bonheur. Juste avant Arromanches, ils décidèrent d'un commun accord de se promener quelques instants sur la falaise en dépit de la tempête proche. Main dans la main, luttant contre les bourrasques qui leur salaient les lèvres, ils s'avancèrent vers le bord et leur vue plongea vers le port en contrebas, ce port artificiel qui contribua fortement à la victoire des Alliés. Le vent était si violent qu'il leur coupait le souffle, mais il sentait le large, la mer fière et sauvage, indomptée. Les cheveux rabattus sur les yeux, riant et haletant, ils se poursuivirent comme des enfants puis Violaine, essoufflée vint se blottir dans ses bras et ils revinrent ainsi vers la voiture, silencieux, enlacés, environnés du bruit des éléments déchaînés et du criaillement des mouettes.

Pascal parqua la voiture sur une place déserte, à côté du musée du Débarquement et Violaine alla voir son client pendant qu'il lisait en l'attendant. Elle revint vers midi et demi et ils se rendirent au premier restaurant venu, car ils mouraient de faim. On leur servit un potage qui les réchauffa, une délicieuse sole dieppoise et des pommes de terre rissolées qu'ils s'amusaient à se voler mutuellement dans leurs assiettes en riant, sans se soucier des rares clients, des représentants de commerce sans doute, qui se hâtaient de terminer leur repas solitaire avant de reprendre la route.

Le bonheur est si simple, si facile, comment est-il possible de penser qu'un rien peut le briser ?

Ils étaient en train de savourer une tarte aux pommes encore toute tiède lorsqu'une femme sortit de la cuisine et s'approcha de leur table, la patronne sans doute, venue s'enquérir si ces clients un peu farfelus se trouvaient satisfaits. Pascal qui n'avait d'yeux que pour Violaine sursauta quand la femme jeta, stupéfaite :

— Monsieur le Curé ! vous ici ? Si je m'attendais à cela !

Pascal et Violaine tournèrent la tête d'un même mouvement vers l'arrivante et il reconnut Sophie, la mère de Jacques. Bien sûr elle avait changé, elle avait perdu cet air de jeune fille pauvre qui l'avait apitoyé autrefois ; son maquillage discret et ses vêtements de bonne coupe lui donnaient l'air sérieux d'une personne « arrivée ».

— Sophie !

— Mais oui, c'est bien moi, dit-elle d'une voix étonnée, regardant tour à tour Pascal et Violaine.

Il la sentait très perplexe, ne sachant comment se comporter. Néanmoins, elle crut devoir expliquer :

— Après la mort de Jacques je suis restée quelque temps à Laigle où j'avais trouvé du travail dans un hôtel ; au bout de huit mois un client m'a remarquée, nous nous sommes mariés et je suis venue habiter ici. Mon mari est le propriétaire de ce restaurant.

— Pourquoi n'êtes-vous jamais revenue nous voir ?

La jeune femme répondit vivement :

— Je suis allée vous dire au revoir, mais Andrée m'a dit que vous étiez parti ; elle m'a tout raconté, votre chagrin, les méchancetés qu'on vous a faites, tout cela par ma faute. Monsieur le Curé, pardonnez-moi, je vous en prie, j'ai été tellement stupide, alors que vous aviez été si bon pour nous !

— C'est oublié, Sophie, soyez heureuse maintenant.

C'est alors qu'il jeta un regard sur Violaine. Elle semblait pétrifiée. Dans son visage livide ses yeux violets, durs comme des pierres, étincelaient. Elle se leva après avoir jeté quelques billets sur la table :

— Partons, ordonna-t-elle.

Elle se dirigea vers la porte, sans même s'assurer que Pascal la suivait. Il eut vers Sophie un geste d'excuse et courut rejoindre Violaine.

La pluie libérée traçait de longues zébrures glacées sur le port quand ils atteignirent ensemble la voiture.

— Que se passe-t-il, ma chérie ?

Elle se tourna vers lui, le visage ravagé par la fureur.

— Tu oses me le demander ? Tu oses ? Cette femme qui t'appelle Monsieur le Curé !...

Elle suffoquait.

— Mais je ne suis plus prêtre depuis deux ans, chérie.

— Arrête de m'appeler chérie, tu me fais horreur ! Démarre, partons d'ici. Quand je pense que tu me mens depuis six mois, six mois que je couche avec un prêtre ! Jamais je ne te le pardonnerai. Jamais.

Pascal essaya de plaider sa cause.

— Tout cela n'a aucune importance, voyons. Je suis un homme comme les autres, maintenant.

— Non, pas pour moi. Tu aurais dû m'avertir. J'avais de l'allure, moi, pendant qu'elle évoquait vos souvenirs.

Elle était ta maîtresse, sans doute ?

Il tenta de lui expliquer cet épisode de sa vie, son amour pour l'enfant sans père, son chagrin quand il était mort noyé, mais visiblement elle s'en moquait, remâchant sa rancœur, le profil détourné. C'était comme si elle l'avait déjà quitté.

Quand il arrêta la Mercedes près de la petite Fiat, il hasarda :

— Ne sois pas fâchée, Violaine, je t'aime, tout ça n'est pas grave.

Son regard méprisant le foudroya, le condamnant sans pitié :

— Je ne veux plus te revoir, curé ! Adieu.

Et elle s'enfuit en claquant la portière, sans se retourner vers l'homme hébété qui la regardait partir, sans comprendre, sans mesurer encore l'ampleur du désastre.

Soudain, une douleur inhumaine, insensée, broya le cœur de Pascal. Il ouvrit la portière, s'élança, mais la Fiat venait de démarrer rageusement et il resta là sous la pluie, anéanti, ruisselant, mortellement atteint dans cette partie de lui-même qui ne lui appartenait plus et qu'elle était en train d'emporter.

Quand il rentra au manoir, il ne vit pas Mme Lagentat s'approcher de lui, il passa devant elle sans s'arrêter, ses vêtements mouillés lui collant à la peau et elle eut peur du regard halluciné qui ne voyait rien que son propre désespoir, sans limite. Elle n'osa le suivre et resta les bras ballants, au milieu du hall, mais son instinct lui avait déjà appris l'essentiel : la « créature » aux cheveux auburn venait de blesser son pauvre enfant. Quand René, tout joyeux sonna à la porte, quelques heures plus tard, elle le reçut elle-même et lui expliqua que Pascal semblait malade et n'avait pas reparu depuis son retour.

— Monsieur Dujasmin, je vous en prie, faites quelque chose pour lui, il avait l'air totalement égaré et je suis très inquiète à son sujet. Je vous laisserai dîner ensemble. Peut-être se confiera-t-il à vous qui êtes son ami. Je suis sûre que c'est à cause d'une femme…

— Allons, ne dramatisons pas, répartit l'éternel boute-en-train.

Mais elle connaissait son Pascal et cette insouciance ne la rassura pas. René rejoignit son ami dans son bureau. Il fut frappé par sa pâleur, par cette sorte d'indifférence qu'il manifesta à son arrivée. Ses yeux étaient rouges, il semblait prostré. Feignant de ne rien remarquer, René fit tous les frais de la conversation pendant le repas auquel Pascal ne toucha pas. Quand il se retrouvèrent dans le bureau, il lui mit sous le nez le livre tout neuf qui sentait encore l'encre d'imprimerie, tout en évoquant certaines anecdotes qui avaient jalonné sa sortie.

Il lui lut quelques passages amusants où il relatait leur voyage commun en Inde, mais rien ne semblait atteindre Pascal perdu dans une douleur trop grande pour lui.

— Enfin, sacredieu, s'emporta soudain René qui avait épuisé toutes ses ressources, que se passe-t-il ?

Pascal craqua et en quelques mots hachés il lui raconta la rupture inattendue, ses causes imprévisibles.

— Je l'aime plus que ma propre vie, avoua-t-il, je ne peux pas vivre sans elle.

Bourru, René le gourmanda :

— Personne n'est indispensable, tu sais. Une de perdue, dix de retrouvées !

Cette boutade fit long feu, mais Pascal parut s'éveiller pour lancer, amer :

— Ça te va bien, à toi, de parler ainsi, toi qui n'as jamais aimé personne, toi qui joues les Casanova sans jamais t'attacher. Mais pour moi, Violaine, c'était la femme de ma vie. Comment pourrais-tu comprendre cela ?

René parut soudain accablé :

— Que sais-tu de moi, Pascal, pour me parler ainsi ? Et si je te disais que toutes mes escapades, toutes mes aventures ne servent qu'à masquer le vide de ma vie ? Me croirais-tu ? Sais-tu que j'ai aimé une femme moi aussi, une seule, et que cette femme, je l'ai perdue ?

— Elle est morte ?

René sentit qu'il venait de marquer un point. Il fallait coûte que coûte distraire Pascal du chagrin où sa raison s'enlisait.

— Non, elle en aimait un autre, hélas, mon meilleur ami de surcroît. Cette femme, tu la connais, c'est ta cousine, Isabelle.

À ce nom, Pascal sursauta, mais ne dit rien.

— Nous poursuivions nos études à Paris, Jean-Louis et moi, quand Isabelle nous fut présentée. Nous sommes tombés amoureux d'elle en même temps, mais nous n'avons pas voulu que cet amour nous sépare : « *Que le meilleur gagne* », avons-nous décidé. Elle a choisi Jean-Louis, peut-être parce qu'il dansait à ravir et qu'il avait la parole facile, ou parce que c'était le destin. Je suis le parrain de leur fils, c'est tout.

Il se tut, pris par des souvenirs qu'il croyait à jamais enfouis dans sa mémoire. Pascal respecta son silence.

Émergeant de cette tristesse qui lui était inhabituelle, René repensa au chagrin de son ami.

— Tu sais, ta Violaine, elle reviendra puisqu'elle t'aime. Les femmes c'est comme ça, il ne faut pas les vexer, elles ont leur petit amour-propre, je les connais ! Après une courte bouderie elle oubliera.

Il semblait tellement convaincu que Pascal sentit l'étau se desserrer un peu et son visage reprit quelques couleurs.

— Que dois-je faire ?

— Rien du tout. Laisse passer le temps, puis rappelle-la et demande-lui pardon. Les femmes adorent ce genre de choses.

— Si tu avais vu ses yeux !

— Bof, elle était en colère, ça lui passera ! Mets-toi à sa place, ça ne doit pas être drôle d'apprendre que son amant a été curé. Ça fait un choc !

Grâce à l'inaltérable optimisme de son ami, la soirée fut supportable et Pascal consentit à sourire au récit animé que René lui fit de sa vie parisienne.

— J'en ai ras le bol de Paris et des mondanités, avoua-t-il. C'est dingue ce que les gens sont compliqués, méchants, hargneux, agressifs.

Je ne peux plus supporter leur mesquinerie et je crois que c'est depuis notre voyage en Inde. Au début je me suis replongé avec délices dans la vie parisienne mais j'ai vite déchanté et j'ai regretté la vie simple que nous menions là-bas, où les gens ont un tel sens de l'hospitalité. La sortie de mon livre va encore déclencher les jalousies et j'entends d'ici quelques « amis » s'en donner à cœur joie car mon récit est sincère, vrai et j'appelle un chat un chat.

Pascal prit le livre posé sur la table et regarda la couverture où un petit Hindou vêtu d'un dhoti crasseux était assis en lotus auprès d'un puits poussiéreux. Dans le regard noir se lisait cette poignante interrogation : « *Pourquoi suis-je un paria* ? »

— Je me souviens de lui, murmura Pascal, ému.

Ils l'avaient photographié près d'Allahabad, à côté de ce puits où il restait des heures, attendant qu'on le priât de tirer de l'eau, tâche ingrate et dégradante dont seuls sont chargés les Intouchables. L'enfant avait accepté une piécette avec un air grave, un peu surpris que l'on s'occupât de lui ; avait-il conscience d'exister ?

Pascal soupira, mais René poursuivait :

— Je t'envie, mon ami, tu as fait le bon choix, tu es resté en province. A Paris, tout est frelaté. Ah ! si je possédais quelques arpents de terre, je quitterais tout et tout de suite. Avec mes droits d'auteur — au cas où mon livre connaîtrait le succès — je pourrais peut-être me reconvertir en gentleman farmer : il n'y a que ça de vrai.

Ils se quittèrent sur ces mots et chacun regagna sa chambre.

Dès que Pascal fut allongé dans le noir, il oublia les paroles rassurantes de René et le chagrin, la peur, le submergèrent à nouveau. Il dormit mal, d'un sommeil plein de cauchemars où il appelait sans fin Violaine qui le fuyait, indifférente et glacée.

Pour faire plaisir à ceux qui l'aimaient, il mit un masque de gaieté factice sur son visage pendant tout le temps que durèrent les fêtes. Mais quand, autour de la table, chacun leva sa coupe de champagne pour célébrer l'aube de l'année 1978, il comprit que les paroles de Violaine avaient quelque chose de définitif et ses craintes revinrent de plus belle, lui laissant le cœur en miettes.

Le mois de janvier passa lentement, désespérément vide. Chaque fois que le téléphone sonnait Pascal décrochait, le cœur malade d'anxiété. Ce n'était jamais Violaine et chaque déception l'enfonçait un peu plus dans sa solitude. Les journées restaient supportables parce qu'il s'abrutissait de travail, mais les nuits ! Oh ! bien sûr, celui qui n'a jamais aimé de cette façon ne peut pas comprendre et haussera les épaules avec insouciance, mais tous ceux qui ont vécu une rupture n'oublient jamais le déchirement ressenti. Comment admettre d'un cœur léger la perte d'un être cher dont l'absence pèse sur chaque minute, cette angoisse lancinante qui ronge celui dont on ne veut plus, le rejeté, le banni. Comment accepter cette amputation, ce silence, pires que la mort parce qu'au moins la mort ne rend jamais ce qu'elle a pris, alors que l'amant abandonné garde toujours dans un coin de son cœur un espoir sans cesse déçu !

Ah ! le téléphone, ce monstre, qui sonne seulement pour l'inutile ! Combien de fois, au cours de ces journées interminables Pascal tendit-il la main vers lui, prêt à composer le numéro familier ! Chaque fois il reculait devant la peur d'entendre la voix qui le charmait encore. Il voulait savoir et il refusait de savoir, mais il aurait donné dix ans de sa vie pour entendre Violaine, pour qu'elle lui dise d'un ton léger « *À vendredi* ».

Ces jours-là il souffrait encore plus, si c'était possible, car il vivait de souvenirs. Il s'étonnait que sa mémoire ait pu enregistrer tant de détails, il aurait voulu s'endormir, oublier et se réveiller guéri. Sur sa table de nuit il y avait maintenant un tube de somnifère. Il prenait un cachet quand certaines nuits menaçaient d'être pénibles et ce produit banal, mais non anodin, lui procurait un sommeil lourd d'où il émergeait la bouche pâteuse, à peine reposé. Parfois il regardait le petit tube innocent. Quelle dose aurait le pouvoir de le plonger à jamais dans les froides eaux du Léthé ? Il réagissait en songeant qu'hélas, s'il y a un repos pour la matière, il n'en existe pas pour l'esprit immortel et que, de l'autre côté du miroir, la souffrance dont on a cru s'affranchir par le suicide nous attend, ricanante et victorieuse.

Était-il possible qu'un mois auparavant il eût dit à Chrystèle avec toute sa conviction : « *Ce que Dieu fait est bien fait* » ? Oui, ce cancer qui la rongeait, il lui était facile à lui de l'accepter, il n'en ressentait pas les effets et même s'il plaignait la mourante, son mal lui demeurait étranger. Mais en ce soir du 31 janvier, Pascal n'acceptait pas la décision divine qui le privait de son amour, il ne faisait pas siennes les sages paroles dont il ne comprenait plus la signification. Dieu le frappait et il refusait de boire le calice d'amertume. Il pensait qu'il n'avait pas mérité cela, tant il est vrai qu'il est toujours plus facile de consoler les autres que de se condamner soi-même.

Misérable et endolori, Pascal s'était donné jusqu'à la Chandeleur avant de téléphoner à Violaine. Faire le premier pas lui coûterait, mais il le fallait, il n'en pouvait plus.

La Chandeleur, c'est une flamme jaillissant au cœur de l'hiver, le signe que rien n'est jamais mort. La nuit précédente il ne dormit pas une minute, étreint d'un sombre pressentiment. Quand il forma enfin le numéro, ses mains tremblaient tellement qu'il pouvait à peine tenir le combiné. La sonnerie retentit là-bas et aussitôt ce fut elle, il crut qu'il allait s'évanouir, tant la voix lui sembla proche.

« Allô, oui, qui est à l'appareil ? »

— Pascal.

Un silence... impressionnant... un abîme de peur... d'incertitude.

— Ah ! c'est toi.

— Je voudrais te revoir, Violaine. On ne peut pas se quitter comme ça...

Il mendiait et loin de s'en formaliser il espérait qu'elle aurait pitié de sa détresse.

La voix sèche laissa tomber :

« Trouve-toi demain, à quatorze heures devant le Casino de Deauville ».

Il resta stupide à fixer le récepteur qui faisait « *Tut-yut* » d'un air narquois. Lentement il raccrocha. Il aurait dansé de joie. Elle acceptait de le revoir. La chape de plomb qui lui écrasait le cœur se dissolvait, et disparaissait. Pour ce jour-là il se contentait de cette demi-victoire... Il ne voulait pas compromettre ses chances par des mauvaises pensées. Demain... Bien avant l'heure il faisait les cent pas devant le Casino. Il ne sentait pas la morsure du froid, il ne voyait pas les regards furtifs que les passants lui lançaient au passage. Il cherchait seulement la silhouette de Violaine, il l'espérait comme un asphyxié réclame son indispensable oxygène.

Elle surgit derrière lui et le héla :

— Coucou, je suis là !

L'avait-elle épié, avait-elle joui de son impatience ?

Troublé, il la regardait comme une apparition et l'amour intact dont son cœur débordait, le poussait vers elle qui, affichant une attitude désinvolte, lui tendait sa joue fraîche à embrasser. Il lui prit le bras et côte à côte, comme naguère... mais rien n'était plus pareil sans doute... ils se dirigèrent vers un salon de thé.

Devant un chocolat fumant et deux babas au rhum, ils osèrent enfin se redécouvrir. Elle constata sûrement qu'il avait maigri, mais n'en dit rien. Ce mois de séparation semblait n'avoir laissé aucune trace sur elle tant elle semblait radieuse, ou affectait de l'être.

— Est-ce que tu m'en veux encore ? interrogea-t-il enfin.

— Mais non, voyons, cet incident est oublié.

— Pourquoi n'as-tu pas téléphoné ? Te doutes-tu de l'effet qu'ont eu sur moi tes paroles, quel chagrin elles m'ont causé ?

Elle prit le temps de savourer son gâteau.

— J'ai été très occupée ce mois-ci. Mon emploi du temps est surchargé. Ma fille a eu la grippe.

Ces explications qui n'en étaient pas le rassuraient pourtant, parce qu'après tant d'angoisse, il désirait entendre des mots apaisants qui laissaient l'avenir possible.

— Est-ce que tu... m'aimes encore ?

Son regard lui parut trouble à travers la buée qui montait de la tasse qu'elle venait de porter à ses lèvres.

— Tu sais, Pascal, je crois que toi et moi ne donnons pas le même sens au verbe aimer. Pour toi, c'est très sérieux, un peu trop même à mon goût ; pour moi, notre aventure mettait simplement du piment dans ma vie.

Tendu vers la moindre de ses paroles il nota tout de suite l'emploi de l'imparfait.

— Tu ne veux plus qu'on se voie ?

— Si, si, bien sûr, mais moins souvent, j'ai besoin de respirer un peu, tu es vraiment envahissant et ton amour devenait étouffant à la longue.

Elle n'avait pas l'air de s'en plaindre pourtant, au temps où ils se retrouvaient à l'Auberge du Roi de Cœur !

— As-tu saisi le premier prétexte venu pour espacer nos relations ?

— Peut-être, en effet. On commençait à devenir un vieux ménage, on prenait des habitudes. Moi j'aime la fantaisie, le changement et justement Georges me disait hier...

— Georges ! cria-t-il, malgré lui.

— Oui, mon associé, lança-t-elle très négligemment. Il m'attend d'ailleurs, je dois me dépêcher.

— Il est ici ?

— Bien sûr, il s'est institué mon chevalier servant et ne me quitte plus.

Elle se leva et reboutonna son manteau.

« Vite, vite, obtenir un rendez-vous avant qu'elle s'en aille », pensa-t-il.

— Quand est-ce qu'on se revoit ?

— Je te passerai un coup de fil, très bientôt. Tu verras, il y aura encore des moments heureux.

Elle était partie et il demeura seul devant les tasses vides, plus meurtri que la première fois... Il retrouvait une étrangère, on lui avait volé sa Violaine, sa femme. Bien sûr elle avait renoué le lien qui s'était relâché entre eux mais elle venait aussi, très adroitement, de lui glisser un cadeau empoisonné : la jalousie dont son cœur aimant et exclusif était maintenant incendié... Georges, ce beau garçon brun aux dents de loup qu'il avait aperçu un jour dans la Fiat rouge, Georges... l'associé ou le nouvel amant ? Était-il déjà le nouveau « piment » dont elle assaisonnerait son existence, alors que pour lui elle représentait le pain et le sel de sa vie ? Cette différence entre leurs deux conceptions de l'amour, il ne l'avait jamais devinée, pas plus qu'il n'avait pressenti sa lassitude. Quand lui serait donné le bonheur de la tenir à nouveau dans ses bras ?

Il avait d'elle un besoin si intense, si primitif, que l'espacement de leurs relations le désespérait. Il essayait de croire qu'elle mentait en le repoussant, par esprit de vengeance, et en même temps il savait que plus jamais leurs rencontres n'auraient le caractère enchanté et spontané d'antan, parce qu'il ne pourrait plus s'empêcher d'interpréter ses paroles, d'aller au devant d'elles. Quelque chose de beau venait de se briser. Moins épris, il aurait peut-être eu le courage de trancher dans le vif, de rompre tout de suite en gardant le beau rôle, mais pour lui, l'amour n'était pas un jeu et même cela elle le lui avait reproché. Tous les amants ne recherchent-ils que le plaisir ? Il était de ceux, qui, hélas, ont besoin de sentiments profonds et de s'installer dans la vie de ceux qu'ils aiment.

Pauvre Pascal ! À partir de ce jour commença entre Violaine et lui un cruel jeu du chat et de la souris qui le mena au bord de la dépression. Elle téléphona, en effet, et leur premier rendez-vous lui rendit une maîtresse docile et plus tendre que jamais. Fou d'amour, il crut que tout recommençait et avec la naïveté des êtres sincères, il oublia les mauvais moments. Mais il paya cher cette illusion. Pendant tout le printemps Violaine lui donna des rendez-vous qu'elle annulait à la dernière minute, sous un prétexte quelconque ; Pascal s'y laissait prendre à chaque fois. Elle avait une façon si extraordinaire de se montrer câline au téléphone, enjôleuse, lui jurant que cette fois rien ne l'empêcherait de se libérer... Il se préparait, le cœur battant, et... tout était remis à plus tard. Ce manège insensé le rendait fou, car il l'aimait toujours. Il lui arrivait même maintenant de lui trouver des excuses. Voulait-il s'aveugler volontairement ? Non, il ne voulait pas la perdre définitivement et il s'accrochait désespérément au lien ténu qui les unissait encore.

Pendant leurs rares rencontres elle se refusait parfois à lui, ou bien elle l'asticotait, entretenait sa jalousie et un jour elle lui confirma froidement sa liaison avec Georges, poussant la cruauté jusqu'à comparer leurs mérites respectifs au détriment de ceux de Pascal, bien entendu. Bafoué dans son amour, humilié dans sa virilité, délaissé, Pascal perdait pied. Lui qui s'était toujours moqué de la jalousie et des ravages en subissait les affres. Plusieurs fois il emprunta la vieille 2 CV de Lucien car sa voiture était trop voyante et alla jusqu'à Honfleur afin de les épier.

Il les voyait sortir ensemble et les suivait, comme un malheureux à qui il ne restait même plus les miettes d'un festin que ce Georges goûtait à sa place. Un jour il les suivit et il eut l'atroce souffrance de les voir s'engager dans le chemin de « leur » auberge où l'infidèle emmenait sa nouvelle conquête. Cette sorte de sacrilège fit monter en lui quelque chose comme de la haine envers cette femme dénuée de scrupules. Mais la haine n'est jamais que l'autre face de l'amour et ce jour-là, il rentra chez lui désespéré, décidé à se libérer coûte que coûte de cette emprise. En même temps, il imaginait le couple dans ses ébats amoureux, la jalousie le poignardait, le fouaillait, le crucifiait. Il priait, il demandait grâce, il se traînait aux pieds du Maître, l'implorant de mettre un terme à son calvaire.

« *Regarde, mon Dieu, jusqu'où je suis tombé, disait-il. J'ai abdiqué toute fierté, presque toute dignité. Que désires-tu de moi, quelle leçon veux-tu que j'apprenne ? Parfois il me vient des envies de meurtre. Au lieu d'avancer vers Toi, je régresse. Plus rien ne me tente, je suis obsédé par cette femme et plus elle s'éloigne de moi, plus je la désire* ».

C'était vrai : une fleur vénéneuse avait envahi son esprit, une espèce de maladie qui ne lui laissait plus aucun repos. Il touchait à peine aux plats que la cuisinière lui confectionnait, les facéties de Fleur ne l'amusaient plus, il n'allait plus voir Yves, ne lisait plus et les maux de ses malades le laissaient indifférent. Il était atteint d'un cancer et ne savait comment s'en guérir. Méthodiquement, en toute conscience, Violaine le détruisait, le réduisait à l'état de robot, de mendiant, de loque. Pendant quatre mois il vécut ainsi, il survécut plutôt, absent des autres, seulement ouvert à sa propre douleur. Ses prières ne semblaient pas atteindre les régions où l'âme s'élève. Il se sentait abandonné, sa dépendance, sa lâcheté lui semblaient un esclavage d'autant plus odieux qu'il s'était cru détaché à jamais de la douleur, appelé à triompher de lui-même et de ses passions. Il apprenait à ses dépens qu'il ne suffit pas de dire :« *Je veux devenir pareil au Père* » pour que le travail se fasse tout seul. Dans les ténèbres qui l'oppressaient il comprenait bien que la main de Dieu était à l'œuvre mais il ne discernait pas encore dans quel but Violaine lui avait été offerte d'abord, puis retirée.

Après avoir prié pour que cette femme lui fût rendue, il priait maintenant que cessât cette sorte d'envoûtement qui l'enchaînait à celle qu'il n'estimait même plus et dont l'attrait pourtant le bouleversait encore à un tel point qu'en dépit de toutes ses résolutions il courait vers elle au moindre appel, chaque fois un peu plus dégoûté de lui-même, plus tourmenté, plus misérable. Le temps n'apportait encore aucun soulagement à son état et il doutait même que la fuite pût représenter un salut et un retour à la sérénité. Peut-on échapper à l'objet de sa passion quand celle-ci forme la trame de l'être qui en subit les affres ? Il se doutait bien que cette folie le suivrait jusqu'au bout du monde tant qu'elle ne se serait pas consumée en lui, devenue inerte, pareille aux cendres d'un feu éteint.

Il accueillit comme un signe la lettre de M. Mercuret qui lui suggérait de venir au Puy-en-Velay pour assister à un séminaire d'études donné par un spécialiste Japonais de médecine orientale sur le thème : « *La Santé par l'Alimentation* ». Il n'hésita pas une minute et au grand soulagement des habitants du manoir qui n'en pouvaient plus de le voir errer comme un fantôme dans sa propre maison, il partit en Auvergne un frileux matin d'avril. M. Mercuret lui apporterait sans doute la réponse qu'il cherchait en vain.

Le premier jour, M. Mercuret lui présenta Jean et Nathalie Millet, le jeune couple dynamique qui avait pris l'initiative de ces journées. La salle de conférence, pleine, rassemblait des auditeurs de tous âges venus de la France entière et de plusieurs pays limitrophes. Nombre d'entre eux se retrouvaient après avoir déjà suivi d'autres séminaires semblables.

Pascal était impressionné par le prestige dont Michio Kushi semblait jouir auprès de ses fidèles. Lorsque celui-ci parut, le silence se fit dans la salle et il sentit le rayonnement qui émanait de ce Japonais souriant, élégant dans son costume sombre et qui s'exprimait en anglais d'une voix mesurée.

Il commença par dresser un tableau significatif de l'aggravation des maladies dans les nations modernes avec une dégénérescence sur trois niveaux liés : physique, mental et spirituel. Regrettant l'approche symptomatique de la médecine moderne, il présenta une double approche des maladies visant à en atteindre la cause profonde : l'approche énergétique selon le *Ki* et l'approche physiologique selon le *Ketsu* (sang). Le *Ki*, c'est l'énergie que manipulent les acupuncteurs mais que nous pouvons aussi activer par une vie dynamique, des massages (do-in, shiatsu, etc) et contrôler par nos pensées, nos méditations. L'approche par le *Ketsu*, consiste, elle, en une régénération par le sang donc par la nourriture. Cette nourriture, adaptée au cas de chacun, devrait être essentiellement végétale et faire une bonne place aux céréales complètes.

… **Les sept spirales d'énergie,**
chakras,
chargés électro-magnétiquement
par les forces du ciel
et de la terre…

Il parla du *yin* et du *yang* dans les aliments et de l'art d'ajuster son alimentation quotidienne pour guérir certaines maladies très répandues. Un mal de tête d'origine *yin* se traite de façon opposée à un mal de tête d'origine *yang*.

C'était passionnant et Pascal était impatient d'apprendre davantage et de s'initier à cette dialectique *yin-yang* si indispensable pour bien comprendre tous les phénomènes de la vie.

Le deuxième jour, Michio Kushi insista sur la santé mentale et parla des sept spirales d'énergie, *chakras*, chargés électro-magnétiquement par les forces du ciel et de la terre. Il donna aussi des exemples de l'influence de la nourriture sur nos attitudes mentales en présentant de façon humoristique le conflit des générations : les jeunes gavés de sucreries, de fruits, de crudités, stimulent leur cerveau antérieur et sont toujours tournés vers l'avenir tandis que les personnes plus âgées qui forcent sur la viande, les œufs, le fromage, activent leur cerveau postérieur et restent attachées au passé, aux traditions. Le fameux conflit des générations prendrait-il sa source dans notre assiette ?

Le troisième jour fut consacré à l'étude des maladies *spirituelles*. Michio Kushi parla de notre manque de gratitude envers l'Infini, la Nature, notre famille, notre entourage, etc. Autant de comportements arrogants qui nous coupent, notamment, de nos origines et sont sources de difficultés et de maladies.

Enfin, le dernier jour, il donna une consultation collective. Il passa d'abord en revue les principales maladies de notre époque avec leurs causes et leurs remèdes, essentiellement diététiques, puis, au grand étonnement des néophytes, il désigna dans la salle les personnes atteintes de telle ou telle maladie. Cette séance de diagnostic oriental d'après le visage, fut, même pour les personnes averties, un moment inoubliable. Puis, lors des dernières minutes de cette ultime journée d'étude, Michio Kushi refit un tour dans la salle pour demander à quelques personnes de venir le voir en aparté, afin de les aider à résoudre leurs difficultés. En effet, grâce à sa vision de l'aura, il pouvait ainsi conseiller certaines personnes obsédées par des mauvais souvenirs, des pensées négatives ou par les fantômes de proches décédés, en leur indiquant des pratiques spirituelles simples en vue de retrouver la sérénité.

Ces quatre journées d'étude permirent à Pascal de constater combien cet enseignement d'origine sino-japonaise rejoignait celui de M. Mercuret plus marqué par l'Hindouisme.

Chaque soir après le congrès M. Mercuret et Pascal revenaient à travers les rues du Puy, en faisant de longs détours. Cette ville fascinait Pascal, avec ses trois dykes volcaniques sur lesquels statues et chapelles semblaient vivre en symbiose. Il aimait les rues en escaliers, les vieux immeubles aux lourdes portes cloutées. Sur les plaques il lisait des noms évocateurs : rue Chèvrerie, rue Chênebouterie, rue des Tables, rue St Gilles, rue Porte-Aiguière qui suggéraient le passé moyenâgeux de la cité d'où l'on partait vers St Jacques de Compostelle. Yves lui avait dit un jour que la cathédrale était construite sur un ancien dolmen et que la célèbre *pierre des fièvres,* au temps où elle était placée à l'endroit prévu par les bâtisseurs, y avait guéri maints malades venus s'y allonger en toute simplicité, poussés par une confiance absolue.

Puis ils rentraient pour le repas du soir et terminaient la soirée en causant.

Le lendemain de son arrivée Pascal ne put se retenir plus longtemps de confier son tourment à l'homme bienveillant qui l'écouta en silence.

— Vous êtes aussi malheureux qu'il y a quatre ans. Ce n'est plus votre âme qui est atteinte cette fois, mais votre cœur et cela fait aussi mal, n'est-ce pas ?

— Oui, naguère je me battais contre mes propres ombres, maintenant je dépends d'un autre être et je suis très perturbé.

— Je vous avais prédit que des épreuves vous attendaient. Avez-vous une photo de cette femme ?

Pascal la sortit de son portefeuille et la posa sur la table. M. Mercuret regarda longuement la fine rose qui savait si bien montrer ses épines :

— Je m'en doutais. Cette femme est un monstre d'égoïsme et d'orgueil. La façon dont elle vous traite prouve qu'elle a été simplement atteinte dans son amour-propre. Elle ne voit qu'elle et tout ce que vous pouvez ressentir la laisse froide.

Pascal en était convaincu. Il lui avait écrit plusieurs lettres déchirantes où il laissait parler son cœur et sa sincérité. Elle n'avait jamais tenté de soulager sa douleur en changeant sa manière d'agir, alors qu'un seul mot d'elle aurait eu le pouvoir de le guérir.

— Ne m'aime-t-elle pas du tout ?

— Elle vous a aimé, au début, sincèrement, maintenant elle vous garde seulement par jeu, par caprice, parce que votre adoration lui donne un sentiment de puissance. Elle veut vous avoir à sa disposition, vous êtes sa chose !

Pascal dut s'avouer qu'il avait raison.

— Je l'aime tant !

— Vous l'aimez vous aussi en égoïste, vous la désirez, vous avez besoin d'elle. Ce n'est pas ainsi qu'il faut aimer, la souffrance que vous ressentez en est la preuve.

— Mais comment aimer ?

— C'est très difficile, je vous l'accorde, car tout attachement, toute passion portés à leur paroxysme ne peuvent entraîner que de la souffrance. Désormais, essayez de laisser la porte de votre cœur ouverte dans les deux sens. Ceux qui entrent chez vous pourront y trouver ce qu'ils cherchent, mais s'ils veulent en sortir n'essayez pas de les retenir, vous vous meurtririez sans succès.

— Les couples heureux, cela existe pourtant !

— Oui, bien que cela soit rare, mais cette femme n'est pas faite pour vous, elle ne fait pas partie de votre « famille spirituelle ». Renoncez à elle, sinon vous serez détruit. Vous tenterez en vain de la saisir, de la garder, ce sera impossible, elle vous fermera désormais la porte de son cœur.

— Pourquoi a-t-elle réagi ainsi quand elle a appris que j'avais été prêtre ?

— Il y a deux raisons à cela. Cette femme a une notion intellectuelle de l'amour et elle a besoin de dominer son partenaire, résultat des difficultés qu'elle a connues dans son enfance avec son père. Il était normal que son amour-propre parle plus fort que son amour le jour où vous êtes apparu à ses yeux autre que ce qu'elle croyait. Un prêtre, cela changeait tout, vous pouviez à votre tour la dominer, lui faire sentir son infériorité spirituelle...

— Je ne demandais pas mieux que de partager toutes mes connaissances avec elle !

— Mais elle s'en moque, voyons ! Ses yeux sont fermés, son âme est un jardin où poussent seulement les ronces du matérialisme et du scepticisme. Elle est terre à terre et s'en trouve bien, qu'y pouvez-vous ? Ne vous épuisez pas à la tirer de cet état qui lui convient, elle vous résistera toujours. Puisque vous êtes venu chercher un conseil, Pascal, le voici : la plus belle preuve d'amour que vous puissiez lui donner est de la laisser vivre comme elle l'entend, vous ne pouvez pas faire le chemin à sa place et vous ne pouvez pas non plus le faire à ses côtés. Aimez-la comme elle est, n'exigez pas d'elle ce qu'elle est incapable de donner. Bientôt vos routes se sépareront. Son âme est pauvre, la vôtre est riche, elle l'a très bien compris et vous lui faites peur.

— Je lui fais peur ?

— Bien sûr. Vous cherchez à l'entraîner dans une voie où elle ne peut vous suivre. Son orgueil en souffre car elle est très intelligente et connaît ses limites sans vouloir les admettre. En vous humiliant, elle se venge non de vous, mais de ce que vous représentez, elle cherche à vous exorciser, à se débarrasser du complexe d'infériorité qu'elle ressent à vos côtés. Elle a peur d'être dominée, de perdre la face vis-à-vis d'elle-même et cela la rend méchante, injuste, agressive.

Pascal n'avait jamais songé à tout cela.

— Que dois-je faire ?

— Lâchez prise, mon pauvre enfant, renoncez à cette aventure sans issue, vous devez continuer votre route sans elle. Peut-être un jour la lumière lui sera-t-elle envoyée mais je vous assure que seule une terrible épreuve parviendra à réduire son orgueil. Sous cette gangue qui l'emprisonne il existe pourtant une tendresse, une douceur que vous aviez réussi à réveiller. Il a suffi d'un orage pour que les démons se déchaînent, elle s'éloigne de plus en plus de vous car elle vous en veut de s'être laissé surprendre. La citadelle s'est refermée, n'insistez pas.

— Suis-je puni parce qu'elle est devenue une femme adultère à cause de moi ?

Le vieil homme sourit avec indulgence.

— Mais non, n'allez pas, en plus, vous culpabiliser à ce sujet ! Vous êtes puni par vous-même, parce que votre façon d'aimer n'est pas la bonne. Jalousie, esprit de possession ne mènent à rien. Aucun être ne nous appartient, nous n'appartenons à personne. Rappelez-vous ceci : le véritable amour ne peut exister qu'entre deux êtres qui ont la même façon de concevoir l'existence, même s'ils ont des goûts différents. Si l'amour vous donne un sentiment de joie, de plénitude : il est la Vie, sinon, il n'apporte que mort et désespoir.

— Je me sens nu, dépossédé...

— Nous sommes tous nus face à la vérité, cette vérité qu'un jour ou l'autre nous sommes bien forcés de regarder en face. Vous avez revêtu cet amour des oripeaux de l'illusion, vous avez idéalisé cette femme, vous vous retrouvez les mains vides et le cœur déchiré, c'est normal, il fallait en passer par là.

— Je l'ai aimée avant d'avoir appris à la connaître...

— Cette erreur vous coûte cher, mais elle était un mal nécessaire afin que désormais vous aimiez avec plus de discernement. Je dois vous le dire, Pascal, cette rencontre était karmique, non seulement pour vous, mais pour elle. Vous aviez beaucoup à apprendre l'un par l'autre. Je vous laisse découvrir tout seul quelles leçons vous tirerez de cette expérience.

— Mais elle ?

— Oh, elle ! Vous lui aviez été envoyé pour qu'elle apprenne à aimer, vous étiez le catalyseur choisi pour l'aider à retrouver le chemin de la tendresse. Elle n'a pas pu, c'était sans doute trop tôt, mais elle vous a fait souffrir, exprès et s'est créé un karma vis-à-vis de vous.

— Je lui pardonne du fond du cœur.

— Tant mieux pour vous, mais elle devra subir le contrecoup de ses actes, c'est la loi, même si elle n'y croit pas. Comment cette femme pourrait-elle vous donner l'amour dont vous avez besoin ? Elle ne s'aime pas elle-même. Regardez-la : elle n'est que refus : refus de souffrir, refus d'aimer, refus de donner, refus de changer. En agissant ainsi elle va au devant de la souffrance parce qu'elle élève un obstacle entre Dieu et elle, parce qu'elle empêche les forces de l'Amour divin d'œuvrer dans son âme. Elle veut rester libre de ses sentiments ? Son cœur va se dessécher ; elle ne veut pas la tendresse ? Alors sa vie deviendra un désert de solitude, tout le monde se détournera de ce cœur vide qui n'a rien à donner. Je vois, hélas, l'épreuve s'approcher d'elle.

— Sera-t-elle abandonnée ?

— Cela dépendra du choix qu'elle fera à ce moment-là. Si elle acquiert l'humilité, si elle apprend à demander elle recevra le secours nécessaire, sinon elle sera anéantie. Plaignez-là, Pascal, car vous un jour vous aimerez une autre femme... Une femme qui saura prendre en vous les éléments dont se nourriront son esprit, son âme et son corps.

— Plus jamais je ne serai capable d'aimer, murmura Pascal accablé en rangeant la photo.

Le vieil homme sourit et ne répondit pas. Ils ne reprirent pas cette conversation mais Pascal demanda désormais chaque jour à Dieu d'avoir la force de renoncer à Violaine. Avant de repartir, il voulut aller à Combolivier. Il revit avec émotion la maison où Marie-Dolorès avait vécu. Depuis le décès de Pierre, Robert, l'entraîneur, avait pris la gérance du haras, aidé dans cette tâche par Anne, sa femme. Tous deux le reçurent avec une amicale simplicité. Lors du repas qui les réunit Robert aborda un certain nombre de problèmes. Le haras prospérait sous sa direction et les chevaux commençaient à acquérir une certaine cote nationale, surtout depuis qu'Odalisque avait gagné à Cagnes-sur-Mer. Fleur de Mai promettait de devenir une véritable championne, elle remportait toutes les courses des environs et de jeunes pouliches assureraient bientôt la relève.

— Nous aimerions avoir votre avis, monsieur, déclara Robert, sur une suggestion que nous a faite ma belle-sœur Françoise, la sœur aînée d'Anne.

— De quoi s'agit-il ?

— Françoise est en instance de divorce. Quand tout sera terminé, elle aimerait venir s'installer à Combolivier, près de nous et élever des chevaux de selle. C'est une cavalière émérite, elle s'y entend comme personne. Accepteriez-vous de la laisser tenter sa chance ? Elle a la tête pleine de projets.

— Il serait bon que je la rencontre pour en discuter avec elle !

— Je vais le lui dire. En principe, elle sera libre cet automne mais elle a des problèmes à régler avant de revenir. Comme elle désire rester indépendante, je crois qu'elle a l'intention de restaurer un vieux moulin situé au bord de la Dorette, à deux kilomètres d'ici, en aval de la rivière. Si vous pouviez revenir l'an prochain, je pense qu'elle serait dans les parages.

Pascal calcula que ce voyage pourrait coïncider avec ses vacances.

— J'essaierai de me libérer à partir du 15 août jusqu'à la rentrée des classes. J'irai à l'hôtel et…

— Non, intervint Anne, je vous demande d'être notre invité. Ainsi vous verrez de près tout ce qui touche le haras et Françoise pourra vous expliquer ce qu'elle désire.

Pascal accepta la proposition. La présence de ce jeune couple sympathique lui semblait tonifiante. D'ici l'été 1979, serait-il parvenu à oublier Violaine ? Il le fallait, hélas, car cet amour devenait un boulet. Dès son retour en Normandie il essaierait de mettre en pratique ce « lâcher-prise » si difficile. Si le Maître l'exigeait il lui viendrait en aide, sinon comment y parvenir ? Tout son amour lui restait sur le cœur, il s'était livré pieds et poings liés à une inconnue qui le tenait encore en laisse. Mais peut-être après tout serait-elle soulagée qu'il la quittât ?

En cela, il se trompait. Violaine voulait bien se moquer de sa victime mais elle n'acceptait pas que celle-ci lui échappât. Pascal ayant esquivé quelques rendez-vous, elle se fit tendre et rassurante au téléphone, si bien qu'elle accepta de la revoir. Quand il fut à nouveau conquis, le jeu recommença et Pascal comprit alors que rien, rien désormais ne pourrait éviter une rupture définitive. Il ne pouvait plus faire confiance à cette femme qu'il aimait malgré tout mais dont tout le séparait. Il n'acceptait plus passivement sa défaite et souvent leurs rares rendez-vous se passaient mal, il se révoltait ; peut-être cela redonnait-il du piquant à leur liaison, pour elle tout au moins car lui aspirait au calme et à la sérénité d'un amour partagé.

Il mesurait avec le recul du temps le pouvoir que détenait Violaine : celui de le rendre heureux ou malheureux d'un geste, d'une parole, et cela, en effet, ce n'était pas normal. Où était son libre arbitre ? M. Mercuret avait mille fois raison : il se devait à lui-même d'abattre les murs de cette prison que sa vulnérabilité, son besoin de tendresse avaient construit. Château de cartes ou forteresse, il souffrait trop d'y être enfermé et déjà il acceptait l'inévitable séparation.

Le dimanche de Pentecôte fut bien différent du précédent. Un an auparavant il s'apprêtait à retrouver Violaine, à lui donner tout l'amour du monde. Aujourd'hui, le cœur sanglant, il songeait seulement à « ouvrir la porte » afin de se débarrasser au plus vite de ce lien désormais inutile.

Avec un peu de remords il se rendit compte que depuis Noël il avait délaissé tous ceux qu'il aimait. Replié sur lui-même et sur sa souffrance, il avait élevé entre lui et eux un écran opaque. Il était temps de vivre à nouveau, de sortir des ténèbres et de regarder la vie avec des yeux neufs, même si le cœur était ravagé.

C'est pour se faire pardonner qu'il joua toute la matinée avec Fleur, heureuse de l'aubaine. Il découvrait soudain qu'elle avait grandi pendant son « absence ». À deux ans et demi, elle rayonnait et exigeait une affection constante.

— Viens voir le parc, lui dit-il, en saisissant la menotte tiède.

Elle le suivit, trottinant et babillant comme une pie dans ce jargon enfantin qu'il ne parvenait pas toujours à comprendre en dépit de tous ses efforts. Il la regardait vivre, heureux et amusé par ses mimiques. À un moment elle s'approcha d'un massif où des tulipes perroquet multicolores dressaient leurs têtes enturbannées, pareilles à des odalisques un rien précieuses et tout à fait conscientes de leur respectabilité. Elle se mit à parler en se penchant vers les calices rouge et or qui frémissaient parfois sous la brusque poussée de la brise et c'était un spectacle charmant de voir la fillette aux boucles brunes s'adresser aux fleurs qui semblaient se hausser au bout de leur tige raide comme pour mieux l'écouter. Puis, jugeant que les tulipes mettaient beaucoup de mauvaise volonté à répondre à son invite, elle avança la main et arracha les pétales de l'une d'elles, en guise de représailles. Pascal s'approcha vivement, se baissa et ouvrit la main crispée d'où s'échappèrent les lambeaux flétris de la fleur.

— Fleur, tu lui as fait mal.

L'enfant leva des yeux étonnés vers le visage empreint d'une sévérité inhabituelle.

— Chérie, regarde la tulipe. Elle est toute vilaine maintenant.

L'enfant regarda alternativement la tulipe massacrée et son père.

— Bobo ? demanda-t-elle, indécise.

— Oui. Écoute-moi. Dans toutes ces fleurs il y a une fée pas plus grosse que mon ongle, une petite dame toute blanche qui la fait pousser et la rend jolie pour Fleur, pour papa, pour maman, pour Lucien. Eh bien, tu as tué la petite fée, la fleur a mal maintenant comme si je t'avais donné une fessée… Tu comprends ?

Fleur connaissait très bien les fées... et les fessées ! Quand elle avait été sage, le soir, Mme Lagantat ressortait toutes les histoires qu'elle avait contées autrefois au père de l'enfant. Pour elle, c'était une sorte de rite, peut-être une façon de dénier à la mort son pouvoir sur les humains puisque les mêmes histoires allumaient les mêmes étoiles dans les yeux du petit Pierre et dans ceux de la fillette issue de son sang, et dont sa propre enfance avait été bercée. Un soir, Pascal avait surpris la brave femme en train de lui raconter Cendrillon, et il avait écouté, sans oser entrer, la merveilleuse histoire d'une petite fille malheureuse que l'amour d'un Prince hisse à la gloire et à la fortune. Le petit pied de Cendrillon, Pascal l'imaginait si pareil à celui de Marie-Dolorès, si blanc, si mutin sur le coussin vert jade, ce petit pied qui ne savait pus marcher ou danser dans la rosée comme le font les elfes des légendes !

Pascal avait soupiré, dans l'ombre, puis avait succombé au charme de ce vieux conte si souvent lu et relu mais que Mme Lagantat rajeunissait soudain. Elle-même, éclairée par la veilleuse, tricotant son éternel châle en laine, ressemblait à s'y méprendre aux *carabassen* bretonnes qui jouaient le rôle de bonne marraine pour le plus grand bonheur des enfants du village pendant que les parents étaient aux champs, avant qu'on les ait défigurées en les transformant en « fée Carabosse » !

Fleur ne pouvait pas tout comprendre bien sûr, mais à moitié endormie, son pouce dans la bouche, elle se laissait pénétrer par la musique des mots, par la magie des images évocatrices de grand palais où la lumière coule à flot des candélabres dorés... Comprenait-elle la transformation de la citrouille en carrosse ? Peut-être ; après tout n'était-elle plus proche de ce monde merveilleux qu'il ne l'était lui-même, car sa candeur n'avait encore reçu aucune flétrissure, sa crédulité aucune déception. Il avait lu à plusieurs reprises que les petits des hommes ont besoin des contes de fées pour s'épanouir : le grand méchant loup, le croque-mitaine, l'ours, transmutent les terreurs nocturnes que nous ramenons de l'au-delà en naissant et les exorcisent. Rien de plus délicieux que d'avoir peur, quand on est délicatement enfoui sous des couvertures bien chaudes, le nounours familier calé contre la joue tiède : le vent peut bien hurler derrière les volets, le petit chaperon rouge se faire dévorer une fois ou dix fois, qu'importe !

Maman est là, rassurante, le nounours aux yeux de verre regarde tout droit dans l'éternité et quand enfin on glisse doucement dans le sommeil, on sait fort bien que celui-ci sera peuplé de bûcherons qui de toute façon étriperont le loup, de princes qui ramasseront les pantoufles de vair (pourquoi de « verre » ? c'est si fragile) et de bonnes fées dont la baguette magique aura toujours le dernier mot.

Oui, Fleur connaissait les fées, et à ce mot magique elle regarda les tulipes avec un respect nouveau, une sorte d'extase. Des fées dans un logis aussi minuscule ! Quant aux fessées, elle en connaissait aussi la cuisson désagréable sur sa peau délicate. Perplexe, elle ne parvenait pas vraiment à faire le rapprochement entre le supplice infligé à la plante qui n'avait même pas crié sa douleur et ses propres hurlements quand elle recevait une correction. Mais elle n'était qu'une toute petite fille. Papa savait tout, elle l'admirait et l'aimait. Aussi, se détournant des tulipes, elle lui tendit les bras pour obtenir son pardon. Il la souleva, l'embrassa et la fillette désignant de son petit doigt le parterre en contrebas déclara gravement :

— Plus bobo...

Pascal fut heureux de lui avoir inculqué les premières notions du respect que l'on doit aux plantes. Il ne pouvait chasser de son esprit les bonds désordonnés que faisait l'aiguille de l'appareil enregistreur chez Yves. Plus tard il en parlerait à sa fille, mais la leçon d'aujourd'hui correspondait à ce qu'elle était capable de concevoir à trente mois. Si chaque maman, chaque instituteur apprenait aux enfants dont ils ont la charge que tout ce qui vit peut souffrir, peut-être y aurait-il un espoir pour le monde avant que tout soit saccagé par des mains peu scrupuleuses. Est-ce vraiment une utopie ?

Le 9 juillet un coup de téléphone d'Isabelle affolée lui annonça que Jean-Louis venait d'avoir une attaque. Transporté à l'hôpital de Caen, il avait sombré dans le coma.

— Je t'en prie, supplia Isabelle, viens le voir. Peut-être peux-tu quelque chose pour lui, il a tout le côté droit paralysé. Les docteurs disent qu'il est perdu.

Pascal partit sur-le-champ et retrouva Isabelle à la porte de l'hôpital où ils s'étaient donné rendez-vous. À cette heure-là le service était calme. Pascal n'eut aucune difficulté à pénétrer dans la chambre interdite. Jean-Louis, allongé sur un lit entouré de barreaux, respirait doucement grâce à un appareil dont le soufflet s'élevait et s'abaissait sur un rythme rassurant. Un tube souple s'enfonçait dans sa narine, une aiguille à perfusion était piquée dans sa veine, le tout relié à des appareils et des bocaux dont rien ne laissait soupçonner le contenu.

Que faire ? Le coma datait maintenant de quarante-huit heures, la paralysie aussi. À part sa poitrine qui se soulevait régulièrement, Jean-Louis semblait mort, inerte, déjà parti vers un autre monde. Il avait le teint blafard et les yeux clos. Pascal se pencha par-dessus les barreaux et promena légèrement ses deux mains sur la tête du malade sans la toucher, essayant de localiser dans son propre cerveau le siège du mal. Une douleur violente du côté gauche lui montra qu'une fois encore il y avait résonance entre les deux organismes et, persuadé d'être parvenu à l'endroit où quelque vaisseau s'était rompu, à moins qu'un caillot ne s'y fût formé, il y posa sa main pendant cinq minutes. Isabelle qui assistait à cette opération de la dernière chance poussa un léger cri : la jambe droite de Jean-Louis venait de se contracter. Ce spasme se renouvela une fois encore, le malade ouvrit les yeux et les referma, un râle sortit de sa gorge et ce fut tout. Mais Isabelle frémissait d'espoir et ils se retirèrent sans faire de bruit pour ne pas alerter le personnel. Pascal revint le lendemain, recommença son imposition des mains en y ajoutant de longues passes sur les membres. La jambe paralysée bougea imperceptiblement, le bras fut parcouru de frissons, le râle s'éleva à nouveau, ressemblant à un gémissement et Jean-Louis sembla s'endormir.

— Je dois repartir à Houlgate, dit Pascal, je ne peux plus rien faire pour l'instant.

Deux jours plus tard, elle lui annonçait que Jean-Louis avait émergé du coma. Pascal apprit par Isabelle que l'artériographie pratiquée ce jour-là avait révélé un cerveau normal contrairement à la première : il ne subsistait aucune trace de lésion et les médecins se perdaient en conjectures, n'osant parler de miracle. Une semaine plus tard, Jean-Louis était de retour chez lui. Pascal avait préconisé un régime strict, mais Jean-Louis ne l'entendait pas de cette oreille. Comme il n'avait gardé aucun souvenir des différentes phases de sa maladie, il ne voulut pas croire être passé aussi près de la mort. Aussi ne changea-t-il rien à ses habitudes alimentaires. Cet homme de quarante-deux ans se croyait invulnérable parce qu'il n'avait jamais connu d'échec. Refusant de se considérer comme convalescent, bien qu'il trainât encore un peu la jambe, il se remit au travail et cette erreur fut fatale. Le trente juillet, une seconde attaque l'emportait en quelques heures.

Les jours qui suivirent furent terribles. Pascal accourut à Granville. Effondrée, Isabelle était incapable de faire face à toutes les formalités qu'exige un décès. Pascal s'occupa de tout et ramena à Houlgate la mère et les deux fils désemparés. Ce fut un bien triste mois d'août et, cet été-là, le manoir ne résonna pas des rires habituels. Isabelle restait enfermée dans sa chambre et les deux jeunes gens n'avaient pas très envie de se mêler à la foule joyeuse du bord de mer. Ils lisaient, aidaient Joseph et Lucien qui s'ingéniaient à les distraire, mais le cœur n'y était pas.

Un jour, Pascal eut une idée. Se rappelant la confidence de René, il lui téléphona pour lui demander de venir passer quelques jours à Houlgate. René accepta d'autant plus volontiers qu'il n'avait pas pu assister aux obsèques de Jean-Louis, étant parti pour une tournée de conférences en Belgique et aux Pays-Bas. À son arrivée, Isabelle consentit enfin à quitter sa chambre et Pascal, plein d'espoir, les voyait bavarder longuement en se promenant dans le parc. Il espérait que René aurait le pouvoir de consoler Isabelle et peut-être, qui sait, de la conquérir puisqu'il n'avait jamais cessé de l'aimer.

Il fallait leur donner une chance, cette chance que lui, Pascal, n'avait pas eue avec Violaine. Pendant cet été-là il accepta enfin de renoncer à elle, de ne plus l'importuner en lui parlant de son amour. Ses sentiments se purifiaient par ce sacrifice. Il désirait que cette femme tant aimée fût heureuse, même sans lui. Maintenant que la passion perdait de son intensité il eût aimé devenir son ami, pouvoir lui parler à cœur ouvert, mais ce dernier bonheur ne lui fut pas accordé. Violaine se servit contre lui de l'arme qu'utilisent les faibles et les indécis : le silence et peu à peu l'absence étendit entre eux sa plage grise, ponctuée parfois d'un coup de téléphone rapide et banal.

Avant Noël Pascal apprit par Isabelle que René lui avait déclaré son amour et qu'elle ne l'avait pas repoussé. Était-ce par fatigue, crainte de la solitude, désir légitime de recommencer à vivre ? Comment allaient-ils organiser leur existence ? Il était encore trop tôt pour le dire, le temps n'avait pas encore fait son œuvre.

JOURNAL

2 janvier 1979

Vers dix heures, j'ai téléphoné à Violaine pour lui souhaiter la bonne année, puisque je ne l'ai pas vue depuis un mois. Nous avons parlé quelques instants et soudain elle m'a déclaré, très à l'aise : « *J'ai fait lire tes lettres à Georges. Il dit qu'à ton âge on n'a pas idée d'être aussi bête* ».

Mon sang n'a fait qu'un tour. Je me suis senti ulcéré par ce geste ignoble dont elle me faisait l'aveu avec indifférence, comme d'une chose naturelle. Alors je lui ai dit que tout cela avait assez duré maintenant, que je ne voulais plus la revoir ni entendre parler d'elle et j'ai raccroché.

Ce soir je ne regrette pas cette colère qui m'a donné le courage nécessaire pour rompre une liaison devenue pesante et sans objet.

Je me croyais à l'abri des passions et tu m'as appris l'humilité. Je me sens délivré et pourtant, une dernière fois, je veux te parler, Violaine : Je me croyais inaccessible, invulnérable, tu m'as appris que j'étais faible, capable d'être jaloux, possessif, capable aussi de faire passer mon plaisir avant mon devoir. Tu as été l'instrument de cette douloureuse rencontre avec moi-même. Je sais maintenant : il ne faut pas confondre émotivité et émotion, romantisme et amour sincère. J'ignorais que ces « miasmes » existaient en moi, tu les as fait ressortir, pour mon plus grand bien. Cela ressemble au nettoyage en profondeur d'une mare au fond de laquelle s'est déposée une couche de boue gluante, invisible au passant. Il suffit d'agiter l'eau avec un bâton et celle-ci se trouble. Alors seulement le « curage » peut devenir efficace. Notre âme n'est-elle pas semblable à cette mare ?

Tu m'as appris aussi, par bonheur, la complicité du lit partagé, la volupté, puis le déchirement de l'absence. Contre cet homme qui t'aimait malgré les coups reçus, tu as utilisé la seule arme capable de le décourager : le silence, et tu as réussi. Adieu, je n'ai même plus envie d'être ton ami, je préfère tourner la page une fois pour toutes et t'oublier.

Tu m'as appris autre chose, Violaine. Je sais maintenant, grâce à cet échec que le véritable amour est avant tout échange et harmonie, bonheur de vivre ensemble. Cette épreuve m'a aidé à me découvrir et si je me retrouve seul et déchiré, je me sens aussi plus fort, plus responsable, assagi. Contrairement à ce que j'ai dit il y a quelques mois à M. Mercuret, je me sens capable d'aimer à nouveau, mais autrement. Ma vie ne sera pas toujours traversée de femmes inaccessibles. Isabelle, Marie-Dolorès, Violaine, vous avez jalonné ma route à chacune des étapes de ma vie, puis vous avez disparu, mais quelque part une femme m'attend, j'en suis sûr. Je veux croire au bonheur.

Quant à toi, rose qui m'avais caché tes épines, je sais que mon amour pour toi a pris une autre dimension. Je t'aime au-delà de l'amour, dans cet espace de moi-même où il n'y a plus ni déception, ni haine, ni désir, où règne le détachement. Je prierai pour toi chaque soir, pour que Dieu te protège et t'éclaire, car vois-tu Violaine, on ne se moque pas impunément de Lui. Puisque je n'ai pas su toucher ton cœur je te remets entre Ses mains afin qu'il te guide et te protège.

Avant de te dire adieu, laisse-moi murmurer à ton oreille ce poème que je viens de découvrir. On dirait qu'il a été écrit pour cette circonstance.

Tandis que je mourais un peu plus chaque jour,
Il y eut des soleils et des couchers de lune,
Des jets de sève en fleurs à boire du regard
Et des appels sans nombre en symphonie d'attente.

Puis j'ai su la douleur
Aux larmes contenues,
Les appels « au secours »
Qui battaient la chamade
Sur un cœur haletant
Muet comme une pierre…

Irène de St Christol (Horizon brûlé)

Adieu Violaine. Il y a tant d'autres roses à respirer dans les jardins de la vie !

QUATRIÈME PARTIE

LE NOUVEL EDEN

« Il n'est pas nécessaire d'espérer pour entreprendre ni de réussir pour persévérer. »

Guillaume d'Orange

Pendant l'hiver 1979, Pascal s'efforça de vivre comme avant Violaine. Pour oublier il se replongea dans les livres pour étudier certaines thérapeutiques : acupuncture, auriculothérapie, phytothérapie. Il approfondit ses connaissances en astrologie grâce à Yves qui était devenu maintenant un familier du manoir. Klebs, le grand terre-neuve, l'accompagnait parfois et Fleur l'avait choisi comme monture, délaissant le cheval pommelé qui, lui, n'était pas vivant et n'obéissait pas à sa petite voix.

Il avait aussi repris ses méditations matinales, ayant fait la paix avec lui-même, donc avec Dieu. Les seuls changements importants furent le départ à la retraite de Joseph et de sa femme. Pascal embaucha une nouvelle cuisinière qui fut très étonnée d'avoir à faire une cuisine essentiellement végétarienne. Lucien et Nicole attendaient un enfant pour le début du printemps. Isabelle et René parlaient de mariage futur. Mais il y avait des problèmes à régler. S'il épousait Isabelle, René serait amené à partager avec sa femme l'héritage que Pascal gérait pour elle, ce qui représentait une lourde charge. René verrait ainsi se réaliser son rêve : quitter Paris et ses vieilles habitudes de célibataire pour venir vivre à la campagne auprès de la femme que le destin lui ramenait, une femme rajeunie par l'amour. Pascal les vit ensemble en février et c'est à peine s'il reconnut sa cousine. À quarante ans elle rayonnait de bonheur et René jouait les chevaliers servants avec un naturel qu'on ne se serait pas attendu à trouver chez ce Casanova. En les voyant, Pascal ressentit un pincement au cœur. Le souvenir de Violaine reflua à sa mémoire, précis, cruel, et il dut convenir que cette rupture avait brisé quelque chose en lui ; Violaine lui manquait, bien qu'il l'eût chassée de ses pensées.

Cet hiver-là Pascal eut aussi l'occasion de soigner beaucoup de malades. Il plaignait surtout les enfants, plus que les adultes, parce que souvent ils étaient victimes des mauvaises habitudes alimentaires qu'on leur imposait.

En janvier on lui amena Francis, un bambin de dix-huit mois, recouvert d'eczéma suintant, avec d'énormes croûtes dans les cheveux. Le malheureux enfant était maigre à faire peur, il ne dormait plus, hurlait tout le temps et dépérissait à vue d'œil. Les parents l'avaient conduit chez plusieurs pédiatres, aucun ne leur avait demandé comment ils le nourrissaient. Pascal commença par là. Il apprit que depuis son sevrage l'enfant ingurgitait des purées contenant du beefsteak haché, des yaourts et des biberons de farine. Aux parents méfiants — ils étaient venus le consulter poussés par la peur, mais sans croire à ses

« pouvoirs » — il ordonna un changement de régime immédiat. Sur une feuille, il rédigea quelques menus sans viande, en variant les légumes, etc. Lorsqu'il posa ses mains sur le garçonnet, celui-ci lui lança un regard de détresse, une sorte d'appel au secours tellement poignant, tellement résigné qu'il en fut remué jusqu'à l'âme. Subjugués par l'autorité qui émanait de ce guérisseur, les parents obéirent et après cinq séances de magnétisme, l'eczéma avait régressé, l'enfant dormait à nouveau, son regard avait repris un peu de lumière et lors de la dernière visite, il babillait et tentait d'échapper aux bras de sa mère pour inspecter le bureau. Il revenait de loin et ses parents en convinrent.

Après les vacances de Noël, Pascal fit la connaissance de Marceau. C'était un garçon de quatorze ans environ. Sa mère expliqua que pendant le premier trimestre il avait reçu un vaccin à l'école, le BCG. Après avoir eu une forte fièvre, tout semblait être rentré dans l'ordre. C'est ensuite que les professeurs avaient commencé à se plaindre de son travail : il devenait irritable, nerveux, instable. La mère s'aperçut que la nuit il faisait des cauchemars, se tapait la tête contre les murs. Il semblait s'enfoncer peu à peu dans une sorte d'apathie d'où rien ne pouvait le tirer. Le docteur admit que le vaccin y était pour quelque chose mais il fut impuissant à enrayer les progrès du mal qui ravageait ce cerveau d'adolescent. Pascal, désolé, contempla le grand garçon qui se balançait devant lui, comme un ours, les yeux vides, la bouche ricanante. Il posa sa main sur le crâne et son bras en fut comme paralysé. Les soins durèrent tout l'hiver et, à Pâques, le jeune homme avait repris son entrain d'autrefois. Que se serait-il passé si la mère, n'écoutant que ses sentiments, n'avait fait appel à lui ?

Encore plus douloureux fut le cas de la petite Julie. Après avoir reçu la troisième injection du Tétracoq, la fillette, âgée de dix mois, fut atteinte de convulsions. Hospitalisée, elle reçut de fortes doses de Valium qui calmèrent les convulsions mais la laissèrent sans ressort, engourdie. Quand elle sortit de l'hôpital les parents la lui amenèrent. Comme elle était touchante, avec ses boucles blondes et son petit visage aminci par la maladie ! Pascal la soigna, mais il sentait que le Valium, administré régulièrement, contrariait l'effet du magnétisme. N'ayant pas le droit d'intervenir à ce niveau, il fit ce qu'il pouvait mais l'enfant fit d'autres crises, fut hospitalisée à nouveau et Pascal dut renoncer. Il apprit plus tard que la petite Julie n'avait jamais pu apprendre à marcher, on la transportait dans un fauteuil, elle ne riait jamais, étant devenue une morte vivante.

Pascal fit le rapprochement avec plusieurs cas pour lesquels il était intervenu auparavant. Valérie, cinq ans, qui, après le BCG, avait fait une adénite. En quelques jours son taux de globules rouges avait baissé de un million d'unités, celui des globules blancs atteignait onze mille unités. L'anémie s'installait. L'enfant ne jouait plus, reposait dans le noir, inerte, sans appétit. Pascal avait eu plus de chance qu'avec Julie : en quelques séances il avait rendu la santé à l'enfant, les analyses de sang attestaient régulièrement les progrès obtenus.

Il y avait eu Johan, atteint d'une néphrite aiguë, après le vaccin antivariolique subi à l'âge de sept mois et qui depuis dix-sept ans, traînait d'hôpital en hôpital et Jean-Pierre, vingt-six ans, qui depuis les vaccinations reçues au régiment souffrait de rhumes à répétition et de violents maux de tête. Pour Johan, Pascal n'avait rien pu faire, le jeune homme était décédé, les lésions rénales s'étaient révélées irréversibles ; le magnétisme, thérapeutique de la dernière chance avait échoué. Pascal ressentait douloureusement chaque échec, mais il en tirait en même temps une leçon de sagesse : le magnétisme aussi a ses limites.

Un jour qu'ils marchaient tous les deux sur la plage, il s'ouvrit de ses craintes à Yves, lui confiant ses appréhensions, le résultat de ses découvertes encore fragmentaires. Peut-être tous ces accidents étaient-ils dûs au hasard, à la malchance, mais Yves ne fut pas de cet avis.

— Ah ! l'éternel problème des vaccins ! Je vous prêterai des livres qui parlent de l'expérience vécue par de nombreux médecins soucieux de la santé de leurs malades. Ils essaient d'appliquer la devise primordiale *Primum non nocere* ; en dépit de tout ce qui leur a été inculqué, ils veulent avant tout ne pas nuire. Or, vacciner est un acte médical grave, certains médecins en sont persuadés ; il s'agit d'une agression du corps humain par un agent étranger. Pire, on inocule à un enfant une maladie qu'il n'a pas encore et dont il est peut-être immunisé naturellement. Personne au monde ne peut deviner quelles conséquences aura cet acte, couvert par la loi, qui peut selon les cas se révéler très dangereux.

Pour essayer d'y voir plus clair considérons d'abord ceci : le principe des vaccins repose tout entier sur le dogme édicté par Pasteur ; à savoir que si on introduit dans un organisme une petite quantité de toxines microbiennes, il se forme des anticorps qui l'immuniseront contre cette maladie particulière. Il affirmait en outre que toutes les maladies sont produites par des micro-organismes venus de l'extérieur (origine exogène des maladies) et qu'ils sont spécifiques à chaque affection. Ainsi, le bacille de Koch ne peut engendrer que la tuberculose.

— Cela me paraît logique, dit Pascal.

— Oui, mais à la même époque des savants comme Claude Bernard, Béchamp, Berthelot, soutenaient l'origine endogène des maladies. Ils disaient que toute cellule animale et végétale est composée de micro-organismes (bacilles, germes, etc), que ceux-ci vivent en nous, constituent notre propre substance et qu'ils prennent un caractère pathogène seulement quand le terrain est vicié pour diverses raisons : abus d'alcool, de tabac, absorption de certaines nourritures, de médicaments... et de vaccins ! Il se transforment alors en microbes malfaisants et notre système immunitaire risque d'être débordé.

— C'est incroyable, s'exclama Pascal, les deux théories sont exactement opposées !

Avant de répondre, Yves prit le temps de saisir un galet et de le lancer au loin dans l'eau.

— C'est pourtant Pasteur que l'on a écouté et on a ainsi négligé une source d'informations cliniques intéressantes que des médecins avaient faites sans les comprendre puisque le postulat pasteurien paraissait inattaquable. Certains praticiens se sont aperçus que l'inoculation du vaccin antidiphtérique-antitétanique engendre des abcès tuberculeux là où auparavant il n'y avait pas de tuberculose.

— Comment est-ce possible ?

— L'inoculation d'une substance toxique modifie l'équilibre électromagnétique de nos cellules, ayant pour effet de changer leurs vibrations, leur longueur d'onde. On sait cela depuis peu, depuis l'emploi du microscope électronique. Comme l'a proclamé le Professeur Tissot, il peut se produire chez des personnes déjà déficientes, des mutations microbiennes consécutives à de telles inoculations.

— Personne ne s'est inquiété de savoir s'il avait raison ?

— Apparemment non.

— Vous me faites peur.

— Il serait bon, en effet, que des responsables prennent conscience de la gravité de ce problème, car les vaccins répétés et même les sérums, modifient le terrain sur lequel on les inocule. Le sujet peut devenir ultra-sensible à cette substance et on a vu mourir des enfants vaccinés, de la maladie dont on voulait les protéger ! On a même vu des enfants vaccinés à l'anatoxine diphtérique contracter cette maladie alors que leurs frères et sœurs non vaccinés restaient indemnes.

— Pasteur peut-il s'être trompé ?

— Il avait en partie raison, seulement il n'a vu qu'un aspect du problème. D'ailleurs, quelques jours avant sa mort, il disait à son confrère Renon :

« C'est Claude Bernard qui avait raison, le germe n'est rien, le terrain est tout. »

Yves se tut, laissant à Pascal le temps de digérer ces révélations qui démolissaient tout ce qu'il avait cru savoir jusqu'ici. Il se sentait perplexe.

— Ce que j'avais lu dans un article était donc vrai. Il y était dit qu'en iridologie on peut voir la trace laissée par un vaccin sous forme de lésion. À l'époque je n'y avais pas cru.

Il tenta un dernier argument :

— Pourtant, les vaccinations ont bien fait régresser les épidémies ?

— À ce sujet, quelques statistiques accompagnées de graphiques vous éclaireront davantage que toutes les explications. Je n'ai pas ces livres sous la main mais je peux vous dire ceci : les microbes, comme tous les êtres vivants ont leurs biorythmes, c'est-à-dire qu'ils passent par des périodes de virulence qui vont en s'atténuant puis cela recommence. Il a été prouvé que dans des pays voisins, l'un où la couverture vaccinale est très forte, l'autre où elle est presque nulle, les taux de maladies régressent sur le même rythme. Ce fut le cas pour la diphtérie de 1944 à 1952, entre le Canada vacciné et le Japon non vacciné. D'autre part, la vaccination fait-elle régresser les épidémies ? Je vous cite seulement, pour la poliomyélite, le cas du Canada, très vacciné et des USA plutôt prudents sur ce chapitre. Dans le premier pays il y eut une brusque recrudescence de la maladie, dans le deuxième la mortalité ne cessa de diminuer, au cours de la même période, évidemment.

Pour ne pas entrer dans une polémique inutile, il semble que toutes les maladies d'origine microbienne diminuent et disparaissent quand de bonnes conditions d'hygiène et d'alimentation sont largement répandues. Quant à l'innocuité des vaccins elle n'est, hélas, pas prouvée et c'est la fréquence et la gravité des accidents post-vaccinatoires qui ont amené la suppression pure et simple en France de la vaccination antivariolique. Si tous les dossiers exposant les cas de paralysie infantile, d'adénites et d'encéphalites étaient présentés au grand jour, si les parents des petites victimes avaient le courage de parler, je crois que le principe même de la vaccination systématique serait à revoir. Mais il semble qu'à tous les niveaux s'établisse la conspiration du silence. Pourquoi ?

— Ce qui me choque le plus, dit Pascal, c'est que dans notre pays qui prône la liberté, les vaccinations soient obligatoires, les parents n'étant pas consultés sur un sujet aussi grave. À mon avis, on détourne l'attention des gens des vrais problèmes. Pour quelques cas de polio recensés dans le pays, on déclenche une campagne de vaccination. Or, chaque année, des centaines de jeunes se tuent sur les routes ou restent infirmes, mutilés à vie : interdit-on pour cela les motos, plus meurtrières que les microbes ? Non, n'est-ce pas ? Alors, il faudrait que les mères de famille se dressent contre cette loi pour protéger leurs enfants…

— Oui, Pascal, il y a fort à faire encore pour que la vie et la liberté soient respectées, même chez nous. Venez, je vais vous prêter des livres, vous vous ferez une opinion.

En attendant, que pouvait-il faire, lui ? Poursuivre, avec les moyens si faibles mis à sa disposition, son travail d'éducation populaire. Au niveau de l'abus des sucreries il sentait ses possibilités. On lui amenait des enfants souffrant d'otites, de rhinos, de rhumes à répétition, de bronchites et d'asthme, dont l'alimentation de base était surchargée en hydrates de carbone. Aux mères attentives, aux enfants eux-mêmes, il expliquait pourquoi les sucres sont dangereux :

« Le sucre ingéré, sous forme de gâteaux, bonbons, sirops, crèmes, glaces, est très rapidement absorbé par le milieu sanguin. Le sang devient aussitôt acide, provoquant une acidose. Devant cette forme d'agression le corps réagit immédiatement, créant l'effet-tampon. Tous les dépôts de minéraux se déplacent vers le milieu sanguin pour neutraliser cette acidose, car le Ph du sang (sa teneur en acide) doit rester constante. Et quel est le minéral le plus important pour cette lutte ? Le calcium, qui doit être pris là où il est stocké, c'est-à-dire dans les os et les dents ! Voilà pourquoi votre enfant, madame, a des dents gâtées alors qu'il n'a pas cinq ans ! Voilà pourquoi vos enfants ont les os tellement fragiles ! »

Aux adultes plus avertis il expliquait que le taux normal de glucose est maintenu dans le sang par un mécanisme complexe qui met en jeu plusieurs organes et plusieurs hormones. Après une ingestion massive de sucre, d'aliments raffinés (pâtes, farineux, etc), le taux sanguin de glucose s'élève rapidement. L'hypophyse ordonne au pancréas de sécréter de l'insuline qui fait baisser le taux du sucre et qui, travaillant avec le lobe carré du foie, va mettre cet excès de sucre en réserve sous forme de glycogène, jusqu'au jour où le pancréas surmené ne peut plus agir correctement et l'hyperglycémie s'installe. Le diabète est là, avec son cortège de misères, tout-puissant, mortel. Ou alors, complètement déréglé, le pancréas fabrique trop d'insuline et c'est l'hypoglycémie, beaucoup plus fréquente qu'on ne le croit.

À ceux qui boivent régulièrement du café pour se remonter, pour recevoir ce fameux petit coup de fouet, il tentait d'expliquer que les surrénales, stimulées par la caféine, provoquent une libération du glycogène par le foie, d'où sensation de bien-être presqu'immédiate. Mais les « petits noirs » répétés détruisent l'équilibre du pancréas, surtout quand en plus ils sont très sucrés, et c'est l'hypoglycémie qui guette. Sans compter que le café est très yin, comme le sucre, il est donc dilatateur, les vaisseaux du cerveau en subissent les conséquences à la longue et voilà l'origine de certaines migraines : petites causes, grands effets. Le café et le sucre supprimés, les maux de tête disparaissent.

Il enseignait aussi l'importance que revêt la colonne vertébrale pour la santé. De nombreux maux viennent d'un mauvais état permanent de notre épine dorsale trop malmenée. Toutes les glandes, tous les muscles sont sous la dépendance des nerfs qui, partis de la moelle épinière ou des ganglions lymphatiques, commandent toutes les sécrétions, toutes les fonctions vitales. Si un nerf est compressé, l'influx nerveux ne passe plus ou passe mal, les fonctions correspondantes sont perturbées.

Aux mères, il affirmait que la douleur est une alliée, non une ennemie. Elle est le signal d'alarme de l'organisme en détresse et la fièvre, elle-même, ne doit pas être combattue n'importe comment, car elle favorise l'action des glandes sudoripares, aidant ainsi l'organisme à se débarrasser de ses toxines. Au 17e siècle, Sydenham disait déjà : « *La maladie n'est que l'effort de la nature, pour conserver le malade, elle travaille de toutes ses forces à évacuer la matière morbidique* ». La prise trop fréquente ou trop rapide d'antipyriques et d'antibiotiques peut masquer des symptômes et empêcher le corps de lutter par ses propres moyens, ce qui le rend paresseux lors d'une nouvelle attaque microbienne, donc dépendant des médicaments.

Les gens écoutaient, stupéfaits, ces explications simples et logiques. Certains se lamentaient :

« *Mais pourquoi n'apprend-on pas cela à l'école, au lieu de tout ce fatras inutile !* »

Pascal était bien de leur avis, mais il n'était pas ministre de l'Éducation Nationale !

En faisant la synthèse de tout ce qu'il avait entendu dire par M. Mercuret, par Yves, par Michio Kushi, par les malades eux-mêmes, ainsi que tout ce qu'il avait pu lire dans les livres, Pascal en était arrivé à la conclusion que l'homme devient ce qu'il mange et qu'une partie de ses maux vient de là, ainsi que de l'ignorance des mécanismes de son esprit. Il soignait tant de gens déprimés, en proie au stress, au découragement, au désespoir, que peu à peu une idée germa dans son cerveau.

À tous ces êtres que les médicaments ne guérissaient pas malgré les progrès évidents de la médecine, il fallait proposer autre chose : des centres où ils viendraient apprendre à se régénérer, se restructurer, aidés par des êtres qui verraient en eux « le tout » et non pas des organes séparés. Il y pensait souvent et l'idée lui vint qu'il pourrait réaliser un tel Centre. Grâce à Dieu, il était riche. Peut-être était-ce dans ce but que le Destin avait placé entre ses mains des sommes aussi considérables. Cela méritait réflexion. Une telle décision engageait tout l'avenir, lui donnait une orientation nouvelle. La création de ce Centre l'obligerait à se rendre totalement disponible, donc à se libérer de ses tâches actuelles. Comment y parvenir ? Mais, en dépit des impossibilités apparentes, il ne pouvait renoncer à cette idée qui lui tenait à cœur. Il voyait en elle une autre façon de servir les autres, de leur redonner la santé tout en leur apportant un épanouissement mental et spirituel.

En juin 1979, il se rendit à Paris pour parler de ses projets à Isabelle et à René enthousiasmés. Il fut décidé que la conserverie serait mise en vente au plus tôt. En dépit des aménagements récemment apportés, ses installations vétustes auraient demandé un afflux de capitaux pour être modernisées et Pascal ne voulait pas investir dans cette affaire, peut-être parce qu'indirectement cette conserverie lui rappelait Violaine.

Pascal désirait se mettre à la recherche d'un vaste terrain, mais pour se consacrer tout entier à cette tâche il fallait que René vînt le remplacer à Houlgate. Cet arrangement enchantait les deux amoureux et l'accord fut conclu ; mais comme il fallait du temps pour que tout le monde puisse se préparer à cette nouvelle vie, il fut convenu que les changements se feraient progressivement. René, Isabelle et les enfants viendraient habiter au manoir à partir de septembre, Pascal mettrait peu à peu son ami au courant des affaires, et pourrait ainsi se consacrer totalement à son projet de centre de soins.

Il leur annonça son intention de partir un mois en Auvergne ; il avait vraiment besoin de cette détente avant d'entreprendre ce projet grandiose qui lui tenait à cœur. Mais le destin, une fois de plus, allait bouleverser ses plans.

Il partit le 14 août de bonne heure. Fleur n'avait pas voulu l'accompagner parce qu'elle venait de découvrir une autre fleur, plus fragile qu'elle, une poupée vivante : Aurélie, la fille que Nicole avait mise au monde le jour de Pâques. Depuis cette naissance, Fleur semblait s'être assagie. Quand on a trois ans et demi, on est capable de consentir des sacrifices, comme par exemple ne pas claquer les portes ou renoncer à un caprice pour laisser dormir le bébé.

Pascal arriva à Combolivier vers dix-sept heures, fatigué par la longue route et par la chaleur. Anne, heureuse de l'accueillir, lui montra sa chambre. Elle avait choisi la pièce la plus claire, tournée au midi. Pascal se pencha par la fenêtre et vit, juste au-dessous, un arbrisseau, haut d'un mètre environ. Anne lui expliqua que c'était un amandier.

— Madame Engias l'avait planté en 1973. Mon mari s'en souvient très bien, il a creusé le trou lui-même. Mais si l'arbre a pris, il n'a jamais fleuri.

Pascal resta seul dans sa chambre aux murs crépis et il prit une douche. Puis il s'allongea sur son lit et se laissa aller à une rêverie légère, à peine mélancolique. Marie-Dolorès... il l'imaginait plantant un amandier au pays des sapins. Le pauvre arbre devait se sentir bien dépaysé. Pas étonnant qu'il n'eût pas envie de fleurir !

Vers dix-neuf heures il descendit dans la vaste cuisine où Anne s'affairait à préparer le repas. Son mari, Robert, venait de rentrer du haras et se lavait les mains ; c'était un grand garçon aux cheveux frisés, qui lui dit d'emblée :

— Ici c'est une grande famille et pendant ce mois que vous allez rester ici, j'espère que vous vous sentirez chez vous.

Cette entrée en matière plut à Pascal. Il se sentit adopté et la glace fut rompue.

— Ma belle-sœur Françoise est arrivée hier de Grèce, mais elle est partie chez des amis.

— Vous la verrez demain soir, dit Anne.

Cette nuit-là, Pascal dormit comme un enfant, la fenêtre ouverte sur les étoiles, bercé par la brise légère qui faisait palpiter les rideaux. Il se réveilla tard et déjeuna de bon appétit. Puis, en compagnie de Robert, il alla au haras. Le jeune homme lui montra les espoirs de son élevage, deux jeunes pouliches qui courraient à la saison prochaine à Enghien. Mais Pascal ne s'intéressait pas aux courses et Robert n'insista pas. Cinq ans auparavant, il était venu là avec Pierre. Comme cela paraissait loin, déjà !

Après le déjeuner, il se dirigea vers la forêt et s'enfonça avec délices dans la fraîcheur du sous-bois. Ses pas assourdis par la mousse ne dérangeaient pas les oiseaux invisibles ; il reconnut le chant des sapins, leur présence fraternelle, et en passant il écartait parfois de la main l'évantail humide des fougères qui s'inclinaient sur le chemin. Rien n'avait changé, sauf lui-même.

Une demi-heure plus tard, il déboucha dans la clairière où Marie-Dolorès l'avait amené un jour d'avril, juste avant son départ pour l'Inde. Il retrouva sans peine la pierre où leurs mains s'étaient posées. Toujours aussi solidement implantée dans le sol, immuable comme le temps, elle était cependant couverte d'un peu de lichen jaunâtre qu'il s'amusa à enlever avec ses ongles. Puis il s'adossa confortablement à la pierre et se laissa bercer par ses souvenirs, le visage offert à la brise tiède et au soleil d'août. Autour de lui, le silence, la paix… Rien que le bruit de son propre sang… Un papillon citron se posa sur une digitale. Une douleur s'éveilla en lui : Violaine avait-elle gardé le bijou qu'il lui avait offert à Rouen ? Ah, comme tout leur souriait ce jour-là ! Maintenant, il ne restait plus de vivant que ce papillon, capricieux comme l'amour qui s'en était allé…

Il ferma les yeux pour ne plus voir le papillon volage. Ses pensées le ramenèrent cinq ans en arrière. C'était aussi le 15 août et il avait joué de l'orgue pour Marie-Dolorès. « *Jésus, que ma joie demeure* »… Où en était-il de sa quête de Dieu ? Pèlerin de l'impossible, il cheminait depuis cinq ans comme il le pouvait. Des mains s'étaient tendues vers lui, l'aveugle : Marie, M. Mercuret, Ma, Yves, afin de l'aider. Grâce à tous ces êtres il se sentait soutenu, porté et, à son tour, il pourrait aider les autres : Fleur, bien sûr, mais aussi tous ces inconnus malades et malheureux qui avaient besoin de lui. Seule Violaine l'avait repoussé et l'avait chassé ; par la grâce divine il avait pu transmuter cette douleur, elle lui servait à aller plus loin. La vie est précieuse, il n'en faut pas perdre une minute car chacune représente l'éternité.

À ce moment-là il entendit un martèlement sourd se rapprocher très vite de la clairière. Il ouvrit les yeux au moment où un bel alezan débouchait au galop devant lui. Effrayé, il se leva d'un bond et l'animal surpris se cabra, manquant de désarçonner sa cavalière. Celle-ci parla à l'animal, lui flatta l'encolure et quand il fut calmé, la jeune femme sauta à terre.

Pascal s'excusa :

— Je suis confus d'avoir fait peur à votre cheval !

— Bourrasque est une jeune pouliche plutôt ombrageuse. J'aime les bêtes et les gens qui ont du caractère, pas vous ? demanda-t-elle, à demi-tournée vers l'animal dont la peau frémissait encore. Il encensait et dans ses gros yeux bombés se lisait un reste de méfiance.

Pascal observa la jeune femme. Elle était presque aussi grande que lui, mince, d'allure sportive. Elle portait une culotte de cheval, des bottes en cuir, un chemisier blanc ; ses longs cheveux blonds ondulés étaient retenus sur la nuque par un ruban de velours noir.

— Vous auriez pu vous tuer, constata Pascal. Pourquoi ne portez-vous pas de bombe ?

L'inconnue lui fit face et il vit ses yeux, des yeux gris lumineux au regard direct et franc sous les sourcils plus foncés. La bouche tendre et moqueuse s'ouvrait sur des dents parfaites. Elle riait :

— Oh, vous savez, je prends souvent des risques. Pour l'instant cela m'a toujours réussi et cela donne un sens à la vie !

Tout en parlant, elle remonta sur l'alezan apaisé, prit fermement les rênes dans ses mains et lança à Pascal un « *au revoir* » désinvolte avant de disparaître dans l'allée forestière.

Après cette apparition, Pascal n'eut plus envie de rêvasser. L'amazone aux yeux gris avait troublé le cours paisible de sa rêverie, il décida de prolonger sa promenade avant de revenir à Combolivier.

Le soir tombait quand il vit apparaître entre les arbres le toit de la maison. Anne lui dit :

— Ce soir, c'est la fête, Françoise est là !

Elle avait mis le couvert dans la salle à manger sur une nappe fleurie. Robert, qui ouvrait une bouteille de vin d'Alsace encore toute embuée, fit asseoir Pascal à côté de lui et c'est alors qu'elle entra.

Était-elle Cérès, Minerve ou Velleda ? Françoise se tenait devant lui... l'amazone de la clairière ! Elle avait changé de vêtements et portait une longue tunique blanche à petits plis, serrée à la taille par une ceinture brodée d'une grecque. Ses cheveux blonds relevés en chignon dégageaient son visage et son cou gracieux où brillait une torsade d'or.

Leur surprise fut réciproque mais la jeune femme se reprit la première :

— Vous êtes donc Pascal Noblat, le patron ?

L'ahurissement du « patron » devait être si comique qu'ils se mirent tous à rire de bon cœur. Il se leva et serra la main de la jeune femme.

— Vous avez l'art, madame, de surprendre les gens. Faites-vous toujours des entrées aussi fracassantes ?

— Oui, monsieur, j'ai le sens du théâtre.

Le repas fut un enchantement. Françoise ressemblait à ces dames du temps jadis dont le souvenir s'est perpétué jusqu'à nous à travers les chansons de geste des troubadours d'antan. Quelque chose en elle forçait le respect et l'estime et il se dégageait de sa personne un rayonnement si intense que Pascal en était tout ému.

Cette femme avait beaucoup souffert, il en sentait en lui la résonance profonde, mais elle était de la race de ceux qui ne renoncent pas. Peut-être avait-elle été Druidesse dans une vie antérieure ? La noblesse et la perfection de ses traits, le charme de son regard gris en faisaient une créature à part, mystérieuse et pourtant accessible, à la fois insondable et offerte, l'Eve éternelle dont tous les hommes recherchent l'envoûtante présence à leurs côtés.

Pascal sentit très vite l'affection qui liait ces trois êtres. Anne, avec ses courts cheveux châtains et son air de gamine, n'avait d'yeux que pour cette sœur aînée si différente d'elle et si chère à son cœur. Robert la taquinait sans cesse, mais de toute évidence il appréciait son charme et son érudition. Il la poussait à parler et Françoise s'exécutait de bonne grâce.

S'adressant à Pascal elle précisa :

— Peut-être savez-vous que mon ex-mari était un éminent archéologue ? Je l'ai épousé l'année de mes vingt ans, plus par admiration que par amour, je crois. Il avait quinze ans de plus que moi et à ses côtés je respirais une atmosphère spéciale : je côtoyais un génie ! À vingt ans c'est important, vous savez. L'archéologie était sa passion, sa vocation, rien ne comptait en dehors de ses fouilles, de ses écrits, de ses mémoires. Pendant quinze ans, je me suis efforcée de le suivre, de le seconder, de l'aimer. Mais il allait trop vite pour moi ; jamais de repos, pas de foyer possible. Il détestait les enfants, les trouvant gênants. Parfois j'éprouvais un besoin irrésistible de souffler, de reprendre pied, de m'enraciner quelque part. « *Je n'accepterais jamais que tu t'encroûtes* » disait-il, mi-figue, mi-raisin. Superbement égoïste il m'entraînait sur tous les chantiers et, docile, je le suivais... Ce furent des années étonnantes, grisantes parfois, car partout nous avions des amis et la terre est superbe pour qui sait la regarder. Le travail était dur, souvent ingrat mais il y avait aussi de belles récompenses : d'effarantes découvertes qui faisaient avancer la science dans la connaissance du passé de l'homme. Et puis un jour j'ai craqué, j'ai demandé le divorce. Michel a accepté. Depuis longtemps il ne voyait en moi qu'une parfaite secrétaire, la femme avait cessé d'exister. Alors il a pris une nouvelle compagne, plus ambitieuse que moi et il est reparti sur les chemins du monde.

À peine une ombre de mélancolie dans sa voie : elle avait tourné la page.

— Parle-nous de ton voyage en Grèce, demanda Anne.

Le repas était terminé, ils sortirent dans la nuit d'août et allèrent s'asseoir sous le grand tilleul qui déversa sur eux la senteur apaisante de ses dernières fleurs.

La voix de Françoise s'éleva, un peu voilée par quelque peine cachée, ou par la douceur des souvenirs :

— C'était la première fois que je voyageais seule et j'ai découvert la liberté. Là-bas, en Grèce, la vie est primitive, très proche de la nature. Dans les villages où je m'arrêtais au gré de ma fantaisie, les gens m'offraient un verre d'eau fraîche et des olives noires. Ah ! les oliviers, comme je les ai aimés, ces témoins immuables de la pérennité d'un peuple solide et gai.

Le soir on m'offrait un lit, une paillasse sur la terrasse et je dormais à la belle étoile, ayant le ciel comme baldaquin. Parfois, je descendais à la taverne ; les hommes m'acceptaient en ma qualité d'étrangère car chez eux les femmes restent à la maison. Assise dans un coin je regardais les hommes danser le sirtaki au son aigrelet des bouzoukis. Un jour, n'y tenant plus je me suis mêlée à eux, ils ont ouvert la ronde et m'ont appris à danser. Quel privilège ! Vous allez écouter avec moi...

Françoise se leva, alla chercher un magnétophone à cassettes qu'elle posa sur la table de pierre. La musique monta dans la nuit chaude et c'était comme si les dieux de l'Olympe venaient visiter Combolivier... la vallée des oliviers, sereine et douce sous la lune.

— J'adore le sirtaki : les danseurs se placent côte à côte, se prennent par les épaules et commencent à danser. Le sirtaki marie la force et la souplesse, les pieds glissent, effleurent le sol puis les danseurs s'animent, le rythme s'accélère, les pieds frappent, les dos se ploient, se redressent. C'est beau, c'est viril, c'est toute l'âme d'un peuple. Bien sûr, à Athènes, on retrouve les danseurs de sirtaki dans les tavernes de Plaka qui est une sorte de Pigalle, ou Montmartre grec. Quand Athènes s'endort, Plaka s'éveille. On y côtoie le folklore de pacotille pour touristes, mais aussi des homosexuels qui se promènent deux par deux, main dans la main, des travestis au visage maquillé et toute une faune interlope un peu inquiétante qui déambule parmi les noctambules, guettant une proie facile.

Par-dessus tout cela, éclatent la joie, la gaieté ; la musique accompagne la foule, l'obsède tandis que les odeurs de friture l'environnent de leurs fortes spirales exotiques. Ah ! les chaudes pâtisseries au miel !

Dans les tavernes aux terrasses encombrées, les danseurs portent le costume national, mais dansent-ils encore pour leur plaisir ou pour satisfaire les touristes ? Je préférais les tavernes inconnues, aux murs nus, où l'on boit de l'ouzo en mangeant la feta, un fromage de brebis salé et en dégustant les énormes brochettes d'agneau dont on détache la viande brûlante avec les doigts à même la tige, avant de la passer à son voisin.

J'ai aimé les Météores, incroyable forêt de pierre surgie au fond de la plaine de Thessalie ; on a l'impression que des géants antédiluviens ont planté là ces sortes de menhirs énormes, juste pour permettre aux « nains » de la terre d'y déposer leurs monastères orthodoxes, véritables nids d'aigles. J'y ai vu des popes très doctes, avec leur petit chignon et leur barbe vénérable, tirer la cloche pour appeler à la prière les quelques moines encore fidèles aux anciens rites, et qui ont le courage d'affronter la solitude de ces sanctuaires en plein ciel. Comme on doit bien y prier là-haut, quand les touristes ont regagné leurs métropoles, comme on doit s'y sentir proche de Dieu !

J'ai aimé Delphes qui ouvre son vieux théâtre face à un paysage de collines. Quelle vue grandiose on a du temple d'Apollon ! Les Grecs possédaient un sens inné de la beauté et Delphes représente le mariage parfait de l'œuvre divine et de l'œuvre humaine. Le soir même, je suis revenue errer dans les ruines et je n'aurais pas été étonnée de rencontrer la Pythie, ou son fantôme, prononçant un oracle. Mais, sur le marbre encore chaud des gradins désertés par la foule, je n'ai rencontré que moi-même, perdue au cœur de ce passé où pourtant je me sentais acceptée, comme si je revenais chez moi après un long périple… C'est peut-être ce que ressentit Ulysse, quand il revint de la guerre de Troie ?

C'est en découvrant Mykonos, un soir, surgie toute blanche de la Méditerranée, que j'ai ressenti le poids de la solitude. J'aurais aimé débarquer sur cette île en tenant la main d'un être tendrement aimé. Je suis montée jusqu'à un vieux moulin et, de là, j'ai contemplé la mer et la ville éclairée au-dessous de moi, avec ses ruelles en escalier, ses tavernes aux murs peints, ses magasins qui offrent de si curieux bijoux aux touristes avides ; mais je n'ai pas ressenti la paix de Delphes, la majesté de Delphes. À Mykonos, il faut être deux, à Delphes on est seul face à Dieu, et cela suffit.

Ce soir-là, Pascal resta longtemps éveillé. Françoise avait ouvert en lui une faille, mais il ne savait pas encore à quelle profondeur elle avait pénétré. Ô magie des sons anciens, reflux des souvenirs enfouis dans le subconscient. N'avait-il pas déjà vécu là-bas, à Épidaure, sous ce ciel toujours pur, au pays des oliviers ?

Quelques jours plus tard, le chant des oiseaux le réveilla de bonne heure. Il décida de descendre sans bruit et d'aller se promener. Le soleil se levait et chaque brin d'herbe se paraît de minuscules rubis, de fugaces diamants dignes d'orner les cheveux de quelque sylphide... Il s'arrêta surpris. Quelqu'un l'avait précédé dans le jardin. Sur la grande pierre ronde qui servait de table sous le tilleul, Françoise était assise en tailleur, simplement revêtue d'une chemise de nuit bleu lavande, ses mains reposant, paumes en l'air, sur ses genoux nus. Les yeux clos, tournée vers le soleil, elle offrait son visage et son corps aux rayons de l'astre naissant, dans une attitude de sérénité totale.

Il s'approcha à pas de loup de cette étrange idole, immobile, et la regarda prier et méditer, conscient du sacrilège, mais incapable de détourner son regard. La paix qui émanait de cette mince silhouette se communiqua à lui et il s'assit à son tour dans l'herbe, à quelques pas derrière elle, emplissant ses chakras de cette énergie divine qui nous est donnée sans compter pour notre propre élévation.

Une caresse le tira de sa méditation. Françoise, debout devant lui, souriait. Il se leva et sans rien dire, la main dans la main ils regagnèrent la maison où Anne, encore tout ensommeillée, préparait le petit déjeuner.

Pendant qu'ils savouraient leurs tartines de pain bis, Françoise expliqua qu'elle avait pris l'habitude d'aller saluer le soleil levant, après l'avoir vu pratiquer par de nombreuses peuplades.

Elle connaissait aussi les vertus de la rosée dans laquelle les Druidesses allaient, après la disparition de la lune, s'étendre quelques instants pour garder une peau blanche et ferme.

— Si un matin tu me surprends en train de lécher la rosée sur les fleurs ou sur les feuilles, ne t'étonne pas, je suis en communion avec les esprits de la Nature, je me régénère à cette quintessence.

— D'accord, dit Pascal, je veux simplement partager le festin avec toi.

Ils ne s'aperçurent pas qu'ils venaient spontanément de se tutoyer.

Chaque jour le rapprochait davantage de Françoise, il s'en rendait compte mais ne cherchait pas à lutter contre cet attrait grandissant. Elle lui plaisait parce qu'elle ne cherchait pas à plaire, elle restait elle-même, délicieusement féminine, toujours gaie et prête à rendre service.

Pascal partageait tous les travaux ménagers des deux sœurs et il s'étonnait d'y trouver un tel plaisir. Auprès d'elles, aucune corvée ne le rebutait. Assis sous le tilleul, ils effilaient des montagnes de haricots et se verdissaient les ongles à écosser les petits poids qui, mis en conserve, iraient attendre l'hiver au fond de la cave fraîche. Il apprit à monter les mayonnaises et à pétrir la farine pour confectionner de délicates tartes aux myrtilles.

Un jour, Robert le surprit ainsi à la cuisine, les mains noyées dans la pâte, protégé par un vaste tablier bleu.

— Eh bien, dit-il en riant, te voilà transformé en cuistot ? Tu n'as pas honte ?

— Non, je suis en train de découvrir des vérités essentielles sur l'art d'être heureux, répondit-il gravement.

C'était vrai. Totalement délivré de ses soucis, entouré de ces deux présences féminines, il se sentait enfin en vacances tout en prenant part à des tâches nouvelles pour lui.

La nature lui révélait à travers elles toutes ses richesses et ses parfums ! Le jour où il découvrit Françoise en train de faire cuire la gelée de framboises, penchée sur la bassine à confiture avec l'œil vigilant d'un alchimiste surveillant son alambic, il se sentit pénétrer dans un monde rassurant et éternel. L'odeur qui emplissait la pièce était si intense qu'il l'appela Framboise, femme-fruit, déesse limpide de ce nouvel Eden… Ce surnom lui resta.

Tout le jour, des rires retentissaient dans la maison où régnait une franche camaraderie et le plaisir de partager autour de la table familiale, les fruits de la terre. À Combolivier, il suffisait de se pencher, de cueillir, de savourer. On pouvait oublier le monde entier qui ne se manifestait pas. Le soleil rythmait les jours, brunissait les peaux, gonflait de sucre les fruits du verger et de chants les gorges des oiseaux…

Dans cette vallée heureuse, Pascal reçoit la réponse qu'il est venu chercher. Pour la deuxième fois, Combolivier lui apporte inconsciemment les éléments d'une initiation spirituelle d'abord, humaine ensuite.

En regardant Françoise et sa sœur, en s'imprégnant de leur amitié, de leurs rires, il comprend que Dieu est présent ici, que Sa voix lui parle avec des mots de tous les jours. Il y a des milliers de façons de s'ouvrir à la vie divine, chacun doit trouver la sienne. Évoluer n'est pas obligatoirement s'isoler des autres dans une attitude d'anachorète, ce n'est pas s'imposer des frustrations ou des macérations inutiles, ce n'est pas aller forcément s'enfermer dans un monastère ; évoluer, c'est simplement vivre en harmonie avec soi-même et avec les autres. Françoise lui a appris tout cela, sans rien dire. Parfois il croise son regard gris où s'allument des paillettes dorées et il frissonne, troublé. Parfois, elle disparaît des après-midi entiers et Pascal interroge Anne :

— Où est-elle ?

— Avec Bourrasque !

Il n'est pas jaloux des heures qu'elle passe avec l'alezan. C'est cela l'amour : savoir que l'autre éprouve du bonheur même en dehors de soi. Tout être a droit à sa part de solitude, à son ailleurs, à son jardin secret. Il lui a fallu un an de souffrances pour le comprendre. Plus jamais il ne se servira de son amour pour posséder, étouffer, interdire. Violaine a servi à cela.

Le souvenir de la jeune femme recule en lui. Il mesure maintenant à quel point leur liaison était factice, artificielle, impossible. Pour créer quelque chose de solide et de durable l'homme et la femme doivent vivre ensemble, dormir ensemble et se réveiller tous les matins prêts à de nouvelles concessions, dans le rire et dans la peine partagés. Il le comprend quand Françoise rentre le soir de ses longues chevauchées. Son regard plus profond parle de sous-bois inconnus, il aime ses joues rosies par la course, il aime tout d'elle, même ses absences, puisqu'elle revient toujours.

Même s'il savait monter à cheval il la laisserait partir seule tant elle semble prendre plaisir à ses promenades d'où elle revient apaisée, régénérée, encore plus prévenante.

Un samedi soir, Robert et Anne proposèrent de vivre un dimanche « sauvage ».

— C'est quoi ? demandèrent en même temps Pascal et Françoise.

— Au mois de mai dernier, expliqua Anne, je me promenais dans la forêt quand je vis un jeune couple muni d'une loupe et d'un bâton qui semblait s'intéresser de très près à la flore sylvestre. Je les rejoignis et ils m'apprirent qu'ils étaient en train de prospecter la région à la recherche de plantes sauvages comestibles. J'étais tellement intriguée que je voulus en savoir davantage et les invitai à partager notre repas du soir.

François et Sarah nous racontèrent qu'ils organisaient des stages « survie » pendant lesquels il fallait se nourrir avec les seules ressources qu'offrait la nature. Chaque jour je les ai accompagnés et ils m'ont appris à identifier les plantes et à les cuisiner !

Pascal et Françoise furent enthousiasmés et c'est ainsi que le lendemain ils partirent tous les quatre, sac au dos, emportant quelques ustensiles de cuisine, des allumettes, un peu d'huile d'olive vierge, du sel et de l'eau, mais pas la moindre nourriture solide. Ce fut une journée des plus instructives. À midi ils firent revenir dans la poêle des feuilles d'épilobe (dont les fleurs rose violacé foisonnent à hauteur d'homme le long des chemins) mélangées à du serpolet et à des feuilles d'amaranthe.

Anne leur apprit comment approcher les orties sans se piquer, puis à déterrer les racines sans abîmer la plante et ses voisines. Pascal, peu familiarisé avec la flore auvergnate, très riche et variée, s'amusa beaucoup. Dans un champ en friche, ils cueillirent un plat de délicieux chélopodes que nos ancêtres mangeaient comme épinards avant l'importation d'Asie de ceux-ci et des graines de tabouret qui, mises sur la langue, libèrent un goût de moutarde. Ils complétèrent leur cueillette par du plantain, de la stellaire, de la pulmonaire, cette curieuse plante aux feuilles vert sombre tachetées de blanc. Des myrtilles leur fournirent un dessert délicieux ; comme tous les fruits bleus, elles contiennent des anthocyanes et sont excellentes pour les intestins et les yeux, mais elles font au dégustateur un sourire de clown !

Anne fit une provision d'aspérule ; c'est une plante aux feuilles verticillées qui pousse au ras du sol. Quand les feuilles, contenant de la coumarine, sont sèches, il s'en dégage une délicieuse odeur de vanille. Mises en poudre, on peut en parfumer des desserts. Le soir, revenus à la maison, ils préparèrent une soupe d'orties et de pissenlits et un plat d'épinards sauvages qu'ils mangèrent lentement en mastiquant bien chaque bouchée. Ces saveurs nouvelles excitaient l'appétit.

Après le repas, ils allèrent s'asseoir autour du feu, tout à fait détendus. Anne expliqua :

— La supériorité des plantes sauvages sur leurs sœurs cultivées est évidente. On les cueille dans le milieu où elles poussent naturellement donc elles sont très concentrées en principes actifs surtout en sels minéraux et oligo-éléments. De plus, ne recevant aucun engrais, aucun pesticide, elles sont très riches en essences, résines, tanin, mucilages, alcaloïdes et enzymes.

— Leur texture est plus coriace, remarqua Françoise.

— Oui, mais justement nous avons oublié les bienfaits de la mastication et les plantes sauvages nous obligent à rééduquer notre complexe digestif, en commençant par les dents.

Pascal ajouta :

— Je pense qu'elles ont une valeur préventive de premier ordre, donc des vertus médicinales évidentes.

— Le palais aussi y trouve son compte, dit Robert, tant est infinie la variété des goûts !

— Et en plus, elles sont gratuites, conclut Anne en riant, et ce n'est pas un élément négligeable en un temps où la nourriture devient hors de prix

---

Une semaine avant son départ, Pascal se retrouva seul sur la placette du village abandonné dont il venait de prendre quelques photographies et soudain une idée s'imposa à lui, évidente, nette : son Centre, il doit le créer ICI !

Combolivier est un village mort, il a le pouvoir de le ressusciter. Il existe déjà des bâtiments, une église, une ancienne colonie de vacances désaffectée et, dans ce site, il sent que les malades éprouveront le désir de guérir, de refaire surface. Sans rien dire, il se renseigna auprès du notaire de La Chaise-Dieu. Tout était à vendre et non seulement les maisons, mais dix hectares de prairies et de champs en friche : mais il n'y avait pas d'acheteur ! Pascal fut envahi par une espèce de bonheur compact et décidé. Son instinct de bâtisseur s'est réveillé, Combolivier vient de lui apporter une deuxième réponse.

La troisième réponse repose dans le cœur de Françoise. Il ne parvient à deviner ses sentiments à son égard. L'aime-t-elle un peu, beaucoup, passionnément ?... Elle cache bien son secret, en tout cas.

Le soir même, après le repas il rappela à Françoise qu'elle désirait lui parler affaires.

— C'est exact, dit-elle. Demain matin je t'emmènerai avec moi et je t'expliquerai mes projets sur place, ce sera plus commode.

Les voici côte à côte marchant au bord de la Dorette. Foulant un tapis de courtes menthes sauvages à l'odeur poivrée. Françoise parle en désignant les prairies qui s'étendent mollement de chaque côté de la rivière. Ils s'approchent du vieux moulin.

— Je voudrais me fixer définitivement ici, déclare-t-elle. Aucun pays ne m'offre autant de possibilités pour réaliser mon projet. J'aimerais élever des chevaux de selle, je connais bien ces animaux et mon beau-frère peut m'aider de ses conseils.

De plus, après avoir parcouru la terre en tous sens avec Michel j'éprouve le besoin de m'implanter dans un lieu un peu retiré mais où je vivrai près des arbres et entourée d'animaux. Pour cela, j'ai besoin de ton aide. Avec l'héritage venu de mes parents, je peux restaurer le moulin. Si tu m'autorises à loger mes premiers chevaux dans un coin du haras, cela me laissera le temps de faire construire une écurie. Mais je voudrais acquérir ces prairies et peut-être pourrais-tu me prêter de l'argent...

Pascal pense que le destin est surprenant. Vingt-quatre heures plus tôt, c'est lui qui jetait un œil d'envie sur ces mêmes prairies. Il les voit recouvertes de cultures biologiques, de jardins, elle les voit, grasses d'herbe, servant de pâturage à ses chevaux. La vallée heureuse n'est-elle pas assez pour réaliser leurs deux rêves ?

Le moulin est là, mal en point, certes, mais bien exposé aux chauds rayons du soleil qui en a patiné les pierres. Si les quatre murs paraissent solides, le toit menace de s'effondrer. La roue à aube plonge encore dans l'eau transparente ses pales pourries, mais ne tourne plus,paralysée, inutilisable. Françoise introduit une grosse clé dans la serrure rouillée qui résiste. Les voici dans une vaste pièce aux volets clos. De longs cônes de soleil où valsent des millions de poussières déposent leur sceau arrondi sur la tommette fauve. Françoise pousse des portes, le bruit de leurs pas résonne dans les pièces vides, sous la magie des mots, la maison entière semble déjà reprendre vie jusqu'au grenier mansardé où les chats-huants ont établi leur domicile... Françoise sait ce qu'elle veut. Pascal apprécie la fermeté de son esprit, la rigueur de ses raisonnements. Cette fée sait aussi compter, décider, entreprendre, il l'aime pour tout cela, mais il ne lui dévoile pas ses propres plans tout en encourageant les siens.

Se sentant comprise, Françoise est rentrée bien plus joyeuse, très satisfaite du « patron ». Après le repas elle éprouve le désir de parler de ces pays inconnus où Pascal n'ira probablement jamais. Elle en parle avec des mots vrais, sans romantisme, mais avec la tendresse des êtres sensibles à tout ce qui touche la vie des autres.

— Parle-nous de l'Île de Pâques, Françoise, je voudrais tellement y aller, soupire Anne, blottie dans l'ombre contre son mari.

Alors Françoise parle des couchers de soleil sur le Pacifique, des chevaux sauvages qui galopent crinière au vent ; elle évoque les statues aux yeux vides et impénétrables dont la présence rassure et angoisse en même temps. De quel passé révolu dont nous avons perdu jusqu'au souvenir essaient-elles de nous parler ? Pour Françoise aucun doute. Ces têtes monumentales qui regardent le ciel et affrontent l'océan SAVENT, et nous, à côté d'elles nous prenons conscience de notre petitesse physique et spirituelle.

Un autre soir, elle les entraîne au Pérou :

— J'ai eu la chance de survoler le plateau de Nazca dans le bimoteur d'un ami de Michel. J'ai vu surgir les curieuses pistes destinées à servir de balises pour quels atterrissages ? J'ai vu apparaître sous les ailes de l'avion les incroyables dessins qui forment le bestiaire le plus fantastique du monde puisqu'ils sont seulement visibles du ciel. L'araignée, le singe, le colibri sont parfaitement reconnaissables. À quoi servaient-ils ? Ceux qui les ont tracés, avant le Déluge peut-être, possédaient des connaissances si poussées que personne au monde ne peut actuellement les surpasser faute de prétendre les imiter.

La terre n'a pas encore livré tous ses secrets et mon archéologue de mari acceptait mal son impuissance devant ces paysages illisibles et énigmatiques dont l'archétype se situe dans une autre dimension que la nôtre. Quelle leçon d'humilité pour l'homme si fier de son intellect !

— N'as-tu jamais craint pour ta vie ? demanda Pascal.

— Si, une fois, au Pérou, justement. J'avais pris l'autobus pour me rendre de Lima à Arequipa. Il existe une seule route goudronnée qui longe la côte. On l'appelle la Pan Américaine. D'un côté, la montagne, de l'autre l'Océan Pacifique et une route droite sur laquelle les autobus roulent à tombeau ouvert, c'est le cas de le dire. À un moment donné notre véhicule a perdu une roue et s'est retrouvé en équilibre au-dessus du vide. J'ai cru que j'allais mourir de peur. À l'intérieur, des dizaines de paysans avec leurs poulets, leurs agneaux, leurs victuailles ; ils n'ont pas bronché. Quelques-uns sont tout de même descendus, ils ont poussé, tiré, rien à faire. Et le vide, au-dessous, effrayant. Une voiture qui passait nous a envoyé du secours, deux jours plus tard... Les Péruviens en avaient vu d'autres ; ils n'ont cessé de manger et de boire de leur espèce d'alcool, le chicha. Un petit garçon a été pris de malaise tant il faisait chaud sous ces tôles. Couché sur le plancher il geignait, mais personne ne s'est occupé de lui, ne lui a accordé un regard ; j'ai tenté de le secourir mais je me suis heurtée à l'hostilité des voyageurs et j'ai dû renoncer, la mort dans l'âme. En arrivant à Arequipa l'enfant était mort ! « *Une bouche de moins à nourrir* », me dit un policier à qui je racontais notre mésaventure. La vie, la mort, là-bas, c'est tout un, il n'y a pas de quoi faire un drame et si l'autobus surchargé avait avait basculé, on n'en aurait pas parlé bien longtemps...

— Alors, c'est décidé, tu nous quittes demain, Pascal ?

C'est Robert qui a posé cette question au moment du petit déjeuner.

Pascal soupire.

— Si pendant trois semaines, grâce à vous, j'ai totalement oublié le monde, le monde, lui, ne m'a pas oublié. Ma petite Fleur, qui aura quatre ans le 15 novembre prochain, va aller à l'école pour la première fois et je voudrais passer avec elle ces derniers jours de vacances.

Sans lever les yeux de son bol, Françoise demande :

— Reviendras-tu bientôt ?

— Bien sûr, répond-il d'un ton léger. Je ne connais pas encore la Haute-Loire à fond, j'aurai besoin de toi comme guide, et nous avons des projets à réaliser, n'est-ce pas ?

En réalité, il est loin de se sentir aussi calme que ces paroles le laissent supposer. Il va partir sans avoir pu dire à Françoise à quel point il l'aime. Sa timidité l'a empêché d'oser ces gestes, ces regards qui sont autant de jalons sur la carte du Tendre, et Françoise n'a rien fait pour l'y encourager.

— Je te propose un pique-nique au bord de la Loire. Le temps va se lever, dit-elle d'une voix neutre.

N'osant croire à son bonheur, Pascal accepte tout de suite.

Il a plu la nuit dernière et quelques écharpes de brume s'accrochent encore aux sapins, mais le soleil repousse les nuages, aménageant ainsi une plage azurée qui s'élargit de minute en minute.

Vers dix heures, ils partent tous les deux dans la Mercedes rapide. C'est la première fois qu'elle monte dans sa voiture. Il se rappelle Violaine et leur voyage à Rouen si plein de promesses, mais ce souvenir ressemble à ces cicatrices que le temps a rendues indolores. On peut appuyer dessus, cela ne fait plus mal. Violaine, c'est vraiment le passé. Françoise sera-t-elle l'avenir ?

Le soleil a vaincu définitivement les nuages au moment où ils traversent le Puy-en-Velay. Les rues sont encore pavoisées des drapeaux bleus et blancs, aux couleurs de la Vierge, que l'on a solennellement fêtée le 15 août dernier. La voiture s'engage sur la route d'Aubenas mais, à Costaros, Françoise lui fait prendre une petite route qui, par Ussel, les emmène vers Arlempdes. Pascal ne sait pas pourquoi sa compagne a choisi ce coin plutôt qu'un autre, mais il ne se pose pas de questions. La route étroite descend à travers les bois, il se demande bien où est la Loire !

Soudain, à travers les arbres surgit un paysage inattendu. Sur un éperon dont on ne distingue pas la base, il voit les ruines d'un château féodal flanqué d'un petit village aux toits de tuiles rouges.

— Nous le visiterons tout à l'heure, dit-elle. J'aimerais me baigner avant midi.

Ils descendent au bord de l'eau. Pendant que Pascal étale la couverture et met la bouteille de Muscat à rafraîchir entre deux pierres dans l'onde calme, Françoise a quitté sa robe et apparaît en maillot de bain rouge. Il a juste le temps d'admirer du coin de l'œil sa silhouette harmonieuse et déjà Françoise s'est jetée dans le courant nageant un crawl parfait. Pascal trempe un pied circonspect dans le courant et le retire aussitôt. Que c'est froid !

Au bout d'un quart d'heure, la naïade sort enfin, les cheveux et le corps ruisselants. Elle s'essuie vigoureusement avec une grande serviette éponge et se jette joyeusement sur les sandwiches que Pascal a sortis du panier.

— Comment peux-tu supporter une eau aussi fraîche ?

— Question d'entraînement. Je me suis baignée dans des fjords norvégiens et dans des fleuves tropicaux. En son temps, Françoise Bruyère était une véritable sportive.

Ils boivent à même la bouteille le vin de Muscat qui fait couler dans leurs veines une chaleur nouvelle. C'est bon, capiteux, enivrant. Ah ! comme Pascal a envie soudain de parler d'amour ! Mais il a peur de l'effaroucher et il reste seul avec ses pensées pendant que Françoise se retourne sur le ventre pour prendre un bain de soleil et faire sécher ses cheveux.

Il regarde autour de lui avec curiosité, bercé par le bruit tranquille de l'eau. Derrière eux, la paroi verticale semble aérienne, elle parle d'un temps lointain où la région ressemblait à un chaudron de sorcière d'où jaillissaient des laves brûlantes. En se refroidissant, elles se sont transformées en gros crayons de basalte réguliers, sorte d'orgue pour géant, comme à Espaly. Quant au rocher lui-même, sur lequel les hommes d'autrefois ont bâti leur castel, c'est un dyke volcanique de même nature que ceux du Puy-en-Velay, surmonté de la chapelle dédiée à Saint Michel et à Notre-Dame de France. Ah ! il ne devait pas faire bon se promener par là il y a quelques centaines de milliers d'années !

Pascal se tait. Il n'ose déranger le repos de Françoise. Comment lui dire son amour sans risquer de la fâcher et gâcher irrémédiablement la douceur de cette journée que l'été finissant pare de sa splendeur ? Alors, il se lève sans bruit et s'amuse à faire des ricochets avec les petits galets ronds de la rive.

Françoise l'appelle. Elle a remis sa robe, peigné ses cheveux encore humides et plié la couverture.

— Montons au château, dit-elle.

Ils sont seuls au milieu des ruines quand la porte se referme sur eux. Ils découvrent l'ancienne cuisine voûtée attenante à la galerie à demi écroulée qui fut érigée par la famille de Poitiers. La célèbre Diane fut demoiselle d'Arlempdes mais n'y vint jamais, croit-on.

— Sais-tu pourquoi je t'ai amené ici ? demande-t-elle après lui avoir montré l'écusson des Poitiers à demi effacé qui surmonte la porte en ogive.

— Pas du tout.

— En 1420, Hugues d'Arlempdes épousa Hélix de Goys d'Entraygues. Ils eurent deux enfants, Guillaume et Alasie. La descendance directe par la fille aboutit à Françoise Audette Bénédicte Delholme.

— Qui est-elle ?

Françoise esquisse une révérence gracieuse.

— C'est moi. J'ai repris mon nom de jeune fille après mon divorce ; mon arrière-grand-père était le baron Pierre Toussaint Delholme de la Valette.

Pascal fait mine d'enlever un couvre-chef imaginaire et il s'incline bien bas, balayant le sol d'un panache invisible.

— Le baron Pascal, Jean, Marie, Sigismond de la Milleraye-Noblat a bien l'honneur de vous présenter ses hommages, Madame.

Ils rient, s'amusant de cette étrange coïncidence qui fait d'eux les descendants de deux vieilles familles françaises, puis ils s'engagent dans le sentier qui mène à la chapelle. Celle-ci a été érigée curieusement sur la plus haute partie du rocher en dehors des bâtiments. Ils pénètrent dans le chœur à ciel ouvert où ne subsiste qu'un arc roman de pierre rouge, pareil à un œil vide ouvert sur l'infini. Quel vitrail cassé depuis longtemps lui a servi de paupière, jadis ?

Juste derrière la chapelle s'ouvre l'abîme. Le souffle coupé ils se penchent sur l'à pic vertigineux au fond duquel la Loire, couleuvre argentée, rampe paresseusement à travers les près. Le spectacle est grandiose. La rivière décrit à cet endroit une courbe gracieuse comme pour encercler l'éperon d'un anneau scintillant. Au-delà moutonnent des montagnes recouvertes de sapins. Une profonde sérénité se dégage de ce paysage qui semble endormi, oublié par le temps.

Maintenant, Françoise l'entraîne, à travers l'ancienne place d'armes recouverte d'herbes et de ronces, vers les remparts crénelés qui donnent sur le petit village. Elle se hisse sur un merlon, entre deux créneaux et pose sa tête contre la pierre tiède. Avec sa robe bleu pâle, ses fins cheveux blonds agités par la brise et son profil de médaille, elle ressemble aux châtelaines d'antan qui supportaient mélancoliquement la fuite impalpable des jours avant le retour du Seigneur parti guerroyer quelque part dans ce vaste monde où elles n'iraient jamais.

Ses yeux se ferment sur sa nostalgie.

— Je me sens bien ici, déclare-t-elle, d'une voie émue. Est-il possible qu'une femme de mon sang ait vécu ici, qu'elle y ait aimé, peut-être, souffert sûrement ? Qu'y a-t-il de commun entre Hélix de Goys et Françoise Delholme ?

Pascal n'en sait rien, mais soudain le charme du lieu agit sur lui. Il est là, debout aux pieds du rempart, à quelques centimètres de la main brune qui repose sur la robe bleue. N'est-il pas le page bien-aimé, celui à qui la recluse confie ses tristes secrets de femme délaissée ? Ou peut-être le Prince Charmant venu réveiller la Belle au Bois ?

— Je t'aime, Françoise.

Voilà, c'est dit. Il est débarrassé de ce poids qui lui écrasait le cœur depuis plusieurs jours. Est-ce la sérénité du lieu ou la malicieuse chaleur que le Muscat a mis en lui qui l'a poussé à cet aveu où il met toute son âme, toute sa conviction ?

Françoise a ouvert les yeux et s'est redressée, sans rien dire et soudain elle se met à pleurer, le visage enfoui dans ses mains. Ces sanglots sont si inattendus que Pascal, interdit, ne sait que faire.

— Ma chérie que se passe-t-il ! T'ai-je fait de la peine ?

Enfin elle baisse vers lui son visage baigné de larmes et s'essuie les yeux d'un revers de main rageur. Il lui tend les bras, elle se laisse glisser contre lui, défaillante de bonheur et d'émoi.

— Pardonne-moi cet instant de faiblesse, Pascal. Si tu savais comme j'attendais ce moment ! Je crois bien que je t'aime aussi, mais pour la première fois de ma vie, j'ai peur.

Il n'ose pas bouger bien que son cœur ait fait une embardée. Il la laisse parler, il faut qu'elle puisse librement lui exprimer son sentiment.

Elle s'assoit au pied du rempart, dans une sorte d'alcôve semi-sphérique qui devait servir d'échauguette aux guetteurs d'autrefois et, attendant la confidence qu'il devine douloureuse, il reste debout, appuyé contre la pierre.

— Après mon divorce, pendant quelques mois, je me suis sentie libérée. Cela n'a pas duré longtemps ; je ressentais un tel vide sentimental, j'avais besoin d'aimer et d'être aimée pour rattraper toutes ces années perdues. J'ai fait la connaissance d'Hervé, un homme marié et nous sommes devenus amants. Tu comprends, il se montrait doux et prévenant, sa présence me rendait ma jeunesse. Il était gai, insouciant et il me disait les mots que j'attendais, les mots que Michel n'avait jamais prononcés. J'ai été follement amoureuse de lui. Notre liaison a duré un an, au gré de sa fantaisie, car je devais toujours l'attendre, toujours guetter son coup de téléphone. C'est le sort, ô combien amer, de toutes les femmes qui acceptent d'entrer dans cet engrenage infernal. Il avait beau me dire « je t'aime », c'était toujours sa famille qui me le prenait. Au bout d'un an, j'étais épuisée, vidée, mais je m'accrochais encore à cette illusion de bonheur parce que je croyais en son amour pour moi. Et puis un jour, il m'a dit que sa femme se doutait de quelque chose, que nous devions redoubler de prudence. C'était comique ! Alors, je l'ai renvoyé à son foyer. Je pensais qu'il protesterait, qu'il s'accrocherait à moi. Pas du tout, on aurait dit qu'il n'attendait que cela. Moi, j'étais la fantaisie, le repos du guerrier, rien de sérieux. Face à la sacro-sainte famille, finalement, je n'existais pas. Je crois que pour certains êtres le mariage représente une institution vraiment confortable, derrière laquelle ils se cachent, ce qui ne les empêche pas de mener au-dehors une vie sentimentale de célibataire. Je sais qu'Hervé aura d'autres aventures, c'est dans sa nature de charmeur. Les hommes sont lâches, au fond. J'ai cru que je ne m'en relèverais pas. Pour tenter de l'oublier je suis partie seule en Grèce tout le mois de juillet, et chose incroyable, j'en suis revenue guérie. Et puis, tu es venu, toi, Pascal, tellement différent de Michel et d'Hervé, avec ton sourire et ton regard sincères. Je n'osais croire à ma chance. Étais-tu bien réel ? Comme tu partais demain sans m'avoir dit tes sentiments, j'ai pensé que j'étais une maudite de l'amour et que je n'existais pas non plus pour toi. Voilà pourquoi j'ai pleuré tout à l'heure, de chagrin, de soulagement, de joie, je ne sais plus…

— Pourquoi alors as-tu peur, ma Françoise ?

Pascal s'assoit à côté d'elle et la prend dans ses bras. Sa peau est vivante contre la sienne mais leurs sens restent calmes ; c'est l'heure de la tendresse, de la découverte. Cela ne ressemble pas au torrent dévastateur qui les a laissés échoués sur une grève de désespoir dans leurs précédentes expériences. Ils veulent renaître ensemble mais ils se sentent encore endoloris des coups reçus.

— J'ai peur que tu te sois trompé en croyant m'aimer. Je ne veux plus être pour aucun homme le caprice d'un été, celle que l'on prend et puis que l'on rejette. Je me sens capable d'apporter le bonheur à un autre être, mais plus du tout de servir de jouet.

— Il m'est arrivé la même aventure. Écoute…

Il lui raconte Violaine, sa passion pour cette femme, le déchirement de la rupture. Elle ne dit rien, sa tête s'est faite plus lourde au creux de son épaule et il n'a pas envie de bouger. Autour d'eux s'étend un silence complice. Il a envie de l'embrasser, mais avant il faut qu'il sache.

— Je désire t'épouser. Tu es celle que j'attends depuis si longtemps.

Elle semble réfléchir puis déclare :

— Il est bon que nos sentiments soient mis à l'épreuve. Nous avons trop souffert tous les deux, nous ne pouvons prendre le risque de nous tromper une nouvelle fois. J'aimerais que tu acceptes de m'écrire de temps en temps afin que j'apprenne à te connaître. Parle-moi de toi, de tes rêves, de tes projets. Je ne te répondrai pas. Quand je serai absolument certaine de vouloir être ta femme je t'appellerai…

— Et je viendrai, conclut-il en lui donnant un premier baiser. Ils sont tous les deux en retard d'un bonheur. La chance va-t-elle enfin leur sourire ?

Quand ils rentrèrent à Combolivier dans la soirée en se tenant par la main, le visage radieux d'une joie à peine contenue, Robert et Anne échangèrent un sourire complice ravi mais ils ne dirent rien. Ils savaient quel prix ont les premières heures d'un amour naissant et ils ne voulaient se permettre aucune question importune.

Ce soir-là coïncidait avec le concert de clôture du XIIe festival de La Chaise-Dieu. Pascal avait réservé des places assez tôt et avait invité ses hôtes pour les remercier de leur chaleureux accueil, sans se douter alors que, pour lui, ce lundi 3 septembre lui réservait à sa façon une apothéose, un nouveau départ…

Après le dîner, ils allèrent s'habiller pour le concert présidé par Madame Giscard d'Estaing.

Françoise lui apparut plus belle que jamais, dans une robe de dentelle noire, ses cheveux blonds relevés en chignon comme pour leur première rencontre. Il lui tendit son étole et elle le remercia d'un sourire tendre, ébloui qui lui alla jusqu'au cœur.

L'abbaye bénédictine bruissait d'une atmosphère d'excitation retenue. Les dames en robe longue et les messieurs en habit formaient un parterre élégant qui aurait bien étonné Robert de Turlande, le fondateur, s'il avait pu assister à ce spectacle mondain. Pour toute la durée du concert, le chœur avait été transformé en podium sur lequel trônait le piano à queue de Maître Cziffra, qui ne jouerait pas ce soir. Cette scène improvisée était éclairée par un lustre monumental digne de ce cadre grandiose et sévère.

Des ouvreuses les installèrent dans leurs stalles réservées et presqu'aussitôt les musiciens de l'Orchestre de l'Île de France vinrent occuper leurs places et commencèrent à accorder leurs instruments. Puis les lampes disposées dans la nef s'éteignirent et sous la seule couronne de lumière dispensée par le lustre, Yehudi Ménuhin s'avança et s'inclina légèrement devant le public qui lui adressait une ovation.

Dès que l'archet effleura les cordes du célèbre Stradivarius, Pascal se sentit transporté dans ce royaume de plénitude spirituelle dont il était un peu sevré depuis quelques mois. Il regardait l'artiste intensément, admirant sa virtuosité, accroché à lui par la magie des sons qui le faisaient vibrer de tout son être. Comme il avait désiré cette rencontre !

Avec son air de Christ blond, son visage expressif, Yehudi Ménuhin possède les qualités qui font les hommes véritables, ceux dont on parle encore bien longtemps après que leur instrument s'est tu pour toujours.

Pascal lui ressemble beaucoup, peut-être est-ce pour cela qu'il se sent en étroite communion avec lui. L'amour qu'il porte à Françoise et à la musique se fondent dans un Tout enchanteur. Quand il sent la main tiède se glisser dans la sienne et s'y nicher comme un oiseau confiant, il appuie sa tête contre la stalle sculptée et il ferme les yeux afin que pénètrent en lui tout l'amour, toute la joie du monde.

Dès son retour à Houlgate, Pascal prépara l'installation au manoir de René et Isabelle. De longs mois seraient nécessaires pour mener à bien cette nouvelle « passation de pouvoirs ». Ils se mirent tous les trois au travail. Il n'était pas question pour Isabelle de rester à l'écart.

— Jean-Louis et moi menions des vies parallèles, à cause de cela j'ai désappris à l'aimer. Je ne recommencerai pas la même erreur avec René, j'ai besoin de donner un sens à notre vie !

Quand Pascal leur parla de Françoise, ils le félicitèrent et René proposa :

— Nous nous marierons le même jour ! Quelle noce en perspective !

— D'accord, rétorqua Pascal, mais Françoise n'a pas encore dit oui !

— Laisse passer le temps, mon ami. Tout vient à point à qui sait attendre. Isabelle a bien mis vingt ans pour s'apercevoir que j'existais, ajouta-t-il avec malice.

Bien entendu, Pascal leur expliqua aussi son désir de retourner à Combolivier, si elle acceptait de l'épouser, sinon il demeurerait en Normandie. Il préférait renoncer à son projet de centre dans cette région, plutôt que vivre près d'elle en ami, c'était au-dessus de ses forces.

Vers la fin de l'année, un acheteur se présenta pour la conserverie. Il offrait un prix avantageux. L'affaire fut rapidement conclue et Pascal se sentit soulagé. Il disposait enfin des capitaux nécessaires et il prit une option sur les terrains et le village de Combolivier.

Fidèle à sa promesse, Pascal écrivait régulièrement à Françoise. Il lui racontait sa vie, lui livrait ses pensées. Pas question de tricher, son expérience avec Violaine le lui interdisait. Le temps des masques était révolu. Bien sûr il jouait sa vie à pile ou face en se livrant à cette inconnue. Mais, si Françoise ne pouvait pas l'accepter tel qu'il était, avec sa Foi, ses espérances, son idéal et ses charges, il valait mieux qu'elle ne vînt jamais vers lui. À quarante trois ans, il se refusait à contracter un mariage d'opérette, il voulait fonder un foyer solide auprès d'une femme généreuse et tolérante.

Il ne lui cacha pas son amour pour la petite Fleur. Celle-ci venait d'avoir quatre ans, elle vivait heureuse entre son père et sa mère adoptifs, auprès de Lucien, de Nicole et d'Aurélie qu'elle considérait comme une petite sœur. Pour lui le bonheur de Fleur passait donc avant le sien et, si Françoise ne l'acceptait pas, cela jetterait une ombre sur leur union. Il lui proposa donc, le jour où elle déciderait de l'épouser (car jamais il ne douta de son amour pour lui) de venir à Houlgate, en amie, afin que Fleur s'habituât à elle, progressivement.

Comme il n'obtenait jamais de réponse, conformément à leur accord, il ne savait pas comment ses lettres étaient reçues. Il avançait à l'aveuglette, seulement guidé par sa foi inébranlable dans le bonheur.

Si Violaine lui avait appris à tout pardonner, Françoise, cet hiver-là, lui apprit la patience car parfois il se sentait à la limite de la résistance morale. Entendre sa voix, ne serait-ce qu'un instant, l'aurait rassuré, soulagé, mais il tint bon. Un tel enjeu valait bien ce grand sacrifice.

La veille du Nouvel An, refusant d'aller réveillonner il s'installa à son bureau pour écrire à celle qu'il considérait comme sa fiancée.

Houlgate, le 31 décembre 1979

Ma chère Françoise,

Ce soir, j'ai voulu rester seul pour t'écrire afin de me sentir plus proche de toi. J'aimerais tant que nous soyons ensemble pour fêter la nouvelle année et pourtant j'apprécie la solitude de cette nuit calme. La maison semble attentive, pareille à une bête tranquille qui veille sur la sécurité des siens. Cette paix facilite le recueillement et élève l'âme.

L'amour que j'ai pour toi me fait penser à une promenade dans une cathédrale, au crépuscule. Veux-tu prendre ma main afin que nous y pénétrions ensemble, l'âme emplie de ferveur, le cœur ému par la sainteté du lieu, afin que nous devenions meilleurs l'un par l'autre, l'un pour l'autre, marchant ensemble vers le même but ? Le veux-tu ?

Ne ressentais-tu pas la même chose quand nous nous promenions côte à côte, au cœur de cette vivante cathédrale[1] *de verdure qui entoure Combolivier. Les arbres ne représentent-ils pas la plus forte émanation végétale de la terre, sa plus prodigieuse réussite. Des guérisseurs ne préconisent-ils pas de s'appuyer contre certains d'entre eux pour retrouver la vitalité envolée ? Mon cœur balance entre les arbres destinés à vivre longtemps et les fleurs aux corolles si éphémères, à l'image de la vie, où toujours le provisoire côtoie l'éternité...*

1. *L'assemblage des poutres qui forment le toit des cathédrales s'appelle justement la Forêt.*

Malgré ton absence, je ne me sens pas désespéré, peut-être parce que notre amour est né là-bas, en Auvergne, où tout est plus vrai, plus pur car la montagne est un véritable révélateur.

Puisque tu as cru bon de nous imposer cette épreuve, je l'accepte, je t'aime assez pour t'attendre encore, assez aussi pour renoncer à toi si tu me le demandes. L'Amour vrai ressemble à ces lames d'épée que les artisans d'autrefois trempaient pendant sept ans pour les rendre dignes des Chevaliers dont elles deviendraient les compagnes inséparables. l'amour et l'amitié se forgent ainsi au cours des années. Qu'en sera-t-il pour nous ?

Dans quelques minutes, nous serons en 1980 et dans vingt ans aujourd'hui l'humanité s'apprêtera à commencer un troisième millénaire. À quoi ressemblera la terre d'ici-là ? Il y a une telle accélération des événements depuis la dernière guerre, les mentalités évoluent à une telle rapidité qu'il est presque impossible d'imaginer à quoi ressemblera cette Saint Sylvestre-là.

En attendant, si j'avais à formuler un vœu à l'intention de l'humanité actuelle, je lui souhaiterais de retrouver la Joie, cette merveilleuse lampe qui éclaire les âmes et fait vibrer les cœurs. Comme nos contemporains sont devenus tristes et agressifs, comme ils se sont laissés gagner par un accablement sans limites ! S'ils avaient encore le courage de regarder autour d'eux avec des yeux d'enfant, ils verraient que les couchers de soleil offrent toujours le même spectacle grandiose, que les fleurs sentent toujours aussi bon. Sais-tu comment sont les hommes en ce moment ? Déchirés par le besoin d'amour, incapables d'en donner, refusant d'en recevoir !

Ce soir, une autre image s'impose à moi : je nous imagine, nous les êtres humains, pareils à des oiseaux en cage ; chaque barreau, représentant un obstacle entre nous et la liberté, est fait de nos désirs inassouvis et des attachements décevants, des rêves que nous n'osons pas réaliser, des blessures que nous avons reçues ou infligées. Certains préfèrent rester à l'abri derrière les barreaux fictifs, leur côté familier les rassure, mais ils mourront avant d'avoir voulu, ou su prendre leur envol. Il y a aussi les autres, les hommes-oiseaux qui arrachent trop tôt les barreaux protecteurs. Ils se meurtrissent le bec et les pattes et une fois libérés ils s'aperçoivent que leurs ailes restées longtemps repliées sont ankylosées et ne peuvent les porter, n'étant pas préparées à se mouvoir dans les grands espaces. Alors, ils se cachent pour mourir après avoir lancé un dernier chant de détresse, un ultime appel à cette liberté qui leur a été fatale.

J'ai souvent, ces dernières années, secoué, moi aussi, les barreaux de ma cage et je me suis heurté en aveugle à celle des autres avec tous les risques d'erreurs et de malentendus que cela comporte.

Depuis que je te connais, cependant, un subtil changement s'est opéré en moi. Tout se passe comme si, depuis notre rencontre, j'apprenais à effacer un à un les barreaux qui me retiennent encore prisonnier, au lieu de les briser, en me servant d'un pinceau magique et d'une peinture qui a la couleur de l'Espoir, de la Patience.

C'est cela, mon cadeau de nouvel an, ma chérie. je t'offre l'homme tout neuf que je suis devenu, il t'appartient, viens le chercher dès que tu te sentiras prête à lui faire une place dans ta vie.

Je ne sais même pas où tu es en ce moment. Sûrement pas à Combolivier qui doit être bien triste en cette saison ! Tu as tant d'amis un peu partout qui apprécient ta présence.

Les douze coups de minuit s'égrènent dans la nuit. Où que tu sois, je suis certain que tu penses à nous.

Bonne année, mon amour. Que 1980 nous réunisse pour toujours.

Ton Pascal

Deux semaines plus tard Pascal reçut un paquet portant le cachet bien parisien de La Boutique Française. Il en sortit une ravissante boîte à musique en forme de cage dans laquelle se balançait un oiseau au plumage resplendissant. L'ensemble était précieux et fragile comme le sont certaines œuvres d'art. Lorsqu'il remonta le mécanisme, l'oiseau ouvrit ses ailes et une musiquette légère comme un soupir, vieillotte comme un souvenir, lui joua les premières mesures de Violettes Impériales. Il fredonna pour lui seul :

L'amour est un bouquet de violettes
L'amour est plus doux que ces fleurettes
Et si l'amour en passant vous fait signe et s'arrête
Je vous en prie, mes amis, n'attendez pas demain

Il caressa doucement les fils dorés qui empêchaient l'oiseau de s'enfuir et il sourit, heureux. À sa façon, Françoise lui envoyait un message d'amour et lui disait d'espérer.

Cet hiver-là, René et Isabelle prirent définitivement la direction de l'affaire et Pascal put se consacrer à ses malades mais aussi à son projet de Centre, ayant réalisé l'achat des terrains de Combolivier à des conditions très avantageuses. Il passait des heures entières en compagnie de son architecte, remaniant sans cesse les plans et les améliorant. Son fondé de pouvoir lui suggérait les meilleurs placements pour ses capitaux, mais lui conseillait aussi d'emprunter certaines sommes à cause du fisc.

Il put recommencer à lire. Un ouvrage lui plut particulièrement : ce livre, écrit par une femme, Monique Couderc, et intitulé *J'ai vaincu mon cancer*, prouvait la force de l'esprit sur la matière. Seule, sans appui, abandonnée par la médecine qu'elle avait reniée, cette femme extraordinaire réussit à guérir d'un cancer de l'utérus. Elle avait refusé la mutilation par un raisonnement d'une logique irréfutable. Pour elle, le cancer était un effet dont on n'avait pas trouvé la cause. Pratiquer l'ablation de l'utérus équivalait à masquer les véritables problèmes, le cancer réapparaîtrait sous une autre forme. Cette quête solitaire d'une femme décidée à chercher au-delà des apparences bouleversa Pascal.

Cet ouvrage confirmait ainsi l'enseignement spirituel de tous les maîtres, à savoir que la maladie est avant tout d'origine spirituelle et le corps subit le poids de nos erreurs, qu'elles soient d'origine alimentaire ou psychique.

Cela lui rappela deux cas de maladies traitées quelques mois auparavant. Il avait reçu un homme d'une cinquantaine d'années environ, perclus de rhumatismes, aux articulations complètement bloquées. L'examen habituel ne révéla aucune faiblesse organique. Il interrogea le malade, un paysan, sur ses habitudes alimentaires qui ne lui révélèrent rien. Lors de sa deuxième visite, Pascal eut une intuition dont il hésita à faire part au malade.

— N'auriez-vous pas, bien enfouie en vous, une terrible rancune contre quelqu'un ?

Surpris, l'homme l'avait regardé avec des yeux ronds. Il avoua qu'il était fâché à mort avec un de ses voisins depuis une dispute en public où il avait eu le dessous. Ce jour-là, il avait juré de ne pas lui pardonner cet affront. Jamais !

Pascal dut dépenser des trésors d'éloquence pour le persuader que son mal pouvait venir de là.

— Pardonnez-lui, envoyez-lui des pensées d'amour.

— Jamais ! Après ce qu'il m'a fait, ce salaud !

— Vous bloquez certaines énergies et ce « *Jamais* » vous emprisonne. Essayez, au moins.

L'homme souffrait tellement qu'il dut se dire : « *Après tout, au point où j'en suis...* »

Il revint six fois (c'était un cas difficile), mais au bout de trois mois il dut bien le constater : le pardon total avait eu un effet bénéfique, il avait même reparlé à son voisin.

L'autre cas fut plus facile à traiter. Il s'agissait d'une jeune femme qui vomissait toute sa nourriture. Elle maigrissait à vue d'œil et sa mère se désolait car elle refusait de sortir. Aucun traitement médical n'apportait d'amélioration à son état. Pascal lui posa des questions sur sa vie, ses espoirs, les gens qu'elle rencontrait, sans omettre la nourriture. Trois séances de magnétisme ne la soulagèrent pas. L'intuition, une fois de plus, vint au secours de Pascal.

« Si cette jeune femme vomit sans cesse, n'est-ce pas une façon comme une autre d'exprimer un malaise profond, ne se vomit-elle pas elle-même ? », se dit-il.

Quand il lui parla ainsi, la jeune femme rougit. Elle avoua que son « petit ami » l'avait quittée et depuis elle se détestait, ne parvenait pas à se supporter, imputant cet échec à son manque de charme, à la malchance.

« Jamais aucun homme ne m'aimera », se disait-elle en pleurant. Et elle vomissait...

Pascal lui expliqua le fonctionnement de la pensée et l'espoir revint. Elle accepta de sortir, de rencontrer des personnes nouvelles et surtout de se « voir » belle, séduisante, irrésistible. Les vomissements cessèrent presqu'aussitôt. Quelques mois plus tard elle lui téléphona a pour le remercier et lui annoncer ses fiançailles.

J'ai vaincu mon cancer lui enseigna aussi les bienfaits du jeûne. Monique Couderc avait jeûné vingt et un jours, partant du principe que les cancers s'installent dans un organisme totalement asphyxié soit par l'abus de tabac, soit par l'accumulation de déchets que nos organes n'ont plus la possibilité d'éliminer. Pendant un jeûne surveillé (car cette pratique présente de graves dangers si elle est faite n'importe comment) et prolongé, il se passe en nous des phénomènes extraordinaires, dont l'un est l'autolyse, ce cannibalisme des cellules entre elles fonctionne toujours comme un service d'épuration intelligent. Les cellules ne recevant plus de nourriture vont commencer par se nourrir de toutes leurs sœurs malades, opérant ainsi une sélection capitale en vue d'une guérison. Pendant un jeûne hydrique, on assiste à un tel nettoyage en profondeur de l'organisme que la transpiration devient une épaisse exsudation, la langue est chargée, la respiration nauséabonde. Puis les cellules affamées attaquent les réserves de graisse. Il faut arrêter le jeûne avant que les muscles deviennent à leur tour la proie de l'autolyse sinon le processus est irréversible et la mort inévitable.

Après avoir lu ce livre, on comprend mieux pourquoi les plus grands sages, dont Gandhi, ont pratiqué le jeûne et Jésus lui-même partit dans le désert où il jeûna quarante jours et quarante nuits. Nul doute que dans un organisme ainsi purifié la vie divine puisse se manifester par des intuitions plus nombreuses.

Pascal, tout à fait convaincu, envisageait d'adjoindre à son Centre une annexe où les gens intoxiqués ou malades pourraient jeûner sous surveillance médicale.

Le manoir d'Houlgate était plein à craquer depuis que le nouveau couple s'y était installé ; cela plaisait fort à Pascal. Il aimait sentir vivre les gens autour de lui et contribuer à leur bonheur.

Pendant l'hiver 1980, Yves, René, Isabelle et Pascal prirent plaisir à se réunir en veillée. Quelquefois Lucien se joignait à eux car il avait l'esprit curieux et aimait s'instruire. Puis Nicole, après avoir couché Aurélie, apportait des crêpes bretonnes avec du cidre. Ah ! si Françoise avait été présente, quel bonheur !

Au cours de ces longues veillées, chacun évoquait les grands problèmes du moment selon son optique. La situation économique ne s'améliorait guère, le chômage menaçait de devenir la lèpre de la société, l'inflation était galopante et l'insécurité grandissait dans les villes. De toutes parts se manifestait le désir de changement. Les élections présidentielles de 1981 représentaient-elles l'espoir ? Si Lucien s'avouait résolument socialiste, René penchait plutôt pour la droite, Yves se sentait parfois pousser des ailes d'anarchiste ; il mettait tous les politiciens passés, présents, futurs dans le même sac, car, disait-il, « *une fois parvenus au pouvoir les hommes se ressemblent tous, ils deviennent des loups* ».

Pascal, profondément apolitique, soutenait qu'à son avis tout homme qui assume une tâche publique doit se maintenir au-dessus des partis et consacrer toutes ses forces au bien-être général. En l'écoutant, les autres souriaient avec indulgence : ce Pascal, quel utopiste, on ne le changera pas ! Seule Isabelle partageait sa conviction. Par bonheur, leurs rares discussions politiques restaient courtoises, chacun respectant les idées de l'autre.

— Je mets le capitalisme et les autres régimes au même rang, puisque dans tous les pays du monde il existe des pauvres et des riches, quoi qu'on fasse pour diminuer les inégalités sociales. Il y a toujours les malins qui font les lois à leur profit, ceux qui les détournent et ceux qui les subissent. L'argent, c'est la puissance, le pouvoir, personne n'y peut rien.

— Si, dit Yves, il y a un moyen, mais avant de l'adopter il faudra d'abord que tous nos systèmes monétaires s'effondrent, prouvant ainsi leur inefficacité et le danger qu'ils font courir à la paix mondiale.

— Et que mettra-t-on à la place ? s'enquit Lucien, ironique. Peut-on vivre sans argent ?

— Non, mais quand notre système actuel se révélera caduc, quand les hommes seront assez évolués spirituellement pour désirer d'autres solutions, l'argent sera remis à sa véritable place.

— Avant que cela n'arrive, je suppose que le monde aura dû subir de profonds bouleversements, endurer bien des souffrances.

— Bien sûr, dit Yves, c'est après la maladie que l'on désire le plus la santé, surtout quand on a passé très près de la mort !

Le jour de Pâques, Aurélie souffla sa première bougie. Le temps passait, Françoise ne donnant pas signe de vie, ces huit mois de silence commençaient à peser lourd sur l'optimisme de Pascal ; le doute, la peur allaient-ils se rendre maîtres de son esprit ?

Dieu eut sans doute pitié de lui. Quelques jours plus tard il reçut une lettre postée de La Chaise-Dieu. Sur une carte postale représentant un sous-bois il lut ces seuls mots :

« L'amandier a fleuri » !

Françoise

Il baisa avec transport la messagère de bonheur. Que devait-il faire ? Partir ? Téléphoner ? Il n'eut pas à attendre la réponse bien longtemps. Le même après-midi, une voiture bleue s'arrêta devant le perron. Françoise en descendit et il la reçut dans ses bras, incapable de prononcer un mot.

Quand il lui demanda pourquoi elle s'était fait précéder de cette carte sibylline, Françoise expliqua :

— Après ton départ, en septembre dernier, j'ai fait un rêve : l'amandier fleurissait et tu en coupais une branche pour me l'offrir, en gage de bonheur éternel. Au réveil je me suis souvenue que cet arbre refusait de fleurir, peut-être pour protester d'avoir été transplanté. Et puis, l'autre jour, Anne m'a appelée tout excitée ; je n'en croyais pas mes yeux : l'amandier était couvert de fleurs ! C'était comme une réponse, mon rêve devenait réalité. Je suis venue.

— Et si l'amandier n'avait pas fleuri ?

— Je voulais venir te retrouver le 29 juin prochain pour ton anniversaire… te faire la surprise.

— Merci, cher amandier, s'exclama Pascal en la serrant dans ses bras, tu m'as fait gagner deux mois de bonheur ! Cet arbre nous portera chance, on va le mettre sous cloche !

Maintenant qu'ils s'étaient retrouvés ils ne parvenaient plus à se séparer. Françoise ne se fit pas prier pour rester au manoir. Tendrement, elle dit un jour à Pascal :

— Tu ne peux pas imaginer à quel point j'ai souffert de t'avoir imposé cette épreuve. Comme j'ai regretté ma décision ! Que de fois j'ai eu peur que tu te lasses de mon silence, que tu m'oublies. Certains soirs, pendant cet hiver interminable, je t'écrivais de longues lettres que je rangeais ensuite dans une boîte, n'osant te les envoyer. Je te les ferai lire un jour.

Pascal lui sut gré de cet aveu qui le consolait de son attente, de ses doutes, de ses angoisses. Qu'importait le passé après tout ? L'avenir s'offrait à eux, radieux et plein de promesses,. Ils passaient des journées entières à se promener sur la plage, à faire des projets : leur prochain mariage, le Centre, l'élevage de chevaux... Chaque jour les rapprochait davantage, chaque minute leur paraissait unique, précieuse, prélude à un bonheur qu'ils espéraient indestructible. Une merveilleuse complicité faite de mots, de caresses, de baisers, de profonde tendresse cimentait ce couple auquel le Destin donnait enfin sa chance.

Fleur accueillit cette nouvelle amie avec un enthousiasme débordant, sans se douter que cette belle jeune femme allait devenir sa nouvelle maman.

Après avoir observé Françoise plusieurs jours, Mme Lagantat dut convenir que celle-ci n'avait rien de commun avec l'autre « créature » ! Ses préventions contre elle fondirent à tel point qu'elle accepta de se séparer de Fleur, à condition que l'enfant voulût bien la quitter de son plein gré. Son instinct lui disait que Pascal et Fleur étaient entre de bonnes mains, elle n'avait pas besoin de les suivre à Combolivier où trop de souvenirs l'auraient assaillie et peinée. Elle refusa donc l'offre généreuse de Pascal qui ne voulait pas la séparer de son enfant.

« *J'irai passer mes vacances chez vous*, assura-t-elle, *mais il faut que Fleur s'habitue à sa nouvelle existence, sans moi. Françoise possède toutes les qualités requises pour vous rendre heureux tous les deux, en attendant... un petit frère* ».

Ils décidèrent de se marier à La Chaise-Dieu, avant l'été, afin que les travaux du futur Centre puissent commencer au plus tôt. René et Isabelle rappelèrent leur désir de se marier le même jour, ce qui enchanta tout le monde et reçut l'approbation générale.

C'est ainsi que le samedi 28 juin 1980, en l'Abbaye de La Chaise-Dieu se célébra un double mariage. Jamais les Casadéens n'avaient vu un spectacle pareil : deux couples, rayonnants de bonheur, descendant le grand escalier sous une pluie de riz !

Tous les amis étaient présents, venus de Normandie et d'Auvergne. Fleur, empêtrée dans sa longue robe rose, portait les bouquets des deux mariées et souriait à tout le monde, très fière d'être la première demoiselle d'honneur !

Le lendemain, tandis que René et Isabelle partaient en Italie pour un long voyage de noces, Pascal et Françoise franchissaient le seuil de leur nouveau foyer.

Françoise avait réservé à Pascal une délicate surprise. Pendant ces longs mois d'attente qu'elle lui avait imposés, elle avait fait réparer le moulin, harcelant les entrepreneurs, encourageant les ouvriers, activant les travaux, afin que leur bonheur tout neuf ait un toit où s'abriter... Si, grâce aux lettres reçues, Françoise connaissait son mari, Pascal s'émerveillait d'avoir à découvrir sa femme, comme on lit un livre, page après page. Chaque matin de leur vie deviendrait ainsi un chant de joie, car le bonheur s'apprivoise comme un animal.

Septembre 1980. Combolivier est un vaste chantier. Maçons, charpentiers, électriciens, peintres redonnent vie au vieux village. Déjà l'ancien presbytère agrandi a retrouvé son toit. Il servira de bureau d'accueil et de centre administratif. L'école déserte sera transformée en cuisines et réfectoires, donnant sur la vallée de la Dore. La colonie désaffectée offrira une vingtaine de chambres claires et spacieuses, pourvues d'un cabinet de toilette. Quant à l'église, elle servira, l'été, de lieu de réunion. Pascal a des ambitions. Son Centre, il l'a dans le cœur, il le voit prendre forme. Déjà il imagine les premiers malades, des adultes d'abord, ce sont eux qu'il faut rééduquer en premier lieu. Le tour des enfants viendra ensuite.

Pascal, en regardant ces hectares de prairies qui lui appartiennent désormais espère en faire bon usage. Il ne veut pas jouer à l'apprenti sorcier, mais donner à la Nature sa chance de remplir son rôle nourricier. Il sourit parfois en se remémorant la parole d'Yves. « *Pascal, le Nourricier...* » C'est la signification de son prénom. En est-il de plus beau ? Son rôle est donc bien défini. Il se sent en étroite communion avec la terre. Il ne peut s'empêcher d'imaginer le Créateur s'adressant à ceux qui ont perdu leur bon sens ancestral. Ne leur dirait-il pas à peu près ceci :

« *Vous, les hommes, vous vous croyez plus malins que moi, vous vous arrogez le droit d'améliorer Ma Création. Ainsi, je vous ai donné des milliers de lombrics pour aérer la terre et fabriquer de l'humus et vous leur préférez des produits chimiques qui la rendent stérile à la longue ! Comme si vous ne saviez pas que les êtres vivants doivent se nourrir de matière vivante et non de produits artificiels.*

Et mes fleurs ? Je vous ai donné la charmante églantine aux couleurs d'aurore dont les fruits font une succulente confiture. Eh bien, non, elle n'était pas assez bien pour vous, il vous a fallu inventer la rose. Remarquez, j'aime bien les roses, surtout quand elles sentent bon et je vous pardonne, mais dans un autre domaine, qu'avez-vous fait des bisons, des pandas, dont j'avais peuplé la planète ? Je vous les avais confiés, vous me les avez massacrés, eux et tant de leurs frères, par esprit de lucre ou pour satisfaire vos vils instincts de chasseurs. Ah ! les hommes, vous aurez des comptes à me rendre ! »

Mais Pascal n'est pas le Bon Dieu. Il se détourne de ses rêveries pour revenir à la réalité. Quand, le soir venu les gens seront fatigués de leurs activités au jardin ou dans les bois, Pascal désire leur offrir des soirées culturelles. L'esprit aussi doit être nourri. Plusieurs vastes salles sont prévues à cet effet dans le bâtiment principal. Les mélomanes y trouveront un piano, une chaîne stéréo, des cassettes. Il a aussi l'intention de créer une bibliothèque.

Chaque talent sera mis à contribution : chanteurs, conteurs, prestidigitateurs, imitateurs, seront invités à amuser, à distraire leurs compagnons. Puis, le Centre prenant de l'extension, Pascal fera venir des conférenciers. On parlera des plantes, du tarot, de la magie, des religions, des OVNIS, du Tiers-Monde, etc. Il y aura des feux de joie sur la placette, des danses folkloriques, l'été, quand le soleil tarde à se coucher...

Pour réaliser tout cela, il faut beaucoup, beaucoup d'argent. Par une étrange alchimie à rebours les lingots d'or que le Baron de la Milleraye a entassés pendant tant d'années se transforment entre les mains de son petit-fils en briques, ciment, poutres, câbles, peinture, etc. Si les travaux se poursuivent à ce rythme, le Centre recevra ses premiers hôtes payants en juin 1983.

Pascal et Françoise se réservent le droit absolu de choisir le personnel. Il faudra une équipe de gens désintéressés (car ils ne recevront pas, au début du moins, un gros salaire), animés du même désir de servir les autres de toutes leurs forces, sans jalousie ni mesquinerie : une équipe soudée dans la spiritualité.

Dans la vie de Pascal vient d'éclore un autre bonheur, plus intense, plus puissant : Françoise attend un enfant, il naîtra en avril 1981. En 2000, il sera un homme ou une femme de l'ère nouvelle, du Verseau.

Depuis son mariage la vie est un perpétuel enchantement. Partout où passe Françoise naissent la beauté, la tendresse, l'harmonie. Tous les jours elle vient le rejoindre sur le chantier qu'il dirige et surveille lui-même. Quand elle arrive, les ouvriers la saluent, leurs yeux s'éclairent, les plaisanteries grivoises meurent sur leurs lèvres. Elle offre à boire, demande des nouvelles de chacun, s'intéresse aux petits problèmes. Elle est partout chez elle et tout le monde l'aime. En elle, le bébé tressaille, il participe à la naissance du Centre, il grandit en même temps que lui. Briques et sang, moule et placenta, coups de marteau et cœur qui bat...

Françoise se tient au milieu du tout, simple et royale. Elle est le fleuve bienfaisant où la vie de Pascal se jette sans crainte, délivrée de l'angoisse du lendemain, délivrée de l'incertitude. Unis pour le meilleur et pour le pire, ils regardent ensemble dans la même direction.

Parfois, en lui souriant de loin sur une échelle, Pascal regarde sa femme et il remercie Dieu de lui avoir donné cette compagne ; à ses yeux, Françoise est la Vierge Noire des Celtes, la Déméter des Grecs, celle qui donne la Vie.

Le soir, ils s'assoient tous les deux près de la rivière, sur un vieux banc de bois et ils regardent la roue toute neuve qui tourne dans la rivière, dans l'éclaboussement irisé des gouttelettes limpides.

Bientôt le moulin fournira à nouveau de la farine quand les champs se seront couverts des moissons de demain et au village, là-haut, dans l'ancien four réparé sera cuit le beau pain à la croûte dorée, riche des forces conjuguées de la terre et du soleil, le *yin* et le *yang* éternels.

Souvent Pascal caresse le ventre de Françoise. L'enfant s'agite dans sa prison de chair, il a hâte de participer à la grande fête du monde, il a hâte de connaître Fleur, sa sœur, qui l'attend avec impatience. Françoise est consciente d'être le creuset sacré où se forme une nouvelle vie. Pour cet être à venir, il faut qu'elle se garde pure, que ses pensées soient harmonieuses. Elle sait que l'enfant attentif reçoit d'elle tout son futur, en plus du passé génétique de ses parents. Elle se repose souvent en plein air ou bien elle lit, elle écoute de la musique, elle se promène dans les bois où l'automne étale sa luxuriance, elle monologue avec l'enfant, elle raconte des histoires à Fleur blottie sur ses genoux contre ces deux vies mêlées... Bourrasque vient brouter l'herbe devant le moulin : elle va pouliner. Partout la vie, l'espoir...

L'hiver passe, le printemps accroche aux arbres des bourgeons poisseux, les violettes embaument, bientôt les genêts vont s'allumer comme des torches...

Au fur et à mesure que le terme approche, Pascal devient plus nerveux. Il s'étonne de la sérénité de Françoise, de son regard mystérieux et comme tourné vers l'intérieur. Elle semble absente de lui, de Fleur même, se préparant à cet événement si important dans la vie d'une femme qu'est une première naissance. Il se sent inutile, malheureux et en même temps un élan d'amour profond le pousse vers elle qui va affronter seule une épreuve qu'il voudrait partager avec elle comme il a partagé le plaisir. Cela lui semble injuste. Le soir, étendu à son côté, il l'écoute respirer et surveille son sommeil, attentif au moindre de ses mouvements, de ses soupirs. Il guette le premier gémissement qui signalera la venue de cet enfant qu'il chérit déjà du plus profond de son cœur, cet enfant qu'il se promet d'élever avec tendresse et fermeté.

Françoise ayant décidé d'accoucher au moulin, il a respecté son désir mais il s'inquiète secrètement. Si des complications survenaient, que ferait-il, loin de tout secours avant l'arrivée du médecin ou de la sage-femme ? Il ressemble à tous les pères du monde que le mystère de l'enfantement plonge dans une grande perplexité. Il se souvient avec effroi du récit que lui a fit Mme Lagantat de la dramatique naissance de Fleur. Son imagination crée, malgré lui, un parallèle entre Françoise et Marie-Dolorès : l'accident… l'hémorragie mortelle…

Le 20 avril, vers une heure de l'après-midi, Françoise vint le trouver au jardin et lui dit que le moment approchait. Elle avait les traits tirés et semblait souffrir. Il la fit étendre et appela la sage-femme qui arriva aussitôt. Pascal admira le calme, le courage de sa femme pendant les longues heures que dura l'accouchement. Il l'assista de son mieux, essuyant son front moite, humectant ses lèvres sèches. La main de Françoise s'accrochait à la sienne quand la douleur devenait insupportable ; alors il lui murmurait des paroles d'encouragement, d'apaisement, d'une voix douce et berceuse comme on le fait pour endormir les angoisses des tout petits.

Le bébé, un garçon, naquit à dix-sept heures et lança son premier cri, dans la pénombre de la chambre, car l'enfant doit naître comme le petit animal dont la mère en gésine recherche l'obscurité pour cet acte essentiel. Le passage de la caverne marine où le fœtus a baigné pendant neuf mois, à la lumière, doit se faire progressivement. Ainsi naissent les enfants à l'Île de Pâques, leurs jeunes yeux restent protégés pendant vingt jours de la blessure que leur infligeraient les rayons du soleil. Que dire alors de nos enfants venant au monde à la clarté des néons !

La sage-femme, sur la demande de la mère, a déposé le bébé sur son ventre, encore relié à elle par le cordon ombilical pour prolonger cette complicité de vie intra-utérine, cette communion de chair et d'esprit inoubliables. Françoise caresse son petit garçon, elle lui parle. Elle sait que le nouveau-né a besoin de retrouver les vibrations de la voix qui l'a bercé pendant la gestation, vibrations qu'il recevait atténuées et déformées, certes, mais qui le rassurent au seuil de ce monde inconnu. Puis Pascal a coupé lui-même le cordon. Par ce geste symbolique, il prend à son tour possession de son fils, petit corps tiède aux cheveux collés, aux yeux clos, aux minuscules poings fermés qu'il tient maintenant entre ses mains et qu'il embrasse avec émotion.

Yves a accepté de consacrer l'enfant suivant le rite druidique. Ce sera le 21 juin, jour sacré pour les Celtes : la Saint-Jean. La signification des prénoms a été oubliée au cours des siècles. Qui sait encore que Jean veut dire la *Porte de Lumière* ? Et que Christophe vient du grec *Krysophoros*. Pour les alchimistes, il est celui qui porte l'or et non le Christ !

En astronomie, c'est le moment où le soleil, au terme de son ascension, semble s'arrêter dans le ciel avant d'entamer sa descente vers le solstice d'hiver. Après avoir gonflé la terre de sève, transformé les fleurs en fruits et rempli les épis de graines dorées, le soleil entrant dans le signe du Cancer, signe d'eau cardinal, va laisser les hommes récolter et engranger ce qu'il leur a permis de prendre. C'est à leur tour de travailler !

Pour pratiquer cette consécration, Yves demande aux jeunes parents de trouver une source dans la région. Françoise a entendu dire que le bourg d'Allègre en possède plusieurs. Le dimanche 14, ils viennent donc en reconnaissance. Allègre est une pittoresque cité médiévale qui s'étage sur le flanc méridional du volcan de Boury, offrant ses maisons et ses ruelles étroites au chaud soleil de juin. Laissant la voiture près de Notre-Dame de l'Oratoire, à côté d'une ancienne porte de la ville, ils grimpent jusqu'aux ruines du château dont il ne reste que de grandioses vestiges en forme de potence se dressant face au Velay et aux lointaines Cévennes. A gauche, ils découvrent le second volcan, tout proche, appelé Mont-Bar. Avec sa silhouette massive et son pelage de conifères, il ressemble à un gros ours bienveillant et débonnaire. Mais quelle colère dort en ses flancs ? Quel printemps secouera le monstre grondant, prélude à un réveil meurtrier ? Il faut toujours se méfier des fauves car ils ne dorment que d'un œil, et en Celte, bar signifie ours ! Au pied de ce volcan ont jailli deux sources, celle des Cinq-Fontaines et celle de Fonteline. Cette dernière porte-t-elle aussi un nom Celte ? Fonteline ou Font-Béline, était-elle dédiée à Bélen, Dieu solaire ? De toute façon ces deux sources ont été captées, un habitant du bourg qui passe par là le leur apprend. Déçus, ils redescendent vers la place. Où vont-ils trouver la source à ciel ouvert dont Yves a besoin ? Un ouvrier maçon leur donne la solution le soir-même :

— Il existe une source à 10 Km de La Chaise-Dieu. On y va en pèlerinage tous les ans, le 16 août, jour de la St Roch, explique-t-il. *Près de la source a été construite une chapelle dédiée à Sainte Elidie, la bergère assassinée. Cette petite sainte a fait des miracles, je vous assure !*

Ils en sont persuadés et se regardent, soulagés.

— Pourriez-vous nous y conduire le 21 juin prochain ?

— Ma femme vous attendra au carrefour de St Sauveur la Sagne, moi je travaille ce jour-là. Il y a très peu de chemin à faire à pied, vous verrez.

Le 20 juin au soir, Yves est arrivé en voiture en compagnie de Mme Lagantat, Lucien, Nicole et Aurélie. René et Isabelle sont là aussi, accompagnés de Gaël et Yan heureux d'échapper quelques jours à leurs études.

Quelle soirée merveilleuse entre tous ces êtres qui se retrouvent après des mois de séparation ! Fleur ne quitte pas Mme Lagantat d'une semelle.

— Je t'appellerai *Mamita*, lui déclare-t-elle d'emblée.

— Pourquoi ?

— Pour ne pas confondre avec mon autre maman, puisque j'en ai deux !

Logique irréfutable !

Prenant Mamita par la main elle lui fait découvrir son royaume, lui montre son poney, l'emmène au haras, à la ferme.

La visite du chantier de Combolivier impressionne les amis normands. Pascal est fier de réaliser cette œuvre avec sa femme. Déjà, il songe aux enfants pour qui il voudrait ouvrir une école comme celle d'Auroville en Inde, où ils apprendraient qu'ils ont non seulement des droits, mais aussi des devoirs envers eux-mêmes et la société.

Il songe surtout que si les divorces continuent au rythme actuel, traumatisant des générations d'enfants, il faudrait réinventer un contexte familial différent, élargi, proche de la tribu d'autrefois dans lequel le nouveau-né se sentirait aimé, protégé, élevé dans le respect des traditions afin que si le couple se sépare il lui reste ses racines et son environnement.

Cela est un autre problème. Pour l'instant, naturellement, l'intérêt des invités se concentre sur l'enfant, ce beau bébé blond de deux mois, qui vagit dans son berceau d'osier. Et autour de la table, ce soir-là, l'avenir semble prometteur, malgré les orages du monde dont l'écho vient mourir derrière les collines. À Combolivier il est facile d'oublier que chaque jour des enfants souffrent de la faim, qu'au fond des prisons gémissent des hommes humiliés et torturés. L'attentat contre le pape, le mois dernier, prend des allures de science-fiction, les vagues soulevées par l'élection présidentielle ne parviennent pas jusqu'ici. Ce soir-là, le nouvel Eden se referme sur le bonheur d'une famille heureuse. Bientôt le Centre ouvrira ses portes aux malades de la France entière, car le cœur de Combolivier bat pour tous les hommes de bonne volonté…

Voici Sainte-Elidie. Après le pont de chemin de fer, le sentier herbeux bordé de genêts descend en pente douce à travers les pins et débouche dans une combe au creux de laquelle coule la Dorette. Pascal, inquiet, scrute le ciel. De gros nuages noirs s'accumulent au-dessus d'eux et occultent le soleil. Les pins immobiles ont pris soudain un ton de bronze terni qui contraste avec l'or des genêts où la lumière s'accroche encore. L'odeur pénétrante de ces milliers de papillons jaunes rappelle à

Pascal les reposoirs que, petit garçon, il décorait à Houlgate pour la Fête-Dieu.

Tous marchent en silence, pénétrés par la sérénité qui émane de cet endroit, comme s'il appartenait à une autre dimension, loin des agitations et des souillures du monde. Soudain, là sur la droite, un peu en contrebas, apparaît la chapelle, dressée comme un témoin solitaire au milieu d'une prairie verdoyante. Quel dépouillement dans son architecture ! Son fronton s'orne simplement d'un clocheton ajouré dans lequel dort une cloche qui sonne une fois l'an le jour du pèlerinage dédié à la petite bergère.

Le bébé s'est mis à pleurer. Peut-être n'aime-t-il pas être porté aussi longtemps mais Pascal pense qu'il manifeste à sa manière son émotion, la magie de l'instant impressionnant sa petite âme réceptive d'une sorte de mystérieuse prescience de ce qui va suivre. Le groupe franchit la rivière sur un pont de bois rustique et s'approche de la chapelle close.

À travers les grilles de la porte on aperçoit, dès que les yeux se sont habitués à l'obscurité, un autel très simple sur lequel veille une madone. De chaque côté, des ex-votos, une paire de béquilles témoignent que la sainte a intercédé auprès du Père et exaucé les prières reçues. L'autel baigne dans la clarté bleutée qui traverse les hauts vitraux étroits. Rien d'autre. À gauche de la chapelle, dans une excavation voûtée, ils découvrent la source miraculeuse. Il faut se mettre à genoux et se pencher pour puiser l'eau. Un vieux gobelet attaché à une chaîne permet au pèlerin, ou au promeneur assoiffé, de se désaltérer. Sur cette eau sombre et sans rides à laquelle elles prêtent un semblant de vie, des nèpes semblent flotter sur quatre bulles de lumière.

Pendant que les parents et amis forment un demi-cercle devant la source, Yves a revêtu sa saie et a passé autour de son cou le pal blanc, rouge et or brodé du Triskell.

Avec des gestes lents empreints de noblesse, il recueille un peu d'eau dans une coupelle qu'il pose à terre, puis il prend trois torches, mélange de cire et de résine et, après les avoir allumées l'une à la flamme de l'autre, il les fiche en terre en forme de triangle, la coupelle d'eau occupant le centre. L'enfant hurle, maintenant. Son cri se répercute dans le petit val, l'armée des nuages se rapproche et la forêt se tait, attentive.

Sur la demande d'Yves, Pascal trace un large cercle qui englobe la source et dit :

« Que ceux d'entre vous qui veulent participer à la cérémonie avec le cœur et l'esprit se placent à l'intérieur du cercle tandis que les autres, simples spectateurs, se mettront hors de celui-ci ».

Puis il explique aux assistants ce qui va se passer et demande alors à Françoise de s'approcher, son fils dans les bras.

« Je vais lui faire reconnaître les quatre éléments afin qu'il vive en harmonie avec eux. »

« Je le fais reconnaître par les quatre éléments afin qu'ils le protègent. »

Il se baisse, prend un peu de terre entre ses doigts et en dépose quelques traces sur le petit front :

« Voici la Terre ».

Il verse quelques gouttes de la coupelle sur les lèvres du bébé :

« Voici l'Eau ».

Avec son étole, il évente le petit visage convulsé de rage :

« Voici l'Air ».

Il prend une des torches et rapidement passe la main crispée du bébé dans la flamme :

« Voici le Feu ».

Il se recueille et un silence chargé d'émotion s'installe entre tous les participants, seulement déchiré par le cri de l'enfant et le vent d'orage qui rabat les flammes des torches et les fait ronfler. Une lumière tamisée, presqu'irréelle, traverse l'opale d'un nuage et éclaire cette scène insolite.

Rompant le silence, Yves dit :

« La consécration aux quatre éléments est terminée, l'enfant peut maintenant recevoir son nom ».

Il se redresse et lève les bras vers le ciel obscurci. C'est comme si soudain il grandissait, anobli par l'invocation séculaire qu'il va prononcer et que la terre d'Auvergne a sans doute oubliée. Il clame par trois fois :

« Par moi, Glendaour, Druide, héritier des Druides d'Occident, tu seras Jocelyn ».

« Moi, Glendaour, Druide, héritier des Druides d'Occident, je dis : tu te nomme Jocelyn ».

« Moi, Glendaour, Druide, héritier des Druides d'Occident, je dis : tu ES Jocelyn ».

Au même moment l'enfant qui n'avait cessé de crier se tait et le soleil, écartant les sombres nuées derrière lesquelles il cachait sa splendeur, apparaît soudain, posant sur les visages le sceau de sa gloire et de sa puissance. Le silence vibre maintenant sous la harpe du vent apaisé qui apporte par bouffées l'odeur des genêts, pareille à un encens délicat.

Lentement, le ciel redevient bleu, les grillons et les oiseaux retrouvent leur voix, comme délivrés d'une confuse menace. La Joie éclate dans la Nature rendue à son printemps.

Près de Pascal, un insecte fauve au corselet de velours s'est posé sur une scabieuse dont il pompe le nectar avec ardeur. En le regardant, Pascal se souvient de cette parole de Ramakrishna :

« Sois comme la fleur, épanouis-toi librement et laisse les abeilles dévaliser ton cœur. Fais l'enchantement du monde, mais ne retiens personne captif par la beauté de ton âme ». Il pense à son fils, oisillon fragile, à qui il enseignera cette façon d'aimer sans pouvoir toujours lui éviter de se blesser les ailes.

Yves retire ses vêtements de cérémonie, René éteint les torches et Françoise, assise sur le muret qui protège la source, ouvre son corsage et offre son sein gonflé de lait au bébé affamé. Après le recueillement, la détente. Chacun s'assoit dans l'herbe, formant ainsi une couronne de tendresse autour de la mère et de son enfant. Pascal, attendri, les regarde. Il lève les yeux vers la statue de Sainte Elidie qui, en longue robe virginale, son chien à ses côtés, semble bénir la vallée au-dessous d'elle dans un geste d'amour et de pardon ; de son âme monte un chant de reconnaissance.

Pour Jocelyn l'aventure a commencé. Lui ont-ils choisi un prénom bénéfique ? À Jocelyn signifiant *le Joueur,* ils ont ajouté Matthieu, *le Fou de Dieu,* allusion directe au Mat du Tarot, cette lame étrange qui ne porte pas de nombre. Le Fou du Tarot se situe hors du temps, c'est pourquoi il a toujours intrigué les chercheurs. Oui, Jocelyn-Matthieu jouera souvent sa vie spirituelle à pile ou face, c'est la loi des enfants de Dieu.

Là-haut, Bélen, le soleil de la Saint-Jean, s'est arrêté dans sa course. Il contemple cette scène dont la grandeur biblique a inspiré les bardes et les poètes de tous les temps. Il sait, lui, que le monde est en train de changer. Tant de civilisations ont déjà passé devant son regard immuable qu'il a acquis la Patience et la Sagesse infinies. Et pourtant, tant qu'il y aura sur Gaéa[1] des hommes pour protéger, des femmes pour aimer et des enfants prêts à l'envol, la planète survivra.

Oui, Bélen est là, témoin que Dieu a placé sur la route des hommes pour leur parler d'amour et de paix. Et quand des millions d'entre eux ont le courage de lever vers lui leurs yeux pleins d'espérance, il leur affirme que tout peut recommencer...

Allègre, Le jeudi 15 juillet 1982.

---

1. *Gaéa : non celtique de notre planète.*

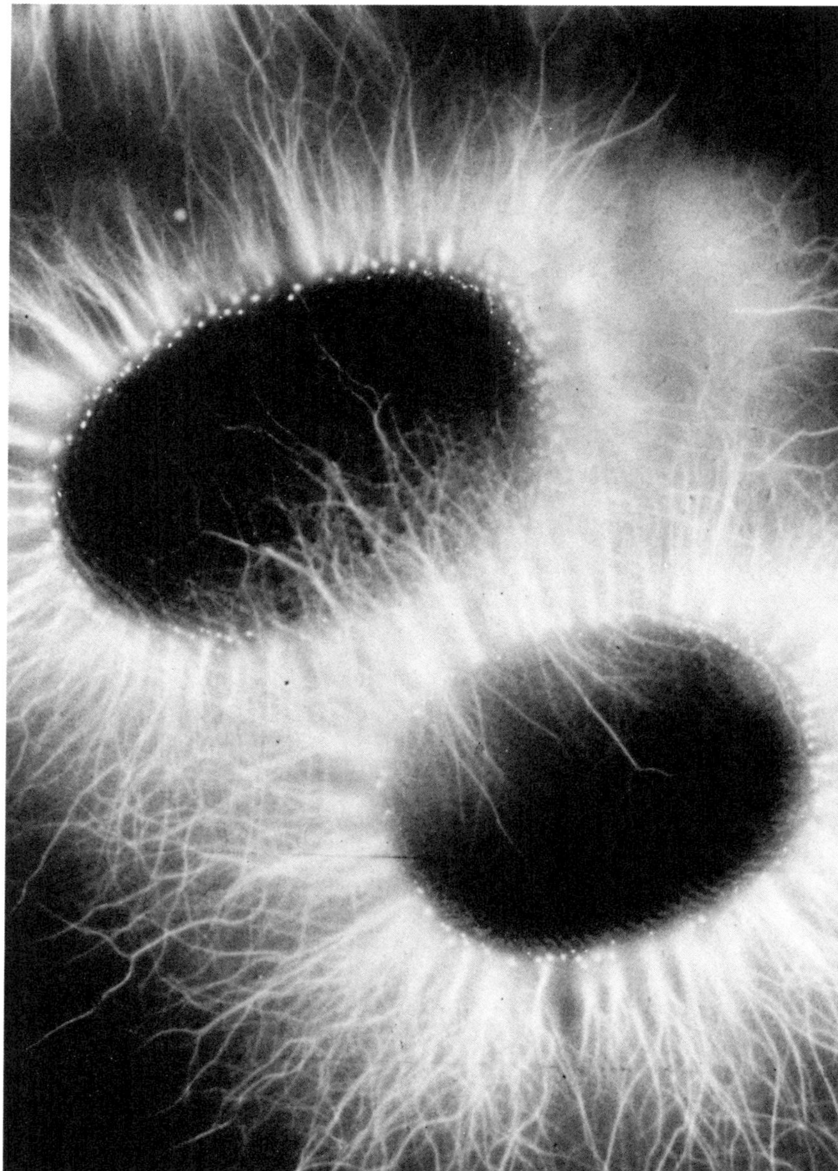

Photo Kirlian agrandie de l'extrémité de l'index
et du majeur de l'auteur.
Voir explications page 121.

ANNEXE

Pour répondre à la demande de nombreux lecteurs, l'éditeur et moi-même sommes heureux de vous offrir ce supplément pratique composé avec l'aide d'un ami médecin.

Je me suis limitée à des médications simples et peu coûteuses, que j'ai eu l'occasion de tester et d'utiliser avec succès au cours de vingt années de pratique.

Faites-en le meilleur usage, pour vous et ceux qui vous entourent.

Ayez toujours présent à l'esprit le fait qu'une plante est vivante, qu'elle contient des principes actifs utilisés pour aider à guérir une maladie.

L'excès en tout étant nuisible, aucun traitement par les plantes ne doit excéder un mois, les doses devant rester faibles, sinon vous obtenez des effets inverses :

Exemple : Si vous employez trois fleurs de tilleul vous obtenez une tisane calmante. Une poignée de tilleul vous énervera et vous ne pourrez trouver le sommeil.

Si vous désirez vous-même cueillir vos plantes, faites-les sécher à l'ombre, dans un léger courant d'air. Retournez-les de temps en temps. Ensuite, les plantes seront stockées dans des bocaux en verre (surtout jamais de poches en plastiques) et placées à l'abri de la lumière.

N'oubliez pas, chaque année, de jeter toutes les plantes anciennes, au moment de renouveler la récolte. Même séchées, celles-ci peuvent, au pendule, atteindre 8 000 Unités Bovis. Cependant, au cours des mois suivant la récolte, elles perdent leur vitalité. Au bout d'un an, elles sont totalement mortes. Cueillez vos fleurs dans des endroits sauvages, non pollués par les gaz d'échappement ou l'apport d'engrais chimiques.

LES TISANES

Faire des infusions légères afin d'augmenter l'action bénéfique de la plante, et n'insister jamais si, au bout de quelques jours, vous avez l'impression de présenter certaine allergie à la plante employée (surtout le buis).

1) Pour un bol d'eau froide, mettre, par exemple :

3 fleurs de camomille
ou 3, 4 têtes de tilleul
ou 3, 4 feuilles de sauge
ou 3 feuilles de verveine
ou 1 cuillère à café de vigne rouge
ou 1 cuillère à café d'armoise
ou 1 cuillère à café d'aubépine (fleur)

2) Pour un litre d'eau froide :

Utiliser 10 à 12 feuilles ou 2 grosses cuillerées à soupe de fleurs séchées.

Faire chauffer doucement jusqu'au frémissement, retirer du feu, couvrir et laisser infuser quelques minutes. Utiliser une casserole en émail ou en inox, ne jamais utiliser de récipients en aluminium.

L'ACHILLÉE MILLE FEUILLES : (circulation)

Cette plante, très répandue en France, a de petites feuilles très découpées et des sommités fleuries de couleur blanche, rose ou mauve pâle. Son odeur n'est pas très agréable. La cueillir en plein soleil, au moment où la vibration est à son maximum et procéder comme il est dit plus haut (2 têtes au plus pour un grand bol d'eau froide).

La tige de l'achillée mille feuilles a été utilisée autrefois par les Chinois pour la fabrication des baguettes de *Yi King*.

LE GUI DE FRUITIERS : (circulation)

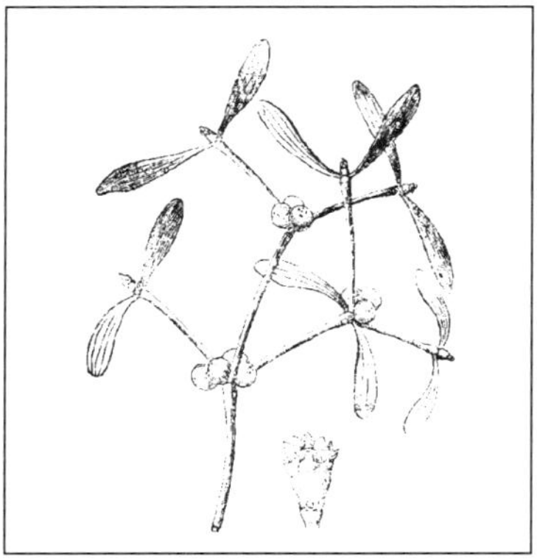

Tout le monde sait que les Druides cueillaient le gui (surtout celui du chêne devenu très rare). La pharmacopée moderne a redécouvert ses propriétés et l'utilise sous le nom de « viscum album » dans certains traitements du cancer.

Si vous avez des problèmes circulatoires importants vous pouvez utiliser le gui de fruitiers de la manière suivante (en cure d'un mois maximum).

Mettre, le soir, une cuillérée à soupe de plantes séchées dans 1 litre d'eau. Laisser macérer toute la nuit. Le lendemain, filtrer le liquide obtenu, en boire un petit verre à jeun, puis à intervalles réguliers au cours de la journée, soit en le réchauffant très légèrement, soit à la température de la pièce.

Le gui a également la propriété de régulariser la tension.

LA PRÈLE : (reminéralisation)

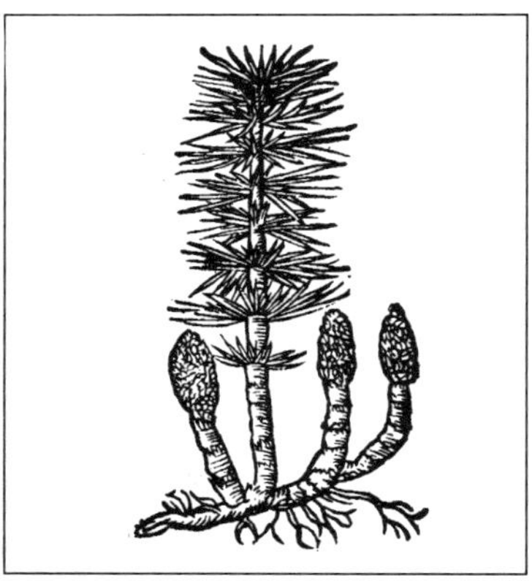

Les tisanes quotidiennes de prèle (ne pas excéder un mois) sont recommandées aux femmes au moment de la ménopause. La silice qu'elle contient peut éviter la déminéralisation toujours possible à cette période. Une prise plus pratique consiste à écraser de la prèle et de l'ortie séchées, les réduire en poudre et en saupoudrer quotidiennement les aliments.

L'ortie contient du fer, composant de l'hémoglobine de sang.

LE BUIS : (vésicule biliaire)

Une plante à utiliser avec précaution.

Pour calmer les douleurs et même parfois éjecter les calculs de très petite taille,voici une très ancienne recette de « bonne femme ».

Pendant les 14 premiers jours de la nouvelle lune, prendre à jeun une tisane de buis préparée de la façon suivante :

— Couper un rameau de buis frais (10 cm environ) dans une casserole d'eau froide. Faire bouillir et laisser cuire 3 minutes, puis filtrer.

Ne pas sucrer et déjeuner 1/2 heure plus tard.

À recommencer le mois suivant (ceci 3 mois de suite).

Il existe une autre méthode :

— Les 3 premiers jours de la nouvelle lune, prendre à jeun une cuillerée à dessert d'huile d'olive vierge première pression. Déjeuner 1/2 heure plus tard.

Si vous ressentez de l'écœurement à boire cette huile pure, ajoutez-y le jus d'un demi citron et battez le tout.

LA PENSÉE SAUVAGE : (dépuratif du sang)

Si vous avez des boutons, des furoncles à répétition, ou si vous avez pris des médicaments qui vous ont fatigué, il est bon de faire une cure de pensées sauvages qui nettoiera le sang de ses impuretés.

DIVERS

La **bruyère** a un effet anti-inflammatoire sur les voies urinaires et le miel de bruyère est bon pour les troubles prostatiques (ainsi que l'épilobe des montagnes).

La **Sauge** fait merveille dans les troubles circulatoires et pour rétablir les règles perturbées (elle contient une hormone féminine), il en est de même de la **Vigne rouge**, mais on l'emploie surtout pour les jeunes filles et les jeunes femmes (< 25 ans).

L'**Aigremoine** est recommandée à ceux qui souffrent souvent de la gorge.

L'**Aubépine** apporte le sommeil et calme les angoisses.

La **Mélisse** facilite la digestion.

Ce ne sont que quelques exemples parmi les plantes que tout le monde connaît. Il y en a 1 000 autres, naturellement.

L'humble **Persil** a de multiples propriétés et devrait figurer très souvent dans nos menus. Je recommande aux femmes enceintes d'en « brouter » un petit bouquet par jour 3 semaines avant l'accouchement pour favoriser la circulation veineuse et donner au bébé un joli teint rose. Les mamans qui l'ont utilisé m'ont fait part de leur satisfaction.

Le suc orangé de la **chelidoine** des murailles agit sur les verrues mais il faut renouveler plusieurs fois l'application.

Contre la grippe :

Pour ceux qui ont des résultats avec l'homéopathie prendre avec prudence ;

1) Aux premiers frissons 1 dose d'Oscillococcinum 200 (voie sublinguale).

2) 6 heures plus tard prendre une dose de Biothérapique Influenzinum 9 CH. Si nécessaire, recommencer l'opération n° 2 au bout de 6 heures.

Pendant le traitement éviter la viande, boire beaucoup (chaud et souvent) et ne pas consommer d'excitants (café, thé, cigarettes) ni de menthe.

Pour les autres, la tisane suivante est très efficace :

— 3 clous de girofle.
— 1 bâton de cannelle.
— 1 poignée de sarriette.

Dans 1 litre d'eau bouillante, faire bouillir 1 mn, cannelle et girofle, puis ajouter la sarriette. Laisser infuser 10 mn, filtrer, puis boire en 24 heures.

Contre la toux et les bronchites :

Couper un oignon en morceaux. Y ajouter 3 grosses cuillerées à soupe de miel. Mélanger avec une cuillère en bois. Le jus obtenu doit se prendre à jeun et au coucher et, en cas de toux rebelle ou ancienne, plusieurs fois par jour, loin des repas.

S'arrêter 1 semaine environ lorsque ce jus est épuisé, puis, si besoin est, recommencer.

Contre la toux je recommande également le **Sureau** (fleurs) que l'on peut mettre dans du lait et, après avoir fait légèrement bouillir le mélange, on sucrera avec du miel.

Une décoction de fleurs de Sureau utilisée en bain de pieds calme les douleurs causées par une crise de goutte.

Contre les crampes :

Prendre une poignée de blé (froment), la mettre dans une assiette creuse et recouvrir d'eau pendant 6 ou 7 heures.

Égoutter alors le blé, le recouvrir d'une autre assiette renversée et laisser germer 12 heures environ dans un endroit tiède. Un germe blanc apparaît alors.

Prendre 1 cuillerée à café de ce blé, au coucher. Bien mâcher.

Renouveler l'opération jusqu'à disparition des crampes.

Contre la sinusite :

Pour effectuer un bon nettoyage des sinus, préparer dans un bol à grande ouverture un mélange d'eau tiède et de quelques grains de gros sel de cuisine, si possible non raffiné.

Y plonger une narine après avoir bouché l'autre.

Aspirer l'eau salée jusqu'à ce qu'elle ressorte par la bouche.

Faire alternativement de même avec chaque narine.

Ceci se pratique au moment du coucher, car il n'est pas recommandé de sortir à l'air froid après avoir effectué ce nettoyage.

Pour les enfants en pleine croissance et les femmes enceintes vers le 3e mois, le calcium est indispensable :

Prendre des œufs de poule nourrie au grain. Garder les coquilles et piler celles-ci dans un moulin à café ou sous un objet dur.

La poudre obtenue doit être prise à raison d'une à deux pincées quotidiennes mélangées à un des plats.

Éviter surtout la surconsommation de yaourts, deux par semaine suffisent, surtout lorsqu'ils sont sucrés.

Contre les vers intestinaux :

Aux premiers jours de la nouvelle lune, donner à l'enfant, à jeun, 1 cuillerée à dessert de vermi-sirop.

Le quatrième soir, lui faire prendre 3 cuillerées à café de Chlorumagène. Surveiller les selles du lendemain.

Recommencer l'opération à la pleine lune.

Faire ce traitement pendant 3 mois.

Contre les cors aux pieds :

4 ou 5 soirs de suite, prendre un bain de pieds chaud, puis enduire le cor de pommade Cochon et protéger à l'aide d'un sparadrap. Le cinquième jour arracher la peau morte du cor. Pour finir de le détruire en profondeur, appliquez sur le cor du Corypel pendant 5 jours (vente en pharmacie). Pour les cors très anciens, recommencer, si nécessaire, l'opération complète une quinzaine de jours après.

En cas de chute importante des cheveux, un shampooing revitalisant :

Pour 1 litre d'eau tiède, mettre :

1) 1 jaune d'œuf débarrassé de sa membrane.

2) 1 cuillerée à soupe de rhum.

3) 1 cuillerée à café d'alcali.

Laver les cheveux avec ce mélange, sans rincer. Sécher.

Contre la constipation :

En toute saison, la myrtille sous forme de baies fraîches ou en jus (que l'on trouve dans les maisons de régime), est très efficace pour favoriser le transit intestinal.

LE PAIN

Je vous donne maintenant la recette du pain complet telle que je l'ai vu employer. Le pain obtenu est délicieux, mais surtout ne vous découragez pas si les premiers résultats ne sont pas parfaits, il faut acquérir le « tour de main ».

Permettez-moi d'ajouter une précision. Que ce soit pour fabriquer le pain, les tartes ou les gâteaux que vous dégusterez en famille, souvenez-vous qu'aucune machine, aussi perfectionnée soit-elle, ne remplacera jamais la main. Le fait de pétrir la pâte communique à celle-ci la force vitale de votre magnétisme personnel, à condition de choisir pour accomplir ce geste d'amour un moment où vous n'êtes pas stressé ou perturbé par un souci majeur.[1]

Pour le levain :

Prendre 100 g de farine complète de préférence du type T 80. La délayer avec une eau légèrement salée. Pétrir pour obtenir une pâte élastique qui ne colle pas aux doigts.

La mettre dans un bol avec un tissu par-dessus et placer le tout au frais (surtout pas au réfrigérateur) pendant 48 heures.

Pour la pâte :

Prendre 1 kg de farine ;

1/2 litre d'eau ;

1 cuillerée à café de gros sel (dissous dans un peu d'eau).

Creuser un puits dans la farine, mettre le levain, le sel dissous et l'eau tiède. Bien secouer le levain (bulles) et pétrir pour obtenir une pâte élastique non collante.

Laisser gonfler dans les moules 1 h 1/2 à 2 h, dans un endroit chaud et mettre à four chaud (thermostat 6).

Laisser le pain 1/4 d'heure dans le four chaud, puis baisser au thermostat 2 et laisser 3/4 heure à cette température. La cuisson dure donc en tout 1 heure.

---

1. *Vous pouvez aussi utiliser votre magnétisme pour redonner de la vitalité à une eau en bouteille. Présentez vos doigts rassemblés au-dessus du verre pendant quelques instants avant de boire son contenu.*

LES COMBINAISONS ALIMENTAIRES

L'énorme quantité de produits ingérés quotidiennement par nos compatriotes, du type bicarbonate de soude, magnésie, Alka-Seltzer, poudres et sels divers, prouve que notre collectivité souffre d'indigestion permanente provoquée par la fermentation acide et la présence de gaz dans le système digestif. La plupart des souffrances humaines et la baisse de vitalité que l'on constate par exemple, à l'école, chez les enfants, au début de l'après-midi, proviennent souvent d'une alimentation mal comprise, basée sur la méconnaissance des lois de la nutrition.

Il n'est pas dans mon intention d'entrer dans les détails, il existe d'excellents livres sur ce sujet[1], mais de donner un aperçu des problèmes que nous rencontrons dans l'élaboration des menus, simplement en méconnaissant le fait que la digestion des amidons et des protéines se situe en milieu opposé :

— Les amidons en milieu alcalin.
— Les protéines en milieu acide.

Donc on ne devrait pas consommer ensemble le pain et la viande, par exemple, ni pain et fromage[2].

De plus ces différentes sortes d'aliments reçoivent la quantité d'enzymes qui correspond à leur degré de digestibilité :

À poids égal, c'est la viande qui demande le plus de suc gastrique, et le lait le moins.

Mais, à quantité égale d'azote, c'est le pain qui en requiert le plus et la viande le moins.

En conclusion, souvenez-vous que les sucres (hydrates de carbone) s'opposent à la digestion des protéines et qu'en plus ils ne subissent aucune digestion dans la bouche et l'estomac. C'est là qu'ils commencent à fermenter, car ils y sont maintenus pendant la digestion des protéines.

Enfin la consommation des graisses avec les protéines retarde la digestion de celles-ci de plus de deux heures (œufs frits, viandes en sauce etc.).

---

1. *Voir bibliographie.*
2. *Voir le tableau page suivante.*

TABLEAU DES ALIMENTS POUVANT ÊTRE CONSOMMÉS ENSEMBLE DANS L'ALIMENTATION

PROTIDES	+	GLUCIDES	=	NON	(Colonnes I + II)
GLUCIDES	+	LIPIDES	=	OUI	(Colonnes II + III)
PROTIDES	+	LIPIDES		(à éviter)	(Colonnes I + III)

COLONNE I (PROTIDES) ET PROTIDES	**COLONNE II (GLUCIDES) ET AMIDON**	**COLONNE III (LIPIDES)**
Lait — œuf	Pâtisseries	
Poissons — Viandes	Farine	
Tous légumes verts	Riz	Fruits secs et Oléagineux
Fromages	Pâtes	
Champignons Salades — Tomates Fraises (non sucrées) Cerises — pommes Lentilles Artichauts Citrouille	Poire-Pêche-Abricot Pommes de terre Haricots blancs Radis Petits pois Melon	Beurre et huile ne sont pas recommandés en association avec les protides

Manger les fruits acides 1/2 heure au moins avant le repas (fraises).

Éviter les salades trop assaisonnées car les acides extérieurs (par exemple vinaigre) empêchent la sécrétion du suc naturel.

La cathédrale de Toulouse

… **Rien n'est laissé au hasard,**
toute dimension a son importance :
la hauteur des voûtes,
la distance entre les piliers,
l'orientation du chœur…

(Chapitre *Lumière de l'Occident*, page 30)

BIBLIOGRAPHIE

Le message du Verseau, **Robert Dun**.

Les mystères de la nativité christique, **Henri Blanquart**, Ed. Le Léopard d'Or.

L'impossible est possible, **Dr Joseph Murphy**, Ed. Dangles.

Les étoiles de Compostelle, **Henri Vincenot**, Ed. Denoël.

Le Pape des Escargots, **Henri Vincenot**, Ed. Denoël.

Les mystères templiers, **Louis Charpentier**, Ed. Robert Laffont.

Les mystères de la cathédrale de Chartres, **Louis Charpentier**, Ed. Robert Laffont.

La Flandre insolite, **R. Facon** et **J-M Parent**, Ed. Robert Laffont.

Les mystères du zodiaque, **Hadès**, Ed. Albin Michel.

Jonathan Livingston le Goëland, **Richard Bach**, Ed. Flammarion.

Le Prophète, **Khalil Gibran**, Ed. Casterman.

La vie secrète des plantes, **Peter Tomkins** et **Christopher Bird**, Ed. Robert Laffont.

La vie sexuelle des plantes, **Alec Bristow**, Ed. Robert Laffont.

Lunaception, **Louise Lacey**, Ed. L'Étincelle.

La faillite du BCG, **Dr Marcel Ferru**.

J'ai vaincu mon cancer, **Monique Couderc**, Ed. Belfond.

La médecine parallèle en Auvergne, **Gabriel Bayssat**.

La Santé par l'Alimentation, **Michio Kushi**, Ed. Ki.

S.O.S. guérisseurs, **André Bonte** et **Serge Sayn**, Ed. des Presses de la Cité.

Edgar Cayce et le destin de l'homme, **Lytle W. Robinson**, Ed. J'ai lu.

Edgar Cayce, l'homme du mystère, **J. Millard**, Ed. J'ai lu.

Les combinaisons alimentaires, **H. M. Shelton**, Ed. du Courrier du Livre.

... (**Les cathédrales**)
étaient un résumé des connaissances ésotériques
qui ne devaient pas être perdues...

... un endoit unique
où l'homme peut élever son âme vers Dieu
parce que tout parle d'élévation,
de transfiguration,
d'alchimie mentale et spirituelle...

(Chapitre *Lumière de l'Occident*, page 30)

TABLE DES MATIÈRES

Photocomposition
FRANÇOIS DE VILLAC

Achevé d'imprimer en septembre 1992
sur les presses de l'imprimerie du Corrézien
19460 NAVES
Dépôt légal : 4e trimestre 1992

ÉDITIONS FRANÇOIS DE VILLAC
10, rue de Crussol 75011 PARIS
Tél. : 48 05 41 10